WEYWARD

Emilia Hart

エミリア・ハート
府川由美恵／訳

ウェイワードの魔女たち

集英社

ウェイワードの魔女たち

家族に

運命を司る魔女《ウェイワード》たち、手に手を取り合い、
海をゆき、陸を飛び、
ぐるりぐるりと回る、
汝《なんじ》が三度、我も三度、
さらに三度でしめて九度。
しーっ、これにて呪文がかけられた。

――『マクベス』

シェイクスピアの最初の作品集であるファースト・フォリオに収録された『マクベス』では、〝Weyward《ウェイワード》〟という言葉が使われている。のちの版では〝Weird《ウィアード》〟に置き換えられた。

目次

第一部

プロローグ　アルサ　一六一九年

彼らが私をそこに閉じ込めて十日がたった。十日間、私とともにあったのは、自分のひどい体臭だけ。ネズミ一匹現れもしない。ネズミがそそられるものなど、何ひとつない。食べ物も与えられない。エールだけ。

足音。そのあと金属と金属がこすれる音がして、かんぬきがはずされる。光が目に痛い。戸口に立つ男たちがちらちら輝いて見え、まるでこの世のものではない誰かが、私をそこから連れだしにきたのかと思った。

検察の連中だ。

私を裁判に連れていくのだ。

1　ケイト　二〇一九年

ケイトが鏡を見つめていると、聞こえてくる。

鍵穴に差し込まれる鍵の音。

あわてて化粧を直す指がふるえ、マスカラが下まぶたに黒い糸を引く。

黄色っぽい明かりの中、この前の結婚記念日にもらったネックレスがかかっている首もとで、脈が跳ねているのが見える。ネックレスのチェーンはシルバーで太く、肌にひんやりと触れている。

昼間、彼が仕事に出ているあいだ、ネックレスはつけていない。

玄関のドアがカチャリと閉まる。床板を叩《たた》く靴音。グラスにどくどくと注《つ》がれるワイン。

胸中で、パニックが鳥のように羽ばたく。深呼吸をし、左腕のリボンのような瘢痕《はんこん》を触る。バスルームの鏡に向かい、最後にもう一度微笑《ほほえ》む。何かがちがうと思わせてはならない。何かが変だと思わせてはならない。

サイモンは、ワイングラスを手に、キッチンカウンターにもたれている。その姿を見て、ケイトの血液が脈を打つ。スーツを着た長身の浅黒い身体、頬骨の形。金髪。

彼好みの服をまとったケイトが近づいてくるのを、サイモンはじっとながめている。ヒップに張りつくような堅苦しい布地。赤。下着も同じ色だ。小さなリボンのついたレースの下着。あたかもケイト自身が、包装をびりびりと破かれるための品物のようだ。

ケイトは手がかりを探す。サイモンはネクタイを取っていて、シャツのボタンを三つはずし、きれいな胸毛が見えている。白目の部分がピンク色に輝いている。ワインの入ったグラスをケイトに手わたすとき、甘くつんとした酒の匂いが息から感じられる。ケイトの背中で、脇の下で、汗が玉になる。

ワインはシャルドネ、いつもならケイトのお気に入りだ。しかしその香りは胃をよじらせ、腐った飲み物にしか思えない。ケイトは唇をグラスにつけ、飲んだふりだけする。

「お帰りなさい」ケイトは、サイモンのためだけに磨き上げた明るい声で言う。「仕事はどうだった？」

でも、その言葉が喉に詰まってしまう。

サイモンの目が細くなる。飲んでいる割にすばやい動きで、サイモンはケイトの二頭筋のやわらかいところを強くつかむ。

「今日はどこへ行った？」

その手から身をよじって逃げるのは得策ではないとわかっていても、全身がそうしたがっている。そうするかわり、ケイトはサイモンの胸に手を置く。

「どこにも」ケイトは落ちついた声を保って答える。「ずっと家に」薬局に行くときも、アイフォンはアパートメントに残し、現金だけ持って出るようにしている。ケイトは微笑み、サイモンにキスをしようと身を寄せる。

サイモンの頬は無精ひげでちくちくしている。アルコールの匂いに、人を陶然とさせる花の香りが混じっている。香水かもしれない。初めてのことじゃない。ケイトの内で小さな希望が閃《ひらめ》く。もしほかの誰かがいるなら、そのことは自分には有利に働くかもしれない。

だが、ケイトは計算ちがいをしたようだ。サイモンは身体を離し、そして――

「この嘘《うそ》つきが」

その言葉も、かすかに聞こえたにすぎない。同時にサイモンにひっぱたかれ、眩《まぶ》しい光のような痛みで目が眩《くら》む。視界の縁で、部屋の色たちがひとつに押し流されていく。金色に照らされた床板、白い革張りのカウチ、窓の外に見える万華鏡のようなロンドンのスカイライン。

何かが壊れる遠い音。自分が落としたワイングラスだ。

ケイトはカウンターの端をつかむ。体内から勢いよく空気が抜け、頬で血液が脈動する。サイモンはコートを羽織り、ダイニングテーブルから鍵を取る。

「家にいろ」とサイモン。「従わないと、すぐにわかるからな」

サイモンの靴音が床板を横切っていく。ドアがバタンと閉まる。下へ向かうエレベーターのきしるような音が聞こえるまで、ケイトは動かない。

いなくなった。

床は割れたグラスの破片できらめいている。ワインの酸味が空気に浮かんでいる。

口の中に銅みたいな味を感じ、われに返る。サイモンに叩かれたとき、歯が唇に当たったのか、切れて血が出ている。

脳で何かのスイッチが入る。従わないと、すぐにわかるからな。

携帯電話を家に残していくだけではだめだった。きっと別の方法を見つけたのだ。追跡する別の方法を。ロビーでドアマンが自分を見たときの目を思いだす。新札の束でも握らせ、彼女を見張ってくれと頼んだのだろうか？　そう思うと、血が凍りつく。

ケイトが今日行った場所――そこでしたこと――それをサイモンに気づかれたら、何をされるかわからない。監視カメラを仕込んだり、鍵を奪ったりするかもしれない。

そして、すべての計画は無になる。逃げだすことはできなくなる。

大丈夫。準備はちゃんとできてる、そうよね？

いま出ていけば、朝までにたどり着ける。車で七時間。二台目の携帯電話を使い、サイモンの知らないところで、慎重に計画を練ってきた。田舎の道をくねくねとリボンのように進む、画面上の青い線をたどりながら。道順はすでに記憶している。

そう、行くのはいまだ。いま行かなければ。サイモンが戻る前に、自分が怖《お》じ気《け》づく前に。

ケイトはベッドサイドテーブルの裏にテープで貼りつけてあった封筒から、モトローラのスマートフォンを取りだす。ワードローブの棚の上からダッフルバッグを取り、服を詰める。ベッドルームと続きのバスルームから、その日戸棚に隠しておいた、洗面用品や化粧品の箱を持ってくる。

すぐに赤いドレスを脱ぎ、暗い色のジーンズとピンク色のタイトなトップスに着がえる。ネックレスをはずす指がふるえる。それを首つりの輪縄のように巻き、ベッドに置く。その隣にゴールドのケースのアイフォンも。通信料はサイモンが支払っていて、パスワードも知られている電話だ。彼が追跡できる電話だ。

ベッドサイドテーブルのジュエリーボックスをかきまわし、子どものころから持っている、蜜蜂の形をしたゴールドのブローチを取りだす。それをポケットに入れると、しばし立ち止まり、ベッドルームを見まわす。クリーム色の羽毛布団とカーテン、シャープな形状の北欧スタイルの家具。荷物に詰めるべきものはほかにもあったんじゃ？　かつてはたくさんの持ち物があった――読み古した本の山、アートプリント、マグカップ。いまあるのは、すべてサイモンのものばかりだ。

エレベーターに乗ると、血管でアドレナリンが沸き返る。サイモンが戻ってきて、行く手を阻まれたらどうしよう？　ケイトは地下駐車場の階のボタンを押したが、エレベーターは一階でガクンと停《と》まり、ドアがきしみながら開く。鼓動が激しくなる。ドアマンは広い背中をこちらに向け、ほかの住人と話している。ケイトはほとんど息もできずにエレベーターの中で縮こまり、誰も乗ってこないままドアが閉まると、深く息を吐く。

駐車場に着くと、ホンダ車のドアを開ける。二人が出会う前に買った、ケイトの名義で登録してある車だ。自分の車を運転していくのだから、サイモンが警察に捜索を求めることはできないはずだ。犯罪ものの番組ならたくさん見た。自分の意志で出ていったのですよ、警察はそう言うだろう。意志、いい言葉だ。天にも昇る心地がする。

キーを回してエンジンをかけ、それからグーグルマップの大伯母の住所をタップする。何か月ものあいだ、頭の中で呪文のようにくり返していた住所だ。カンブリア州クロウズベック、ウェイワード・コテージ。

2　ヴァイオレット　一九四二年

ヴァイオレットはグレアムを憎んでいた。とにかく嫌っていた。なぜあの子は、科学やラテン語、ピタゴラスとかいう人のこと、そんな興味深い物事を一日じゅう勉強できるのに、私は刺繍《ししゅう》布に針を突き刺すだけで満足しなければならないの？　ヴァイオレットは、脚がちくちくするウールのスカートをながめて考える。それに何より腹が立つのは、あの子がそういうことを全部、ズボンを穿《は》いてやれるということよ。

女の活発な行動（と、しばしばヴァイオレット自身）を徹底的に認めない父親の怒りを買わないように、ヴァイオレットはできるだけすばやく中央階段を駆けおりた。背後ではグレアムが息を切らしていて、つい笑いを噛《か》み殺す。堅苦しい服を着ていても、グレアムより速く走ることなんて簡単だ。

だいたい昨夜のあれはなんなの？　グレアムが得意げに、戦争へ行きたいと言いだすなんて！　空を飛ぶチャンスなら、豚のほうがまだあるんじゃないかしら。それにどっちにしろ、あの子はまだ十五――ヴァイオレットよりひとつ年下――そんなんじゃ若すぎる。実のところ、行けなくて正解だ。村の男性はほぼ全員が戦争に行き、半分が戦死している（少なくともヴァイオレットはそう耳にした）。執事も、従僕も、それに庭師の徒弟も亡くなった。そうでなくても、グレアムは自分の弟だ。死んでほしいわけがない。当然だ。

「返せよ！」グレアムの非難がましい声が聞こえる。

振り返ると、必死に走ったのと怒りとで、ピンク色に染まった弟の丸顔があった。怒りの原因は、ヴァイオレットがグレアムのラテン語の練習帳を盗み、女性名詞の語形変化が全部まちがっていると指摘したためだ。

「いやぁよ」ヴァイオレットは練習帳を胸に抱きしめ、言い返した。「あなたにその資格はないわ。木《アルボル》を性愛《アモル》にするなんて、どういうことかしら」

ヴァイオレットは階段の下まで来て、玄関広間にたくさん掛かっている父の肖像画の一枚を睨《にら》みつけ、それから左に曲がり、鏡板張りの廊下を縫うように走り抜け、キッチンに飛び込んだ。

「何をふざけてらっしゃるんです！」片手に肉切り包丁、もう片方の手で真珠のような光沢をおびたウサギの胴をつかんでいる、ミセス・カークビーが叫んだ。「指を切り落とすかと思いましたよ！」

「ごめんなさい！」ヴァイオレットはそう叫び、フランス窓を強引に開けて外に飛びだし、グレアムが息をあえがせながらあとに続いた。二人は、酔いしれそうなほどミントやローズマリーの香りに包まれたキッチンガーデンを駆けていき、ヴァイオレットが世界でいちばん好きな場所、広庭にやってきた。ヴァイオレットはグレアムを振り返り、にんまりと笑う。屋外にいるいま、ヴァイオレットにその気がないかぎり、グレアムが姉をつかまえるのは不可能だ。グレアムの口が開き、くしゃみをする。重い花粉症持ちなのだ。

「まったく」とヴァイオレット。「ハンカチ、いる？」

「うるさい」グレアムは練習帳に手を伸ばす。ヴァイオレットはスキップで巧みに身をかわす。グレアムはしばしそこに立ち、息をぜいぜい言わせる。今日は特に暖かい。ガーゼのような雲の層が熱を閉じ込め、空気がどんよりとしている。ヴァイオレットの脇の下を汗が伝い、スカートがますますちくちくしたが、もう気にならなかった。

　ヴァイオレットは、自分の特別な木のもとにたどり着いた。庭師のディンズデイルによれば、樹齢何百年にもなっているという銀ブナ《シルバー・ビーチ》の木だ。ヴァイオレットには、自分の背後でさざめく生命の気配が聞こえた。冷たい樹液を探すゾウムシ。葉の上で身ぶるいするテントウムシ。小枝のあいだをすり抜けていくイトトンボ、蛾《が》、それにフィンチ。ヴァイオレットが手を伸ばすと、イトトンボがその上で休もうとやってきて、翅《はね》が陽射《ひざ》しにきらめく。黄金色の温かさが、身体の中を広がっていく。

「うわぁ」ようやく追いついたグレアムが声をあげた。「よくもそんなものに、そんなふうに触れるな？　潰しちゃえよ！」

「潰すもんですか、グレアム」ヴァイオレットは言った。「あなたや私と同じように、これにも生きる権利があるの。それに見て、なんてきれいなのかしら。翅はまるで水晶のようよ。そう思わない？」

「姉さんは……普通じゃないよ」グレアムはあとずさった。「虫に執着するなんてさ。父さんも普通じゃないって思ってるよ」

「父さまがどう思おうと、少しも気にならないわ」ヴァイオレットは嘘をついた。「それにもちろん、あなたがどう思おうともね。ただ、あなたの練習帳を見るかぎり、私の虫への執着について考えるよりも、ラテン語の名詞についてもっと考えるべきじゃないかしらね」

グレアムは鼻の穴をふくらませ、鈍重な足どりで近づいてきた。あと五歩というところで、ヴァイオレットは練習帳を弟に投げつけた——意図したよりも少し強く当たってしまった——それからヴァイオレットは、木によじ登りだした。

グレアムは悪態をつき、背を向けてぶつぶつ言いながら、玄関の方向へと立ち去った。

ヴァイオレットは、憤慨しながら退却する弟の背中を見て、ちくりと罪の意識を感じた。以前、姉弟の関係は、いつもこんなふうではなかった。かつてのグレアムは、ヴァイオレットの影のようだった。悪夢を見た夜や激しい雷雨の夜、弟はよく、子ども部屋のヴァイオレットのベッドにもぐり込んできて、やがて騒々しいいびきをかき始めるまでは、じっと身体を押しつけていたものだった。いつも一緒に笑い合っていた——ひざが泥でまっ黒になるまで庭を走りまわったり、小川にいる銀色の小さな魚や、胸の紅《あか》いコマドリの羽ばたきに見入ったり。

それもあの夏の恐ろしい日までのことだった——今日のような蜂蜜色の陽射しが、丘や木々を照らしていたあの日。二人はこの銀ブナの木の前で草地に寝ころがり、アザミやタンポポの香りを吸い込んでいた。ヴァイオレットは八歳、グレアムはまだ七歳だった。どこかに蜂がいた——蜂がヴァイオレットに呼びかけ、手招きされた気がした。ヴァイオレットは木のそばに行き、そして金塊のように小枝から下がっている蜂の巣を見つけた。蜂たちはちらちらと光をおび、輪を描いていた。

ヴァイオレットは巣に近づき、両腕を伸ばした。腕におりてきた蜂たちのちっぽけな脚が、肌をくすぐるのを感じてにんまりとした。

ヴァイオレットはグレアムに向き直り、弟の顔が驚きに輝いているのを見て笑いだした。

「僕もやってみていい？」グレアムは大きな目をして言った。

あんなことになるとは思わなかった。あとになって、父のステッキでお仕置きを受けるとき、ヴァイオレットは泣きながら父親にそう弁解した。そのとき父が言ったことも、父の陰鬱な怒りの顔もよく覚えていない。覚えているのは、泣き叫ぶグレアムを乳母《ナニー》のメトカーフが抱き上げて家の中へ連れていったことと、蜂に刺されたグレアムの腕が輝くようなピンク色に染まっていたことだ。父のステッキに打たれた手のひらには裂傷ができたが、それが償いになるとはヴァイオレットには思えなかった。

そののち、父はグレアムを寄宿学校に入れた。いまでは休暇にしか帰ってこなくなり、どんどん親しさが薄れていった。心の奥ではヴァイオレットも、こんなふうにグレアムをからかうべきではないとわかっていた。自分がそんなことをするのは、あの日の自分自身が許せないのと同じぐらい、あの日のグレアムを許せないからなのだと。

グレアムのせいで、自分はほかの人たちとちがうことを思い知らされたのだ。

ヴァイオレットはその記憶を振り払い、腕時計を見た。まだ午後三時だ。今日のレッスンは終わらせている――というより、住み込み家庭教師のミス・プールが降参したのだ。この一時間の自由を無駄にしたくなくて、ヴァイオレットはさらに高く木に登り、手のひらに触れる樹皮のごつごつとした温かさを楽しんだ。

二本の枝のあいだにあるうろの中に、毛深いブナの実を見つけた。コレクションにするには完璧だ――ヴァイオレットの寝室の窓台には、こうした宝物が並べてある。黄金色に渦を巻いたカタツムリの殻、絹のようになめらかな空っぽの繭。ヴァイオレットはにやりとして、実をスカートのポケットにしまい、さらに木に登りつづけた。

間もなくヴァイオレットは、丘の斜面にひそむ堂々たる蜘蛛《くも》のような石造りの雄大な建物、オートン・ホールの全体が見える高さまで登り着いた。さらに高く登れば、丘の反対側にある村、クロウズベックも見えることだろう。美しい村だ。とはいえ、悲しい気持ちにもさせられる。まるで牢《ろう》屋《や》から外を見ているようで。鳥の歌が聞こえ、イトトンボが飛び、輝く琥珀《こはく》色の小川が流れる、緑豊かな美しい牢屋だが、牢屋にはちがいない。

ヴァイオレットは、一度もオートン・ホールを出たことがなかった。クロウズベックにすら行ったことがない。

「なぜ私は行っちゃだめなの？」幼いころのヴァイオレットは、ナニー・メトカーフがミセス・カークビーと日曜の散歩に行くときに、よくそう訊《たず》ねた。

「決まりはご存じでしょう」小声で諭すナニー・メトカーフの瞳には、哀れみの光があった。「お父さまのご命令です」

だが、決まりを知ってはいても、理解できるとは限らない。何年かのあいだは、村には危険がいっぱいあるのだと思っていた――スリや乱暴者が、小屋の裏から忍び寄ってくるところを想像していた（ますます行ってみたい気持ちはかき立てられたが）。

去年、ヴァイオレットはグレアムにせがみ、村のことを詳しく話させようとした。「何をそんなに聞きたいんだよ」グレアムは顔をしかめた。「ただの退屈な村だよ――パブもないんだから！」ヴァイオレットはときどき、父が村から娘を守ろうとしているわけではないのでは、と思うことがあった。理由はどうあれ、実のところ逆効果だった。

いずれにしても、この引きこもり生活はじきに終わる――多少は。二年後には十八になる娘の〝社交界デビュー〟のために、父は大きなパーティを計画している。その後ヴァイオレットは――父の希望に従うなら――夫としてそれなりにふさわしい、できれば上流階級の若い男性の目を惹《ひ》きつけ、この牢屋から別の牢屋へと移ることになる。

「もうじき颯爽《さっそう》とした殿方が現れますよ、お嬢さまを抱き上げて連れ去る殿方がね」ナニー・メトカーフはいつもそう言っている。

別に連れ去られたくなんかなかった。ヴァイオレットが本当に望むのは、父が若いころにそうしたように、世界を見て回ることだ。家の図書室には、さまざまな地理の本や地図帳の蔵書がある――東洋に関する本には、じめじめした雨林や、ディナーの皿ほどの大きさの蛾（「実に気味の悪いものだよ」と父が言っていた）がたくさん登場するし、砂の中で宝石のように輝くサソリが出てくるアフリカの本もある。

そう、いつかはオートン・ホールを出て、世界を旅するのだ――学者として。

生物学者、それとも昆虫学者？　とにかく動物に関わりたい。人間を相手にするよりも、そのほうが自分にはずっと豊富な経験がある。ナニー・メトカーフは、幼いヴァイオレットに恐ろしい目に遭わされたときの話をするのが好きだ。ある夜、乳母が子ども部屋に入っていくと、ヴァイオレットの小さなベッドの中に、あろうことかイタチがいた。

「恐怖のあまり絶叫しましたよ」とナニー・メトカーフは言う。「なのにお嬢さまったら、まったく普通にそこで眠っているし、イタチがそのそばで身を丸め、子猫みたいに喉を鳴らしているんですからね」

幸いにして、父がこの事件を知ることはなかった。父にとっての動物とは、料理の皿に載っているもの、もしくは壁に飾るものでしかない。唯一の例外は、ローデシアン・リッジバックのセシルだ。父はこの猟犬に、何年にもわたって凶暴なふるまいを仕込んできた。ヴァイオレットは、セシルのよだれだらけの口から、たえずさまざまな小動物を救出していた。最近ではぴょんぴょん跳ぶ蜘蛛を救いだし、古いペチコートを入れてベッドの下に置いてある帽子箱の中で飼っている。彼には——彼女かもしれない、区別は難しい——ゴールディという名前をつけた。脚のカラフルな模様からの連想だ。

ナニー・メトカーフには、このことは秘密にすると約束させた。

夕食のために着がえているときに思ったことだが、ナニー・メトカーフがヴ﹅ァ﹅イ﹅オ﹅レ﹅ッ﹅ト﹅にも秘密にしていたことはたくさんあった。やわらかい亜麻布のフロックに着がえ——あの不愉快なウールのスカートは床に放りだした——ヴァイオレットは鏡に向き直った。瞳は深い黒で、父やグレアムの水色の瞳とはまるで似ていない。ひたいの見苦しい赤いあざのせいで風変わりな顔には見えるが、瞳は自慢に思っていいと思っていた。それに、乳白色の光沢をおびた黒髪もだ。オートン・ホールを囲む木々に住む、カラスの羽根のようでもある。

「私、母さまに似てる?」ヴァイオレットは物心ついたころからずっと、この質問をくり返してきた。母の写真は一枚もない。ヴァイオレットに遺《のこ》された母の形見は、へこんだ卵形のペンダントがついた、古いネックレスだけだ。ペンダントにはWの文字が彫ってあり、ヴァイオレットは、母の名前がウィニフレッドかウィルヘルミナなのか、話を聞いてくれる相手なら誰にでも訊《き》いてまわった(「母さまの名前はウォリスだったの?」と一度父に訊ねたことがある。父が読んでいた新聞の一面にそんな名前があったからだ。父に部屋へ戻れと命じられ、その夜は夕食も抜きで、困惑したことを覚えている)。

ナニー・メトカーフも助けにはならなかった。

「お母さまのことはよく覚えていないのです」メトカーフはいつもそう言った。「私がこちらに来たばかりのころに亡くなられたので」

「ご両親は一九二五年の五月祭で出会われたのですよ」ミセス・カークビーは思慮深げにうなずきながら教えてくれた。「お母さまが五月の女王で、それはお美しくて。お二人は深く愛し合っていました。でも、お父さまには二度とお母さまのことを訊ねてはいけませんよ、でないと鞭《むち》でお仕置きですからね」

こんなわずかな情報では、とうてい満足できるものではなかった。子どもだったヴァイオレットは、もっといろいろ知りたかった――結婚した場所はどこ? 母さまはベールと花輪をかぶったの?(ヴァイオレットは白い星のようなサンザシの花と、それに合う繊細なレースのドレスを想像した)父さまは、死が二人を分かつまで夫婦であることを誓うとき、目をまばたいて涙をこらえたりしたの?

事実がいっさいわからないので、ヴァイオレットは自分の想像にしがみつき、やがてはそれが本当に起きたことなのだと信じるようになった。そうよ――父さまは、母さまをどうしようもなく愛していた、なのに死が二人を分けてしまった（母が亡くなったのはグレアムのお産のときだったことを、ヴァイオレットはなんとなく知っていた）。だからこそ父さまは、そのことを話すことに耐えられないのよ。

ヴァイオレットが想像するそんな情景も、小波《さざなみ》が池の水面を乱すように、ときおりかすむことがあった。

十二歳のときのある夜、ジャムつきパンが食べたくなったヴァイオレットが食料貯蔵室にいると、ナニー・メトカーフとミセス・カークビーが、雇われたばかりのミス・プールと一緒にキッチンに入ってきた。

椅子が石の床をこすり、古いキッチンテーブルがきしみ、三人が座る気配がした。ミセス・カークビーがシェリーの栓を開け、グラスについでいる。ヴァイオレットは、パンを口に入れたまま固まった。

「ここまで調子はどう？」ナニー・メトカーフがミス・プールに訊ねた。

「そうね――私の努力は神がご存じだけど、とても手のかかる子ね」ミス・プールが言った。「一日の半分はあの子を探すのに費やさなくちゃならないし、そのあいだもさんざん庭を飛びまわって、服を草の汁の染《し》みだらけにしてくれて。それに、あの子――あの子……」

そこでミス・プールは深く息を吸い込んだ。

「あの子、動物に話しかけるの！　虫にもよ！」

沈黙が流れた。

「馬鹿馬鹿しい、って思ってるんでしょう」ミス・プールが言った。

「ああ、ああ、ちがうよ」とミセス・カークビー。「そう、あの子はちょっと変わってるって、最初に言っておくべきだったね。あの子すごく……あんたはなんて言ってたっけ、ルース？」

「気味が悪い、よ」ナニー・メトカーフが言った。

「不思議はないよ」ミセス・カークビーが続けた。「あの母親なら、娘もそうなるさ」

「あの母親？」ミス・プールが言った。「母親は死んだんじゃないの？」

「ええ。恐ろしい話よ」とナニー・メトカーフ。「私がここへ来たばかりのときにね。それ以前の奥さまのことはよく知らないわ」

「地元の娘だった」ミセス・カークビーが言った。「クロウズベックの生まれで。旦那さまのご両親はたいそうお怒りだったらしいよ……だけどご両親は亡くなったんだよ、結婚式のわずか一か月前に。旦那さまの兄さんも。馬車の事故で。突然にね」

ミス・プールが息をのんだ。

「えっ――それでも結婚式を強行したの？　レディ・エアーズは……妊娠してたとか？」

ミセス・カークビーはどっちつかずの返事をして、さらに続けた。

「旦那さまは奥さまに夢中だった、それだけは言える。少なくとも最初はね。まれにみるきれいな人だったよ。娘もあの若いレディによく似てる、容姿だけじゃなくね」

「どういうこと？」

また沈黙。

「つまり、奥さまは――ルースが言ったとおりさ。気味が悪かった。奇妙だったんだよ」

3　アルサ

男たちは私を牢屋から出し、村の広場へと連れていった。私は身をよじって顔を隠そうとしたが、男のひとりが私の腕を背中にしっかりと押しつけ、私を前へと押しやって歩いた。顔の前で揺れる私の髪は、娼婦《しょうふ》のようにざんばらで汚れている。

私は地面を見つめ、村人の視線を避けた。まるで手で触られているかのように、彼らの視線を感じた。恥辱が頬でひくひくと脈打つ。

パンの匂いがして胃がのたうち、露店のパン屋の前を歩いていることに気づいた。パン屋のディンズデイル一家も見物しているのだろうかと思った。熱病になったあの家の娘を診て、回復させたのは去年の冬だ。証人になるのは誰だろう、私がこんな運命に追いやられて喜ぶのは誰だろう。グレイスもいるのだろうか、それとももうランカスターに向かったのだろうか。

重さのない荷物のように、私は男たちの手で軽々と荷車に乗せられた。荷車を引くラバも気の毒なありさまだ――私と同じぐらいに飢えていて、くすんだ色の毛皮にあばらが浮きだしている。手を伸ばしてラバに触れ、皮膚の下の血液の脈動を感じたかったが、やめておいた。

荷車が動きだすと、男のひとりが、少量の水と古いパンの耳をくれた。私は指でパンを砕いて口に入れたが、間もなく荷車の脇に全部吐いてしまった。パンをくれた小柄な男が笑い、その息の嫌な臭いが私の顔の前にただよった。私は座席にもたれ、通りすぎていく田舎の風景が見えるように頭を傾けた。

荷車は小川沿いの道を進んだ。私の目はいまだによく見えず、小川はただ陽射しと水が混じり合う、ぼんやりしたものにしか見えない。それでも水の音楽や、鉄のような澄んだ匂いは感じられた。私の住むコテージを輝きながらぐるりと回る、あの小川と同じ小川だ。母さんがよく、水底の小石の下から飛びだしてくるミノウや、岸辺に生えたアンゼリカの堅いつぼみを指さしていた。暗い影が真上を通りすぎ、翼の羽ばたきを聞いたような気がした。母さんのカラスを思いだした。オークの木の下に行ったあの夜のことも。

記憶が短剣のように、私の胸の奥に突き刺さる。

意識が眠りの闇に吸い込まれていく直前に思ったのは、ジェネット・ウェイワードが、娘のこんな姿を見る前に亡くなってよかったということだった。

太陽が何度空を昇って沈んだのかもわからなくなったころ、荷車はランカスターにやってきた。こんな場所には一度も来たことがなかったし、そもそも谷を離れたのも初めてだ。おおぜいの人間や動物の臭いがあまりに強く、臭いが空中に浮かんで見えるんじゃないかと、目を細めてみた。音もすごい。あまりにうるさくて、鳥の声ひとつ聞こえない。

私は荷車の上で身体を起こし、あたりを見まわした。すごい数の人がいる。男、女、そして子どもが通りに群がり、女たちはスカートをひょいと引き上げ、馬糞《ばふん》の小山をまたいでいる。男たちは栗《くり》を焼いている。黄金色の実の香りがしてきて、私は目眩《めまい》をもよおす。明るい午後だが、私はふるえていた。指の爪を見おろすと、青くなっている。

荷車は、大きな石造りの建物の外で停まった。ここが巡回裁判をおこなう城だということは、訊かずともわかった。いかにも命の重さを量る場所という雰囲気だ。

私は荷車からおろされ、城の中にのみ込まれるようにして連行され、背後で扉が閉まった。

法廷は見たこともないような場所だった。窓の向こうでは太陽の光がゆらめき、その光に照らされる石柱は、身をそらせて空へ伸びる木々のようだ。だが、その美しさも、私の恐れを鎮めはしなかった。

高いところにある判事席には二人の判事が座っていて、ほかの人間と同じ肉と骨でできた存在というよりは、神か何かのようだった。黒い法服、毛皮の縁取りのあるマント、暗い色の妙な縁なし帽を見ていると、私には太った二匹の甲虫のようにも見えた。脇には陪審員たちが座っていた。男性が十二人。私と目を合わせようとしない――四角いあごの、鼻にこぶのある男をのぞいては。その男の目は優しかった。たぶん哀れんでいるのだろう。耐えがたかった。私は顔をそむけた。

検察官が法廷に入ってきた。背の高い男で、地味な法服をまとい、顔には痘瘡《とうそう》の痕とおぼしき生々しいあばたがある。検察官が私の向かいの席を占めるあいだ、私は被告席の木の座面をつかみ、身体を支えようとした。検察官の瞳はコクマルガラスのような淡い青だが、冷酷だった。

判事のひとりが私を見た。

「アルサ・ウェイワード」判事はそう切りだし、その名を言えば口が穢《けが》れるとでもいうように眉をひそめた。「あなたは、魔女の妖術と呼ばれる邪《よこしま》で悪魔的な行為をおこない、その悪意の術によってジョン・ミルバーンに死をもたらしたかどで告発されています。申し開きはありますか?」

私は自分の唇を湿した。舌が腫れている感じがして、言葉が出てくる前に喉につかえそうだった。だが、しゃべりだすとはっきりした声が出た。

「やっていません」私は言った。

4　ケイト

国道A66号線に乗り、クロウズベックにかなり近づいても、ケイトの胃にはまだ恐れがまとわりついている。ロンドンから三百キロ以上は来た。サイモンから三百キロ以上離れた。

ここまでひと晩中運転している。あまり寝なくても平気なほうだが、これほど警戒していても、驚いたことに自然と疲れが出てきていて、眼球の奥がふわふわし、こめかみがずきずきと痛む。ケイトは旅仲間となる声を求め、ラジオをつける。

陽気なポップソングが静かな車内を満たすが、ケイトは顔をしかめ、ラジオを消す。

車の窓を開ける。新鮮で草の香りのする夜明けの空気が、わずかな畜糞の臭いとともになだれ込んでくる。都会のじめじめした硫黄臭さとはだいぶちがう。なじみのない匂いだ。

ケイトが最後に大伯母の住んでいたクロウズベックに行ってから、二十年以上がすぎている。ケイトもあまりよく覚えていない、祖父の姉である大伯母が亡くなったのは去年の八月で、地所はすべてケイトに遺された。いや、地所と呼ぶべきかはよくわからない、小さなコテージだ。ケイトの記憶が確かなら、せいぜい二部屋しかない家だ。

窓の外で陽が昇り、丘陵を薄紅に染める。スマートフォンの表示では、クロウズベックまであと五分だ。あと五分で眠れる、そうケイトは考える。あと五分で安全な場所に行ける。

国道から、木々に囲まれた細い道に入る。朝の光に輝く小塔が遠くに見えてくる。あれが、かつて自分の親族が住んでいた〝ホール〟だろうか？　祖父とその姉が育った場所だ――ただしその後、二人は資産の相続権を失っている。理由はわからない。いまとなっては理由を訊ける相手もいない。小塔が見えなくなり、別のものが見えてくる。胸の中で、心臓が鋭い鼓動を打つ。動物――ネズミ、それともモグラ？――が列をなし、柵の上に尻尾をとめつけてぶら下げられている。車はすぐにそこを通りすぎ、そのながめは幸いにしてすぐ消える。ただの無害なカンブリア人の風習だと、ケイトは身をふるわせて首を振るが、その光景は頭から離れない。風の中でねじれる、小さな死体たち。

　コテージは、怯《おび》えて身を低くした動物のように、そこに建っている。石造りの壁は、長い年月の汚れとツタの葉に覆われている。玄関口の上に水平に渡したまぐさ石には、装飾的な文字で〝Weyward《ウェイワード》〟と刻まれている。家の名にしてはおかしな名前だ。よくある言葉を風変わりな綴《つづ》りにすることで、語義から逃れようとしているようにも見える（WeywardはWeird（奇妙な、気味の悪い）の古い形）。

　玄関のドアは、ダークグリーンの塗料が下端からリボン状にはがれ、本当に使えるのか不安を誘う。旧式の錠は大型で、蜘蛛の巣が張っている。ケイトはハンドバッグの中の鍵を手探りする。耳障りな音が朝の静けさを破り、そばの低木の中からもがさがさと音がして、ケイトは思わず跳び上がる。子どものとき以来、この家に足を踏み入れるのは初めてだ――ずっと昔、まだ父が元気だったころ以来だ。コテージの記憶も、大伯母の記憶も、暗くぼんやりとしている。それでも本能的な恐れを感じる自分には驚きを覚える。ただの家じゃないの。それに、ほかに行くところなんてない。

　息を吸い込むと、ケイトは中へ入っていく。

廊下は狭く、天井も低い。一歩進むごとに、まるで挨拶されているみたいに、ほこりが床から舞い上がる。フレームに入った昆虫や動物のスケッチが、淡いグリーンの壁紙をほぼ覆い隠している。大きな蜜蜂の真に迫ったスケッチを見て、ケイトは思わずたじろぐ。大伯母は昆虫学者だった。ケイト自身はあまり関心もない分野だ——特に虫好きでもないし、飛ぶもの自体が好きではない。昔はちがったが。

家の奥にはみすぼらしいリビングルームがあり、壁際がキッチンになっている。黒ずんだ銅の深鍋やドライハーブの束が、何世紀も昔の物に見える料理用こんろの上にぶら下がっている。家具は立派なものだが、古びている。ゆがんだグリーンのソファ、雑多な椅子に囲まれたオーク材のテーブル。いまにも崩れそうな暖炉のマントルピースの上には、妙な遺物が散らばっている。かさかさになった蜂の巣。ガラスケースに保存された、宝石のように美しい蝶《ちょう》の翅。天井の一方の隅は分厚い蜘蛛の巣に覆われ、まるであえて蜘蛛の住処《すみか》にさせていたようにも見える。

ケイトは錆《さ》びたやかんに水を入れて火にかけ、そのあいだに戸棚に食料がないか探した。豆の缶詰と、白っぽくてなんだかわからない酢漬けの入った瓶の奥に、ティーバッグと未開封のブルボン・ビスケットを見つける。流しの上でビスケットを食べながら、窓から庭の地面をながめる。庭の斜面の下のほうでは、夜明けの光で小川が黄金色に輝いている。やかんが歌いだす。紅茶を淹《い》れたマグを手に、ケイトが廊下を引き返してベッドルームへ向かうあいだ、足の下で床板がきしきしと鳴る。

ベッドルームの天井は、家のほかの場所よりもさらに低い。ケイトでも身を屈《かが》めるしかない高さだ。窓の外には谷をぐるっと囲む丘が見え、雲がまだらに浮かんでいる。ベッドルームには、書棚と家具がひしめき合っている。四柱のついたベッドには、古いクッションがうずたかく積んである。ふと、大伯母はこのベッドで亡くなったのだという考えが頭をかすめる。大伯母さまは眠ったままお亡くなりになりました、と弁護士が言っていた——その翌日に地元の若い女性が見つけたのだと。ケイトは一瞬、そのあと寝具は交換されたのだろうかと思い、リビングルームのたわんだソファで寝るべきか迷う。しかし疲労には抗《あらが》えず、ケイトはそのままベッドカバーの上にくずおれる。

目を覚ましたケイトは、部屋の見慣れない形状に混乱する。少しのあいだ、ロンドンのアパートメントの殺風景なベッドルームにいる気がして、いまにもサイモンが上からのしかかってきて、自分の中に入り込んでくるような気がして……そしてやっと、ここがどこかを思いだす。動悸《どうき》がおさまる。窓の外には、青みがかった夕暮れが広がっている。モトローラのスマートフォンの時刻を見る。午後六時三十三分。

残してきたアイフォンのことを思うと、酸っぱい恐怖の波が湧き上がる。いまごろサイモンが、あの電話を調べているだろう……だけど、選択の余地はなかった。どのみちあの電話からは、サイモンがすでに知っている以外のことは出てこないはずだ。

いつからスマートフォンを監視されていたのかはわからない。気づかないうちに、何年も見られていたのかもしれない。彼はつねにパスワードを知っていたし、スマートフォンを見せろと言われればいつでも応じてきた。それでも去年、サイモンは、ケイトが浮気をしていると主張するようになった。

「誰かと会ってるんだな?」サイモンはケイトを後ろからつかまえ、髪を強く引っぱった。「あのくそ忌々しい図書館で？」

最初は私立探偵に尾行でもさせているのかと思ったが、それでは筋が通らない。もしそうなら、誰とも会っていないとわかるはずだからだ――ただ図書館へ行って読書をし、ほかの誰かの想像の世界に逃げ込んでいただけだ。よく、子どものころに好きだった本を読み返し、なじんだ世界になぐさめを求めていた。グリム童話、ナルニア国物語、そしていちばんのお気に入りの『秘密の花園』。ケイトはときおり目を閉じ、自分はいまサイモンと一緒のベッドの中にいるのではなく、ミスルスウェイト屋敷のもつれるように生い茂る植物の中にいて、そよ風に揺れるバラの花を見ているのだと考えたりしていた。

本当はそれこそが、サイモンが嫌っていたことなのかもしれない。ケイトの身体を支配することはできても、心は支配できないということが。

その後もおかしいと思うことはあった――クリスマスの前にした口論もそうだ。ケイトが母親に会うために、トロント行きのフライトスケジュールを調べていたことを、サイモンはどういうわけか知っていた。サイモンはケイトのアイフォンに、現在の居場所のみならず、検索履歴やメール、ショートメールまで追跡できるスパイウェアをインストールしていた。そのためケイトは、去年の八月にコテージの件、つまり相続の件について弁護士から連絡をもらったとき、その通話履歴を削除し、もうひとつの携帯電話を手に入れてやりとりするようにした。秘密の携帯電話の存在は、サイモンはいまも知らない。

モトローラの電話を買う現金をかき集めるには、何週間もかかった――サイモンは小遣いをくれていたが、それは化粧品や下着にのみ使うためのお金だった。そこからケイトは計画を立て始めた。

弁護士には、イズリントンの私書箱宛てに鍵を送るよう頼んだ。ハンドバッグの裏地の内側に小遣いを隠し、ひそかに作った銀行口座に毎週移していった。

そのときでさえ、やり抜ける確信はなかったし、自分にその権利があるのかもわからなかった。自由になる権利が。

しかしそれも、子どもが欲しいとサイモンが言いだすまでのことだった。サイモンの昇進が決まり、収入が増えることになった——家族を作るのは自然な次のステップだ。

「君ももう若くないんだし」そう彼は言った。そしてせせら笑った。「そうでなくても、君にもっとましなことができるとも思えないしね」

その言葉を聞いているうちに、ケイトの身に冷たいものが広がっていった。自分がこれに耐える——サイモンに耐えるのはまだいい。顔に飛んでくる唾、肌を押さえつけてくる焼きごてのような手。終わりのない野蛮な夜。

でも、子どもは？

無理だ——そんなことはできない。

しばらくは、ベッドサイドテーブルに丸めた靴下を入れておき、そこにピンク色の錠剤を隠して避妊を続けた。しかしサイモンに見つかった。サイモンは、パッケージから錠剤をひとつひとつ取りだし、わざわざケイトに見せつけてトイレに流した。

それ以降はもっと手間がかかるようになった。サイモンが寝入るのを待ってベッドを抜けだし、音をたてずにバスルームにしゃがんで、秘密の携帯電話の青白い光に照らされながら、旧式のやりかたをリサーチした。サイモンに疑われることがなさそうな方法を。たとえば、古い香水のボトルに詰めておいたレモン果汁。そのぴりりとした痛みは、ほとんど快感にさえ思えた。自分がきれいになり、清められる感じがした。

逃亡を計画しているあいだ、毎月下着につく花びらのような血の跡は救いだったが、サイモンの支配は強まった。一日の動きや活動を、果てしなく尋問されるようになった。クリーニング店にシャツを取りにいくときに回り道しなかったか、ほかの誰かと話さなかったか？　食品雑貨の配達員に口説かれたりしなかったか？　食べた物をチェックするようにもなり、ケールやサプリメントをキッチンに常備した。まるで、品評会で賞を取った雌羊が、子羊を産むために太らされているかのようだった。

それでも、サイモンがケイトを痛めつける行為はやまなかった――ケイトの髪を拳に巻きつけて引っぱったり、乳房を噛んだり。この人は子どもが欲しいわけじゃないのでは、とケイトは疑っていた。ケイトへの所有欲があまりにも強すぎて、ケイトの身体の表面に痕を残すだけでは満足できなくなっているのではないだろうか。

ケイトの子宮を自分の種でふくらませることが、究極の支配の形なのかもしれない。究極のコントロールなのかもしれない。

だからこそ、あの避妊薬と同じように、ケールジュースの緑色の渦が便器の中に消えていくのを見ていると、暗い満足感を覚えた。配達員にひそかに微笑みかけるときも。でも、こうしたささいな反抗は危険だった。サイモンは、法廷で証人に質問する弁護士のように、ずる賢い言葉の罠《わな》でケイトを引っかけようとした。

「クリーニング店に午後二時に行くと言っていたよな」サイモンはケイトの顔に熱い息がかかる距

離でそんなふうに言った。「なのにレシートのタイムスタンプは午後三時だ。なぜそんな嘘をつく？」

サイモンの尋問は、ときには一時間、ときにはそれ以上長く続いた。

最近では、鍵を没収すると脅してきた。ケイトを長時間ひとりにしておくのは信用ならないと言った。たとえこの、輝く牢屋のような二人のアパートメントであっても。

網はますます引っぱられている。子どもができれば、永遠にサイモンに縛りつけられることになる。

未来――いつかは自由になれるという遠い約束――が、昨日、急に消え去っていくように感じた理由はそれだ。ケイトはバスルームにうずくまり、妊娠検査薬のラインが現れるのを見つめていた。バスルームのタイルが肌の下でひんやりとする。窓にぶつかるハエの羽音と、ケイト自身の荒い呼吸音とがもつれ合い、非現実的な音楽を形づくる。「そんなはずはないわ」ケイトは声に出してつぶやいた。誰の返事もなかった。

二十分後、ケイトは二つ目の検査薬のパッケージの封を切った。結果は同じだった。

陽性。


いまは考えるのはよそう、そう自分に言い聞かせる。それでもケイトにはいまだに信じられない――運転していたあいだも、バッグに入れてきたボール紙の箱を引っぱりだしたい衝動に何度もかられた。あのぼんやりとした二本のラインが、ただの妄想ではなかったことを確認するために。

ずっと必死に頑張ってきた。それでもだめだった。サイモンは望みをとげてしまった。

体内で吐き気がうねり、口内に湧き上がってくる。ケイトは身をふるわせて吐き気をのみ込む。いま現在のことに集中しようとする。自分は安全だ。それが何より大事だ。そう、安全ではあるが、ひどく寒い。ケイトはリビングに行き、暖炉が使えるか調べる。暖炉の隣に薪《まき》が積んであり、マントルピースにはマッチ箱が載っている。最初のマッチは火がつかない。二本目もだめだ。何百キロも離れたというのに、サイモンの声が頭に響く。情けないな。何ひとつできないじゃないか。指がふるえるが、もう一本試してみる。オレンジ色の火花が散り、小さな青い炎が上がると、ケイトはにんまりとする。

暖炉で火花が炎に変わり、ケイトは両手を伸ばして暖まろうとするが、間もなく部屋に濃い煙が渦巻きだす。ケイトは息を切らせてこんろからやかんを取り、炎の上からお湯を振りまく。火が消え、ケイトの体内も冷えてくる。声は正しいのかもしれない。私は情けない人間かもしれない。

それでもここまで来た、それは確かだ。きっと大丈夫。呼吸が落ちつき、理性的に考えてみると、煙突に何か詰まっていることぐらいはわかる。暖炉には火かき棒が立てかけてある。これを使えばいい。両手両脚をつき、目にしみる煙もこらえ、火かき棒を煙突に向けて突き上げると、何かやわらかいものに当たり……

黒い塊のようなものが落ちてきて、ケイトは悲鳴をあげる。鳥の死体だとわかると、さらにもう一度悲鳴をあげる。漆黒の羽毛の上で灰が舞う。カラスだ。あとずさるケイトを、輝くビーズのようなカラスの目が追ってくる。ケイトは鳥が苦手で、翼の羽ばたきも、鋭いくちばしも好きになれない。子どものころからずっと避けてきた。一瞬、こんな場所――よりによって〝カラスの小川《クロウズ・ベック》〟などと呼ばれる場所に住んでいた、大伯母に怒りを覚えてしまう。

とはいえ、このカラスは死んでいる。危害を及ぼすことはない。捨てるための袋と、新聞紙か何かがあればいい。ケイトが部屋を出ようとしたとき、何かが動く。振り返り、恐怖とともにケイトが目にしたのは、飛び立つカラスの姿、ラザロのようによみがえるカラスの姿だ。ケイトはとっさに窓を開け、半狂乱になって火かき棒を振りまわし、カラスを外へ追いだす。それから窓をぴしゃりと閉め、部屋を飛びだす。くちばしが窓ガラスをコツコツと叩く音が、廊下を走っていくあいだも、ずっとケイトについてくる。

5　ヴァイオレット

ヴァイオレットは緑色のワンピースのしわをならしながら、父親とセシルのあとをついてダイニングルームを出た。ほとんど何も食べられなかったが、それはミセス・カークビーがウサギのパイを作ったせいだけではなかった（ウサギのすべすべした耳や優美なピンク色の鼻のことも、食べているあいだは考えないようにしていた）。父親から、ディナーのあと、客間に一緒に来るように言われたのだ。全体に重苦しい色のタータンチェックがあしらわれた客間は、マントルピースの上に飾ったアイベックスの頭部の剝製に見守られながら、父が食後のポートワインと静けさを楽しむ場所だ。女性は入ることを禁じられていた（火格子に時季はずれの火を入れる、ミセス・カークビーだけは例外だが）。

「ドアを閉めなさい」父娘とも部屋に入ると、父がそう言った。ドアを閉めるとき、グレアムが廊下から姉を睨んでいるのが見えた。息子はまだ客間に呼び入れられたことがない。でも、それはたぶんいいことだ。ヴァイオレットが父親のほうに向き直ると、父の顔は灰のように白くなっていた。たいていの場合、父が大いに不快を感じているしるしだ。ヴァイオレットの胃がひっくり返りそうになる。

父は酒用ワゴンのそばへ行く。クリスタルのデカンタが、暖炉の光にきらめく。父は自分でグラスにポートワインをなみなみと注ぎ、それからひじ掛け椅子に身を沈めた。父が脚を組むと、椅子の革がキュッと鳴る。娘に座れとは言わなかった（もっとも、部屋にはもうひとつ質素なウィングバック・チェアがあるだけで、暖炉とセシルに近すぎるし、あえて座りたくはなかった）。

「ヴァイオレット」父は、その名を口にするのが不愉快だとでもいうように、鼻筋にしわを寄せながら娘の名を呼んだ。

「はい、父さま？」自分の声がかぼそく響き、ヴァイオレットは嫌な気持ちになった。息を吸い、何か悪いことをしたか考える。父がヴァイオレットを懲らしめようとするのは、通常はグレアムがそばにいるときだ。それ以外のときは罰を免れることが多い。ヴァイオレットは再び蜜蜂の事件を思い起こし、顔をしかめた。

父は身を乗りだして乱暴に薪をくべ、白っぽい灰が豪華な模様のトルコ絨毯《じゅうたん》に飛び散った。セシルが短い鳴き声をあげ、主人の不快の原因はこいつだと決めつけたかのように、ヴァイオレットに向かってうなり始めた。父のこめかみの血管がぴくりとする。父があまりに長く黙っているので、ヴァイオレットは、このまま客間をこっそり出ていっても、気づかれないんじゃないかと思い始めた。

「おまえのふるまいについて話をする必要がある」ようやく父が言った。

ヴァイオレットは混乱し、頬が熱くなる。

「私のふるまい？」

「そうだ」父は言った。「ミス・プールが言ってきた、おまえが……木に登っているとね」最後の言葉はゆっくりとして明確で、こんな話をしていることが自分でも信じられないとでも言いたげだった。「スカートを破いたそうだな。聞いたところでは……もう使い物にならないと」

父は眉をひそめ、火を見つめる。

ヴァイオレットは、汗が噴きだしてきた両手を握り合わせた。ナニー・メトカーフが洗濯のために取りにくるまでは、破れたことに気づいてもいなかった——実際には、ウールのスカートの上から下まで裂けていたのだが。どのみちあのスカートは古かったし、とりすましたみっともないプリーツが入った、長すぎる代物だった。処分できてありがたかったぐらいだ。

「私……ごめんなさい、父さま」

父の眉間のしわは深くなり、ひたいにまで伸びた。ヴァイオレットは窓に目をやったが、すでに遮光カーテンは閉めてあった。ハエが一匹、ちっぽけな体をカーテンの布地にぶつけ、必死に外の世界への出口を探している。その羽音だけがヴァイオレットの耳に響き、つい次の父の言葉を聞き逃した。

「えっ？」ヴァイオレットは聞き返した。

「もう一度お願いします、父さま、だろう」

「もう一度お願いします、父さま」ヴァイオレットはハエをながめたまま、くり返した。

「これは、私の娘にふさわしい適切な行動をとるための、最後のチャンスだと思いなさいと言ったんだ。おまえの従兄《いとこ》のフレデリックが、休暇を取って前線から戻り、来月ここに滞在する」父は言葉を切った。お説教が始まる、と、ヴァイオレットは身がまえた。

父はよく、先の大戦を戦ったときのことを話す。毎年十一月になると、グレアムにメダルを磨かせて休戦記念日の準備をし、当日は家の全員をいちばん広い居間に集め、一分間の黙禱《もくとう》をさせる。そのあとは、戦場での勇敢さと犠牲に関して、いつも同じスピーチをするのだが、話は毎年長くなっていく気がする。

「現実の戦いなど何も知らんのさ」ヴァイオレットは、特に長かったスピーチのあとで、庭師のディンズデイルがミセス・カークビーに話しているのを聞いたことがあった。「どうせほとんどの時間は、将校たちがポートワインに酔っ払って起こす騒動の中ですごしてたんだよ。賭けたっていいね」。一九三九年に再び戦争が始まったとき、父はほとんどうれしそうだった。すぐにグレアムとヴァイオレットに指示し、私設車道のマロニエの並木から、種を集めさせた。ルビーのような光沢のある丸い種子は、ドイツ全土を爆破し〝ドイツ野郎《ボシュ》をあの世に送り込む〟ための爆弾製造に必須なのだと父は言った。グレアムは何百と種を集めたが、ヴァイオレットは、その美しい種が恐ろしい目的に使われるのに耐えられなかった。だからこっそり庭に種を埋め、芽を出してくれることを祈った。幸い、父はすぐに戦争への情熱をなくしてしまった——不自由なひざと〝土地の管理義務〟のせいで、兵役につけなかったからだ。そしてこの種集めのこともすべて忘れてしまった。

だが、今夜は武勇についてのお説教はなかった。「フレデリックがいるときは、できるかぎり品よくふるまってもらいたい」父はそう言葉を続けた。ヴァイオレットにはすべて奇妙に思えた。ヴァイオレットはこれまで、従兄のフレデリックどころか、ほかのどんな従兄の話も、まったく聞かされたことがなかった。父は親族の話をいっさいしたことがない――ヴァイオレットが生まれる前に事故で亡くなった、父の両親や兄のことも。この話も禁じられた話題で、前にそのことを訊ねた罰として、三回鞭打たれたことがある。「これは……試験だ。もしフレデリックの訪問中に、おまえが行儀よくできないなら、そのときは……おまえを遠くにやるしかない。おまえのためにな」

「遠く？」

「教養学校へやる。結婚相手を見つけるため、おまえはきちんとしたふるまいを学ぶ必要がある。若い淑女らしくふるまえると私に示せないなら、それを教える施設はいろいろある。野蛮人みたいに、外をぶらついたり、虫のついた葉や小枝を集めたり、そんな行動がまったく許されない場所だ」父はそこで声を落とした。「そこでなら、おまえがあんなふうにならないようにしてくれるさ……彼女みたいにな」

「彼女？」ヴァイオレットの胸が高鳴った。それって、母さまのこと？

だが、父は娘の問いかけを無視した。「話は終わりだ」父はそう言って、初めて娘の顔を見た。

「お休み」

父の顔には妙な表情が浮かんでいた。ヴァイオレットを見ているのに、ほかの誰かが見えているような表情だった。

寝室でようやくひとりになると、ヴァイオレットはこらえていた涙をこぼした。ナイトドレスに着がえながら静かにすすり泣き、ベッドに入った。しばらく呼吸を落ちつかせようとしたが、うまくいかなかった。自分の小さな部屋の空気は澱《よど》んでいて、ヴァイオレットは――そう思ったのは初めてではなかったが――雲の中にいる魚と同じぐらい、このホールにいる自分は場ちがいだと感じた。銀ブナの木にしっかりと抱かれ、肌に夜風を感じたくてたまらなかった。

幼いころに聞いた会話の断片が、ヴァイオレットの耳の中によみがえってきた。

娘もあの若いレディによく似てる、容姿だけじゃなくね。

母さまもこんなふうだったんだろうか？　いまの私と同じように、母さまも、自然の世界に心を惹かれたんだろうか？

いったい、それの何が悪いの？

ため息をつき、ヴァイオレットはベッドカバーを蹴り上げた。ランプを消してから、そっと窓に近づき、ごわごわした遮光カーテンを引いて窓を開けた。

薄暗い空に真珠のような月が輝き、岩の多い丘を照らしている。優しい風が吹き、枝が揺れ、さざめく音が聞こえる。ヴァイオレットは目をつむり、フクロウのホーと鳴く声、コウモリの翼のはためき、アナグマが巣穴に戻る静かな気配に耳をすました。

私の家はここ。むさ苦しい廊下や、尽きることのないタータンチェックの模様や、どこへ行っても父さまがのっそりと歩いていて驚かされる、オートン・ホールなんかじゃなくて。

でも、私が遠くへやられたら……二度と見ることはないかもしれない。フクロウも、コウモリも、アナグマも。大好きな古いブナの木も、そこにある昆虫の村も。

遠くへやられたら、屋内に閉じ込められ、あらゆる無益な会話術と、エチケットの決まりごとを学ばされる。すべては、父が白髪交じりの老男爵か誰かに娘を差しだすため――望みの品と物々交換するための、手持ちの品物として。

あるいは、不要な品物として。

でも——父さまにそんなことはさせない。私がさせない。私がオートン・ホールを出ていくときは、自分の意志でそうする——ヴァイオレットは、自分がジャングルの中を巧みに通り抜け、虫がびっしりたかっているシダの葉を払いのける姿を想像した。それは、父さまの望みや、ほかの誰かの望みに従うためじゃない。

私はここに残ってみせる、そうヴァイオレットは自分に誓った。冬が来て、木々の葉を落とすころ、忌まわしい教養学校にいるようなことにはしない。そのためなら、家の中にとどまったっていい。つまらない親族の訪問が終わるまで頑張ってみせる。私がお行儀よくできることを、父さまに見せてやる。

6 ケイト

くちばしがガラスを叩くカチカチいう音が聞こえないように、ケイトはキルトの掛け布団にもぐり込み、カラスが窓を攻撃するのをあきらめるまで待つ。ふるえる息を深く吸い込むと、寝具のカビ臭さに喉が詰まる。やがて音がやみ、翼が風を切ってカラスが飛び去る気配が聞こえてきた気がする。ケイトの呼吸が落ちつき、心拍数が下がる。

ケイトは頭を上げ、部屋を見わたす。傾斜のついた天井、古びてふくらんできているグリーンの壁が迫ってくる。フレームに入った写真や、動物、昆虫、鳥ばかりが描かれたスケッチが、ケイトを見おろしてくる。その中の一枚は三次元的で、ほとんど彫刻のように見える。ガラスのフレームの下で輝く褐色の蛇だ。その朽葉色のきらめきに目を惹かれ、ケイトはそのそばに寄る。いや、蛇じゃない。大きなムカデの保存標本だ。ガラスの中に永遠に閉じ込められた、濡《ぬ》れた輝きの太い節々。

ケイトはぞっとしながら、ガラスフレームの上で反り返ったシールにある、呪文のように妙な学名を声に出して読んだ。

「スコロペンドラ・ギガンテア」

濃厚な静寂に目眩がしてくる。自由というなじみのない感覚に、ほとんど気分が悪くなる。きめの粗い布が肌に触れているみたいに落ちつかない。慣れる時間が必要だ。

六年前、二十三のときに出会って以来、これほど長くサイモンと話さずにいるのは初めてだ。初めて会った夜を思いだすと、胃の中がちくりと痛む。自分のことは鮮明に思いだせる。信じがたいほど若くて引っ込み思案の自分が、友人たちとロンドンのパブに立っている。大学で出会っただけの女の子たちを〝友人〟と呼ぶのが正しいか、いまとなってはよくわからない。彼女たちのリズミカルなおしゃべりに、自分のしゃべりかたを合わせるのも下手で、タイミングよくジョークを言ったり笑ったりするのも苦手だった。子どものころからずっとそうだ。ほかの人間たちと距離をとり、心を閉ざしてきたのもそのせいだ。

その夜とりわけ孤独感が強かったのは、母が再婚した夫とともにカナダへ引っ越し、ひとりぼっちになってしまったからだ。不当な仕打ちだというわけではないが、それでも傷ついた。好きなふりをして頼んだものの、もったりとしたまずいエールが少しも減らないパイントグラスを見おろし、早く帰る口実を探していたことを覚えている。

化粧室へ行って少し休もうと顔を上げたとき、ケイトの目に彼が映った。最初に目にとまったのはその姿勢だった。くつろいだ堂々たる優雅さで、バーカウンターに寄りかかり、店内をながめていた。相手が自分を見ていることに気づき、ケイトは驚きと喜びに顔を赤らめた。二人の目が合ったとき、ケイトの奥深くの本能的な部分が、彼の官能的なゆったりとした笑顔を認識した。このあと何が起きるか、その瞬間にわかった。

脳内に何かが押し寄せてくるような感覚を覚え、ケイトは思わず目をつむり、その記憶を振り払う。

深く息をし、耳をすませる。ここがあのアパートメントなら、車の音、仕事帰りに角のパブの外で飲んでいる人々の笑い声、上空をすぎていく飛行機の轟音《ごうおん》が聞こえるはずだ。ホクストンの流行の先端を行く高層アパートメントの二重ガラスも、ロンドンの音風景や、人口八百万人のざわめきには対抗できない。

だが、ここでは車も、頭上で怒鳴る飛行機も、近所のテレビから流れてくる音も聞こえない。ここにあるのはただの……静寂だ。それが好ましいのか、不気味なのか、自分でもわからない。耳をすますと、離れた場所の小川のせせらぎや、このあたりに住む夜行性生物が揺らす、草木の音が聞こえる気がする。芋虫、オコジョ、フクロウ。もちろん、そんなはずはない。ケイトは色あせたカーテンをもう一度引き、窓がきちんと閉まっているか確かめる。自分がそこまで耳がいいとも思えない。子どものころのように、想像の産物を作りだしているのだろう。「雲の上からおりてきなさい」よく両親はそう言って、娘を白日夢から連れもどしたものだ。「下にいるうちに、ちゃんと宿題を済ませてね！」

だけどケイトは、言うことを聞かなかった。

それがなんであれ、ケイトはいつも何かに気を取られていた……遊び場の砂の中でピンク色に光るミミズ、ハムステッドヒースの木の上を走り抜けていくリス。家のひさしに巣をかけている鳥。

ちゃんと聞いていれば。

ケイトが九歳のときのことだ。父がケイトを徒歩で学校へ送っているときだった——夏の朝、暑さで空気はかすんでいた。青々としたオークの木が影を落とし、茂った葉が淡いグリーンのまだらを作る、いつもの道を二人で歩いていた。父はケイトと手をつなぎ、横断歩道に近づくとケイトに左右を見るよううながし、特に死角になっている左側の角、急激なカーブになっている道に注意を払わせた。

横断歩道を半分ほど来たところで、鳥の鳴き声が、ケイトの内なる奇妙な秘密の部分を引き寄せようとしてきた。しゃがれた鳴き声で、カラスだと思った——すでにケイトは、家の庭で歌う鳥の大半は言い当てることができ、特にカラスはお気に入りだった。カラスには、その悪戯《いたずら》好きな声にも、輝く黒い瞳にも、知的なところがあった——まるで人間のようだった。

ケイトは振り返り、背後の道の並木に目をやった。やっぱりいた。六月のけばけばしいほどの緑と青に、ビロードのような黒い輝きは鮮烈に際立って見えた。思ったとおりだ、カラスだ。ケイトは父の手を放し、飛び立とうとするカラスを見ながら、その方向に駆けだした。

道路に影がよぎった。遠くから轟音がして、怪物——もうさすがにそんなものの存在は信じないと自分でも思っていた、赤い鱗《うろこ》と銀の歯を持つ怪物——が、道の角を回って現れ、ケイトに向かってきた。

父の手がどうにかケイトに触れた。ケイトを強く押し、道の端の草が生えた場所に突き飛ばした。紙が破けるような、空気が二つに裂けるような音がした。ケイトは呆然《ぼうぜん》として、怪物が父に突っ込んでいくのを見ていた。

ゆっくり、そしてそのあとすばやく、父の身体が倒れた。

その後、緊急対応車両――二台の救急車と一台のパトカーからなる死の護送隊――が到着したとき、ケイトはアスファルトに金色の何かを見つけた。

それはケイトがいつもポケットに入れていた、蜜蜂のブローチだった。父が娘を突き飛ばし、怪物から守ってくれたときに落ちたのだろう。いまとなってはその怪物が、塗料がそげた赤い車、錆びたフロントグリルのついたただの車だということはわかっていた。ケイトがあたりに目をやると、肩幅の狭い男性運転手が、救急車の一台の後部ですすり泣いていた。

黒く光っている何かを載せたストレッチャーが、もう一台の救急車に積み込まれていた。ストレッチャーの上にいるのが自分の父親だとわかるまでに、少し時間がかかった。もう二度と父の笑顔を、目のまわりのしわを見ることはない。パパはいなくなってしまった。

パパを殺したのは私だ、とケイトは思った。怪物は私だ。

ケイトはブローチを拾い、手の上でひっくり返した。クリスタルがついていた箇所に、歯が抜けたようなみっともない隙間ができていた。翅の片方がへこんでいた。

ケイトはブローチをポケットに戻し、自分がしてしまったことを忘れないしるしにした。

その日からケイトは、リスやミミズ、森や庭から遠ざかった。特に鳥は避けた。自然――ケイトの体内にいつも火花を起こしていた、自然が持つ魅惑の輝きは、危険だと思うようになった。

危険なのは私だ。

自分を魅了するものが恐怖に変わると、ケイトは内に引きこもり、ガラスの向こうに隠れるようになった。ガラスのフレームに入った、大伯母の大ムカデのように。そしてそこには誰も入れなかった。

サイモンに出会うまでは。

ケイトはコテージの中で涙をこらえる。喉がからからで苦しい。最後に何か飲んだのはいつだろう。水か何かが必要だ。ウォッカでもいいが、大伯母がインスタントコーヒーやオバルチン（麦芽飲料のブランド）と一緒にキッチンの戸棚に突っ込んでいた酒類には普通っぽいものがなく、黄ばんだラベルに流麗な文字で、なじみのない名称が書かれている。〝アラック〟〝スリヴォヴィッツ〟〝ソジュ〟。ケイトには未知の言語ばかりだ。どのみち、これを飲むことがいい考えだとも思えない。ケイトは、シャルドネに口をつけたときに感じた、腐ったような臭いを思いだす。自分の身の内にどっしりと居座る、子どものこともどうするか決めなければ。

キッチンのさまざまな影の形が迫ってくるように感じ、ケイトは明かりをつける。天井からぶら下がっている蜘蛛の巣の青白い糸から目をそむけ、エナメルの欠けた流しに向き直る。

窓台の上に食器の水切りラックがあり、そこにあったマグカップを取ると、拳に何かが触れる。ジャムの空き瓶に羽根が立ててある。白く繊細な羽根、赤褐色の羽根。いちばん大きな羽根はつやのある黒だ――虹色がかった青と言ってもいい。よく見ると、黒い羽根には、雪に突っ込んだかのような白い斑点がある。そういえば、暖炉にいたカラスにも似たような白い点があった。あれは灰ではなかったのだ。まさか、この地域のカラスがかかっている病気か何かなのでは？　考えているうちに、ケイトのうなじの毛が逆立ってくる。すぐに水道の栓をひねり、内から自分を清めるように、水をごくごくと飲む。

飲み終わると、少しのあいだ窓の外をながめる。満月がきれいに見えていて、クレーターのくぼみや起伏までわかるほどだ。その黄色い光が、荒れ放題の庭を照らし、植物の葉にも、オークやシカモアの枝にも降りかかっている。ケイトは木々に目を移し、どのぐらい古い木なのだろうと考えているうちに……木が動く。

耳の奥で鼓動が鳴り響く。呼吸が浅くなり、潮が満ちるようにパニックが全身に広がっていく。そのとき、暗い影――何百もの影が、あやつり人形の糸に引かれたかのように、一斉に木々から舞い上がるのが見える。月の前をその影たちがよぎっていく。

鳥たちだ。

7　アルサ

衛兵は私を、狭苦しい石の階段から地下牢へと連れていった。城が私をのみ込んだとすれば、さしずめ私は腸の中だ。村で私を閉じ込めていた場所より、さらにここは暗い。

私の胃は飢えと病のあいだでのたくり、渇きが喉を引っ掻《か》いてくる。重い木の扉を見るだけで、鼓動が速まる。私はすでに弱っていた。あとどのぐらい持ちこたえられるだろう。

ただし今回は、閉じ込められる前に支給品を渡された。薄い毛布、おまる、そして水差し。さらに古いパンの塊ももらい、私は小さな塊にちぎってゆっくりと食べ、口の中に唾液があふれてくるまで噛んだ。

充分に食べ、縮んでいた胃の痙攣《けいれん》を感じながら、ようやく周囲をじっくりとながめた。ろうそくはもらえなかったが、壁の高いところに小さな格子窓があり、一日の陽射しの名残りが差し込んでいた。

石の壁は触ると冷たく、指を離すと濡れていた。どこかから、警告のように、水のしたたる音が響いてくる。

足の下の藁《わら》は湿って腐っていた。古い小便の悪臭と混ざり合う、甘い腐敗臭。別の臭いもする。私より前にここに捕らわれた人々が皆、暗闇のマッシュルームのように青ざめ、自分の運命を待つさまが思い浮かぶ。私が嗅いでいるのは、空気ににじみだし、石に染み込んだ、彼らの恐怖の臭いだ。

私の内で低くうなる恐怖が、なすべきことをなすための強さを、私にもたらしてくれた。

私はシュミーズをまくり上げ、冷たい空気に腹部を晒《さら》した。それから歯を食いしばり、あばらの小さないぼ状のあざを爪で引っ掻いた。心臓のすぐ下だ。

もうこれ以上痛みに耐えられないと思ったそのとき、あざが取れ、べっとりとした血の甘く強い臭いが空気にあふれた。蜂蜜かタイムがあれば傷の手当てができるのだが、そのかわりに水差しの水をかけた。できるだけ傷をきれいにしてから、私は横たわって毛布を身体にかけた。石床の藁はほとんど役に立たず、冷えた骨がぎしぎしと鳴った。

そのとき初めて私は、家のことを考えた。私の小さな部屋、壺《つぼ》や瓶がたくさんあるきちんとした明るい部屋。夜になると、ろうそくのまわりを蛾が舞い踊る。家の外には庭がある。草木や花、ずっと私にミルクとなぐさめを与えてくれている大切な雌山羊《やぎ》、大枝で雨よけになってくれるシカモアの木のことを思うと、心が痛んだ。藁布団の寝床から引きはがされ、連行されて以来初めて、私はすすり泣いた。縛り首にされるよりも先に、寂しくて死んでしまうかもしれないと思った。だけどその瞬間、あたかも口づけのように優しく、私の肌に触れたものがあった。蜘蛛だ。その脚や、はさみのようなあごが、月光に青く照らされていた。私の首と肩のあいだのくぼみに這《は》ってきた新しい友は、私の髪にしがみついた。パンや水よりも心を高揚させてくれる存在に、私は感謝を覚えた。

格子窓を通ってくる月の光のダンスを見ながら、明日の検察側の証言は誰がするのだろうと考えた。それから私は、グレイスのことを考えた。

きっと眠れないだろうと思っていた。が、どうやら眠りが来そうだと思ってから間もなく、扉がきしみながら開く音がして、私は目を覚ました。燃える松明《たいまつ》の光に、蜘蛛はあわてて逃げていき、ランカスター城のお仕着せに身を包んだ男の姿が見え、私の心臓はぎゅっと縮んだ。間もなく裁判が始まる、と男は言った。それまでに準備をするようにと。

男は、ごわごわした布と汗臭さが渾然一体《こんぜんいったい》となった、長衣を渡してきた。私の前に誰がこれを着たのか、その人たちがいまどうしているかは考えたくなかった。傷に布地が触れ、私は顔をしかめたが、男が戻ってきたときには、粗末な服といえどもまともな服装になれてありがたいと思った。もっとできれば、頭巾か何かが欲しかった。ぼろきれみたいに顔にかかっている髪が恥ずかしく、もっとこぎれいにまとめたかった。

母さんはいつも私に、清潔にしていれば敬意を得られる、敬意は王の黄金をすべて合わせたよりも価値があると教えてくれた——特に私たちのように、敬意も黄金も与えられていない人間には。私たちは毎週身体を洗った。ウェイワードの女が乾いた汗の臭いを撒《ま》き散らすようなことは、たとえ真夏でもないようにしていた。臭い消しにはラヴェンダーを使った。いま手もとにラヴェンダーがあればいいのに。だけどいまの自分には知力しかなく、それも食事や睡眠が足りないせいで鈍っている。

地下牢から法廷への短い移動のあいだ、男は私に手枷《てかせ》をはめていた。冷たい金属が肌に当たる痛みにも、私は顔をしかめずに耐え、頭を高く上げて階段をのぼり、法廷へと入っていった。

検察官が席から立ち上がり、判事たちが座っている判事席に向かって歩いていった。その足音が響くたび、私の心臓に恐怖の楔《くさび》が打ち込まれ、検察官がしゃべりだす前の厳格な静寂に、身をふるわせた。

それでもなお私には、検察官の言葉の恐ろしさに対して、心構えが足りていなかった。検察官は、青白い瞳を赤々と燃え上がらせ、この女は悪魔のとりことなった危険で邪悪な魔女だと、私を非難した。この女は地獄のような魔術や妖術を実践し、罪なき敬虔《けいけん》な独立自営農民、ジョン・ミルバーン氏の命を奪った。しゃべっているうちに、検察官の声はますます大きくなり、弔いの鐘のように私の頭の中に響きわたった。

検察官は私を振り返り、締めの言葉を吐き捨てた。「私には自信があります」と彼は言った。「生死を決める陪審員の紳士諸君も、この女の正体を見抜くはずです。この女が有罪だということを」

それから法廷に向かってこう言った。

「被告の罪状の証拠を示す、最初の証人を召喚いたします」

衛兵にともなわれて証人席にやってきた人物を目にした瞬間、私の耳の奥に血流が押し寄せてきた。

グレイス・ミルバーンだった。

8　ヴァイオレット

ヴァイオレットはできるかぎり行儀よくしてきた。

この一週間ずっと、勉強に集中して熱心にやった。ミス・プールは、ヴァイオレットがフランス語の大過去をようやく理解したことに大喜びし、花瓶に生けたアイリスの写生画をこのうえなく優美だとほめてくれた。青いアイリスの花はしぼみ、葉はしおれていて、なんだか死体のようだとヴァイオレットは思っていた。摘んできたのはミス・プールだ。花を見るためというだけの理由で、わざわざ茎を切るなんて。それでもヴァイオレットは口をつぐみ、できるだけ似せた絵を描いた。

さらにヴァイオレットは、〝嫁入り道具〟を縫うべきだというミス・プールの主張に従い、不器用に絹のスリップを縫うようになった（どうしてそんなものが必要なのか、ヴァイオレットにはさっぱりわからなかった。ナニー・メトカーフが〝上下ひと続きの下着《コンビネーションズ》〟などと古めかしい呼びかたをするものを、ヴァイオレットが身につけるのはその乳母の前でだけだし、今後もそうしていくつもりだった）。

教養学校の苦行を回避しようと決意してから、ヴァイオレットはもう二週間も屋内にとどまっていた。昆虫の翅が最後に肌に触れてから二週間。愛する銀ブナの木に最後に登ってから二週間。宝物——カタツムリの殻、蛾の繭、とげとげした殻がついたブナの実などを窓台から片づけ、ベッドの下に隠してから二週間。外はだいぶ暖かくなり、上唇の上が汗で光るようになってきたぐらいだが、ヴァイオレットは谷から聞こえるさまざまな音を聞くことに耐えられず、わざわざミス・プールに頼んで窓を閉めさせた。蜜蜂の羽音も苦痛だった。リスの鳴き声も胸に刺さった。

それでも、音はしだいに遠のいていった。ありがたかった。

蜘蛛のゴールディですら、ヴァイオレットへの興味を失ったようだった。いつもなら、ゴールディが帽子の箱を這いのぼって出てきて、夜のあいだに部屋を歩きまわっているときは、かすかな足音が聞こえたものだ。ときには、ヴァイオレットが目を覚ますと、ゴールディが髪の中に安全にうずくまっていたこともある。しかしいまは、まったくの静寂だ。もしかしたら、もう一度姿を見せる前に死んでしまったのかもしれない。

ミス・プールが〝進歩〟と呼ぶことに精力を注いでいないときのヴァイオレットは、たいていはカーテンを閉めてベッドに横になり、暗い暑さの中で汗をかいていた。ミセス・カークビーは、食べ物を部屋に運んでくるようになった。最初は手の込んだフルーツ・パイやケーキが、山のようなクリームを添えて運ばれてきたが、ヴァイオレットが手をつけないので、ボウルに入ったあたりさわりのない栄養のあるものに変わった。ある午後、ナニー・メトカーフが部屋にやってきて、何か本でも読みましょうかと言った。ヴァイオレットが幼いころ以来、そんなことはしてもらっていなかった。

「お好きな物語があるでしょう」ナニー・メトカーフは言った。「スリム兄弟とか、なんとかいう――」

「グリムよ。グリム兄弟」ヴァイオレットは言った。ナニー・メトカーフが書いてあることの半分ぐらいをまちがって読んでいたとはいえ、グリム童話が好きだったのは事実だった。「私もうそんな子どもじゃないのよ、ナニー」そう言って、ヴァイオレットは壁に向かって寝返りを打った。射し込んでいる黄金色の光が、壁を照らしている。

衣《きぬ》ずれの音がして、ナニー・メトカーフがヴァイオレットのベッドをのぞき込んだ。

「何か必要なら――」

「もっときっちりとカーテンを引いてちょうだい、ナニー」ヴァイオレットは世話係の言葉をさえぎって言った。

「かしこまりました、ヴァイオレットお嬢さま」ナニーは言った。「それだけでよろしいのですね」

ヴァイオレットは唇を噛んだ。父の親類の滞在さえしのげばいい。堅苦しい古い学校などに行かされる必要はないということを、父に見せなければならない。そうしたらまた外に出られるようになる。それまでは、ひとりにしておいてくれればいい。

その夜、ヴァイオレットが眠りと目覚めのあいだを行き来しているとき、ナニー・メトカーフとミセス・カークビーが会話する小声が、部屋の外から聞こえてきた。ミセス・カークビーは、依然として手をつけていない食事のトレーを取りにきたところだった。

「病気でもないのに、あんなふうにベッドに引きこもるなんてこと、あるものかしら?」ナニー・メトカーフが言った。「でも、別に悪いところはないようなの。熱も、発疹《ほっしん》もないし……」

「私には見覚えがあるよ」とミセス・カークビー。「亡くなった奥さまも、ああして床についてたよ。亡くなる少し前からね」

「なぜなの？　神経でもやられたの？」

「ラドクリフ先生はそう言ってた。最初は旦那さまが先生を呼んだんだ、病状を秘密にすることを条件にね」

「何が原因かはわかったの？」

「その必要はなかった。みんな理由は知ってたよ。そのあと何が起きたかを知ればなおさらさ」

　そこでなら、おまえがあんなふうにならないようにしてくれるさ……彼女みたいにな。


　翌日の午後、ヴァイオレットが勉強部屋で元気なく座り、ミス・プールと刺繍をしていると、ナニー・メトカーフが飛び込んできた。

「旦那さまが、ヴァイオレットお嬢さまに、外の空気を吸わせるようにとおっしゃっています」彼女は言った。

　ミス・プールは時計に目をやり、その爬虫類《はちゅうるい》のような顔の眉間にしわを寄せた。

「だけど、たったいま刺繍のレッスンを始めたばかりですよ」とミス・プール。

「旦那さまのお言いつけです」ナニー・メトカーフが言い張る。

「私は家にいたいわ」ヴァイオレットは刺繍の布地に置いた自分の指を見おろす。手、そして身体のほかの部分も、陽射しを浴びていないので血色が悪い。指の爪は薄くなって斑点が浮き、おのずからはがれそうに見える。私は死ぬのかしら、とヴァイオレットは思った。外に恋い焦がれすぎて？
「そうですね、ヴァイオレットさま、お父さまがお望みなら、外に出るべきかもしれないですね」ミス・プールが言った。「夕食のあとでも、刺繍は続けられますし。その熱心さは本当に喜ばしいことです。こんなヴァイオレットさまを、いったいどこに隠していたんです？」

　ヴァイオレットはナニー・メトカーフの腕に寄りかかり、二人で広庭を歩いた。庭はどこも明るい花の色に満ちていた――とがった青い花びらのヒヤシンス、ふくよかに輪生するシャクナゲ――明るすぎて、ヴァイオレットは目をそむけ、自分の革の短靴を見おろした。

「外は本当に美しいじゃありませんか、鳥の声が聞こえます？」ナニー・メトカーフが言った。

「ええ」とヴァイオレット。「すてきね」

　だが、鳥の声は聞こえていなかった。実のところ、ナニー・メトカーフの声以外、ほとんど何も聞こえずにいた。まるでウールで耳を包まれているようだ。

　蝶がそばを通りすぎていった。いつもの癖で、ヴァイオレットは片手を差しのべたが、蝶は手のひらに舞いおりず、ヴァイオレットがそこにいないかのように飛んでいった。

「旦那さまが、今日はお嬢さまにおりてきてもらって、グレアムさまと三人で軽い夕食をとりたいとおっしゃっていました」ナニー・メトカーフが言った。

「ええ、いいわ」ヴァイオレットは小さな声でそう言いながら、蝶が視界の端で小さな白い点になっていくのをながめていた。

「ナニー」ヴァイオレットはそう呼んでからいったん黙り、ここ何日か気になっていたことを口にするための言葉を選んだ。「母さまには、どこか悪いところがあったの？」

「お母さまですか？　なぜそんなことを。ヴァイオレットさま、前にも言いましたが、もう一度言いますよ。私は奥さまのことはほとんど知らないのです。奥さまの魂が安らかでありますよう」

だが、ナニー・メトカーフの頬が赤くなったのを、ヴァイオレットは見逃さなかった。

「それと……私は？　私はどこか悪いの？」

「まあ、お嬢さま」ナニー・メトカーフはヴァイオレットの顔を見た。「なんだってまたそんなことを？」

「父さまが言ったことがちょっと気になって。それに、私は村に行くことも許されてないのに、グレアムは許されてる。それに――例の従兄以外は――誰もここを訪ねてこないでしょう」

　人々がおたがいの家を訪問し合うものだということを、ヴァイオレットは小説を読んで知った。それに、同じような地位の家族が近所にいないということもあまりなく、そういう人同士で友情を育むものだということも。たとえば、シーモア男爵は、オートン・ホールから五十キロ足らずの場所に住んでいて、しかもグレアムやヴァイオレットと同年代の息子と娘がいる。父親が持っていたぼろぼろの『バーク貴族名鑑』を、以前のぞいてみて知ったことだ。

「ああ、お父さまはちょっと過保護なのですよ、それだけです。気にしないことですよ。さあ、そろそろ戻ってお風呂に入りましょうね」ナニーの言葉は、まるでヴァイオレットが幼い子どもで、十六ではなく六つであるかのように聞こえた。

　ヴァイオレットは食事の前に髪をとかさず、いちばん気に入らない、サイズの合わないオレンジのギンガムの服を着た。よけいに血色が悪くやつれたふうに見えることはわかっていたが、それもどうでもよかった。

ミセス・カークビーが、しなびたローストマトンの皿をテーブルに置いた。ヴァイオレットはマトンが嫌いだったが、父の説教のおかげで、食べられるだけでも幸運だということはわかっていた。それでも、おとなしくて雲のようにふわふわした羊が、人間が食べるために命を捧《ささ》げるところは想像しないようにした。

ヴァイオレットは自分の皿を見た。肉は灰色のごろごろした塊で、戦争前なら父は決してこんなものは食べなかっただろう。水っぽい血が肉からにじみだし、ポテトを赤く染めている。気分が悪くなりそうだ。

ヴァイオレットはナイフとフォークを置いたが、父がそれを見ていた。不機嫌な口の端についた、グレービーソースが揺れる。

「全部食べなさい」父は言った。「弟を見習いなさい」

すでに皿をほとんど空にしたグレアムは、顔を赤らめた。父はさらにグレービーソースを自分の皿に取った。

「忘れていないと思うが」父は言った。「従兄のフレデリックが、明日からここに滞在する。彼は第八陸軍の将校で、トブルクで戦っていたが、休暇で戻ってくるんだ。トブルクがどこか知っているか、グレアム？」

「いえ、父さん」グレアムが答えた。

「リビアだ」父は食べ物を口に詰め込みながら言った。父がしゃべると、歯のあいだに挟まった肉の筋が、ヴァイオレットの目にとまった。吐き気がよみがえってきた。父の背後の壁に掛けてある絵画に神経を集中しようとする――遠い昔に死んだ子爵の肖像画は、十八世紀からずっと横柄にダイニングルームを見おろしている。

「神に見捨てられた場所さ」父は続けた。「残忍なやつらばかりだよ」そう言って首を振る。脚に何かが触れた気がして、ヴァイオレットはぎくっとする。ナプキンを落としたふりをしてテーブルの下を見ると、父がセシルの臀部《でんぶ》にすばやい蹴りをくれたのが見えた。「あのイタ公ども、自分たちがあそこで何をしてるかもわかってない。砂洲《さす》ひとつ統治できんのだ」

メイドのペニーが、プディングの場所をあけるため、皿を片づけ始めた。イングランドの伝統のデザート、イートン・メスは父のお気に入りで、父は何かにつけ、グレアムには自分と同じイートン校に進んでほしかったと言いたがる（グレアムはイートンには行かなかった。ハロウ校に進み、いまは夏休みだ）。

「おまえたちの従兄は」と父は切りだした。「毎日命懸けで国のために戦っている。彼が到着したら、最大限の敬意をもって接してもらいたい。わかるな、おまえたち？」

「はい、父さん」グレアムが言った。

「はい」ヴァイオレットも言った。

「ヴァイオレット」父は言った。「寝室に隠れたりしてはならんぞ。そんな怠惰な真似《まね》は、国王とわが国のために必死で戦う兵士に対する敬意を欠くもので、女性としてもふさわしくない。オートン・ホールで明るくふるまい、従兄のことも愛想よくもてなしてくれ。わかったな？」

「はい」ヴァイオレットは返事をした。

「この前話し合ったことを忘れるな」父は言った。

「はい、父さま」

夕食後、ヴァイオレットはミス・プールとともに刺繡のレッスンを終えた。終わったあともひとりでしばらく座って、窓の外を熱っぽく見つめていた。七時だが、まだとても明るかった。こんな夜は、いつもなら外ですごすところだ。あの銀ブナの木の下に座って本を読んだり、小川のほとりに行き、泡みたいに白いアンゼリカの羽毛状の花をスケッチしたり。

だが、自主的幽閉状態を続けているヴァイオレットには、部屋に戻ってベッドに入る以外、することもなかった。階段に向かう途中、図書室を通りかかった。自分の部屋で読書してもいいかもしれない。ヴァイオレットは図書室に入り、隅のいちばん下の書棚から、赤い革表紙に金の文字が型押しされている本を抜いた。グリム兄弟の『子どもと家庭の昔話』だ。

ヴァイオレットがその本を脇に挟んで上階の寝室に行くと、ベッドカバーの上に、夕陽に照らされて輝く小さなガラス瓶が置いてあった。瓶の中で何かが動いている。

イトトンボだ。誰が置いていったのか、瓶のふたには穴があけてある。そのふたに緑色のリボンで、紙片が不器用に結びつけてあった。紙片をひらくと、グレアムからのメッセージだった。

〝親愛なるヴァイオレット〟と、グレアムがハロウ校風のきちんとした筆記体で書いていた。〝早く元気になって。祈っています。弟グレアムより〟。ヴァイオレットは思わず微笑んだ。こんなことをするなんて、まるで昔のグレアムみたい。

ヴァイオレットは、イトトンボが自分の手の上に乗ってくれないかと思い、瓶を開けた。が、イトトンボはまるでヴァイオレットを恐れているかのように、さっと窓のほうに飛んでいった。イトトンボがほとんど物音もたてていないように思えた。ヴァイオレットは窓を開けてイトトンボを逃がし、すぐさままた窓を閉めた。グレアムの贈り物が運んでくれたつかの間の幸福も、すっかり消え去ってしまった。

カーテンを閉め、紅色に沈みゆく夕陽を視界からさえぎると、ヴァイオレットはベッド脇のランプをつけ、ベッドにもぐり込んだ。

適当にひらいた本のページから、ほこりが舞い落ちた。『強盗のおむこさん』のページだった。それはおぞましい物語だった——自分の記憶にあるよりもずっと恐ろしい話だった。娘をなんとかして嫁に出そうと躍起になっていた父親が、娘を人殺しと婚約させる。物語の唯一の救いは、娘が年老いた魔女の助けを借り、なんとか婚約者を出し抜いたことだ。最後に花婿は、強盗仲間とともに死刑になる。当然の報いよ、とヴァイオレットは思う。

本を置き、ネックレスをはずすと、手を伸ばしてベッドサイドテーブルに置く。チリンと音がして、ネックレスが床に落ちる気配を感じ、ヴァイオレットはため息をついた。ベッドの端から床をのぞいたが、金色の輝きは見えない。ベッドの下に入り込んでしまったようだ。悪態をつきながらベッドを抜けだし、床にしゃがんでネックレスを手探りする。指はほこりで汚れるばかりで、何も見つからない。ベッドサイドテーブルの後ろに落ちてしまった？　もっと気をつけて置けばよかった。ネックレスがなくなってしまったらと思うと、胸が冷たく締めつけられる。確かにあのネックレスは——ナニー・メトカーフにも何度も言われたが——不格好で、形もゆがみ、古くて黒ずんでいる。それでも唯一の母の形見なのだ。

ヴァイオレットはうなり声をあげながらベッドサイドテーブルを動かし、床板がこすれる音に顔をしかめる。落ちているネックレスが目にとまり、胸の鼓動も落ちついてきた。鎖の環《わ》にほこりが絡みつき、縄状になっている。この部屋を最後にきちんと掃除してもらったのが、いつだったかも思いだせない。メイドのペニーは週に一度、ぞんざいにモップをかけているだけだ。罪悪感がちくちくとみぞおちに湧く。ヴァイオレットにうながされ、ゴールディの入った帽子箱をのぞいて以来、ペニーはヴァイオレットのことを少し怖がっている。ヴァイオレットはただペニーに、ゴールディの脚の美しい金の縞《しま》模様を見せたかったのだ。まさかあのメイドが気絶してしまうとは、思いもしなかった――あとからわかったが、ペニーは蜘蛛が大嫌いだったのだ。

ヴァイオレットは身を屈めてネックレスを拾い、それからベッドサイドテーブルを元に戻そうとしたとき、目にとまったものがあった。ほこりの毛玉で半分隠れていたが、羽目板の白い塗料に、引っ掻いたような文字が刻まれていた。〝W〟――いまヴァイオレットが手に握っている、ペンダントに刻まれたのと同じ文字だ。ほこりをそっと払うと、さらに文字が出てきた。丹念にピンか何かで刻んだ文字。あるいは爪かも――そう思い、ヴァイオレットは身ぶるいした。文字はひとつの単語となっていて、それはどこかなじみ深い、長らく会えなかった友人のようで、それでいてどこで見たかもまるで思いだせない言葉だった。

〝Weyward《ウェイワード》〟。

9 ケイト

ケイトはバッグを抱え、車のある場所へ駆けていく。

バックミラーに、あの鳥たちが映っている――カラスだ、とケイトは思う――くすんだ黄色の月よりも高く舞い上がるカラスの叫びに、夜が揺らめく。

「見ちゃだめ、見ちゃだめ」ケイトは自分に言い聞かせる。車内の冷たい空気の中で、息が白くなる。汗で滑る手のひらをジーンズになすりつけ、イグニションキーを回す。エンジンが息を吹き返し、ケイトが車をバックさせて道路に出るあいだ、心臓が激しく鼓動を打つ。

あたりに街灯はなく、ケイトは曲がりくねった細い道を飛ばしながら、ヘッドライトをハイビームに切り替える。呼吸が浅くなり、ハンドルをつかむ指が強張《こわば》る。カーブを曲がるたび、ヘッドライトがそこにひそむ恐ろしい異界の存在を照らしだすことを、半ば本気で覚悟する。

車が高速道の進入路までやってくる。このまま運転を続ければ、朝までにはロンドンに戻れる。でも、そのあとどこへ行く？　アパートメントに戻る？　ハイウェイ入口に並ぶ安全バレルを見つめながら、そのときケイトは、かつて何が起きたのかを思いだす。

かつて、初めて逃げだそうとしたときに。

同棲《どうせい》生活を始めてから間もなくのことだ。児童文学の出版業というケイトの仕事について、また口論になった――サイモンはケイトに仕事をやめてほしがっていて、君にはストレスに対処する力がないと言った。その日ケイトは、職場の週に一回の成果発表ミーティングで、パニック発作を起こしていた。サイモンが迎えにきて家まで連れ帰り、そのあと二人はリビングルームで向かい合って座った。サイモンは、背後のきらびやかな眺望と太陽の後光に照らされ、恐ろしげな天使のようだった。彼の言葉はケイトを打ちのめした――君には仕事は無理だ、僕にもこんなことをしている時間はない、僕に充分な稼ぎがあるのに君が働く道理はない。どのみち無駄な仕事じゃないか――ご婦人がたが、子ども向けのでっちあげの物語についてあれこれおしゃべりするだけの仕事に、いったいなんの価値がある？　そうでなくても君に仕事は向いていない。結局君は、僕の四分の一程度の給料しかもらえてないじゃないか。

この最後の言葉がきっかけだった――ケイトの中で、忘れられていた火がついた。ケイトはサイモンの目を見つめて言った。自席で休んでいたケイトにティッシュやお茶を運んでくれた、親切な同僚たちには言えなかったことを。

仕事は問題じゃない。問題はあなたなのだと。サイモンの顔が暗くなった。彼は少しのあいだ動きを止め、ケイトの息も喉で止まった。ひと言も発することなく、サイモンはコーヒーカップをケイトに投げつけた。かろうじて顔はそむけたものの、ケイトの左腕に熱い液体がかかり、ピンク色の火傷《やけど》の筋がついた。

彼がケイトを痛い目に遭わせたのは、それが初めてだった。その後、火傷は痕になって残った。

その夜、ケイトが荷造りをしているあいだ、サイモンは行かないでくれと懇願し、悪かった、二度とやらない、君がいないと生きていけないと言いつのった。そのときすでに、ケイトの心は揺れていた。

それでもタクシーが来ると、ケイトは乗り込んだ。そうすべきだわ、そうよね？　私は教育を受けた、自尊心のある女性のはずよ。ここでとどまるわけにはいかない。

カムデンのホテルに泊まった。いきなり泊まれる（そして料金も払える）ホテルは、そこしかなかった。寒くて、カビとネズミの臭いがする部屋だった。通りが見おろせる部屋の窓は、車が通るたびに揺れた。朝まで一睡もできず、通りすぎるヘッドライトで光る天井を見つめていた。携帯電話は懇願のメールで何度もブルブルとふるえ、腕の火傷がずきずきと痛んだ。

翌朝職場には病欠の連絡をし、その日はマーケットをうろつき、運河の油っぽい深みを見つめてすごした。解決策を探しながら。

二日目の夜、別れようと決めた。しかしそのとき、留守番電話が入った。

「ケイト」涙ぐむサイモンの声がした。「喧嘩《けんか》のこと、本当に、本当にごめん。頼む、戻ってきてくれ。君なしじゃ生きられない──無理だよ……君が必要なんだ、ケイト。お願いだ。僕──僕はいま薬をのんで……」

そこでケイトの決意は消え失《う》せた。できない。また誰かを死なせるなんてできない。

999番に通報した。救急隊が家に向かったことを確かめて、ケイトはタクシーを呼んだ。家に向かうあいだ、ケイトはぼんやりと窓の外をながめていた。雨の中で暗く輝くこぎれいなテラスハウスの風景が、子どものころの悪夢に変わっていった。風を切る黒い翼。血で光る道路。

怪物は私。

間に合わなかったらどうしよう？

タクシーが着いたときには、すでに黄色の救急車が、アパートメントのある通りに停まっていた。ほとんど息もできずにエレベーターに乗り、のろいエレベーターにいらいらしながら上階に上がっていった。

二人のアパートメントの玄関ドアは開いていて、サイモンがパジャマ姿でカウチに座り、その脇に女性救急隊員が二人ついていた。サイモンの前のコーヒーテーブルに、薬の瓶が見えた。ふたは開いていない。ケイトのみぞおちが凍りついた。

薬などまったくのんでいなかった。嘘をついたのだ。

ケイトはサイモンを見つめた。顔を上げたサイモンの頰を、涙がぼろぼろこぼれ落ちた。「ほんとにごめん、ケイト」サイモンは肩をふるわせながら言った。「僕はただ……君が二度と戻らないかもしれないと思うと、本当に怖かったんだ」

救急隊員たちは、ケイトの腕の水ぶくれには気づかなかった。玄関まで彼女たちを見送ったケイトは、サイモンがまた自殺念慮の兆候を見せたら９９９に通報する、彼をひとりにせず、あとで地元の心理カウンセラーのもとへ連れていくと約束した。それから彼女たちを送りだし、慎重にドアを閉めた。

サイモンはカウチから立ち上がり、ケイトのそばに寄り、うなじに息がかかる距離まで近づいてきた。二人の耳に、エレベーターがおりていく気配が聞こえた。

「出ていったりしてごめんなさい」ケイトは振り返ることなく言った。「二度と自分を傷つけたり、馬鹿なことをしたりしないと約束して」

馬鹿なこと。

ケイトはその言葉を口にした瞬間、あやまちを犯したことに気づいた。

「馬鹿なこと？」サイモンは低い声で訊ねた。ケイトの首の後ろをぐっとつかみ、ケイトを壁に押しつけた。

翌日、ケイトは出版社を辞めた。給料や自己意識のみならず、外の世界とのいちばん強いつながりをも放棄した。自分には価値がある、知性があると思わせてくれた仲間たち、サイモンのガールフレンドや玩具という以上の存在であると感じさせてくれた、同僚の女性たちとのつながりを。

ケイトは、車の方向指示器のスイッチを切る。自分の内部とつながっている細胞の存在を思い、不意に吐き気の波に襲われる。帰ったら……もしあの人が赤ん坊のことに気づいたら……二度とケイトを手放さないだろう。

ケイトは車をUターンさせる。

翌朝ケイトは、必要なものを調達するため、村まで歩くことにする。

春の空気は肌に涼やかで、湿った葉や成長を始めているものの香りがする。玄関のドアを閉めると、前庭の古いオークの木から、ツバメたちがどっと飛び立つ。ケイトはたじろぎ、それでも回転花火のように青空を旋回するツバメをながめ、自分を落ちつかせる。村までは三キロちょっとだ。歩けば元気が出るはずだと自分に言い聞かせる。もしかしたら楽しめるかもしれない。

生け垣に挟まれた細い道は、海の泡を思わせる、見慣れない白い花に縁取られている。カラスの鳴き声が聞こえ、ケイトの鼓動が速まる。空を見上げ、目眩がしそうなほど首を反らせてみる。いない。何もない空に突きだした木の枝が模様を描き、その小さな緑の葉がそよ風になびいているだけだ。ケイトは歩きつづけ、屋根が沈んだ古い農家の前を通る。周辺の草地で、羊が鳴いている。

クロウズベックの村は、何世紀も前からはとんど変わっていないのではと思わせる場所だ。数少ない近代化のしるしは、公衆電話ボックス、そして屋根のあるバス停だけだ。ケイトはさらに緑地を通りすぎる。緑地には古い井戸があり、重い鉄の扉のついた小さな小屋のような、石造りの建物が建っている。遠い昔は村の牢屋だったのかもしれない。こんな狭い場所に閉じ込められ、判決を待つのかと思うとぞっとする。

緑地の向こうは石畳の広場で、建物に取り囲まれている。石造りや木造りと、建物の種類も雑多で、チューダー様式のとがった切妻屋根の下、うずくまるように建っている建築物もいくつかある。青果店や精肉店などの店や、郵便局もある。診療所もある。遠くには教会の赤い尖塔《せんとう》が見え、太陽に照らされて輝いている。

ケイトは青果店の前で躊躇《ちゅうちょ》する。胃の中で勇気がぐらぐらしている。ひとりで青果店で買い物など……最後にしたのがいつなのかも思いだせない。サイモンは、高級食品雑貨店に、日曜夜の食料品配達を手配していた。ケイトは、今日はなんでも自分の好きなものを買っていいのだと考え、速まる呼吸を落ちつかせようとする。

店の前の商品台には、新鮮な野菜や果物が山と積まれている。リンゴが何列にも並び、木のような香りがたち込めている。大きな葉に半ば隠れたニンジンや、淡い緑のキャベツの小山もある。

店内にいた唯一の客は女性だ——中年で、燃えるような赤毛が、セーターのピンク色とけばけばしくぶつかり合っている。彼女がすり足でそばを通るとき、ケイトはにこりと微笑み、パチョリの強い香りで咳《せ》き込みそうになるのをこらえる。女性からも微笑みが返ってきて、ケイトはすぐに目をそらし、シリアルの箱をじっくりと見る。やがて女性は、レジ係に歌うような陽気さで別れを告げて店を出ていき、ケイトはほっとする。

棚からいくつか商品を選んでいく。パン、バター、コーヒー。ふとバスケットの中を見おろす。自分が何も考えずに、サイモンの好きなブランドのコーヒーを選んでいたことに気づく。ケイトはそれを棚に戻し、別のコーヒーを取る。

骨張った体形のレジ係に、小声でハローと言う。ここでの会話が避けられないことは、ケイトもわかっている。

「初めて見る顔ね」レジ係の女性は、インスタント・コーヒーの瓶をスキャンしながら言う。女性のあごに一本だけ毛が生えていて、ケイトは急にどこを見ていいかわからなくなる。なぜだか肌がちくちくしてくる。自分が何を着ているか、ひどく気になり始める。トップスもズボンもぴったりしたもので、身体の線が出すぎている。サイモンはこういう格好をさせるのが好きだった。人目を惹く服装が好きだった。

「ええと――引っ越してきたばかりなんです」ケイトは言う。「ロンドンから」

レジ係が眉をひそめたので、ケイトは親戚から相続したコテージの話をする。「あら、ウェイワード・コテージのこと？」とレジ係。「ヴァイオレット・エアーズの住んでた？」

「そうです――私の大伯母です」

「親戚がいたなんて知らなかったわ」レジ係は言う。「エアーズ家もウェイワード家も、もう誰もいないんだと思ってた。もちろん、あの〝ビッグ・ハウス〟で頭がおかしくなってる、年寄りの子爵以外はってことだけど」

「います」ケイトは硬い笑みを浮かべる。「私はエアーズ家の人間です。あの――ウェイワード家っておっしゃいました？　家名だとは知りませんでした。単なるあのコテージの名前かと」

「家名よ、とても古い名前」レジ係は牛乳パックをながめる。「何世紀も昔からの姓よ」

レジ係は、エアーズ家とウェイワード家になんらかの関係があると思っているらしい。きっと勘ちがいしているのだろう。ヴァイオレット伯母さんはエアーズ家の人間で、オートン・ホールで生まれ育った。ウェイワード・コテージを買ったのは、実家を出たあとのはずだ。実家から縁を切られたあとで。

「カード、それとも現金？」

「現金で」ハンドバッグの裏地の穴から紙幣を出したとき、ケイトは女性の視線を感じる。また人の目を惹きつけてしまった気がしてくる。ケイトは顔を赤らめる。ケイトが何かから逃げているいることに、誰かから逃げていることに、相手も気づいたんじゃないかと考える。

「きっとうまくやっていけると思うわよ」レジ係は、ケイトの頭の中を見透かしたかのように言う。それからお釣りをくれる。「あなたにも同じ血が流れてるんだから」

コテージに歩いて戻るあいだ、ケイトは、あの女性は何を言いたかったのだろうと考えつづける。

ウェイワードとのつながりについて知りたくて、ケイトはヴァイオレットの書類を家じゅう探してみる。ベッドサイドテーブルの引き出し、洞穴のような衣装だんすの前で少し足を止め、防虫剤とラヴェンダーの香りを吸い込む。大伯母の服は風変わりで、チャリティ・ショップで見つかるようなものばかりだ——カフタン（中近東風のゆったりとしたガウン）、亜麻布のチュニック。甲虫の翅のような暗灰色の光沢のある、ビーズのついたケープ。太いネックレスが扉の内側に滝みたいにかけてあり、斑点のついた古い鏡に当たって音をたてる。

ケープが光をとらえるさまに、ケイトは思わず目を奪われる。おずおずと指先で撫《な》でると、ガラスのビーズがひんやりと皮膚に触れる。ケープをハンガーからはずし、肩にさらっとかけてみる。鏡の中の自分はいつもとちがって見える。ケープの暗い輝きが、ケイトの瞳の中の何か、自分でも知らずにいた頑固さを引きだしてみせる。

恥ずかしくなり、頬が熱くなる。まるで着せかえ遊びをする子どもだ。ケープをはずし、すぐにもとのハンガーに引っかける。衣装だんすの扉を閉めるとき、もう一度鏡に映る自分の姿が目に入る。そこにはいつもの自分がいる。彼の選ぶ服を着た自分。髪はブリーチした完璧なレイヤーカット、彼の好みどおり。頑固な目をした女は姿を消している。

ケイトはヴァイオレット伯母さんのベッドの下をのぞく。変形した帽子箱がいくつかあり、ひとつにはスケッチブックが入っていて、まだらの染みがついたページには、注釈をつけた絵が描かれている。蝶、甲虫、それに——ケイトは顔をしかめる——タランチュラ。さらに、モスリンの布で包まれた、重くて四角いものが出てくる。写真のアルバムかと思ったがそうではなく、砕けそうな石のかけらだ。裏返すと、サソリの赤い印が刻まれている。

帽子箱のひとつの下から、紙フォルダーが飛びだしている。ケイトはうめきながらそれを引っぱりだす。

表紙は色あせ、ほこりで毛羽立っているが、その中の書類は整然と揃《そろ》っている。銀行の明細書、光熱費の請求書。古いパスポートも何冊かあり、黄ばんだページにはスタンプがところ狭しと押してある。一九六〇年代のパスポートをめくってみると、コスタリカ、ネパール、モロッコの訪問記録がある。

最初のページのセピア色の写真には、なんとなくなじみがある。波打つ黒っぽい髪、大きな瞳、ひたいに生まれつきのあざがある若い女性。大伯母の若いころの写真は一度も見たことがなかったし、このなじみの感覚の正体に気づいたケイトは、思わず身をふるわせる。写真のヴァイオレット伯母さんは……そっくりだ。私に。

10　アルサ

証言台に立つグレイスは、とても若く、小さく見えた。頭巾の下の肌は青白く、茶色の瞳を大きく見ひらいている。その瞬間、グレイスが二十一歳の成人女性であることが、にわかに信じられなくなった。

私たちがどちらも少女で、陽射しの中追いかけっこしていたころから、時はほとんどたっていない気がした。グレイスを目にして、私たちが十三だった夏の記憶が鋭くよみがえる。

暑い夏だった。ここ何十年でもいちばん暑い、と母さんは言った。私たちは村じゅうをうろつき、小川で水遊びをし、それにも飽きると、いくらか涼しい丘へこっそりと行った。斜面やごつごつした岩山があり、ヒースと霧に取り巻かれた丘。私たちは高いところまでのぼり、グレイスが、フランスまでも見わたせそう、と言った。私は笑い、フランスはすごく遠いんだよ、海の向こうにある国だよと言ったのを覚えている。いつか行こう、探しに行こう、と私は言った。二人で一緒に。

その瞬間、ミサゴが頭上で甲高く鳴いた。私は顔を上げてミサゴが飛んでいくのを見守り、太陽がその翼を銀色に染めた。グレイスが私の手を取ると、まるで自分も雲を抜けて飛んでいるような、軽やかな感覚が全身に広がった。

そのころすでに一部の村人は、母さんや私との接触を恐れていた。まるで私と母さんが、なんらかの害悪、なんらかの疫病を広めているみたいに思われていた。でも、グレイスは怖がったりしなかった。グレイスは知っていた——少なくともそのころは——私が危害を加えたりはしないことを。

丘をおりていく途中、私は沼地でブーツをなくしてしまった。そのことを母さんに話すのが不安で、帰る途中も、グレイスとほとんど話もできなかった。グレイスには理解できないだろうとも思っていた。独立自営農民の娘であるグレイスは、毎年新しいブーツを買ってもらっている。私の母さんは、夜明けから夕暮れまでチーズやダムソンプラムのジャムを売り、病気の村人が来ると世話をして、その収入で靴屋に私のブーツの修理代を払っていた。

だけどグレイスは、コテージに着くと、私と一緒に中まで来て、アルサのブーツが泥に沈んでしまったのは私のせいなの、と母さんに言った。だから、私が持っている余分のブーツを、アルサにあげたいの。

私はそのブーツを何年も履きつづけた。やがてブーツがきつくなり、足の指が紫色に締めつけられるようになるまで。いつか自分に娘ができたら履かせるつもりで、ずっと手もとに置いていた。

法廷の向こうにグレイスの姿を見たとき、十三のときの夏が強くよみがえってきたのには、もうひとつ理由がある。あの夏は、私たちの友情の、最後の夏だった。

そして、私が無邪気でいられた最後の夏だった。

秋が来て、ブナの木から葉が落ちるころ、グレイスの母親が病気になった。

まだ夜明けには間がある時刻、母さんが私を起こした。かかげたろうそくの光が、母さんの顔から影を追い払った。

「グレイスがここに向かってる。何かあったんだよ」母さんは言った。

「なんでわかったの？」私は訊ねた。

母さんは何も言わず、自分の肩にいるカラスを撫でた。その羽が雨に濡れて光っていた。間もなくやってきたグレイスは、息を切らしながらテーブルの前に座り、母が猩紅熱《しょうこうねつ》になったと告げた。メトカーフ農場から三キロあまりを走ってきたのだ。グレイスの母親は、赤い頬をして汗をかきながら、三日間も寝込んでいるという。ほんのときどき目を覚まし、遠い昔に死んでしまった赤ん坊の名を呼んでいると。

グレイスによれば、父親が呼んだ医者は、患者の体内の血液量が多すぎると判断した。血液が体内で沸騰し、熱が出ているのだと。グレイスがその話をしているとき、私が母さんの顔を見ると、母さんは口を厳しく引き結んでいた。医者はグレイスの母親の身体にヒルを貼りつけたが、効果はなかった。ヒルが太るばかりで、母親はどんどん弱っている。

母さんは立ち上がった。かごに、きれいな布、蜂蜜の瓶、ニワトコの実のチンキが入った瓶を入れるのを、私は見守った。

「アルサ、私とあんたのマントを取ってきて」母さんは言った。「急ぐよ、二人とも。医者が血を吸わせつづけたら、夜明けまでもたないかもしれない」

月は雲と霧雨に隠れていて、歩いていてもほとんど何も見えなかった。母さんは私の手をしっかりと握り、決然と歩みを進めた。私の隣で、グレイスが息を切らしているのが聞こえていた。

暗闇と雨のせいで、母さんのカラスは見えなかったが、私たちの前方で、木のあいだを縫って飛んでいることはわかっていた。それが母さんに力を与えていることも。

道の半ばほどで、雨がさらに強まってきた。頭巾から水がしたたり、目に入ってきた。あわてて出てきたので手袋を忘れ、私の手は寒さで麻痺《まひ》していた。どれだけ歩いたのかと思ったころ、遠くにずんぐりと沈んだような形のメトカーフ農場と、ろうそくの光で黄色く染まる母屋の窓が見えた。

ウィリアム・メトカーフは、妻の病床に身を伏していた。医者の姿はなかった。寝室はろうそくで埋め尽くされ、少なくとも二十本に火が灯《とも》っていた。母さんと私が一か月に使う以上の数だ。

「ママは暗いところが好きじゃないの」グレイスが小声で言った。

ベッドにいるグレイスの母親は、眠っているように見えた。ただしそれは、いままで見たこともないような姿の眠りだった。アンナ・メトカーフのナイトガウンの下の胸は、激しく上下をくり返していた。舞い踊るようなろうそくの炎に照らされ、アンナのまぶたがぴくぴくと動いている。やがてその目が開き、アンナはベッドから起き上がって悲鳴をあげ、こめかみのヒルを引きはがし、そしてまたベッドに沈み込んだ。

「神聖なるマリア、聖母よ」ウィリアム・メトカーフは、くずおれた妻の姿につぶやいた。「われら罪人のために祈りを……」

そのとき入ってきた私たちの物音を聞き、ウィリアムが不意に振り返った。糸を通した真紅のビーズを口もとに押し当てていたが、すぐさまそれをズボンのポケットにしまった。

「いったい何しに来た?」ウィリアムが言った。疲れ果ててうつろな様子で、妻と同じぐらい青い顔をしていた。

「私が連れてきたの、パパ」グレイスが言った。「ウェイワードさんが助けてくれる。物知りな人だから……」

「世間知らずが」ウィリアムは吐き捨てた。「その女は助ける方法なんて知らない。母さんの魂をますます弱らせるだけだ。おまえが母さんのためにしてやりたいことは、それなのか?」

「お願いだ、ウィリアム。冷静になってくれないか」母さんが強張った声で言った。「ヒルのせいでますます悪化してる、わかってるんだろう。奥さんは怯えてる、痛みで苦しんでる。回復に必要なのは、冷たい布、それと蜂蜜とニワトコさ」

母さんがしゃべっているあいだも、アンナはうめいていた。グレイスが泣きだした。

「お願い、パパ、お願いよ」グレイスが哀願する。

ウィリアム・メトカーフは妻を見つめ、それから娘を見た。ウィリアムのこめかみの血管が、ぴくぴく脈を打っている。

「わかったよ」ウィリアムは言った。「ただし、俺がやめろと言ったら手出しはやめろ。アンナが死んだらおまえの責任だぞ」

母さんはうなずいた。それからアンナの皮膚からヒルを取りのぞきながら、グレイスに水差しとカップを持ってきてくれと頼んだ。グレイスが言われたとおりにすると、母さんはベッドの脇にひざまずき、アンナに水を飲ませようとした。水はあご伝いに流れ落ちるばかりだ。母さんはアンナのひたいに濡らした布を載せた。アンナが何かつぶやき、掛け布団の下の拳を握ったり広げたりしているのがわかる。

私は母さんの隣に座った。

「ニワトコのチンキを試すの？」私は訊ねた。

「病気が進みすぎてる」母さんは低い声で言った。「チンキを飲んでくれるかはわからない。手遅れかもしれない」

母さんは紫の液体が入った小瓶をかごから出し、栓をはずした。スポイトをアンナの口もとに持っていき、液体をたらした。濃い色のしずくがアンナの口にかかり、唇を染めた。

そのうち、アンナの全身がふるえだした。アンナは目を開けたが、その目は白く光っていた。唇の端に泡がたまってきた。

「アンナ！」ウィリアムがやってきて、私たちを押しのけた。ふるえる妻の身体を押さえつけようとした。私が振り返ると、部屋の奥に立っているグレイスが、両手で口を押さえていた。

「グレイス、見ちゃだめ」私は部屋を横切ってそばに行った。グレイスの瞳を私の手で隠した。

「見ちゃだめ」もう一度そう言った。私の唇はグレイスの顔のすぐそばにあり、肌の甘い匂いを感じた。

ベッドのフレームが揺れる凄《すさ》まじい音が部屋にあふれ、ウィリアム・メトカーフが何度も妻の名前を呼んだ。

やがて、部屋は静かになった。

アンナ・メトカーフが死んだことは、振り返らなくてもわかった。


「どうしてアンナを助けなかったの？」家に向かって歩いているとき、私は母さんにそう訊いた。雨はまだ降っていた。冷たい泥がブーツの中に染み込んできた。グレイスがくれたブーツだ。

「助けようとしたよ」母さんは言った。「もう弱ってた。グレイスがもっと早く来られてたら……」

私たちはそれきり、家に着くまで黙ったままでいた。帰りつくと、母さんは暖炉の火を起こした。そのあと私たちは座り、母さんは肩にカラスを載せ、何時間も二人で炎を見つめていた。雨がやみ、外から鳥の鳴き声が聞こえてくるまで。

それからの何日か、私はグレイスに会いたくてしかたなかった。グレイスを抱きしめ、喪失感をなだめてあげたかった。でも、母さんは私を家にいさせ、広場からも畑からも遠ざけた。炎のように村じゅうに広がった噂《うわさ》を、私も耳にするかもしれないからだ。私にはどうでもよかった。母さんの青白い顔色や、目の下の黒いくまを見れば、そんな噂を察するのは簡単だった。あとになって私は、ウィリアム・メトカーフが、娘に私と会うのを禁じたことを知った。

それから七年のあいだ、私たちは言葉も交わさなかった。

11　ヴァイオレット

翌日のヴァイオレットは、よく眠れず疲れ切って目を覚ました。土曜日は勉強の予定はなかったが、それでもすぐベッドから起き上がった。

昨夜の発見が頭から離れなかった。ベッドサイドテーブルの後ろの羽目板に刻まれた、あの奇妙な言葉。〝ウェイワード〟。

首にかかっているゴールドのペンダントに触れ、Wの文字を指でなぞってみる。いままでずっと、母のファーストネームのイニシャルだと信じ込んでいたが、そうじゃないとしたら？　父と結婚してレディ・エアーズになる前の、ラストネームのイニシャルだったとしたら？

ヴァイオレットの胸が熱望でふくらむ。ベッドサイドテーブルをもう一回どけ、刻まれた文字に触りたい、母が触れたかもしれないものを感じたいという欲求が、急激に湧いてくる。でも、どうして母さまは、自分の姓をそこに書いたんだろう？　いつか私に見つけてもらおうと思ったんだろうか？

ヴァイオレットはベッドカバーを勢いよくはね上げたが、お茶とポリッジのトレーを運んできたミセス・カークビーがドアをノックしたので、すぐまたカバーをかぶった。

入ってきた家政婦の幅広の顔にはどこか上の空の表情が浮かび、かすかな肉の匂いをあたりに振りまいている。拳に小麦粉の白い跡が残り、エプロン全体に肉汁らしき汚れが点々とついている。あの謎の従兄、フレデリックの到着が間近なので、準備に追われているのだろう。オートン・ホールには客人など一度も来たことがないので、自分の仕事で手一杯なのだ。いまなら油断につけ込めるかもしれない。

「ミセス・カークビー」ヴァイオレットは、紅茶を飲む合間に、できるだけ無頓着な口ぶりで声をかけた。「私の母さまの旧姓はなんというの？」

「朝早くからたいそうな質問をなさいますね、お嬢さま」ミセス・カークビーは身を屈め、ベッドカバーについた染みを調べた。「これはチョコレートですか？　ペニーに浸《つ》け置き洗いをしてもらわないと」

ヴァイオレットは眉をひそめた。ミセス・カークビーは、視線を合わせたがっていない。「ウェイワードだったかしら？」

ミセス・カークビーは身を強張らせた。少しのあいだ身動きせずにいたが、そのあとまだポリッジが残っているにもかかわらず、急いでトレーをヴァイオレットのひざの上から奪い取った。

「覚えていませんね」彼女は怒ったような口調で言った。「過去を詮索して回るのはよくないと思いますよ、ヴァイオレットさま。母親がいない子どもはたくさんいます。母親か父親がいない子となると、もっとです。ご自分は幸運なうちだと思って、考えないことですね」

「もちろんそうよね、ミセス・カークビー」ヴァイオレットはすぐ計画を練り直した。「ああ――父親といえば、父さまの今日の予定は聞いてる?」

「旦那さまは今朝早くお出かけになりました」ミセス・カークビーは言った。「お若い従兄のかたが列車でいらっしゃるので、ランカスター駅にお迎えに」

これは素晴らしいニュースだった。でも、急がなければチャンスをふいにしてしまう。

ヴァイオレットはあわてて着がえた。母の旧姓を覚えていないと言ったミセス・カークビーは、まぎれもなく嘘をついていた。でも、寝室の羽目板になぜその名が刻まれているのかは、ヴァイオレットにもよくわからなかった。

ヴァイオレットはこっそりと大階段をおり、二階へ行った。外は見事に晴れわたり、ステンドグラスから色とりどりの光があふれるように入ってきて、オートン・ホールはまるで天上界のようだ。

廊下を曲がると、絶望した顔で代数学の教科書を抱えるグレアムに出くわした。ヴァイオレットは、弟が置いていってくれた贈り物のことを思いだした。

「ええと……プレゼント、ありがとう」ヴァイオレットは小声で言った。昆虫嫌いのグレアムがイトトンボを瓶に入れるには、大変な苦労があったにちがいない。蜜蜂がちらりと頭をよぎった。

「いや」とグレアム。「体調、よくなった? 少しは――普通になったかな。その、ヴァイオレットらしい普通ってことだけど」

グレアムは顔をしかめ、ヴァイオレットは笑った。

「ええ、ありがとう」

「よかった」グレアムは言った。「さてと、じゃあ――こいつをやらないと」教科書を見せ、グレアムはため息をついた。

「グレアム、待って」ヴァイオレットは引き止めた。「あのね――助けてほしいの、私の頼みを聞いてくれる？」

グレアムはためらったようだった。ヴァイオレットが弟に頼みごとをするのは、久しぶりのことだ。

「もちろん」グレアムは言った。

「父さまはいま、ランカスター駅まで、あのなんとかっていう従兄を迎えに行ってる」ヴァイオレットは言った。

「ああ」グレアムは目をぐるりと回した。「大事なお客さまのフレデリックね」

「それでね、私、父さまの書斎で探しものをしたいの」ヴァイオレットは言った。「父さまが戻ってきたら、知らせてくれないかしら」

グレアムの明るい茶色の眉が上がった。

「父さんの書斎？　あそこに忍び込む気？　見つかったら、生きたまま皮を剝がれるよ」グレアムは言った。

「わかってるわよ」とヴァイオレット。「だからあなたに見張りを頼みたいの。もしやってくれるなら、今日から一週間、私のプディングをあげる」

ヴァイオレットはグレアムが考え込む様子をうかがう。弟がカスタードの誘惑に抗えないことを祈りながら。

「わかった」グレアムは応じた。「帰ってきたら、ドアを三回ノックする。ただし、プディングの約束を破ったら、父さんに言いつけるよ」

「いいわ」ヴァイオレットは言った。

ヴァイオレットはすぐ書斎に向かおうとした。

「何を探すのかは教えてくれないんだ？」

「このことを知っている人間は」ヴァイオレットはわざと低い声で言った。「少なければ少ないほどいいの」

グレアムはまた目をぐるっと回し、立ち去った。

書斎までやってくると、緊張感が襲ってきた。いつもなら、冥界の入口を守る番犬ケルベロスのように、セシルが扉の前でうなっている。今日はありがたいことに、セシルは父がランカスターに連れていった。

ヴァイオレットは重い扉を押した。普段は書斎を避けていた――セシルのせいだけではない。この部屋は、蜂の一件で、ヴァイオレットが父から鞭打たれた場所だ。

年を重ねたいまでも、この部屋に来ると落ちつかない気持ちになる。ここはまるで、別の時代の場所のようだ。季節さえちがって見える――父はカーテンを引いたままにしていて、空気は冷たくどんよりとしている。明かりをつけると、机の奥の壁に掛かった絵が目に入り、ヴァイオレットはたじろいだ。本物そっくりの、父の肖像画の一枚だ――禿《は》げ頭の輝きにいたるまでそのままだ。父が最初からそこにいて、ヴァイオレットが悪さをしにくるのを見張っていたかのようだ。

強い動悸を感じつつ、ヴァイオレットはそっと中に入り、パイプタバコの香りを吸い込んだ。きっとここに、母についてのなんらかの記録があるはずだ。この家で生き、そして亡くなった人間が、ネックレスと秘密の壁の文字しか残さないなんてありえない。まるで父が、母の存在をこの世からこすり落としたかのようだ。

棚に目を走らせると、色あせた青インク文字が書き込まれた、古びた背表紙が並んでいる。帳簿だ。何十冊もある。〝一九二五年〟と書かれた一冊を抜きだし、パラパラとめくってみる。両親が出会った五月祭のことが書いてあったりしないだろうか？　しかし何もない――父の堅苦しくそっけない筆跡で、何ページにもわたって数字が書き込まれているだけだった（筆跡まで怒っているように見せることができるなんて、たいした技術だと思った）。いらいらしながら、ヴァイオレットは帳簿を勢いよく閉じた。

部屋を見まわしてみた。父の肖像画の下に、マホガニーの机がのっそりと居座っている。机の上には妙なものが散らばっている。いくつか興味深いものはあった――大英帝国領の国が上品なピンク色で塗り分けられた、色あせた地球儀もそのひとつだ。その一方、不安を感じさせるものもあった。特に、真鍮《しんちゆう》の台に載った、机のほぼ横幅にわたる長さの黄ばんだ象牙。この牙を見ると、ヴァイオレットの幼いころのお気に入り絵本（子ども向けの本はどれも、もともとはグレアムに贈られたものだ）の主人公、象のババールとセレステが、牙を失い血を流す姿を思い浮かべてしまう。

この象牙を見ると悲しい気持ちになるのは、もうひとつ理由があった。小さいころのヴァイオレットは、父のこの〝骨董品《こつとう》〟（父はそう呼んでいた）のことを、父がヴァイオレットと同じように自然を愛している証《あかし》だと思い込んでいた。が、父がこの象牙を手に入れたときの話を、ヴァイオレットとグレアムに語り聞かせたとき――南ローデシアへの狩猟旅行の話で、やせて臆病な子犬のセシルを父が連れ帰ったのもこのときだ——ヴァイオレットは、自分がいかにまちがっていたかを知った。父は、象が親密な母系集団を作ったり、人間と同じように死んだ者を悼んだりする生き物であることなど、気にもとめていなかった。自分が殺した象——机の上に牙を飾るためだけに殺した象が、死ぬ間際の恐怖と痛みにうろたえていただろうことにも、思いを馳《は》せようともしなかった。

父にとって、象牙——その他、オートン・ホールにあるそうしたたぐいの品——は、ただの戦利品なのだ。この高貴な生き物たちは、研究したり崇拝したりするものではなく、征服すべきものなのだ。

父さまとは、とうてい理解し合えそうもない。

とはいえ、そんなことを考えているときじゃない、とヴァイオレットは自分に言い聞かせた。いまの自分には、なしとげるべき使命がある。

引き出しにはきっと鍵がかかっていると思っていたが、ありがたいことに、あっさりと開いた。ヴァイオレットはすばやく中を調べた。エアーズ家の紋章（ミサゴを金色に装飾したもの）がついた父の革製の文房具箱、ガラス面が割れた古い懐中時計、銀行からの手紙、パイプ……大事なものが入っていない引き出しだから鍵もかけていないのでは、とヴァイオレットが思い始めたとき、一本の羽根が目にとまった。

この大きさはカラスの羽根だろうか、とヴァイオレットは思った。あるいは、コクマルガラス？　引き出しから慎重に取りだしてみた。黒曜石のようにまっ黒で、光が当たると青く光沢をおびる。羽根には白い筋が入っている——というより、未完成の絵のような、風変わりな色の欠落がある。羽根を包んでいたと見られる、丸めたやわらかい布も一緒にあった。よく見ると、優美な亜麻布のハンカチーフだったが、虫食いの跡がある。その隅に〝E．W．〟の文字をかたどったモノグラムが、濃緑色の絹糸で刺繍してある。

ヴァイオレットの胸の鼓動が速まった。〝E．W．〟。

ウェイワードの〝W〟？

ハンカチーフを覆っているほこりの下から、かすかにふんわりと花のような香りがする。ラヴェンダーだ。かろうじてわかる程度の残り香だが、それでも充分だった。秘密の泉を掘り当てたかのように、瞬時にして記憶が頭の中にあふれてきた。温かい腕に包まれた感覚。濃厚な香りのする、幕のようにたれた髪に顔をくすぐられた感覚。子守唄の静かなメロディ。耳のすぐそばの心臓の鼓動。


羽根、ハンカチーフ。

母さまの持ち物だ。

父はそれを、とても大切なもののように、机の引き出しにしまっている。特別なもののように。

かつて想像した両親の結婚式の日が、目の前に浮かんできた。父はソフトグレーのモーニングで、ハンサムに見えるといってもよかった。母——ヴァイオレットが想像する母は、ハート形の顔、暗い川の流れのような黒髪の女性だ。父の手を取り、微笑む母。二人の顔は陽射しの下で黄金色に輝き、頭上で花びらが渦巻いている。

ヴァイオレットはときおり、父は何かを愛せる人間なのだろうかと疑いたくなることがあった——狩猟と大英帝国以外の何かを。一方で、父が伝統を無視し、亡くなった両親の願いも聞かず、母と結婚したことも知っている。それに父は、母を思い起こさせる形見の品を、こうして長年ずっと持ち続けていた。机の前に座った父が、ヴァイオレットがいまそうしているように、このハンカチーフを自分の鼻に押しつける姿を思い浮かべてみる。

あの夜、客間で言われたことを、私は誤解していたの？　そこでなら、おまえが彼女みたいにならないようにしてくれるさ。あの言葉からは、憎しみがにじみでているように思えたのに。

もしかしたら、勘ちがいしていたんだろうか、誤解していたんだろうか。そう思うと、心が躍った。ひょっとしたら父さまは、母さまをすごく愛していたのかもしれない。なのに、母さまは死んでしまった。

ヴァイオレットは、父を気の毒に思い始めた。

ハンカチーフの小さな包みを手にしたまま、どのぐらいそこに立っていたのかはわからない。しばらくしてヴァイオレットは、不思議なことに気づいた。

聞こえる。今度はきちんと。重いカーテン、窓の分厚いガラス、古びた石の壁、すべてが崩れ落ちたかのようだ。シカモアの木から飛び立つスズメの羽ばたき。空を旋回しながら、つがいの相手を呼ぶノスリの太く低い叫び。窓の下の茂みで食べ物を探しまわる、野ネズミのさえずるような鳴き声。

ヴァイオレットは驚嘆し、手の中にある品を見つめた。そのとき、ノックが三回聞こえた。グレアムの合図だ。もう帰ってきたの？　腕時計を見ると、十時になったところだ。思った以上に早く向こうを出たにちがいない。

羽根とハンカチーフを持っていきたかったが、なくなったら父が気づくだろうか？　そうなれば、書斎に入ったこともばれてしまう。でも、ひょっとして——自分が何をしようとしているかを思うと心臓が高鳴った――父さまは、羽根のほうがなくなっても気づかないかもしれない。ほんの少しのあいだだけ持っていて、あとで戻せばいい。だいたい、父さまは何年ものあいだ、これをひとり占めしていたんだし……

「ヴァイオレット？」グレアムがドア越しに小声で言った。「いるのか？　帰ってきたよ！　急いで！」

興奮で体内の血液がざわつくのを感じながら、ヴァイオレットはハンカチーフを引き出しに戻し、羽根を服のポケットにしまった。それから父の書斎のドアを静かに閉め、忍び足で階段をのぼった。

ヴァイオレットは自分の部屋の床にしゃがみ、試しにベッドの下から帽子箱を取りだしてみた。箱の中は薄もやのような蜘蛛の糸に覆われていた。ゴールディは生きていて、元気で、その巣に点々とついているハエやアリの死骸から見るに、いつもどおり食欲旺盛だ。ゴールディは後ろの脚で立ち上がり、八つあるビーズのような目をヴァイオレットに向けてちらりと動かし、それから黄褐色の閃光《せんこう》のように宙を飛んだ。ヴァイオレットの肩の上に乗ったゴールディは、そこで身を落ちつけ、ヴァイオレットは微笑んだ。胸に温かいものが広がり、血管を流れる血が沸き立った。

目かくしを外した気分だ。自分がどれほど世界に無感覚になっていたのか、少しも気づかなかった。いまは、神経に電力が充満している感じだ。色も前より明るく見える――窓から見える外の世界は太陽の光で輝いている――そして、ゴールディのはさみのようなあごがたてるカチカチという音が、奇跡のように耳に届く。

ヴァイオレットは自分自身に戻ったのだ。

ヴァイオレットは、階下へ向かう前に鏡で身だしなみを確認し、髪と服を撫でつけた。この前の夕食後、父が言ったことを思いだした。明るくふるまい、愛想よく従兄のフレデリックをもてなしてほしい。はああ。

階段をおりていくと、玄関広間で父が大声で話しているのが聞こえた。そのあと、野卑な笑い声が家じゅうに響く。あまりにも大きな笑い声に、家の屋根に住んでいるアオガラの一家の怯えたさえずりが聞こえる。ヴァイオレットはすでに従兄のフレデリックを好きになれなくなっていた。

ヴァイオレットが広間にやってくると、野卑な笑い声の主は、砂色の軍服を着た、背筋のまっすぐな若者だということがわかった。ヴァイオレットがそばに来ると、フレデリックは白くなめらかな歯を見せて微笑んだ。将校の帽子の下の瞳は緑色だ。ヴァイオレットのいちばん好きな色だ。ちょうど何か退屈な話を終えた父が、フレデリックの背中を叩く。グレアムは、自分の両手をどうしたらいいかわからないような顔で、居心地悪そうに横に立っている。

「フレデリック」父が言った。「私の娘、君の従妹《いとこ》を紹介しよう。ミス・ヴァイオレット・エリザベス・エアーズだ」

「こんにちは」フレデリックはヴァイオレットに手を差しのべた。「初めまして」

「こんにちは」ヴァイオレットは言った。握手したフレデリックの手は温かく、皮膚は分厚かった。近くにいると、コロンらしきぴりっとした香りがした。なぜかよくわからないが、急に頭がくらっとした。こういうのは、若い成人男性に対する普通の反応なのだろうか？　グレアムと庭師の徒弟のニール――出っ歯で青白い顔の若者で、ブローニュの戦いで戦死した――のほかには、若い男性に会ったことがない。

「ヴァイオレット」父が言った。「マナーを忘れたのか?」

「ごめんなさい」ヴァイオレットは言った。「初めまして」

フレデリックはにっこりと笑った。

父はベルを鳴らしてペニーを呼んだ。フレデリックを見たペニーは、顔を赤らめ、危うくお辞儀を忘れそうになった。父はペニーに、フレデリックを部屋に案内するよう命じた。そして、夕食は八時だ、とつけ加えた。

「遅れるんじゃないぞ」父はヴァイオレットの顔を見ながら言った。


ヴァイオレットはお気に入りの服を着て、ディナーの席に向かった——たっぷりとしたスカートに大きな丸襟の、緑色のサージのワンピース。服にはポケットがないので、あの羽根は黄ばんだグリム童話にきちんと挟んでおいた。フレデリックの向かいに座ったヴァイオレットは、彼を盗み見た。その鋭いあごのライン、がっしりとした黄金色の手、指の節のわずかな黒っぽい毛——見ているだけで気持ちが高ぶった。父とはまったくちがう——父の手は、あたかもひとかたまりのハムだ。フレデリックは、まるで別の種族みたいに見える。ヴァイオレットを不快にさせつつも、同じぐらいに魅了してくる。

ヴァイオレットは、フレデリックの瞳の正確な色調を突き止めようと試みた。そして、あのブナの木の下に生えている、ミズタマソウと同じ緑色だと判断した。そのときフレデリックが視線を返してきた。ヴァイオレットはたじろいだ。

「君の両親は元気かね、フレデリック？」父が訊ねた。どうやらフレデリックの父親は、ヴァイオレットもグレアムも会ったことのない、父の弟のチャールズであるらしかった。二人が親しげに話す様子を見るかぎり、父とフレデリックは何年ものあいだ、かなり熱心な手紙のやりとりを続けてきたようだ。それを知ったヴァイオレットは、自分が椅子の上で少し小さくなったような気がした。なぜ父は、いまになるまで娘に、たったひとりの従兄を会わせようとしなかったのだろう。ヴァイオレットは、この家に訪問客がなく、自分には外出の自由もないことについて、改めて考えた。

「可もなく不可もなく、というところですね」フレデリックは言った。「ロンドン大空襲があってから、母はまだ神経がまいっているようです。ロンドンを出るよう何度も言っているのですが——嫌な記憶が多すぎるのでね——でも、聞き入れてくれないんです。戦地に戻る前に会いにいくつもりです。ただ、その前に田舎の空気を吸いたくて」

「ロンドン育ちですの？」ヴァイオレットはようやく声に出して質問をした。ロンドンで育つと想像するだけでぞっとした。ヴァイオレットの知るロンドンは、すべて新聞記事やディケンズの小説から得た情報で成り立っている。煤《すす》で息苦しく、陽の光もなく、路地で餌を探す不潔な狐《きつね》以外は動物もいない。「どんな暮らしをされてましたの？」

「まあ、一年の大半は学校にいましたよ」フレデリックは言った。「もちろんイートン校ですけどね」グレアムが身を強張らせ、自分の皿を見る。「でも、素晴らしい街です。生命力と色彩にあふれています。少なくとも、戦争の前はそうでした」

「でも……木はあるんですか？」ヴァイオレットは訊ねた。「木がない生活なんて想像できないわ」

フレデリックは笑い、ワインをひと口飲んだ。彼の視線が明るい緑の閃光となり、森の陽射しのように再びヴァイオレットに降り注いだ。

「ええ、ありますよ」とフレデリック。「実は僕の両親は、リッチモンドに住んでいるんです。公園のすぐ隣に。リッチモンド公園はご存じですか？」

「いいえ」とヴァイオレット。

「美しいところです。ロンドン郊外の、八百ヘクタール以上もある森林なんですよ。ときどき鹿も出る場所です」

「戦争が終わったら何をするか考えているのかね、フレデリック？」父が口を挟んだ。

「そうですね、ロンドンに戻って、しばらくどこかに部屋を借りようかと思っています。ケンジントンかな――まだもとのままだったらですが、あそこなら……僕の小遣いでもどうにかなりますし。戦争についての本を書こうかと思っていたんですよ。でも、いまは……」

「そういえばそうだったな！　タイトルは決まったのか？　『トブルクの苦悩』？　この前の手紙でも話していたじゃないか。心をかき立てる題材だと思ったがね。気が変わったか？」

「いえ、まだわかりません」フレデリックは言った。「医学校に行こうかとも思ったんですよ。戦争ではいろいろなものを見る……多くの死も」その瞳はヴァイオレットを見つめている。「でも、奇跡もある。兵士が死の瀬戸際から生還したり。野戦病院では、医者はいわば……神ですよ」

ぎこちない間があいた。父が咳払《せきばら》いをした。

「僕が言いたいのは」フレデリックはすぐにつけ足した。「すべてが終わったら、人々の生活をよりよくするために、自分も何か貢献したいということなんです」

「高貴な志だ」父は認めるようにうなずいた。

「じゃあ、身体の内部を見たりするのかしら?」ヴァイオレットは訊ねた。「身体の仕組みを学ぶのですか? つまり、医学校に行ったらということですけれど」

「ヴァイオレット」父は顔をしかめた。「若い淑女が食卓でする会話ではないな」

フレデリックは笑った。

「かまいませんよ、伯父さん」フレデリックは言った。「お嬢さんの言うとおりです。医者になるには、まず人の身体の仕組みを知る必要があります。じっくり知る必要がね」

フレデリックはまだヴァイオレットをながめていた。

12 ケイト

ケイトは息をひそめて電話をかける。

午後の陽射しがベッドルームに降り注ぎ、空中のちりをとらえる。窓のひとつから、谷を取り囲む遠くの山々が、紫がかって見えている。

呼び出し音はまだ鳴っている。カナダは――と、ケイトは懸命に考える――五時間遅れの時差で、いまは昼間のはず。母は病院の受付をしているが、きっと忙しいのだろう。出ないかもしれない。

むしろそう願う自分がいる。

いい、出ないで。

「もしもし?」

ケイトの心が沈む。

「もしもし、ママ、私よ」

「ケイト？　ああ、よかった」母の声は切迫しあわてている。背後で職場の電話が鳴る音や、かすかな会話の声が聞こえる。「ちょっと待って」

ドアが開き、閉まる音がする。

「ごめんね、静かなところで話したくて。どこからかけてるの？　いったい何があったの？」

「これ、新しい電話なの」

「ああ、ケイト、心配でおかしくなるかと思ったわ。サイモンが一時間ぐらい前に電話してきたの。あなたが、電話を置いたまま出ていったって」

罪の意識がケイトを苛《さいな》み始める。

「ごめんなさい、もっと早く電話すればよかった。でもね、私は元気よ。ただ……離れたほうがいいって思ったの」

ケイトは言葉を切る。耳に血流が押し寄せてくる。母に真実を話したい気持ちはある。サイモンのこと、赤ちゃんのこと。それでも、言葉が口に出てこない、唇から押しだすことができない。ガラスを割ることができない。

いいいいいいいい。

彼に虐待されてたの。

それでなくても、自分は母にたくさんの痛みを負わせてきた。母の声音を聞いているだけで、記憶がよみがえってくる――事故のあとの長い日々、母が夫婦のベッドルームに閉じこもっていた日々。学校から戻るたび、すすり泣く母の灰色の顔と、父の服が散らばったベッドを目にした日々。

「まだパパの匂いがするの」あのころの母は、そう言っては悲しみの中に身を隠した。そのときケイトは、いっそ自分なんて生まれなければよかったと思ったものだった。

何年かして、母はカナダ人医師のキースと再婚し、ケイトにも一緒にトロントに来てほしいと言った。やりなおしましょう、と母は言った。みんなで一緒に。

ケイトは、大学に行きたいからイギリスに残ると母に告げた。でも、実のところは、母が幸福になるためのセカンドチャンスをぶち壊したくなかっただけだ。たまにする会話――一週間に一度だったものが、月に一度に減った母娘の会話――は、つねに堅苦しくてぎこちないものだった。これでよかったんだ、とケイトは自分に言い聞かせた。ママは私がいないほうが幸せになれる。

「離れるって、何から？」母が訊ねる。「お願い、ケイト――私はあなたの母親よ。いったい何が起きているの？」

彼に虐待されてたの。

「ちょっと――複雑な話なの。なんていうか……うまくいかなくて。だから少し離れたかったの」

「そう。わかったわ」母の声にあきらめが混じる。「それで、どこにいるの？　友だちの家？」

「ううん――パパの伯母さんのヴァイオレットを覚えてる？　カンブリアの、オートン・ホールの近くで暮らしてた人」

「ああ、ええ、なんとなく。ちょっと変わった人よねって思ってた……あなたが親しくしてたなんて知らなかったわ」

「そうじゃないの」ケイトは言う。「親しかったわけじゃないわ。彼女――実は亡くなったの。去年亡くなって、私に家を遺してくれたのよ。たぶん、ほかに血縁がいなかったんだと思う」

「そんなこと、何も話してくれなかったじゃないの」母は少し傷ついた口調になる。「もっと伯母さんと連絡をとるべきだったわ、パパもそう望んでいたかもしれないわね」

ケイトの胸の奥で罪の意識がうずく。母とあまり話すべきじゃないのは、こういうところなのだ。いつものように、また母を傷つけてしまった。

「ごめん、ママ……ひと言言うべきだった」

「いいのよ。それはそうと、どのぐらいそこにいるつもり？　いつでもこっちに来てくれていいのよ。それとも——私がそっちに行ったほうがいい？」

「その必要はないわ」ケイトはすばやく言う。「大丈夫。私は大丈夫だから。なんにしても——ヴァイオレット伯母さんのことはほんとにごめんなさい。もう切らなきゃ、ママ。二、三日中にまた電話するから」

「わかったわ、ケイト」

「あっ、待って——ママ？」

「うん？」

「彼には言わないで。サイモンには。私がどこにいるか言わないで。お願い」

母の問いかけをさえぎるように、ケイトはすばやく電話を切る。

ケイトの視界が涙でかすむ。ベッドサイドテーブルを適当に手探りし、高く積んである《ニュー・サイエンティスト》誌の上に載っていたティッシュボックスを取ろうとしたものの、ついその山を倒してしまう。床に雑誌が散らばる。

「もう」ケイトは身を屈めて雑誌を拾う。少し落ちつかなければ。

ほかにも床に落ちたものがあることに気づく——蝶の模様をあしらった、エナメルのジュエリーボックスだ。中身が床に散らばり、陽射しの中できらきら光る。不揃いのイヤリング、錆びた二つの指輪、使い古しのペンダントのついた汚いネックレス。ケイトはいらいらしながらすべてボックスに戻し、ベッドサイドテーブルの上を片づける。

雑誌の山の後ろに、祖父のグレアムの写真が見つかる。ケイトの知る祖父よりも若い。髪はまだ赤く、その房が風になびいている。祖父はケイトが六つのときに亡くなったため、記憶は曖昧で断片的だ。よく本を読み聞かせてくれた——特にグリム童話をよく響く声で読み、ケイトを別世界へと運んでくれた。

祖父の写真を見ているうちに、別の記憶が頭の片隅をよぎる。このクロウズベックでおこなわれた、祖父の葬儀のときの記憶だ。

ケイトは母の手を握り、空に低くたれ込める雲を見上げていた。雨が降りだすだろうかと考えていた。墓地は、苔《こけ》と石と木、それに鳥や虫でいっぱいで、とてもうるさかったのを覚えている。あまりにもうるさくて、牧師の話がほとんど聞こえなかった。

葬儀のあと、ケイトと両親は、アフタヌーンティーのためにウェイワード・コテージを訪れた。この家に足を踏み入れたのは、過去にはあの一度きりだった。ヴァイオレット伯母さんに会ったのも。

なんとなく、緑色の印象が残っている。緑のドア、家の中の緑の壁紙、そしてヴァイオレット伯母さんの着ていた、ゆるやかにたれ下がった妙な服。彼女の香水の匂いも覚えている——このベッドルームにもいまだに残る、ラヴェンダーの香りだ。もっと細かいことを思いだそうとしても、それ以上は無理だ。端のほうがほつれかけているような、あまりにもぼんやりした記憶だ。

実のところ、弁護士から連絡をもらうまで、自分に大伯母がいたことさえ忘れていた。

いままでも何度も考えたことを、改めてケイトは考える。なぜヴァイオレットは、このコテージを、二十年以上も会っていない甥《おい》の娘に遺そうと思ったのだろう。

「あなたが唯一の、ご存命の血縁者だからですよ」電話口で同じ質問をしたとき、弁護士はざらついた北イングランド訛《なま》りでそう答えた。とはいうものの、この返事は、さらにたくさんの疑問を生んだ。たとえばそのひとつがこれだ――だったらなぜ伯母さんは、まだ生きているうちに、私に連絡してこなかったの？


ケイトは、明るいうちに庭を探索しようと決意する。

庭には草が重たく茂り、なんの植物かわからない香りがする。毛に覆われた緑の葉がケイトの靴を撫でると、銀白色の液が線を描く。シダが風でさわさわと揺れる。

古いシカモアの木のそばに来ると、最初の夜のカラスのことを思いだし、ケイトはためらう。空を仰ぎ、広がる小枝が夕陽に赤く染まっているのを見上げる。何百年も生きてきた木にちがいない。この木が何世代にもわたって番人を務め、木の陰の小さなコテージの安全を守ってきたのかもしれない。ケイトは手を伸ばし、樹皮に手のひらを押しつける。

温かい。生きている。

空気が変わる。ケイトは急に屋内に戻りたくなる。この庭には、ここに充《み》ち満ちた、圧倒的な何かがある。外の世界と、ケイトの神経組織とのあいだには、なんの壁もないような気がしてくる。

大丈夫、と自分に言い聞かせる。外にいても大丈夫。まだ。

虫の羽ばたき、小石の上を流れていく水音を聞きながら、さらに庭の奥へと分け入っていく。庭の下のほうで小川がきらめいている。シカモアのねじれた根をつかんで身体を支えながら斜面をくだり、岸辺へおりる。水は透明で水中のちっぽけな魚が見え、その体がちらちらと光る。近くで虫が宙を舞っている。虫の名前はわからない。トンボよりも小さく、繊細な翅は真珠母のような色をして、小川の水面すれすれを飛んでいる。ケイトは長いあいだ、そんなふうにして、鳥の声を、水音を、虫の気配を聞きながら、庭にとどまる。目を閉じているうちに、何かが手をかすめ、ケイトはまた目を開ける。さっきの、虹色の翅をした、トンボに似た虫だ。ケイトの脳の奥深くから、単語が浮かび上がってくる。イトトンボだ。

涙があふれてきて、ケイトは自分でもびっくりする。

子どものころは昆虫が大好きだった。衣装だんすからひらひらと出てきた蛾や、天井にまといつくガーゼのような蜘蛛の巣を、そのままにしてあげてと母に泣きついたのを思いだす。色あざやかな挿絵の昆虫の本を、たくさん集めたりもした。鳥の本もだ。両親が隣の部屋で眠っている早朝の静かな時間に、ベッドカバーをかぶり、よく本を読んでいた。幼い少女の無邪気な驚きを思い起こすと、いまは心が痛む。懐中電灯を手に、光沢紙のページをめくり、野生の素晴らしい生き物たちに目を見はったものだった。翅に目玉のような模様のある蝶、キャンディのような色の羽毛をしたオウム。

父が亡くなったあと、ケイトは家の外の舗道にそうした本を持ちだし、カラフルな山にして積み上げておいた。しかしその夜、胸が後悔であふれそうになり、こっそりと家を抜けだして本を回収しに行った。だが、本はもうなくなっていた。

ケイトは、これはお告げだと、すでにわかっていたことの確認だと理解した。ケイトが大好きな虫や動物や鳥の近くにいることは、危険なことなのだ。事実、父の死の原因を作ってしまった。母まで危険に晒したらどうする？

ほかの本は取っておくことにした――グリム童話や『秘密の花園』などだ。あのころ、母が生きているしるしは、ベッドルームのドアの下から漏れてくるテレビの眩しい光だけだった。そんな長い夜をすごすときには、物語がなぐさめになってくれた。架空の物語は、ケイトの安全な港となり、外の世界や危険から守ってくれる繭となり、そして友だちにもなってくれた。コマドリが出てくる本は読んだが、裏庭でさえずるコマドリの声は、なんとしても避けるようにした。

それでもあの蜜蜂のブローチはとっておき、必修のネットボール競技のあいだも、試験のときも、ファーストキスのときでさえも、ポケットに安全に忍ばせていた。自分のしたことや自分の正体、つまり、自分が怪物だということを思いだすためのよすがだったものは、いつしか幸運のお守りになっていった。

ブローチはだいぶ古びてきて、年月とともに金色はくすみ、黒く汚れていった。かつては美しかった――小さなころにそれで遊んでいると、クリスタルの翅が太陽に照らされてきらめき、いまにも動きだしそうに見えた。いつ手に入れたものなのかは覚えていない。あの恐ろしい瞬間――父の遺体が運ばれていくあいだ、ブローチを握りしめていたあのときに、これにまつわる思い出はすべて、強い光を浴びたかのように消し去られてしまったのかもしれない。

ケイトの身体が少しふるえてくる。太陽が隠れて温かさが去り、外が冷えてきている。ケイトは立ち上がり、あたりを見まわす。そしてあるものを目にする。

干からび、地衣に覆われて緑に染まった木の十字架が、シカモアの根のあいだにひっそりと立っている。

名前も日付もない。身を屈めてよく見ると、ぎざぎざの線の文字がうっすらと見える。〝安らかに《RIP》〟。太陽が黒雲の陰に隠れてしまい、雨の最初の一滴が落ちてきて、ケイトの肌がズキンと反応する。十字架の前に立っているうちに、庭が音でふくれ上がっていくような気がしてくる。産まれたての動物の赤ん坊のように、肌をむきだしにされた心地がしてくる。胃や血管に、何かが入り込みたがっている。いや、何かが出たがっているようにも思える。

ケイトは走りだす。奇妙な植物が、つかみかかるようにケイトにぶつかり、服に赤や緑の染みを残す。家の中に入ってドアを閉め、窓のカーテンも閉めて、庭やシカモアの木が見えないようにする。十字架。シカモアの根から突きだしてきたかのような、緑色のまだらに染まった木の十字架。

人間の墓のはずがないわよね？　どっちにしろ、このコテージはすごく古いし……そのときケイトは、あのレジ係が言ったことを思いだす。何世紀も昔からの姓よ。まさか、ウェイワード家の誰かの墓？

ヴァイオレット伯母さんの書類も、本当はもっと調べたかった。だが、ベッドの下の紙フォルダーに入っていたのは、すべて一九四二年以降の書類で、コテージそのものや、ヴァイオレット以前のここの住人に関する書類はいっさいなかった。

ふとケイトは、屋根裏部屋があることを思いだす。跳ね上げ戸を見た覚えがある。廊下の天井にあったはずだ。そこになら何かあるかもしれない。

ケイトが梯子《はしご》をのぼると、いちばん上の横木がきしむ。どのぐらい古い梯子なのかもよくわからない。家の裏に立てかけられて錆びつき、半ばツタの葉に覆われていたものだ。梯子が抵抗する音も無視し、ケイトは跳ね上げ戸を押しあける。

ヴァイオレット伯母さんの屋根裏部屋は、とても広い——直立しても歩けそうな高さがある。携帯電話のライトをつけると、そこに置いてあるものの影が浮かび上がる。

壁には棚が並び、標本用の瓶に保存された昆虫が光を放つ。開閉式の不格好な書き物机が場所をとっている。電話のライトで照らすだけでも、机の傷や古さがよくわかり、ひょっとするとコテージのどの家具よりも古いかもしれない。机には引き出しが二つついている。

ケイトは引き出しの片方を開ける。空っぽだ。もうひとつの引き出しを開けようとすると、鍵がかかっている。

何か見落としや手がかりはないかと、最初の引き出しの中を手で探ってみる。指が何かの包みに当たり、ケイトは息をのむ。出してみると、ぼろぼろの布の包みだ。この暗い場所で開けるのはやめたほうがよさそうだ。屋根の上で何かが跳ねているような気配を感じ、心臓が喉までせり上がってきそうになる。

包みをしっかり手に持ち、黄色っぽく光る長方形を通り抜け、下へとおりる。包みのほこりが、ケイトの肌にくっついてくる。

下へおりたら暖炉に火を起こし、お茶を淹れ、明かりをできるだけたくさんつけよう。それから包みを見よう。引き出しに鍵がかかっているのは妙だ。ヴァイオレット伯母さんは、そこに何か隠しているのだろうか。

13　アルサ

　グレイスが、すべて真実だけを話すと聖書に宣誓するのを、私はじっとながめていた。検察官が席から立ち上がり、ゆっくりグレイスのほうに歩いていった。グレイスの瞳が、私の瞳を探っているのがわかる。

　目をそらしたかった。両手で顔を隠して小さく縮こまりたかったが、それはできない。おおぜいの人間が見ている。私はいまランカスター最大の見世物だ。傍聴席では、男たちが自分の女房に私を指さしてみせ、母親たちは汚らしい子どもを静かにさせようとする。低い声の野次がひっきりなしに聞こえる。「魔女め」人々の声が耳に届く。「魔女を吊《つる》せ」

　検察官がしゃべりだした。

「法廷に向け、あなたの正式なお名前をおっしゃってください」

「グレイス・シャーロット・ミルバーンです」グレイスは小さな声で言った。小さすぎて、検察官はもう一度答えるよう求めなければならなかった。

「どこにお住まいですか、ミルバーン夫人？」

「ミルバーン農場です。クロウズベック近くの」グレイスは言った。

「どなたと暮らしていたのですか？」

「夫です。ジョン・ミルバーンです」

「お子さんはいますか？」

グレイスは黙った。その片手が胴に伸びる。暗灰色のウールのロングスカートは、体形を隠せるだけの厚みがあった。いまは私のほうを見ないでほしかった。

「いいえ」

「ミルバーン農場の生産品を教えてください。育てているのは穀物ですか、家畜ですか？」

「家畜です」とグレイス。

「種類は？」

「牛です」声が小さくなった。「乳牛です」

「ご主人はどのようにしてミルバーン農場を手に入れたのですか？」

「相続したのです。父親から」

「つまりご主人は、生まれたときからそこに住んでいたのですね」

「はい」

判事のひとりが咳払いをした。検察官は判事を見上げた。

「続けさせてください、判事閣下。これは被告に対する告発と関わりがあることなのです」

判事はうなずいた。「続けてください」

検察官はグレイスに向き直った。

「ミルバーン夫人。あなたのご主人は牛に詳しかったと言えますか？　牛の行動パターンや習性について？」

グレイスはためらった。

「はい、もちろんです。主人は生まれついての酪農家でした」

「農場の牛たちも、ご主人に慣れていましたか？」

「毎日小屋から牧草地へ牛を出し、連れ帰るのは主人の仕事でした」

「なるほど。ありがとう、ミルバーン夫人。さて、一六一九年のニュー・イヤーズ・デイの出来事を、説明していただけますか？」

「はい。私はいつもどおり、鶏に餌をやるために夜明けに起き、オートミールの粥《かゆ》を作りました。ジョンはすでに起きていて、乳搾りをしてから、牛を小屋から連れだそうとしていました」

「そのあいだ、ジョンはひとりでしたか、それとも手助けする誰かがいたのですか？」

「手伝いがいました。カークビー家の息子が、火曜と木曜にジョンを手伝いに来ています――いえ、来ていました」

「その日は火曜でしたね？」

「はい」

「それから何が起きたのですか？」

「私は洗濯をするために、井戸水を汲《く》む準備をしていました。たらいを持ち、窓から外を見ていました。雪がどのぐらい深いかを見ようとしていたんです、手袋がいるかと思って」

「窓の外を見たとき何が見えましたか、ミルバーン夫人？」

「牛たちが小屋から出てきて牧草地に入っていきました。ジョンとカークビーの息子も一緒でした」

「牛はどんな様子でしたか？　興奮しているように――見えませんでしたか？　攻撃的な様子などは？」

「いいえ、検察官」グレイスは言った。

このあとどう続くかはわかっていた。私は恐怖で目眩を感じ、卒倒するんじゃないかと思った。手枷をはめられた手が汗でひどく光っていたが、ありがたいことに誰にも見えていないようだ。私はスカートで手を拭った。

「話を続けてください、ミルバーン夫人」

「はい、私は窓を見ていましたが、そこでたらいを落としてしまいました。ものすごく大きな音が、神の御許《みもと》にまで届いてしまいそうな音がしました。私は屈んでたらいを拾いましたが、床にしゃがんでいるあいだに、今度は外から雷鳴のような音がしました。嵐でも来るのかと思いました。そのとき、カークビーの息子の叫び声がしました」

「叫び声？　彼はなんと言っていたのですか？」

「最初は意味がわかりませんでした。ただの悲鳴のようでした。でも、それから主人の名を、何度も何度も呼び始めたんです」

「それであなたはどうしましたか？」

自分の鼓動が耳の中で鳴り響く。視界の端が朦朧《もうろう》としてくる。水が欲しかった。どうしてこんなことになったんだろう。グレイスと一緒に木に登った、安全な子ども時代に戻りたかった。フィンチやつやつやした甲虫を指さしたり、グレイスが驚いて笑う声を耳もとに感じたりしたかった。

「私は外に出ました」

「何を見ましたか？」

「牛たちはみんな、牧草地で散り散りになっていました。走ったあとのように脇腹を波打たせ、荒々しい目をしている牛もいました。カークビーの息子は、地面の何かに向かってまだ叫んでいました。最初はジョンがどこにいるのかわかりませんでした。でも、そのうち私も、彼が……私のジョンが……地面に倒れていることに気づいたんです」

グレイスの声は、だんだん涙まじりになってきた。ハンカチを出し、目を拭う。傍聴席から同情のささやきが聞こえる。人々の目が私に向かってくる。また低い野次が聞こえる。魔女。売女。

「そのとき、あなたのご主人がどんな様子だったか説明してもらえますか、ミルバーン夫人？」

「主人は――主人だとわからないほどでした」グレイスは言葉を切り、唇を舐《な》め、自分を落ちつかせた。

「どんなふうに？」

「腕も脚も、みんなねじれていました。それに彼の顔。顔が……ありませんでした」

記憶が、喉にこみ上げる吐き気のようによみがえってきた。めちゃくちゃに潰れ、ダムソンプラムのジャムみたいにどろどろになった顔。歯はなくなっていた。片方の目が裂け、液体がにじみでていた。

「私のジョンは死んでいました。事切れていました」

最後の言葉とともに、声が途切れた。グレイスは、白い頭巾をかぶった頭をたれ、痛々しくわずかに背中を丸め、品を失うことなく嗚咽《おえつ》した。

グレイスは法廷の人々の心を奪った。傍聴席では、同情して涙を拭う妻を、男がなぐさめる様子があちこちで見られた。グレイスは、陪審員に向けて完璧な悲しみの光景を示してみせた。判事たちですら、顔が優しくなっている。

検察官は――まちがいなくこの状況を認識したうえで――おだやかに質問を続けた。

「そのあと何が起きたかを教えてもらえますか、ミルバーン夫人？」

「彼女を見たのはそのときでした。木の下から、私に向かって走ってきました」

「彼女とは？」と検察官。

「アルサです」グレイスは静かに言った。

「ミルバーン夫人、その女性が誰なのか、法廷の皆さんに教えていただけませんか」

グレイスは私に目を向け、片手をゆっくりと上げた。私の座っているところからでも、その優美な指がふるえているのが見えた。グレイスは私を指さした。

傍聴席から喚声があがった。

判事のひとりが静粛を求めた。叫びはしだいに静まった。

検察官はさらに質問を続けた。

「アルサ・ウェイワードがそこにいるのを見て、あなたは驚きましたか？」

「何もかもぼんやりとしか覚えていません。彼女を見て何を考えたか、自分でも思いだせません。私はただ――混乱しきっていました」

「ですが、夜明けから間もない時刻に、あなたがたの牧草地に被告人がいるなんて不自然な気もするのですが、そこはいかがですか？」

「そうでもありません。彼女がよく早朝に散歩しているのは、みんな知っていましたから」

「では、前にも彼女を見たことがあると？　朝、あなたがたの農場近くを散歩しているところを？」

「はい、あります」

「定期的に？」

「定期的というほどではないと思います」グレイスの舌がすばやく唇を湿したのが、私にも見えた。

「でも、一度か二度は見たことがあります」

検察官は眉をひそめた。

「話を戻しましょう、ミルバーン夫人。被告が牧草地の端にいるのを見たのち、何が起きましたか？」

「彼女が私に向かって駆けてきました。何があったのかと訊かれました。私がなんと返事をしたのかは、よく覚えていません。私はただ――ショックを受けていましたから。ただ、彼女がマントを脱いで主人の遺体にかけ、それからカークビーの息子に、お医者さんを、スマイソン先生を呼んでくるように言ったのは覚えています。彼女は私を家の中へ連れていき、そこで二人で待ちました」

「医者とカークビー家の息子さんが来たのはいつでしたか？」

「それからすぐです」

「先生はあなたになんと言いましたか？」

「すでにはっきりしていることをおっしゃっただけです。ジョンは死んだと。もう手の施しようがないと」

小さな頭が再びうつむいた。肩がふるえた。

「ありがとう、ミルバーン夫人。この重大な悲劇を思い起こしてもらうことが、あなたの神経を消耗させていることはわかります。あなたの勇気とご協力に感謝いたします。あといくつか質問させてください、それで終わりにしますので」

検察官は被告席の前をゆっくりと行き来し、それから質問を再開した。

「ミルバーン夫人、あなたは被告人のアルサ・ウェイワードのことを、いつから知っていますか？」

「生まれたときからずっとです。ほかのたくさんの村人と同じです」

「あなたと彼女の関係はどのようなものですか？」

「私たちは——友人でした。子どものころの友だちでした」

「いまはちがうのですか？」

「ちがいます。十三のときから、交流はなくなりました」

「被告人とあなたが十三のとき、何が起きて友情が潰《つい》えたのですか、ミルバーン夫人？」

「ついえ——どういう意味ですか？」

「終わったという意味です。なぜ友情は終わったのですか？」

グレイスは自分の手を見おろした。

「私の母が病気になったのです。猩紅熱です」

「それが、被告人とどういう関係があるのですか？」

「彼女と、彼女のお母さんが——」

「ジェネット・ウェイワードですね？」

「はい——彼女とジェネットが、一緒にうちに来て、母の治療をしたのです」

「法廷の皆さんに説明してくださいますか。その治療の結果を」

グレイスは私に目をやり、それから、私が耳をすまさないと聞こえないほど小声で言った。

「母は亡くなりました」

14　ヴァイオレット

ヴァイオレットは着るものを探していた。

朝食のあと父が、フレデリックと一緒にクレーピジョン射撃に出かけると言いだした。ヴァイオレットはクレー射撃が好きではなかった。もちろん本物の鳩《ピジョン》を撃ったことはない（父ですらヴァイオレットにやらせようとしたことはない）が、単なるクレー射撃の音も、木にとまっている鳥たちを驚かせることには変わりがない。そうでなくても、クレーピジョンと呼ばれる標的を狙った弾が、本物のハトに当たるんじゃないかと気になってしまう。ヴァイオレットは、美しい羽毛と優しい歌声のモリバトが大好きだ。いまもそのさえずりが聞こえ、朝を陽気にしてくれている。

フレデリックは私のように鳥や動物が好きかしら、とヴァイオレットは考えた。フレデリックのことを——彼が自分を見る熱っぽい瞳のことを考えると、胃がねじれそうな心地がする。フレデリックを見るのが怖い気持ちも、見たくてたまらない気持ちもある。前の年に、グレアムの教科書で、磁場についての記述を読んだことがあるが、フレデリックもヴァイオレットに対し、そうした磁場を持っている気がした。まるで潮の満ち引きのように、ヴァイオレットを引きずり込む磁場だ。

今日もフレデリックと話すことはできるだろう。朝食の席でも、クレー射撃のあいだでも。だが、彼はヴァイオレットと話したいのだろうか？　自分は十六になったが、いまだに子どもみたいな気がする——そしてもっと悪いことに、子どもみたいに見える。ヴァイオレットは姿見をのぞき、顔をしかめた。ちくちくするツイードのスカートとジャケット、それに硬い革の短靴。ジャケットとスカートは少し大きすぎるし（ナニー・メトカーフはなんでも大きめのサイズで注文し、「成長したら合うようになります」といつも言い張るのだ）、そのせいでますます自分が小さく見える。

ヴァイオレットの髪は光沢のある黒い波のようで、肩より下まで届く長さがある。どうやったらエレガントなシニヨンにまとめられるのか――あるいは、父の読む新聞の広告で微笑んでいる、モダンな女性のピンカールでもいい――と考えたものの、結局は不器用なおさげにするのがやっとだった。十二歳と言っても通りそうだ。

あきらめて下におりる前に、母のネックレスがきちんとブラウスの下におさまっているかを確かめる。娘がいまもそのネックレスを持っていることを、父は知らずにいる。ヴァイオレットが六つのとき、父はナニー・メトカーフにそれを没収させようとした（幸いにして世話係は、ヴァイオレットが泣きながら立ち向かってくるのを見て哀れに思い、ネックレスを返してくれた）。いまにして思えば、父はこのネックレスを見るのがつらかったのかもしれない。

あの羽根もポケットに入れようかと思ったが、さすがにやめた。父に見つかったら？　危険すぎる。そのかわり、羽根を少しのあいだ鼻に押しつけ、その濃厚で脂っぽい匂いと、かすかなラヴェンダーの甘い香りを吸い込み、それからグリム童話に挟んで隠しておいた。

あの言葉――〝ウェイワード〟――が羽目板に刻んである理由は、依然としてわからなかった。夜中の一時近くまで起きて、部屋にもっと手がかりがないか探したが、ほこりとネズミの落とし物以外は何も見つからなかった。ウェイワードが母の旧姓で、母が壁の塗料にその名を刻みつけた本人だとしても、ヴァイオレットにはその理由がどうしても思いつかなかった。この部屋は、かつて母が使っていた部屋なのだろうか？　いままでは、父母は部屋を共有していたはずだと思い込んでいた……とはいえ、隙間風の入るタータンチェックのカーテンの部屋で女性が生活するというのも、季節はずれのコマドリの歌のような違和感がある。

母が存命のころのヴァイオレットは子ども部屋で眠っていたし、当時この部屋が使われていたかどうかも記憶にない。蜜蜂の一件の直後、子ども部屋からここへ移ってきたときの心の痛みは、いまもはっきり思いだせる。子ども部屋の大きな上げ下げ窓や、眠っているグレアムのやわらかい寝息のリズムが恋しかった。移ってきた部屋は、オートン・ホールでいちばん狭く、壁は脂じみた黄色に塗ってあり、焼いた燻製《くんせい》ニシンを思わせた。

それでも時がたつにつれ、傾斜のついた天井、欠けたエナメルの洗面台、すり切れたカーテン（これも黄色だ）のこの部屋も、自分の身体の一部のようになじみ深いものになった。この部屋のことは知り尽くしていると思っていた。何年にもわたり、この部屋が自分の知らない秘密を持っていたなんて、とても信じられなかった。まるで裏切られたみたいな気分だ。

この部屋のことを、使用人の誰かに訊いてみようか？　だが、母の旧姓を訊ねたときも、ミセス・カークビーは返答を避けた。使用人たちは何かを隠している。

ヴァイオレットはそれを確信していた。


ミセス・カークビーは、最善の努力をして朝食を準備した。配膳台の上の山のような食べ物の量は、ほぼ戦前に近かった。銀の皿に、ベイクドビーンズ、スクランブルエッグ、キドニー、それにベーコンまで載っていた（飼っていた雌豚を使ったベーコンは、ヴァイオレットをひどい気分にさせた。肉づきのいい鼻をした賢い豚は、ヴァイオレットがつけたジェマイマという名前にも反応するようになっていた）。

いつもの椅子に《タイムズ》紙が折りたたんで置いてある様子から、父はすでに朝食を済ませたようだった。グレアムも姿が見えない。午前九時までにグレアムが起きてくるのを、ヴァイオレットは見たことがなかった（これは父の懸念材料でもあった）。

フレデリックはテーブルについていた。今日は軍服ではなく、普段着のズボンと薄い色のシャツで、色の濃い髪と緑の瞳が際立って見えた。三つのボタンをはずした襟もとから、縮れた胸毛がのぞいていた。ヴァイオレットは顔を赤らめながら、ビーンズと卵を皿に取り――キドニーとベーコンはあえて取らず――フレデリックの向かいに座った。

「おはようございます」ヴァイオレットは自分の皿に目をやりながら言った。

「おはよう、ヴァイオレット」フレデリックが返事をした。その声に笑いが混じっているのがわかり、ヴァイオレットは目を上げた。そしてはにかみながら微笑んだ。「よく眠れたかい？」とフレデリックが訊ねてきた。

「ええ――とてもよく。ありがとう」そうは言ったが、実のところはほとんど眠っていない。天井を見つめ、屋根裏のコウモリがかさかさとたてる音を聞いたり、母のことを考えたりしていた。

二人は黙って食事をし、ヴァイオレットは行儀よく食べることに気を配った。やがてフレデリックがナイフとフォークを置いた。

「君のお父さんから聞いたけど、今日は君も僕らと一緒に、クレー射撃に来るんだよね」フレデリックは言った。「君は素晴らしくライフルの扱いが巧《うま》そうだ。君のように田舎に住む女性は」

ヴァイオレットは、返事をする前に、口もとにはみだしたビーンズのソースをすばやく拭った。

「あら――実はそうでもないんです」ヴァイオレットは言った。「何かを殺すのはあまり好きじゃないので」

　自分で何を言ったかに気づき、ヴァイオレットの頬がかっと熱くなった。

「ごめんなさい」ヴァイオレットは言った。「私が言ったのはそういうことじゃ――」

「つまり、僕が何かを殺しているということ？」フレデリックは椅子の背にもたれた。「まあ、それは実際、仕事の一部ではあるよ。僕が加わっている仕事のね」

　ヴァイオレットは、ビーンズや卵で汚れた自分の皿を見おろした。その色は、白いウェッジウッドの皿（フレデリックに敬意を表し、ペニーは最高級のもてなしを準備していた）の上で、ひどくけばけばしく見えた。これ以上食べたい気分になれなくなった。顔を上げると、フレデリックがこちらを見ていて、ヴァイオレットの言葉を待っていた。

「ええ、もちろん」ヴァイオレットの口から勝手に言葉が出た。「あなたは自分の国を守ってるのですもの」さらに何か言おうと口を開け、それから唇を噛んだ。

「続けて」とフレデリック。「訊きたいことを訊けばいい。噛みついたりしないよ」

「あの、私はただ思ってたの、あなたが……あなたが実際に、誰かを殺したことがあるのかって」

　フレデリックは笑いだした。

「君は、普通の十六歳よりもだいぶ幼いようだね」フレデリックは言った。「でも、質問には答えよう――うん、あるよ。ひとりや二人じゃない」そこで言葉が止まった。フレデリックの瞳に見たことのない暗さが浮かんだが、彼は言葉を続けた。

「どんなふうか想像できないだろうね。リビアの暑さときたら、来る日も来る日も身体にまとわりついてくるんだ。どこまで行っても砂と岩しかない。緑なんてまったくない。一日じゅう砂ぼこりの中をのろのろと進んで、撃ったり撃たれたりする。まわりの仲間が死んでいく。人が死ぬのを見て、人間には何も特別なところなんてないと気づくのさ。僕らは肉と血と器官でできているにすぎないし、人間のためにベーコンになってくれる豚と何も変わりはないんだよ。
そんなふうに、一日じゅう、どこに行っても、砂ぼこりと死しかない。夜になると、口の中は砂だらけ、鼻の中は血の臭いに満たされたまま眠る。ここに来てさえ――僕にはまだ砂ぼこりがついてるんだよ。爪の内側や髪、靴底にもこびりついてる。それに、いまでも血の臭いを感じる。父親所有の邸宅に住む可憐《かれん》なイギリス人の女の子が、誰かを殺したことがあるかと訊ねてくるときにもね」

フレデリックは話をやめた。窓から陽射しが流れるように入ってきて、ヴァイオレットの首の後ろに当たっている。ちくちくとして熱い。なんて馬鹿なんだろう。なぜこんな質問をしようと思ったんだろう。怒らせてしまったに決まってる。ヴァイオレットは、フレデリックの顔を見ることができなかった。ひざの上で握った自分の手をじっと見つめた。そのあと、涙を押しもどすために天井を見上げた。

ため息が聞こえた。フレデリックがティーカップを持ち上げ、また戻した。陶器の触れ合う音が響いた。

「ええと、いいかな。きつい言いかたをしてしまったね。悪かった、ヴァイオレット。たぶん、まだ旅の疲れが残ってるんだ」

ヴァイオレットが口を開き、何か言おうとしたとき、ツイードの服と縁なし帽の父が、ライフルのバッグを持ってダイニングルームに入ってきた。後ろでセシルがうなり声をあげている。
「おはよう」父は二人ににこやかに笑いかけた。「二人ともすっかり仲よくなったようだな、実に結構！」

外はよく晴れていた。ヴァイオレットは、谷のながめがフレデリックの気晴らしになることを祈った。フレデリックと父とで、グレアムにクレーピジョンを高い弧で投げるこつを教えているあいだ、ヴァイオレットは芝生に座り、やわらかい緑色の丘陵をながめていた。近くで蜜蜂がブンブンと羽音をたて、タンポポからタンポポへと飛びまわっている。ヴァイオレットは、緑のかけらもない、見て楽しいものもないリビアに縛りつけられる、気の毒なフレデリックのことを考えていた。恐ろしいものばかりを見ている彼のことを。恐ろしいことばかりをやらなければならない彼のことを。

ほかの誰かを殺すということを想像してみる。戦場が実際どんなふうなのか、ヴァイオレットはまるで知らない。自分が撃った相手のことを、見ることなんてできるだろうか？　相手が……死ぬところまで、見なければならないのだろうか？

動物が死ぬのは見たことがある。幼いころペットとして飼っていたイタチ。セシルにひどい傷を負わされた、バラ色の胸をしたウソ。その目から光が消えていくのを、小さな体がぐったりとしていくのを、ヴァイオレットは見守った。死んだらそのあとは何が起きるのか、彼らが恐れる様子が強く感じられた。口を開けて待っている未知の暗闇。ほかの人間をその運命に追い込むことなど、ヴァイオレットには考えることもできなかった。

でも、気の毒なフレデリックには、選択の余地はなかったのだ。

射撃の準備が整い、まず父が撃つことになった。ヴァイオレットは背後にとどまり、すでに汗だくで息を切らしているグレアムが、クレーピジョンを投げ上げるのを見守った。最初の射撃音で、木々からブラックバードが飛び立った。父の弾は当たらなかった。

「もっと高く投げるんだよ！」父はグレアムに大声で言った。

今度はフレデリックが進みでた。まるで身体の一部のように、すんなりとライフルを構えて撃つ。クレーピジョンが砕け、破片が雪のように地面にただよい落ちる。父がフレデリックの背中を叩いた。二人は少しのあいだ話をし――ヴァイオレットには会話の内容は聞こえなかった――そのあとフレデリックは、ヴァイオレットのそばにやってきた。

「お父さんが、君にも試させてやれと言ってる」フレデリックが言った。「おいで、僕が教えるよ――見た目よりもずっと簡単さ」

ヴァイオレットは何も言えなかった。ライフルを撃った経験は一度もない――いつもの父なら、ただ娘を芝生の上に座らせ、見物させるだけだ。

フレデリックがヴァイオレットにライフルを渡し、背後に立った。

「肩に載せて」フレデリックが言う。

ライフルは信じがたいほど重い。持ち上げようとするだけで、腕がふるえた。銃の金属部分は手にひんやりとして、フレデリックの汗の湿り気がわずかに残っている。目の端に、姉を見つめるグレアムが見える。

「僕が支えるから」背後のフレデリックの声が間近に聞こえ、ヴァイオレットの耳をその息がくすぐる。

「さあ」とフレデリック。「こうするんだ」

フレデリックは両手でヴァイオレットの胴を包んだ。撃った瞬間、ヴァイオレットは後ろにのけぞり、フレデリックの腕の中に落ちた。

15　ケイト

ケイトは包みを開ける前に、お茶をゆっくりと喉に流し込む。白いカビの斑点がぽつぽつある布を開くと、鼻につく甘ったるい匂いがただよう。手紙の束が入っている。インクは色あせて茶色に変色し、紙はしわが寄って黄ばんでいる。最初の手紙の日付は、一九二五年七月二十日だ。

愛するリジー
あなたのことを考えていて、今週は眠れませんでした。

外の世界は夏の明るさと緑にあふれ、若いレイナムでさえ足どりが弾んでいます。でも、この長い毎日が、僕には耐えられません。正直、嫌でたまりません。僕がまたあなたに会える日までのあいだに立ちはだかる、この一日一日を憎んでいます。

何をしても落ちつくことができません――ハンティングもなぐさめになりません。僕にできることは、悩める男のように、ただあたりをうろつきまわることだけです。

ここへ、このホールへあなたがやってきて、僕のそばにいてくれることを熱望しています。

愛《いと》しい人、あなたはここで幸せになれると、僕は心から信じています――じめじめしたコテージにいるよりも、ずっと。これを書いているいまも、僕は書斎の窓から庭を見ています。バラが咲いています、その優雅な美しさはこの世の何もかないませんが、あなたのお顔だけは別です。

僕の言葉を信じてください。僕は世界を見てきました。世界を見て、世界のあらゆる種類の女性を見てきたのです。漆黒の髪と黒曜石の瞳を持つ、東洋の女性たち。白鳥のような首に黄金の環をつけた、アフリカの姫君たち。たくさんの顔を目にし、感服してきました。

それでも、誰ひとりあなたにはかなわない。

ああ、あなたのお顔。毎晩夢に見ています。あなたの象牙のような肌。流れる血のように赤いあなたの唇。暗く荒々しいあなたの瞳。僕は毎晩、夢の深みに落ちていきます。溺れる男のように。

なんとしてもあなたを手に入れたい。

愛しい人。僕は牧師と話をしました、二週間後に式を執りおこなってくれるそうです。でも、僕らが前進する前に、これまで話し合ったとおり、すべての準備を整えておかなければなりません。両親と兄は、木曜にカーライルから戻ってくる予定です。日没までには帰宅するでしょう。

僕らは、これまでよりもずっと親密になりました。ひるまず勇敢になってください、僕らがひとつになるために。僕らの未来のために。マクベスもこう言っています。

〝誰が耐えられるものか、愛する心があるなら、そしてその愛を伝える勇気があるのなら？〟

僕らの約束のシンボルとして、贈り物を同封します。ハンカチーフです。ランカスターまで人をやって、最高級の品を手に入れさせました。最愛の人のために。わが花嫁のために。

あなたが僕のものになる日まで、指折り数えて待っています。

あなたの永遠の恋人
ルパート

ルパートとエリザベス（リジーはエリザベスの愛称）というのは誰のことだろう？　このコテージの前の住人かもしれない。いや、ちがう――ルパートは〝ホール〟と書いている。もしかしたら、オートン・ホール――私の親族が昔住んでいた家？

　この二人も私の親族なんだろうか？

　ケイトはもっと詳しいことを知るため、ほかの手紙も調べてみる。ルパートの記述によれば、彼がエリザベスを見初めたのは、村の五月祭でのことだ。ルパート自身の言葉では――〝彼女の象牙色の肌と濡れ羽色の巻き毛に釘《くぎ》づけになった〟と。

　何通か、逢《あ》い引きの取り決めの手紙もある――つねに夜明けか夕暮れ、恋人たちが人目につかない場所を選んでいる。ルパートの言葉にはどこか暗さがあり、恋人たちには何やら危険が迫っていて、星回りは二人に好意的でないようだ。エリザベスは、何に対する勇気を持たなければいけないのだろう？

　謎は解けないままだ。文通する二人の素性もわからない――ルパートの署名はつねにファーストネームのみで、ホールについてもそれ以上の言及はない。

ケイトの胸に悲しみがふくらんでくる。ルパートの口調には、最初のころのサイモンのメールを思わせるところがある。

〝君のことをずっと考えている〟。三回目のデートのあとで、サイモンはそうメールしてきた。〝十六歳のころに戻ったみたいな気がするよ〟。

サイモンは、ショーディッチの寿司レストランに連れていってくれた。高価なジュエリーを身につけた、つややかな髪の女性客たちの中で、ケイトは場ちがいな気分になった。何を着ていくべきかも考えに考え、大学の友人にも何枚も服の画像を送って相談したのだ。ケイトとしてはシンプルなものがいいと思い、何年も前に買った濃紺の無地のドレスにしようと思ったが、友人のひとりのベッキーに、赤のセクシーなトップスを貸してあげると言いくるめられた。だいぶ襟ぐりが深い服で、着てみると、ケイトが子どものころから気にしている、濃いピンクの染みのような胸骨のあざが丸見えになった。

レストランに入っていき、テーブルを見まわしてサイモンを探すあいだも、ケイトはひどく自意識過剰になった。サイモンがケイトを見つけて立ち上がり、完璧な白い歯を見せてにっこりと笑った。考えすぎだとあとで自分に言い聞かせはしたものの、その瞬間、店内が静まり返った気がした。ほかの客がケイトとサイモンを見比べ、こう思ったような気がした——あの子なの？ 本当に？

だが、サイモンはケイトのグラスにワインを注ぎ、ゆったりとした官能的な微笑をケイトに向けた。だんだんケイトの気後れも消え、かわりに興奮から来る落ちつきのなさを感じ始めた。二人はあらゆることを話した。サイモンがケイトのグラスに注ぐワインのように、二人の会話は気軽によどみなく続き、やがてボトルが一本空き、さらに二本目が空いた。

二人は家族のことを話した――サイモンは、ケイトと同じひとりっ子だった。両親とはあまり連絡を取っていない、と彼は認めた。若いころ、なんらかのもめ事があったようだった。あとになってケイトは、サイモンが昔の知り合いや大学の友人の大半と連絡を取っていないことを知った。サイモンには、蛇が皮を脱ぎ捨てるようにやすやすとその場を脱し、次に進んですべてをやりなおす才能があった。

だが、サイモンの瞳――素晴らしく青い瞳を見つめていたその夜のケイトは、そんなことはつゆ知らず、彼に自分のすべてを開け放した。いままで誰にもそんなふうにしたことはなかった。ケイトが自分のまわりに築いてきた、ガラスの壁が崩壊していった――自分でもそれがわかるほどだった。光の中でその破片がきらめき、まるで小さな鏡のようだった。

実のところそれは、単にガラスの壁が檻《おり》に置き換えられたにすぎなかった。サイモンが自分の魅力とお世辞を蜘蛛の糸のように紡ぎ、繊細だが拘束力の強い檻を作っただけだった。

いま思うと、本当はその当時すでに、自分もそのことに気づいていたんじゃないだろうか。それも誘惑の一部だったのかもしれない。何年にもわたって自分を閉じ込めてきて、そのことに疲れ果てたケイトは、自分に代わってそれをやってくれる誰かを見つけた気がしていたのかもしれない。

二人の職業も、まるっきり異なるものだった。サイモンは、未公開株にチャレンジする楽しみや、苦しんでいる企業を買収するときの電流のようなスリルについて話してくれた。サイモンに言わせれば、それはハンティングのようなものだった。鹿や狐を撃つかわりに、資産やバランスシートを制圧し、獲物の死骸から肉を剝ぎ取るように、動けなくなった企業の身ぐるみを剝がすのだ。

不可解なルールや専門用語だらけのサイモンの世界は、ケイトにはまるで異質なものだった。それでもサイモンは、ケイトが児童文学出版の仕事について滔々《とうとう》と話すあいだ、熱心に耳を傾けてくれた。ケイトは、原稿を読み、まだ誰も知らない物語に没頭するときの高揚感について話した。読書がどれだけ自分のなぐさめになったかも——父を亡くしたあとでは、ほとんど救命ボートのようだったことも話した。

「君の情熱が好きだ」サイモンはケイトの手に手を重ねて言った。キャンドルライトの中で、きれいな腕の毛が金色に輝いていた。それから彼は、優しい言葉でケイトの涙腺を刺激した。「君のお父さんは、君をとても誇りに思ってるだろうね」

その夜のことで、いまもケイトを苦しめている記憶がもうひとつある。タクシーに乗り込むケイトに手を貸しながら、サイモンは、自分のアパートメントでもう一杯飲まないかと誘ってきた。彼の部屋のやわらかいレザーのカウチに沈み込んだとき、ケイトの頭はワインの飲みすぎでぼんやりとしていた……。

「君は笑ったときのほうがずっときれいだよ」ジョークに笑っていたケイトに、サイモンがそう言った。それからサイモンは身を乗りだし、ケイトの顔にかかった髪を払い、初めてキスをした。最初のうちは、怯えている野生動物に触れるように、優しくケイトに触れていた。その後、キスが深まるにつれ、ケイトのあごをつかむサイモンの指の力が強くなった。

いいいいいいいいいい

なんとしても君を手に入れたい。

ロマンティックな夜だった、と、翌朝ケイトは自分に言い聞かせた。ケイトのズボンを脱がせ、下着を引きおろし、ケイトの中に押し入ってくるサイモン。その渇望のなんと強かったことか。

二人の関係が始まった最初のころ、ケイトはその記憶を何度も思い浮かべては、粗い角をなめらかにならして嘘に変え、自分でもほとんどそれを信じていた。身も心もアルコールで鈍り、サイモンの顔が自分の上でぼやけていったとき、自分が小声でつぶやいた言葉を思いだすまでに、何年もかかった。

いいい、ねえ待って。

不意にケイトは、これ以上手紙を見ることに耐えられなくなる。手紙を折りたたみ、脇にどける。お茶の入ったマグカップをぎゅっとつかみ、自分の手を温めようとする。外の雨は大降りになっている。窓にちりばめられた雨粒。庭は見えないが、風でシカモアの枝が屋根をこする音が聞こえる。急に吐き気がしてくる。乳房が重くなっていることをのぞけば、唯一の妊娠の兆候だ。内臓が喉もとまで上がってきそうな、こうした感覚は正常なのだろうか。妊娠してどのぐらいなのか、知る手がかりになるのだろうか。最後の生理が来たのは二か月前だ。おなじみの子宮がねじれるような痛み、下着の血の染み。いつも初日は、沈泥や土みたいな色だ。自分の身体から出たものというより、大地から来た何かのように見える。

サイモンは、自分が流すものでないかぎり、血を見るのを嫌がるたちではなかった。まるで勝利のしるしのように、ケイトの肌に打撲のあざを何度もつけ、誇らしげにそれを指で触った。だが、ケイトの経血は独自の周期で体内から流れるもので、サイモンがどうにかしたり、支配することができないものだった。サイモンは、経血のぬるぬるした繊維質の感触を嫌った。その臭いも。動物みたいだと彼は言った。あるいは死んだ何かみたいだと。だからケイトは、月に一週間だけ、自分の身体を自分のものにすることができた。

そしていまケイトは、その身体を共有している。

自分の内側にしがみつく、細胞の塊のことを思い浮かべる。こうしているいまも、細胞は分裂し、再形成され、成長している。二人の子どもとして。

男の子だろうか、とケイトは思う。サイモンのようになるのだろうか？　それとも女の子で、私のようになるんだろうか？

どっちがより悪いのか、自分でもわからない。

16　アルサ

グレイスとまた会うというのは、奇妙な感じだった。かつては並んで歩きだした一人が、法廷を挟んで二手に分かれていくというのも奇妙だった。グレイスはこぎれいな外衣をまとい、私は手枷をしている。囚人として。

風の叫びか、あるいは有罪判決を受けた人間の魂の叫びかはわからないが、遠くから叫びのようなものが聞こえる以外は、地下牢はしんとしていた。私はあの蜘蛛を探し、敷いた藁の下をのぞいた。どうやら蜘蛛は姿を消してしまったようで、私ひとりで運命に向き合わなければならないと思うと、胸が痛んだ。だが、私があきらめて床に身を丸めたとき、耳たぶに何かが触れた。その目やあごの輝きが見えないだろうかと思った――だけど夜の闇は暗すぎて、格子窓から入ってくる銀色の月光も助けにならなかった。あまりに暗くて、もう自分は墓穴にいるんじゃないかとさえ思った。

もし私の入る墓穴があるなら、これがそうなんだろう。縛り首になった魔女がどうなるのかは知らなかった。誰かが埋めるのだろうか。私のことも埋めてくれるのだろうか。

埋めてほしかった。この人生から離れなければならないのなら、土の中で私を生かしてほしかった。ミミズの餌になり、木の根に栄養を与えたい。母さんのように、そして母さんの母さんのように。

本当のところ、私が恐れているのは、死そのものではなかった。死んでいくということだった。その過程、その痛みだった。教会が話す死というものには、つねに平和な響きがある。温かく迎えられる子羊の群れ、王国への回帰。でも、それを信じるには、たくさんの死を見すぎてしまった。老人、女性、子どもに、鎌をひと振りする死神の影。ゆがむ顔、ばたつく手足、懸命な呼吸。私が見てきたどの死にも、平和などなかった。自分の死にも平和など見いだせないだろう。

眠っているあいだ、首にきつく巻かれる縄が見えた。絞め上げられ、体内から出ていく呼気は、白く曇っていた。風に吹かれてよじれる自分の身体が見えた。

グレイスへの尋問は、あれで終わったようだった。とはいえ、翌朝私が被告席に連れてこられたとき、傍聴席にはグレイスの姿があった。もちろん予想外のことではない。自分の夫を殺した罪に問われている被告の運命を、知りたくない女なんているだろうか?

法廷に判事が入ってくると、全員立ち上がった。判事のひとりが、まるで腐ったリンゴの芯か、切除しなければいけない腫瘍でも見るように、細めた目で私を見た。

検察官は、医者のスマイソン先生を証人席に呼んだ。それも予想どおりだった。

村の牢屋にいたとき、先生が面会に来た。私がランカスターに連行される前のことだ。飢えと疲労でおかしくなってはいたが、それでも私は尋問に屈しなかった。魔女の宴《うたげ》に参加したことがあるのか？〝使い魔〟（魔女に仕えるとされる生物のこと）に乳を吸わせたり、動物と交わったりしたことがあるのか？
悪魔に、花嫁として自分を捧げたことはあるのか？
ジョン・ミルバーンを殺したのか？
いいえ。喉は渇きすぎて固まり、胃は飢えのせいでうなりつづけていたが、それでも私はそう答えた。いいえ。全力で身体から言葉を押しださなければならなかった。自分の無罪を主張するために。

そのときまで、私は石ころを握るようにして、希望を握りしめていた。

でも、スマイソン先生が牢にやってきたとき、私はこれで終わりだという恐怖を感じた。

いま、そのスマイソン先生が、聖書に誓いを立てている。年老いた医者の頬には、血管の赤い模様ができている。もし母さんがここにいたら、お酒のせいだよと言うだろう。彼は酒びたりであると同時に、酒を薬として処方もしていた。とはいえそれは、先生の治療法の中ではずっと危険が少ない部類だ。先生を見ているうちに、グレイスの母親、アンナ・メトカーフのことを思いだした。ミルクのように白いアンナの顔、ヒルに吸われて消えていく頬の色。

検察官が尋問を開始した。

「スマイソン先生、一六一九年のニュー・イヤーズ・デイの出来事を覚えていますか？」

「はい」

「法廷の皆さんにもよくわかるように話していただけますか？」

医者は自信たっぷりに語りだした。結局、先生も男の側だ。自分の話を信じてもらえないかもしれない、などと疑う理由は微塵《みじん》もない。

「わしはいつもどおり夜明けに起きました。前の晩は患者を診ていて、遅くまで起きてましたがね。患者の家族が卵をいくつかくれましてな。その朝は、女房と一緒にそれを食べたと記憶しております。朝食を食べ始めて間もなく、扉をドンドン叩く音がしました」

「誰が来たのですか？」

「ダニエル・カークビーでした」

「ダニエル・カークビーはなんの用で来たのですか？」

「ひどく青い顔をしていたのを覚えております。最初はダニエルが具合が悪いのかと思ったんですが、彼が言うには、ミルバーン農場で何かの事故が起きたようでした。ジョン・ミルバーンが事故に巻き込まれたのだと。ダニエルの顔を見て、よくないことが起きたのはわかりました。わしはコートとかばんを取り、ダニエルと一緒に農場へ向かったんです」

「そこで何を見ましたか？」

「ミルバーンは地面に倒れておりました。ひどい傷を負っていました。死んでいることはすぐにわかりました」

「どんな怪我《けが》だったか教えてもらえますか、先生？」

「頭蓋の大半が潰れておりました。片目にひどい損傷がありました。首の骨、それに両腕と両脚の骨も折れておりました」

「なぜそんなことになったのでしょう。お考えを聞かせてください、先生」

「家畜に踏みつけられたためです。ダニエル・カークビーは、ミルバーンが牛たちに踏みつけられたと話しておりました」

「ありがとうございます。あなたは医者ですが、こうした怪我をいままでにも見たことがありますか？」

「あります。農場で事故が起き、わしが呼ばれることは周期的にありますし、あのあたりではめずらしくありません」

検察官は眉をひそめた。医者から自分の望む返事を引きだせなかった顔だった。

「ミルバーン氏の遺体を見たあとのことを話してもらえますか？」

「わしは農場の母屋に入って、奥さんと話そうとしました」

「奥さんはひとりでしたか？」

「いや。被告人の、アルサ・ウェイワードと一緒でした」

「妻のグレイス・ミルバーンと、被告のアルサ・ウェイワードのそのときの様子を話してください」

「ミルバーン夫人はまっ青でふるえていました。当然ですが」

検察官はうなずき、間を置いた。

「もうひとりについては？」検察官は言った。「アルサ・ウェイワードについて、あなたのご意見を聞かせてください」

「ご意見？　どういうことですかな？」

「質問を変えましょう。これまであなたは、被告とどういった知り合いでしたか？」

「なんというか、彼女は――それに彼女の母親も――ちょっとした厄介者でしたね」

「厄介者？」

「わしが診ている村人や患者を、彼女が世話しにいったという話を何度か聞いていますよ」

「例をあげてもらえないでしょうか」

医者はしばし黙った。

「二か月近く前の話ですが、わしは熱病患者の治療をしていました。ベイカー家の十歳の娘です。体液のバランスがとれていなくて、元気すぎる子どもです。そのせいで身体に過剰な熱がたまり、熱病になりました。それで血を抜く必要があったんです」

「続けてください」

「わしはそのための治療をしました。ヒルを一昼夜貼りつけておくよう指示したんです。次の日、わしがまた行ってみると、両親は早くもヒルを取りのぞいておりました」

「両親は理由を話しましたか？」

「前夜、アルサ・ウェイワードが来たと言いました。アルサが、かわりに大量のスープを飲ませたほうがいいと言ったのだそうです」

「それで子どもはどうなりましたか？」

「生きのびました。幸い、ヒルは充分長く貼りつけてあったので、過剰な体液は取りのぞくことができましてね」

「そうしたことは以前にもあったのですか？」

「何度かありました。被告人が子どもだったころにも、一度とてもよく似たことが起きました。被告人とその母親が、猩紅熱にかかったわしの患者の治療をしたんです。ジョン・ミルバーンの亡くなった義理の母親です。アンナ・メトカーフ。悲しいことに、メトカーフ夫人は亡くなりました」

「あなたは、なぜ彼女が亡くなったとお考えですか？」

「被告人の母親のせいです。悪意があったかどうかはわかりませんが」

「あなたの目から見て」と検察官は言った。「被告人は、メトカーフ夫人の死において、どんな役割を演じたと思いますか？」

「はっきりとは言えません」医者は答えた。「当時はまだほんの子どもでしたから」

再び小さなざわめきが聞こえてきた。私は、傍聴席の奥にいるグレイスを見た。遠すぎて表情はわからなかった。

「スマイソン先生」検察官は続けた。「あなたは、国王陛下がその著作『悪魔学《デモノロジー》』に書かれた、魔女の特徴をご存じですか？」

「むろんですとも。あの著作は熟知してます」

「あなたは」検察官は続けた。「アルサ・ウェイワード、そしてジェネット・ウェイワードに、動物の〝使い魔〟がいたかどうかをご存じですか？」検察官はそこで法廷に顔を向け、吐き捨てるようにその言葉を口にした。「〝使い魔〟とは、魔女が悪魔と契約を結んだ証拠になるものです。魔女は、奇怪な小悪魔――神自身の創造物の似姿をかぶった怪物を呼び寄せ、自分の乳を吸わせます。そうして魔女は、悪魔を自分の乳で育てるのですよ」

この問いに、私の心臓は猛烈な鼓動を打ち始め、検察官にもその音が聞こえてしまうのではないかと思ったほどだった。スマイソン先生自身は、一度もコテージの中に入ったことはない。

でも、入ったことがある人間は、ほかにたくさんいる。母さんの肩の上にとまっていた黒くつややかなカラスや、幼い私が髪にまとわせた蜜蜂やイトトンボを、見ていた人間はたくさんいるだろう。

誰かが先生にその話をしたかもしれない。

法廷は静まり、人々の注目はスマイソン先生の答えに集まった。先生は椅子の上で身体を動かし、白いハンカチで眉を拭った。

「いや」ようやく先生は言った。「そういうのを見たことは、ありませんな」

甘い、酔いしれそうな安堵《あんど》感が、私の血管に広がった。しかし次の瞬間、それは冷たい恐怖に変わった。次にどんな質問が来るか、想像がついたからだ。

検察官は間を置いた。

「結構」彼は言った。「では、これまでにあなたは、魔女のしるしが被告人にあるかどうか、調べたことはありますか？　悪魔や下僕に吸わせるための、不自然な乳首がないかどうかを調べたことは？」

「はい、あります。クロウズベックの牢屋で、検察の立ち会いのもとに調べました。アルサのあばら、心臓の下あたりにありました」

「判事閣下」検察官が言った。「被告人の身体の様子を法廷に示す許可を求めます。彼女に魔女のしるしがあることをご覧にいれるためです」

恰幅《かっぷく》のいいほうの判事が口をひらいた。「請求を認めます」

衛兵のひとりが私に近づいてきた。私は手枷のまま、陪審員の前まで引っ張られていった。私が恐怖で吐きそうになりながらそこに立つと、無情な指が私の長衣の合わせを引っ張り、頭からそれを脱がせた。

私は汚らしいシュミーズ姿で身をふるわせ、こんなふうに衆目に晒されることを恥じた。また衛兵が指を伸ばし、シュミーズも取られた。ひんやりと湿っぽい空気に肌がむきだしになる。傍聴席から声があがり、私は目をつむる。検察官は私のまわりを歩き、私の身体を、畜牛を見る農夫のようにながめる。

私が神を信じていたら、きっと祈っていただろう。

「先生」検察官が呼びかけた。「しるしがある場所を指さしてもらえますか？」

「消えてますな」スマイソン先生の顔にしわが寄る。「残念ですが――あの薄暗い牢でわしが見たと思った魔女のしるしは、ただの腫れ物だったようです。ノミが嚙んだのかもしれませんな。それか膿疱《のうほう》か」

検察官は一瞬立ち止まり、その冷たい目が怒りで燃え上がった。頰にある傷が紫色をおびた。

「結構」少しして検察官は言った。「被告人に服を着せるように」

17　ヴァイオレット

身体を抱きとめられたときにかすめたフレデリックのコロンの香りが、ヴァイオレットにはいまも感じられる気がした。

父は、あたかもフレデリックが許可なく父の所有物を借りていったかのように、奇妙な目つきで二人をながめた。しかしその視線も、雲が太陽をさえぎるように消え、あとは二人に対してうなずいただけだった。その後、フレデリックが肩が痛むと言いだし（「ドイツ人《ジェリー》のせいですよ」）、ホールの広庭を見てまわる前に昼寝をしたいと言ったので、クレー射撃はさっさと切り上げられた。

ヴァイオレットは、フレデリックの散歩についていこうと決めた。ブナの木も含め、広庭のお気に入りの場所を全部紹介してあげよう。もしかしたら一緒に、木に登ってくれるかも？　そこでヴァイオレットははっとした。馬鹿みたい。淑女らしくしないといけないのに。お客さまの前で木に登ったと知ったら、父さまは卒倒してしまうわ。それに、フレデリックには……子どもだと思われたくない。

午後になり、太陽が傾いてきて、谷に長い影を落とすころ、ヴァイオレットは階下におりていった。父とグレアムはまだ姿が見えなかったが、フレデリックは玄関広間で待っていた。ヴァイオレットが階段をおりていくと、フレデリックが顔を上げた。自分の身体をながめるフレデリックの視線を感じ、ヴァイオレットは目眩をもよおしそうになった。熱の波が首筋を上がってくる。いちばん下の段までやってくると、ロマンス小説でヒロインが馬車からおりようとする場面のように、フレデリックがヴァイオレットに手をさしのべた。

「お嬢さま」フレデリックはヴァイオレットの手にキスをした。肌を撫でた彼の唇の感触は、電気ショックのようだった。うれしいのかそうでないのか、自分でもわからなかった。

「ははーん」父の声が階段に轟《とどろ》いた。ヴァイオレットが見上げると、気乗りしなそうなグレアムを引きつれた父がいた。「出かけたくてしかたがないようだな」

外に出ると、谷は午後の陽射しにぼんやりと照らされていた。甘く香る空気の中で、ユスリカの群れがきらめいている。

「うわ」フレデリックは自分の顔をぴしゃりと叩いた。「ユスリカなんていなくてもいいのにと思うよ。存在する意味がない、こんな忌々しい生き物は」

「ああ、でも意味はあるんです」ヴァイオレットは興奮気味に言った。「ユスリカがいる意味。カエルやツバメには、とても大事な栄養源なんです。夏のあいだは、谷全体が、虫の存在に依存しているの。それに、ユスリカはきれいだわ――光に照らされると妖精の粉《フェアリー・ダスト》みたい、そう思いません？」

妖精の粉？　ヴァイオレットは自分で自分に腹を立てた。フレデリックの前では、大人っぽくふるまおうと思ったのに。これじゃいいスタートとは言えない。

「うーん。そこまでではないかな」フレデリックは顔をしかめて言った。「ただ、リビアの蚊を見ているよりはずっといい。虫に刺されて死ななきゃいけないとしたら、イギリスのくそ忌々しい蚊のほうがいいな」

ヴァイオレットは汚い言葉に顔を赤らめた。父には聞こえていない。父とグレアムは先を行き、セシルが並んで軽やかに歩いている。ときどき前の二人の会話の声が、弾《はじ》けるように後ろまで飛んできて、どうやらグレアムは父の射撃の講義を受けているらしい。

「申し訳ない」フレデリックが言った。「どうもまだ、お行儀よくすることに慣れなくてね」

「リビアには女性はいないんですか？」

「君みたいな女性はいないね」フレデリックは言った。ヴァイオレットはまた顔を赤らめた。しばらくは二人とも黙って歩いた。もうブナの木の近くまで来ていた。太陽が緑の葉をまだらに染め、小枝を黄金色に照らしていて、とても堂々として見える。ヴァイオレットはフレデリックが何か感想を言うのを待ったが、何も言わなかった。二人は木を通りすぎた。

「あの」ヴァイオレットは切りだした。「私たちはいとこ同士なのに、どうしていままで会う機会がなかったのかしら？」

「ああ、でも、僕らは会ったことがあるんだよ」フレデリックが言った。「僕が子どものころ、両親と一緒にここに来たんだ。君は覚えてないと思うけど――まだよちよち歩きで小さかったからね」

「でも、その一度きりだったのはなぜ？」ヴァイオレットは訊ねた。「自分が成長するあいだ、いとこが近くにいてくれたらよかったのにって思うんです。ここは私とグレアムしかいなかったし、私たちは……そんなに、昔みたいには親しくないし。それに、グレアムが学校に行っているあいだ、私はひとりぼっちだから」

「本当のところ、僕も事情は知らないんだ」フレデリックは言った。「ただ――不愉快に思わせたらすまないが――問題は、君のお母さんだったんじゃないかって気がしてる」

「母さま？　私、母さまのことはほとんど覚えてなくて」

「君はお母さんに似ているよ」フレデリックは言った。「お母さんも同じ黒髪だった。ちょっと――変わった人だった。召使いみたいな口のききかたをしてたな。僕の母さんが言ってたけど、お母さんは地元の、村生まれの女性だったそうだ。僕の父さんは、一連の状況に少しばかり怒ってたと思う。自分たちの両親が生きてたら、絶対にあんな結婚は許さなかったって言いつづけてた。そんな感じさ。悪いね、今日はもう充分に君を不快にさせたし、これ以上はやめておくよ」

「だめ――お願い」ヴァイオレットはせがんだ。「お願い、もっと母さまのことを聞かせて。父さまは何も話してくれないの。変わってたって言ったわね？　どういうふうに？」

「そうだな、彼女は……普通じゃなかったと思う。いつも小汚い鳥を肩に載せて歩いてた。ワタリガラスか何か――単なるカラスかな、よく覚えてないけど、明らかに病的だったよ。カラスの羽根には、気味の悪い白い筋が入っててね。とにかく、彼女はそのカラスを……なんだったかな？　ああ、そうだ――〝モーグ〟って呼んでたよ。妙な名前だ。僕の母さんはだいぶ憤慨してた」

　そこでフレデリックは言葉を切り、ヴァイオレットの様子をうかがった。ヴァイオレットは無表情を保った――フレデリックの話が与えた衝撃を感じ取られたら、話をやめられてしまうと思った。

　羽根に白い筋の入ったカラス。私が見つけたあの羽根は、モーグの羽根？　ヴァイオレットの心臓が高鳴った。私の母さま。母さまも動物が大好きだったんだ――思ったとおりだ。

「彼女は、僕らと一緒に食事をすることもできなかった」フレデリックは話を続けた。「最初はそうしようとするんだが、そのうちに妙なことを、なんの関係もないことを口走り始めて……『みんなに話してやる』って、まるで脅すみたいに言いだしたこともある。誰もなんの話かまるでわからなかったけど、たぶん、可哀想に、本人もわかってなかったんじゃないかな。結局は君のお父さんが、彼女を部屋に戻らせなきゃいけなくなった。彼女はわめいたり、うわごとみたいなことを言ったり、叫んだりして……たいていの場合は、お父さんが部屋に閉じ込めるしかなかった」

　ヴァイオレットはびくっとした。「閉じ込めたの？」

「お母さんの安全のためさ」とフレデリック。「医者が来るまでのあいだね。彼女は――自分さえ傷つけかねなかった。それに赤ん坊も」

　ヴァイオレットは身をふるわせた。

　いままで、おかしくなってしまった人間というものには出会ったことがなかった。白い服をまとい、何かをぶつぶつつぶやき、さまよい歩く人間のイメージぐらいしか思いつかない。『ハムレット』のオフィーリアのような。

　父が母の話をしようとしない理由は、これなんだろうか。母親が変わってしまったことを、娘に知られたくなかったのだろうか。娘が持つ母の記憶を守ろうとしたのかもしれない。ヴァイオレットは眉をひそめ、それからまたフレデリックに向き直った。

「そう――母さまについて、ほかに何か知っていることはある？　彼女は……優しかった？」

フレデリックは鼻で笑った。

「僕には優しくなかったな。僕を好きじゃなかったんだろうね――それは明らかだった。よく、僕をじっと見つめながら、ぶつぶつひとり言を言ってた。それに――そう、僕らの滞在も、途中で急に終わりになってね」

「何があったの？」

「ある夜、僕のベッドにカエルが入ってた。生きたカエルさ。足にカエルが触れたときのことは忘れられないね。冷たくてぬるっとして。ぞっとしたよ」フレデリックはその記憶に身ぶるいした。

「僕の悲鳴はロンドンまで届いたと思うよ。とにかく、母さんが飛んできて、カエルを見て……そして、君のお母さんがやったにちがいないと思ったんだ。母さんはヒステリーを起こした。君のお父さんは、きっと使用人の仕業だと言い張って、母さんを落ちつかせようとした――確かに君のお母さんは、その夜ずっと部屋にいたし、部屋のドアには外からかんぬきがかかってたからね。でも、僕の両親はすっかり怒り狂ってしまった。すぐに車に荷物を積み込んだ――その年に発売されたばかりの、グリーンのベントレーの小型車だ、よく覚えてるよ――それで真夜中に出発したんだ」

「なんてこと」ヴァイオレットは言った。

「家に向かうあいだ、母さんはずっと、大戦以来……それと、僕らの祖父母やエドワード伯父さんがひどい事故で亡くなって以来、君のお父さんはまともじゃなくなったって言いつづけてた……そのときに、僕の父さんが言ったんだ……」フレデリックはそこで言葉を切り、肩からユスリカを払った。

「なんて言ったの？」ヴァイオレットはほとんど息もできないまま訊ねた。

「ルパートは魔法をかけられたんだよ、って言ったんだ」


フレデリックの話を信じていいのかどうか、ヴァイオレットにはわからなかった。フレデリックが嘘をつく理由はない。それでもなお……フレデリックが母について語ったぞっとするような話を、すんなり信じることはできなかった。母がわめいたりうわごとを言ったり、部屋に閉じ込められたりしていたと考えるのは――そして何より、フレデリックにひどいことをしたと考えるのは、とてもつらかった。母さまは、カエルでフレデリックを脅かそうとしたわけではないのでは？　ヴァイオレットなら、ベッドの中でカエルを見つけても、特に気にしたりはしない。むしろ喜ぶだろう。

だが、ふとヴァイオレットは、父の言葉を思いだした。

いい、いいかい、ヴァイオレット、いいかい、いいかい、いいかい、いいかい、
そこでなら、おまえが彼女みたいにならないようにしてくれるさ。

私の具合が悪かったのも、胃に嫌な感じがあったのも、全部そのせいなの？

空気が冷たくなってきた。ヴァイオレットの耳に、伴侶を呼ぶコオロギの鳴き声が聞こえてきた。ヴァイオレットは、隣を歩いているフレデリックを見た。薄暗い光の中で陰った顔だち、大股で進む姿は、豹《ひょう》を思わせた。

しばらくのあいだ、二人は黙っていた。フレデリックもヴァイオレットのことを、その母親同様に〝変わり者〟と思っているのだろうか。彼を見つめていることを気づかれたくはない。何か言っ

てくれればいいのに。谷にゆっくりと沈んでいく夕陽の美しさや、太陽が空に残していく名も知れぬ無数の色についても、彼はなんの感想も言わない。

「聞こえる？」ヴァイオレットは訊ねた。「とてもきれいな音色」

「何？」

「コオロギよ」

「ああ。そうだね、とてもきれいだ」フレデリックの、豊かで深い笑い声が聞こえた。

「何が面白いの？」ヴァイオレットは言った。

「君は不思議な女の子だね。最初はユスリカ、今度はコオロギ……そんなに昆虫が好きな女の子は——いや、男を含めても、ほかに知らないな」

「私にはとても興味深い生き物よ」ヴァイオレットは言った。「それに美しいわ。ただ、悲しいのは——とても短命だということ。たとえば、カゲロウは一日しか生きられないって知ってる？」

　一度、小川のそばで、カゲロウの群れを見たことがある。大きなきらきらした雲のような群れが、水面のすぐ上で脈動していた。ヴァイオレットには、まるで踊っているように見えた——あとになって庭師のディンズデイルに、あれは交尾しているところなのだと教えられ、ひどく動揺してしまった。その様子を思いだし、ヴァイオレットの頬に赤みがさす。そんな不適切なことを考えたりして、フレデリックにも伝わってしまうかしら？　カゲロウの話なんてやめればよかった、と思う。

「想像してみて」ヴァイオレットはあわてて話題を変えた。「自分がたった一日しか地上で生きられないとしたら、って。ロンドン行きの列車に乗って自然史博物館に行くか、それとも……小川のそばで一日じゅうくつろぐか、私にはとても選べないわ。最後の午後を、鳥や虫や花とすごすのか……」

「僕ならすぐ選べるよ」フレデリックは言った。二人はイバラの茂みのそばを歩いていた。ヴァイオレットは、いつの間にか父とグレアムがいなくなっていることに気づいた。先に家に戻ったのかもしれない。父のグレアムへの講義の声（「ライフルで狙いを定めるんだよ」）はとうに消えていた。

「何をしたいの、フレデリック？」ヴァイオレットは、自分の唇が発したその名前の響きに、顔を赤らめた。奇妙な、ふるえるような感覚が、体内に泡のように湧き上がる。

フレデリックは笑い、ヴァイオレットに近づいた。その腕がヴァイオレットの腕に当たり、心臓がびくんとふるえる。

「教えてあげるよ。君が目を閉じてくれたら」

ヴァイオレットは言われたとおりにした。不意に、大きくごつごつとした手が自分の胴に触れるのが、スカートの生地を通して伝わってきた。一瞬目を開けると、淡い紅の夕暮れの光は、すぐ目の前のフレデリックの顔にさえぎられていた。フレデリックの息がヴァイオレットの鼻をくすぐる。その息は熱く、コーヒーの香りと、わずかな酸っぱい匂いがして、ヴァイオレットはなぜか――妙に季節はずれなことに――クリスマスのプディングを思い浮かべた。ミセス・カークビーが言っていた、プディングに火をつけるために、前もって浸しておくべきものはなんだっただろうと考えた。だけどそのとき――

フレデリックはヴァイオレットにキスをした。少なくとも、彼がしていることはそれだとヴァイオレットは思った。キスという行為は本で読んで知っていたし（〝手荒に触れた跡を優しい口づけで拭うため〟――あれはシェイクスピアだったかしら？）、前にペニーが、のちに悲しい運命に見舞われる庭師の徒弟のニールと、キスしているのを見たこともある。二人は馬小屋の壁に身体を押しつけ、まるで溺れているかのようにおたがいにしがみついていた。少し不愉快な光景だった。

自分の唇が、完全にフレデリックの唇に――少し濡れた唇に包み込まれているというのに、こんなにいろいろ考えている自分には驚いていた。うまく息ができない。彼の口に自分の口をふさがれて、それでどうやって息をするべきなのかもわからない（フレデリックの口はとても大人っぽい味がして、彼がヴァイオレットには理解しがたいさまざまなものを見てきたこと、さまざまな場所に行ったことが伝わってくる……それでも再び思いだしたのは、クリスマスのプディングのことだった。なぜだろう？）。

ヴァイオレットは鼻で息をし、フレデリックにその音が聞こえないか、まるで牛みたいに鳴っていないかと考えていた……頭が混乱していた。再び、溺れるということについて考えた。フレデリックのキスはさらに激しくなり、ヴァイオレットをイバラの茂みに押しつけてきた。小枝が背中や髪をつつく――父が見つける前に取っておかなければ……そう思ったとき、その考えを中断させることが起きた。フレデリックが何か濡れたぬるぬるするものを、ヴァイオレットの口に押し込んできた。カエルかと思った――そして、彼の舌だと気づいた。ヴァイオレットはむせ、フレデリックは身体を離した。ヴァイオレットは深呼吸をし、夕暮れのきれいな空気を吸い込んだ。

「すまない」フレデリックが言った。「自分を見失ってしまったようだ」それから手を伸ばし、ヴァイオレットのネックレスのチェーンを人差し指でなぞった。

ヴァイオレットは身をふるわせた。ほとんどキス以上に心地よい感覚だった。

「そろそろ夕食だ、戻ったほうがいい」フレデリックは言った。「だけど、また散歩したいな――

明日の夕方、同じ時刻に？」

ヴァイオレットは口もきけずにうなずいた。フレデリックは背を向けて歩きだし、ホールに向かった。黄色の光に染まった窓と高い塔のあるオートン・ホールは、ヴァイオレットには本の一場面のように——嵐の海に浮かぶ船のように見えた。ヴァイオレットは少しのあいだそこにとどまり、呼吸が落ちつくのを待ち、髪から小枝をつまみ取った。ホールまで戻るあいだも（彼の口が自分の口に重なった感触に頭がくらくらして、二度ほどつまずいた）、自分がいままでとちがって見えないか、ひと目見ただけで何が起きたか悟られやしないかと考えていた。自分では、まるでちがう自分になった気がした。まるで走ったかのように、胸の中で心臓が早鐘を打っていた。

自分の寝室のドアを閉め、動揺していた心がようやく落ちついたとき、フレデリックが突然キスをしてくる前に言った言葉が、ふとヴァイオレットの頭によみがえってきた。

彼女は自分さえ傷つけかねなかった。それに赤ん坊も。

いままでヴァイオレットはずっと、母が亡くなったのはグレアムのお産のときだと思っていた。だが、フレデリックの話が確かなら、グレアムはすでに生まれていたことになる。

18　ケイト

ケイトがコテージに来て三週間がたつ。いまは春の終わりで、季節が熟しつつある。昨夜は雨だった——屋根が崩れてしまうのではと思ったほど強い雨だった。でも、今日の空は低く青く、空気が熱い。ケイトの血液もここ何週間かは熱くて濃い感じがして、血管を流れるペースも遅いようだ。

今朝、村へ歩いていく道すがら、また錆びた門に尻尾を結びつけられたモグラの列を見かける。ハエがそのまわりを飛び、濡れた毛皮と、道の脇に密生する野生のスミレのあいだをうろついている。これが地元の伝統だということは最近知った――あの青果店のレジ係の女性は、ケイトがためらいがちにそのことを訊ねると、困惑した顔になり、あれはモグラ取りが自分の能力を証明するためにやっているのだと説明してくれた。それでもあのしなびた死体は、特にケイトには警告のように思える。

診療所にたどり着くころには、歩いたせい、そして不安のせいで、シャツが汗でべたついていた。尿を出さずに来なさいと言われていたので、下腹部がスカートのウェストバンドに締めつけられて痛い。腕時計を見る。九時十分すぎだ。まだ五分ある。

中に入らずに帰ろうか。ドアを開けることもなく、背を向け、コテージまで歩いて帰る。そしてまた、電話をかけては相手が出る前に切るということを、何度もくり返すのだ。五回もそんなことをしたあとで、ようやく勇気を奮い起こして受付と話し、そして今日の予約を取ったというのに。

ケイトは周囲を見まわす。まだこの早い時刻、広場は人けがなく静かで、牛の鳴き声が遠くから聞こえるのみだ。自分がここに入っていくのを見る人間もいない。ケイトは足もとを見おろし、くねくねと石畳を進んでいくアリを見つめる。

息を吸い、ドアを開けると、消毒液の臭いがつんとする。待合室は漆喰《しっくい》塗りのひんやりとした場所で、プラスティックの椅子と使い古しの掲示板があり、この建物のチューダー様式の外観とはまるで対照的だ。大きなデスクが場所を取っていて、その奥に女性が座り、コンピューターのキーを叩いている。分厚いドアの向こうから、会話のくぐもった声がしてくる。光る真鍮のプレートによれば、そこが診察室だ。

「お名前は？」受付係が訊ねる。狐のような顔をした細身の女性だ。

「ケイトです」と返事をする。「ケイト・エアーズ」

受付係の眉が上がり、初めてケイトのことをまともに見る。

「あの姪《めい》っ子さんね」と受付係が言う。質問口調ではない。

「あ――はい。私の大伯母をご存じですか？　ヴァイオレットを？」

しかし受付係は、コンピューターのディスプレイに目を戻してしまう。

「お座りください。すぐに先生が診察します」

ケイトはプラスティックの椅子のひとつにどさりと座る。水を持ってくればよかったと思う。胃の調子が悪く、口の中に嫌な味を感じる。金属か血のような、あるいは土のような味。いつもこの味で目が覚める。この味は何かを思いださせる。はっきりとは思いだせない子どものころの記憶を。

診察室のドアがひらく。

「ミス・エアーズ？」

医者は男性だ――六十代後半といったところか。白い無精ひげが、かさついた頬を覆っている。首に聴診器がかかっている。ケイトの体内にパニックが沸き立ってくる。

女性の医師を頼んでいたはずじゃ？　そうだ――頼んだはずだ。あのときの受付係――おそらく、いまケイトをじっと見ている女性と同じ人――は、必ず女医が診察するよう手配しておくと言っていた。「ドクター・コリンズは火曜と木曜のみの診察です」あのとき彼女は電話口でそう言った。「ですので、女性医師の診察をご希望なら、そのどちらかの曜日にいらしてください。それ以外はドクター・ラドクリフの診察になります」

「あの――すみません」ケイトは椅子から立ち上がり、プラスティックの座面から腿《もも》がはがれる感触に顔をしかめる。「ドクター・コリンズの診察を予約していたと思うのですが？」

「都合がつかなくなってしまいましてね」男性医師は、手ぶりでケイトに診察室へ入るよううながす。「子どもが病気で。いつもそんな感じなんです、すみませんね」

ケイトはためらう。帰りたがっている自分がいる。女性医師の診察で、別の日に予約を取り直したい。でも、やっとここまで来た。もう一度ここに来られるかどうか、自分に自信がない。

ケイトはドクターのあとについて診察室に入っていく。


肌に塗られているジェルが冷たい。ドクター・ラドクリフは、ケイトの腕からすでにかなりの量の採血を済ませ、研究室の標本を調べるように、ケイトを押したりつついたりしている。

「リラックスして」ドクターはケイトの下腹部に、杖《つえ》の先みたいな超音波検査の器具を走らせる。ドクターの身体がケイトに近づき、コーヒー臭い息がかかる。「ご主人は来られないの？」

ケイトの中で動きながら、ケイトの顔の上にのしかかってくるサイモンの顔、喉もとに置かれたサイモンの手が頭に浮かぶ。ケイトの体内に入り込み、ケイトを永遠につなぎとめておこうとする、サイモンの細胞。

「結婚はしていません」ケイトは目をまばたき、記憶を振り払う。

「じゃあ、ボーイフレンドか。彼は来たがっていない？」診察室にヒュッと妙な音が響く。羽ばたきのような音だ。

「いえ、私が……これはなんの音ですか？」

ドクターは微笑み、杖のような器具を強く胃に押しつけてくる。

「これは」ドクターが言う。「心音だ。あなたの赤ちゃんの心臓の鼓動」

真っ逆さまに落ちていくような感覚が、体内に走る。

「心臓の鼓動？　まだ……聞こえる時期じゃないと思ってました」

「んー、妊娠十週から十二週というところだね。ほら、見てごらん」

ドクターはチカチカするモニターを指さす。ケイトの胎内が、波打つような灰色と白で映しだされている。動きのない画像で、最初はよくわからない。やがて見えてくる。真珠のような輝き、ほとんどさなぎのような形。胎児だ。

口の中が乾き、すぐには言葉が出ない。

「子ども……性別はわかりますか？」

ドクターはにんまりとする。

「残念だがちょっと早すぎる。もう二、三週間したらわかりますよ」

ほかにも訊きたいことが――訊こうとしていたことがある。だが、ケイトの腹部に置かれたドクターの染みのある手、部屋を満たす赤ちゃんの心音……いまはとても訊けない。

質問がケイトの中でしぼんでいく。

そんな考えを読んだかのように、ドクターが奇妙な目でケイトを見る。

「これで終わり」ドクターは唐突にそう言い、ペーパータオルを一枚寄こす。「これで拭いてください」

ケイトの情報をコンピューターに打ち込み、ルビーのように赤い血液のガラス瓶に丁寧にラベルを貼るあいだ、ドクターはずっと黙っている。

「ちょっと彼女に似ているね」しばらくしてドクターが言う。「あなたの大伯母さん。ヴァイオレット。目が似ている——髪の色はちがうがね。彼女が若いころは、もっと黒い髪だったね」

「この髪は染めてます」

「染めるのはやめたほうがいい。赤ちゃんによくないからね」ドクターは再びラベル作りを始める。

「診察したことがあるんですか？　私の大伯母を」

ドクターは手を止め、首にかけた聴診器をまさぐる。

「一度か二度、ドクター・コリンズが休んだときにね——彼女はドクター・コリンズの患者だったから。それも割と最近の話かな。それ以前は、村の外の診療所に行っていたと思う——ここに来るようになったのは、私の父が亡くなってからだ。初代ドクター・ラドクリフ。ここを開業したのは父でね」

ラベル貼りが終わり、ドクターは立ち上がってケイトを診察室から送りだす。

「帰る前に、ミセス・ディンズデイルに次の予約を入れてもらってください。八週間以内には、また診察に来るように」

待合室に戻り、掲示板や、受付デスクに置いてあるパンフレットを見る。だが、ケイトが求めている情報は見当たらない。

「次の予約は今日入れておきますか？」受付係が訊いてくる。

「ああ。実は、おうかがいしたいのですが」ケイトは声を落とし、待合室にいる年老いた女性患者をちらりと見る。「こちらで情報をもらうことはできるのかしら、その……中絶の」

受付係はカウンター越しにリーフレットを寄こしてくる。その目が細くなる。

「ありがとうございます」ケイトは言う。そして立ち止まる。早く帰りたい、この女性の冷たい視線から逃れたいと思いながらも、膀胱《ぼうこう》が痛いほど張っているのがわかる。「お手洗いをお借りできますか？」

受付係は左の廊下にうなずいてみせる。

用を済ませ、ケイトは薬品臭い石けんに顔をしかめつつ手を洗う。両手にためた水道水を飲んでいるとき、待合室のほうから会話の断片が流れてくる。

「彼女、私が予想したとおりのことを訊いてきた？」聞き慣れない声――年老いた女性患者の声だ。

ケイトは凍りつく。聞かないほうがいい。恥ずかしさで頬がちくちくしてくる。

「驚きだったとは言えないわ」受付係が返事をする。「あの家の出じゃね」

「彼女、誰なの？」

「ヴァイオレットの弟の孫娘ですって」

「本当？」老婦人が声をあげる。「ヴァイオレットに家族がいたなんて知らなかったわ、〝ビッグ・ハウス〟のあの人以外に。彼を数に入れていいかわからないけど」

「彼女もそうなのかしらね」

「そうなんじゃないの？　あのウェイワードの女だもの。最初の女からずっとそうなのよ」

そのとき受付係が口にする――あまりに予期せぬ言葉、ケイトが自分の耳を疑ったほどの言葉を。

魔女ね。

外に出ると、ケイトは必死に深呼吸をする。頭の中がぐちゃぐちゃで、霧がかかったようだ。いまも自分の赤ん坊の、単調で奇妙な心音が聞こえてくるようだ。部屋を満たしていくあの音。あれが自分自身の身体からやってくるものだなんて、どうしても信じられない。空から響いてくる何かの音のような——飛んでいく鳥のような。あるいは、この世に存在しない何かのような。

午前二時になってもケイトは眠れず、窓の向こうを通りすぎるコウモリを、月の青白いかけらを横切る黒い影をながめている。

考えはまとまらず、パニックになる——考えそのものにも翼があるかのように、ケイトから離れて飛びまわっている。腹部に手を置き、自分の肉体のおだやかな体温を感じようとする。画面に映った未成熟な生き物が、自分の中に浮かんでいるなんて、いまもありえないことのように思える。それが子どもに育つなんて。

あの女性たちが、ケイトの血縁者について話していたことを思いだす——まるでケイトが特別な遺伝子を引き継いでいるかのような、その細胞に例外的な何かがひそみ、破滅をもくろんでいるかのような物言いだった。まるで、暖炉にいたカラスのつややかな羽根に入っている、白い奇怪な模様みたいだ。ケイトが調べたところ、あれは白変種《はくへんしゅ》のしるしで、何世代にもわたって受け継がれる遺伝的特徴であるらしい。

ふと、青果店の女性が、子爵の話をしていたのを思いだす。頭がおかしくなっている子爵、と。この一族には、なんらかの特殊な症状が伝わっているということなのか？　それは驚きではない。ケイトも長年にわたり、パニック発作を何度も経験してきた——胸の中を引っかかれ、喉が苦しくなるようなあの感じ。

何かが出てこようとしているようなあの感じだ。

なんとか眠ろうと、さらに一時間頑張ったのち、ケイトはついにあきらめてベッドカバーを抜けだす。

明かりをつけ、ベッドの下の帽子箱を引っぱりだす。まだ何かあるはずだ――最初は見逃したような何かが。

再び、色あせてほこりっぽい表紙の紙フォルダーを開き、中を改める。だが、何もない――すでに見たものばかりだ。ウェイワードについての言及も、ひと言もない。

いらいらしてため息をつきながら、ケイトはヴァイオレットの古いパスポートを手に取り、写真のページを開き、自分によく似た黒い瞳をじっと見る。前はわからなかったが、覚悟の表情が見える――引き締まった口、突きだしたあご。闘い、何かを勝ち取った顔だ。決してケイトのような、弱く従順で、粘土みたいにサイモンの指に屈してしまう人間ではなかったにちがいない。

不意にケイトは、もし大伯母さんが生きていてくれたら、彼女と話せたら、と思う。誰かと話せたら。誰でもいい。

パスポートを戻そうとしたとき、そこから黄ばんだ紙がすべり落ちる。

出生証明書だ。ヴァイオレットの出生証明書。

氏名　ヴァイオレット・エリザベス・エアーズ

生年月日　一九二六年二月五日
出生地　英国カンブリア州クロウズベック近隣のオートン・ホール
父親の職業　貴族
父親の氏名　第九代ケンドル子爵ルパート・ウィリアム・エアーズ
母親の氏名　エリザベス・エアーズ、旧姓ウェイワード

ケイトは手紙の文面を思い返す。ルパートとエリザベス——二人はヴァイオレットの両親であり、ケイトの曾祖父母だ。

つまりケイトは——ケイトもウェイワード家の一員なのだ。

ようやく眠りについたものの、子どものころずっと悩まされていたのと同じ悪夢を見る——ケイトの小さな手をつかむ父の大きな手、木にとまっているカラスの黒い影。宙を突っ切る翼、アスファルトをこするタイヤのゴムの悲鳴。父の身体が地面に叩きつけられる湿った音。

だが、コテージで見る悪夢はさらに長い夢だ——翼の羽ばたきが、赤ん坊の疾走する心音に変わっていく。胎児が見え、ぐんぐん育ち、空に昇ってきた月のように大きくなる。胎児は子どもになる。でも、サイモンのようなブロンドと青い瞳の少年ではない。黒い髪、黒い瞳の少女だ。ヴァイオレット伯母さんに似た子ども。ケイトに似た子ども。

ウェイワードの子ども。

朝になりケイトは、ベッドサイドテーブルに置いていた、しわの寄ったリーフレットを手に取っ

て広げる。だが、そこにある番号には電話しない。かけることができない。スマートフォンを手にするたび、赤ちゃんの鼓動の音を、自分の中で真珠のように輝いていた赤ちゃんの姿を思いだす。豊かな土の色みたいな漆黒の髪と瞳の、夢に出てきた子どものことを思いだす。

それでも、しばらく考える。私が妊娠していると知ったら、サイモンはどうするだろう。二人の子どもを、どう扱おうとするだろう。

今度はそうはいかない。今度の私はちがう。私は強くなれる。

ヴァイオレット伯母さんのケープをまとってみたとき、鏡に映った自分を思いだす。黒く輝く瞳。あの一瞬、すごく力強くなれた気がした。

私はこの子を、ウェイワードの子どもを手放したりしない。私にはわかる、私はこの子を産むだろう。

私がこの子の安全を守る。

19　アルサ

服は着せてもらえたものの、いまだ自分が裸のままのような気がして、たくさんの視線が私の肉体に押し寄せる圧力から逃れられずにいた。男たちは、いまにも果物の砂糖漬けをむさぼり食おうとするように、飢えた目で私をながめていた。唯一私から目をそらしたのは、あの哀れむような瞳をした陪審員の男性だけだった。

しばらくするうちに、人々の顔を見ることができなくなった。傍聴席の一般人も、判事も、検察官も、そして先生も。白い頭巾をかぶったグレイスのことも。本当は、蜘蛛、敵の中でも友人でいてくれるあの蜘蛛を、地下牢から連れてきたかった。でも、安全とは思えなかったし、私への疑いの雲をますます暗くするだけだと思った。が、そのとき何かの光が私の目に映った。見るとそこに、いつの間にか私についてきていた蜘蛛がいて、被告席の隅に巣を張り始めていた。絹のようにちらちら光る糸の上で、その脚がダンスのステップを踏むのを見ているうちに、私の目に涙がたまってきた。私もいっそ、このまま小さく縮んで、この場所から逃げだしてしまいたい。

私には生まれつきのあざがあった。城に来た最初の夜に、引っ掻いて消したのはそのあざだ。本当は、クロウズベックの牢にスマイソン先生が来る前に、もっと早くそうしておけばよかったのだ。だけど、食べ物も光もない場所で、検察の尋問に抵抗しているあいだに、私の理性は鈍ってしまっていた。それに、どのみちこれは賭けだった。いま、傷口にはかさぶたができ、膿《うみ》がしみだして炎症を起こしている。スマイソン先生はそれを見て、ただの傷だと思ったようだ。

魔女のしるし、と人々は呼ぶ。あるいは、悪魔のしるしとも。罪の証として手軽に使える。

母さんにも、同じような場所にそれがあった。

「お揃いだね」母さんはよくそう言った。「やっぱり親子だ」

私たちの共通点はほかにもあった。私の卵形の顔やまっ黒な髪は、母さんに生き写しだと誰もが言った。

私はそのことを誇りに思っていたし、母さんが先に亡くなってからはなおさらだった。小川の水面に映る自分を見つめ、自分の顔だちに必死に母さんの面影を探そうとした。波立つせせらぎでぼやけた私の顔は、ただの青白い月にしか見えなかった。私はそれを、現世と死後の世界を隔てるべールを通して私を見守る、母さんの顔だと思うことにした。

母さんには何が見えているのだろう。ひとり娘が法廷で裸にされ、男たちにじろじろ見られる姿だろうか。魂を悪魔に売ったしるしを、調べられている姿だろうか。

一日じゅうクッションの上に座り、きれいな服を着て、女を死に追い込むことが正しいと思っているあの男たちに、魂というものの何がわかるんだろう？

魂のことをよく知っているなんて、私にだって言えはしない。私は教養もない女で、母さんが自分の母親から教わり、私にも教えてくれたこと以外、何を知っているわけでもない。それでも私は、善悪や、光と闇は知っている。

そして、悪魔というものも知っている。

私は悪魔を見たことがある。悪魔のしるしを。真の悪魔のしるしを。

私はそういうものをこの目で見た。そしてグレイスも。


ときどき地下牢であいつの夢を見た。悪魔の夢。悪魔が現れるときに使う、かりそめの姿。

グレイスの夢も見た。

何より私は、母さんの最期の夜の夢を見た。母さんのこの世での最後の姿。私の指に包まれる、母さんの乾いた指。小さなかすれた母さんの呼吸。網目を描く河川みたいに、青緑の血管が青白い肌に透けて見えた。母さんの別れの言葉。「約束を忘れないで」と母さんは言った。母さんが亡くなって三年がたつが、死の床にいる母さんの記憶があまりに強烈で、たったいま起きたことのような気がしてしまう。

裁判によって、時間というものが変化した気がする。以前の私の毎日は、小さな儀式や道標《みちしるべ》によって分かれていた——朝は山羊の乳を搾る、午後はベリーを摘む、夕方は病人のために強壮剤を作る——しかしいまは、裁判か睡眠だけだ。恐怖と夢だけ。

スマイソン先生に証言させた翌日、検察官は証人として、カークビーの息子のダニエルを呼んだ。母さんと私はダニエルの誕生の場にいた。私は六歳ぐらいで、まだ動物のお産しか見たことがなかった。羊は青い膜に包まれて産まれる。子猫は乳白色の目をして産まれてくる。鳥はピンク色の骨張ったひなとして卵からかえる。すべてが未知の世界に産まれてきて、その危険を恐れる彼らの気持ちを強く感じた。

人間も赤ん坊を産むということを、私は知らなかった。自分の存在は当たり前のものだと思っていたし、ダニエルの母親の身体から赤ん坊が押しだされてくるのを見て初めて、私の母さんが男の人と一緒に私を作り、大地から根っこを抜くように私を引っぱりだしたことを知った。男の人が誰なのかはいまだに知らない。母さんは私に話そうとしなかった。「それは私たちの流儀じゃないんだよ」と母さんは言った。あとになって母さんは、自分も父親を知らなかったと教えてくれた。

赤ん坊のダニエル・カークビーはすごい大声で泣きわめき、私は耳をふさいだ。だけど、法廷でのダニエルの声は静かだった。宣誓のときはまじめな顔で、大きく目を見ひらいていた。ダニエルがちらっと私を見て、それから鞭にひるんだ馬のように目をそらしたのが私にもわかった。ダニエルは私を恐れていた。ダニエルがこの世にやってくるための安全な通り道を守った母さんが、これを知ったら悲しんだだろう。

「あなたはどのぐらいの期間、ミルバーン農場で働いてきたのですか、ダニエル？」

「去年の冬からです、検察官」

「どんな仕事をしていましたか?」

「ただの手伝いです。必要なことはなんでも。ミルバーン夫人が牛の乳を搾れないときは、俺がやったりしました」

グレイスの名を口にしたとき、ダニエルの頬が赤くなった。目がちらっと動き、傍聴席に視線が向かう。グレイスの顔を探しているのだろうか。

「一六一九年のニュー・イヤーズ・デイは、働いていましたか?」

「はい、検察官」

「その日の出来事を、思いだせるかぎり話してもらえますか」

「その日は早く起きました、まだ暗いうちでした。俺の家からミルバーン農場まではかなり歩くので、いつも早めに出ます」

「着いたのはいつですか?」

「いつもどおりです。前の日と同じです。ジョンに――ミルバーンの旦那に、裏に回ったところの、小屋の外で会いました」

「彼は元気そうでしたか?」

「とても健康そうでした。ジョンはいつも元気でした。具合が悪いとか、目眩がするとかいうのは、俺があそこで働きだしてから、一度も見たことがないです」

「あなたは到着したあと、何をしましたか?」

「俺たちは牛の乳搾りをして、それから牛を小屋から出し、牧草地に行かせようとしました」

「牛の様子はどう見えましたか？　おとなしく従順でしたか？　それとも攻撃的でしたか？」

「外に出て牧草地に行くことに、いつもほど気乗りしてないようでした。とても寒い朝だったので。ただ、落ちついてはいました」

「あなたがミルバーン農場で働いているあいだ、牛たちが攻撃的になったことはありましたか？」

「いいえ、ありません」

「なるほど。さて、あなたとミルバーン氏は牧草地に行き、小屋から連れてきた牛たちを放しました。そのあと何が起こったか、話してもらえますか？」

「俺は小屋のほうを振り返って、扉を閉めに行かなくちゃって考えてました。そのとき聞こえたんです、牛の鳴き声が……俺がいままで、どんな動物からも聞いたことのないような鳴き声でした。ほとんど鳴き叫んでました。空から鳥が――カラスだと思いますが――急に飛んできたんですよ。牛はそれにびっくりしたんです。牛たちはすごく警戒して、口から泡を飛ばしてました。ジョンが牛たちを落ちつかせようとしました。ジョンはあいつらが大好きだったんですよ、あの牛たちのことが。あいつらを怖がらせたくなかったんです」

　ここで若者の声がかすれた。涙をのむダニエルの喉仏がふるえた。彼は十五歳、もう大人の男だ。泣いてもどうにもならない。とりわけ、自分の雇い主のために正義を勝ち取ろうと、ずっと着たいと思っていた上等なウールの服を着て、この法廷にやってきたいまは。

　勇敢な若者だ。正義を勝ち取ることがダニエルにとって大事なことなのは、私にもわかる。正義の価値は私も知っている。

　あそこで働いていたとき、ダニエルは何をどこまで知っていたのだろうか、と私は思った。ダニエルに毎朝、グレイスが朝食を出してやっていたことは知っている。二人が牛の世話から戻ってくると、グレイスが二人の椀《わん》に粥を入れ、食事を出してやる。三人はテーブルを囲んで一緒に座り、グレイスは自分の椀を見おろし、ジョンはダニエルに目をやり、自分に息子がいたら、こんなふうに牛を牧草地に連れていくのを手伝ってくれたんだろうかと考えていたかもしれない。

ダニエルは話を続けるために歯を食いしばり、そのあごの筋肉が動くのが見える。

「だけど、ジョンが何をしても、牛はおとなしくなりませんでした。蹄《ひづめ》で地面を掘って、目をぐるぐる回して、いまにも飛びかかってきそうでした。まるで雄牛みたいでした。そして、本当に襲ってきたんです。まっすぐ、ジョンに向かって」

ダニエルは言葉を切った。法廷の空気が、太鼓の皮のようにぴんと張り詰めた。

「牛の蹄の音と、ジョンの叫び声とで、雷みたいな轟音が起きました。ジョンが倒れ、俺にはそれきりジョンが見えなくなりました。叫びが悲鳴に変わりました」

私はグレイスに目をやった。グレイスはまだうつむいている。ダニエル・カークビーが証言を続けるあいだ、グレイスの様子をうかがっている傍聴人もちらほら見える。

「ジョンは静かになりました。そのあと牛も立ち止まりました。まるで何事もなかったみたいに。まるで……まるで……」

ダニエルは首を回して私を見た。本当は私の顔など見たくないのに、無理して見ているという表情だった。そして私を見ながら話を続けた。

「まるで、呪文が解けたみたいでした」

息をのむ気配、喚声が空気を引き裂いた。私は傍聴席を見なかった。私は、いまだに糸を張りめぐらせている蜘蛛をながめた。

検察官がどんな顔をしているか、見ないでもわかった。彼の声に喜びが混じった。

「ありがとう、カークビー君。たいへん勇敢な証言をしてくれました。国王も、われらが父なる神も、あなたの奉仕に感謝するでしょう。これ以上、あまりお時間を取らせたくはないのですが、そのあと見たものの話をしてもらえますか？」

「俺は旦那の怪我の様子を見ました。傷は……いまも目をつむると、様子が浮かんできます。あんなのは二度と見たくありません。そのあとミルバーン夫人が、母屋の出入口から駆けてきました。奥さんは、いったい何があったのかと、何度も何度も訊いてきました。そのとき、別の誰かが俺たちに向かって走ってきました。被告人のアルサ・ウェイワードでした。アルサは奥さんの名前を叫んでました。彼女が旦那の身体にマントをかけて――こうするのが礼儀だと言って――それから俺に、村へ行ってスマイソン先生を呼んでくるよう言いました。俺は走って、言われたとおりにしました」

「ありがとう。その日あなたが被告人を見たのは、それが最初でしたか？　牛の襲撃が起きる前に、被告人を――あるいはミルバーン夫妻以外の誰かを――見かけませんでしたか？　被告人が呪文をつぶやいたり、主人を踏みつけるよう牛をけしかけたりするのを見ませんでしたか？」

「いいえ、検察官。あの前にアルサを見かけたりはしていません。ただ、その朝、あの事件が起きる前、俺たちが牛を牧草地に連れていくとき、なんだか変な感じがしました」

「変な感じとは？」

「誰かの視線を感じたんです。誰かに見張られているような気がしました、木の上から」

第二部

20　ヴァイオレット

ヴァイオレットはディナーのための服を着ながら、鏡の中の自分をじっと見つめていた。キスされたことで自分がちがって見えないか、確かめようとしてみた。でも、相変わらずいつものヴァイオレットだ――口のまわりにほんのり赤みは見えるかもしれないが。手で顔を触ってみる。肌に少し痛みがあり、紙やすりでこすられたみたいにひりひりする。誰か気づくだろうか。

髪から小枝を取り、ブラシでよくとかした。黒い髪の房は部屋の薄暗い明かりの中で光をおびていて、つい母のことを考えた。

お母さんも同じ黒髪だった。

ヴァイオレットは、小さなころに立ち聞きした、使用人たちの会話のことを思いだした。ナニー・メトカーフは母さまのことをなんて言ってたっけ？　そう、気味が悪い、だ。

どういう意味だったんだろう？　恐ろしい想像の光景がよみがえり、ヴァイオレットの胃がねじれる。青白い顔で暴れ、部屋に閉じ込められる母。心の安定を失った母。

母についてみんなが嘘をついている理由は、それなのかもしれない。ただ、それはともかくとしても、母はグレアムを産んだときに亡くなったと、誰かがはっきり言った記憶はない。ナニー・メトカーフもミセス・カークビーも、「グレアムさまはイエスさまのおかげで生きのびたのです」とか、「お医者さまは最善を尽くしてくれました」などと言っただけだ。

ヴァイオレットは、不安なときのいつもの癖で、首にかかったペンダントに指を触れ、繊細な

〝W〟の文字をなぞった。頭痛がしてきた。ひたいが張り詰め、こめかみがずきずきする。あのキスのあとも、すごく喉が渇いて（あんなにじっとりと湿った行為のあと、喉が渇くってどういうことだろう？）、少し目眩もする。

何かをすごく近くで見ているあまり、全体像が見えてこない、そんな奇妙な感覚。フレデリックの言葉が頭にこだまする。

君のお父さんが、彼女を部屋に戻らせなきゃいけなくなった……部屋に閉じ込めるしかなかった。

夕食の合図の銅鑼《どら》が、まるで戦闘のための召集の合図みたいに、家じゅうに響きわたった。ヴァイオレットは最後にもう一度鏡をのぞき、ずきずきする頭のことは無視しようとした。今日着ている緑色のワンピースは、昨晩のものと同じだ。ふと、スカートが短すぎることに気づく。ひざが危ういほど露出している。子どもじみて見えるのか、売春婦のように見えるのか、自分でもよくわからない（〝売春婦〟は、ペニーと庭師の徒弟のキスを目撃したとき、ミセス・カークビーが使った言葉だ）。

ヴァイオレットは、フレデリックがこのダイニングルームを、どんなふうに見ているのか想像してみた。かなり華やかな場所だし、キャンドルライトに照らされたぐらいでは、戦争が始まってからたまりだしたわずかな汚れもほとんどわからない。この空間の支配的な位置を占めているのは、巨大なマホガニーのダイニングテーブルで、父は――理由はわからないが――このテーブルを〝アン女王〟と呼んでいる（アン女王がこのテーブルの前に座ったことでもあるのだろうか？）。遠い昔に故人となったエアーズ家の人々が、壁に掛かった金めっきの額から陰気にこちらを見ていて、まるで運ばれてくる料理を味見できないのを残念がっているようだ。剝製のクジャク――ヴァイオレットはひそかにパーシーと呼んでいる――が、ジョージアン様式の食器棚に置かれていて、かつては神々しかった尾の羽根も、床にだらんとたれてしまっている。

その夜、ミセス・カークビーは、二、三日前に父が仕留めたキジのローストを運んできた。キジの首にあいた弾丸の穴がヴァイオレットにも見え、まるで黄金色の肉にできた黒い染みのようだった。胃に不快感が戻ってくる。自分の分の肉を切り分けていると、部屋の向こうから哀れなパーシーの視線を感じてぞっとした。いつか、ヴァイオレットが大人になって生物学者（あるいは植物学者か昆虫学者）になれたら、野菜だけ食べる生活をしようと心に決めた。

フレデリックがキジのローストを美味《おい》しそうに食べる様子を見るかぎり、彼がこうした食生活の向上を共有してくれる可能性は低そうだった。ダイニングルームにあるもの――〝アン女王〟、カビ臭くて古い肖像画、そしてヴァイオレット――を観察する目つきを見ていても、フレデリックにはどこか飢えたようなところがあるとヴァイオレットは思った。キジを腹いっぱい食べたあとでもなお、その感じは消えなかった。

父とフレデリックは、戦争について長々としゃべっていた。ヴァイオレットは、フレデリックがした母についての話を思いだして気が散り、テーブルの下でグレアムに蹴飛ばされた。ヴァイオレットは取りすました微笑を浮かべ直し、父の言葉に集中しようとした。

「アイゼンハワー将軍を支持したいわけではない」父が言った。「われわれには本当に、米兵《ヤンクス》の助けが必要なのだろうかね？」〝ヤンクス〟という言葉を吐き捨てる口調は、まるでアメリカが独立したことにいまだに憤慨しているかのようだった。

「もらえる助けはなんでも必要ですよ、伯父さん」フレデリックが言った。「ドイツ兵があなたのお嬢さんと、ここでキジでも食べるようなことにしたくなければね。将軍がいれば、手っ取り早く片づけられると思いますよ」

また熱が波を打つ。ヴァイオレットにはフレデリックが言った意味がよくわからなかったが、なぜだかあのカゲロウの群れの脈動と、フレデリックの乱暴な口づけが思い浮かんだ。姉の隣にいるグレアムは、眉を上げて父の顔を見ていた。

だが、父は話を聞いていなかった。ミセス・カークビーがやってきて、プディングをお持ちしましょうかと訊ねてきたからだ。ヴァイオレットの視界の端に、金色に光る何かが見えた気がした。フレデリックが自分の飲み物に何か入れたようだ。彼らはいつものとおり、夕食の席ではクラレットを飲んでいた。グレアムとヴァイオレットも〝味見〟できるように、水で薄めたものだ。またあの、クリスマスのときのような匂いがただよってくる。ヴァイオレットはそのときようやく、ミセス・カークビーがクリスマスのプディングを作るとき、青い炎でプディングを燃やすために使うものの名前を思いだした。ブランデー。その匂いだ。父の酒用ワゴンに載ったクリスタルのデカンタにも入っている、美しい液体だ。ヴァイオレットは、誰かがブランデーを飲んでいるところを、いままで見たことがなかった。父は夕食後、ポートワインを飲むほうが好きだ。

ヴァイオレットはじっくりとフレデリックを観察した。瞳にはあまり生気がなく、クラレットのグラスに伸ばす指はふるえていた。

酔っているの？　実際に誰かとキスをする前から、キスがどんなものか読書で知っていたように、酩酊《めいてい》状態に関するヴァイオレットの情報源も、やはり文学だ。『ウィンザーの陽気な女房たち』の冒頭で、フォルスタッフが〝五感が利かなくなるほどに酔って〟いた気がする。シェイクスピアならかなり読んでいる――もちろん父は知らないが（二年にわたり図書室の本棚から『シェイクスピア全集』が消えていることに、父は気づいていなかった）。

フレデリックはプディングと格闘を始めていた――レーズン入りの白っぽいスエット・プディングを、ミセス・カークビーが気前よく取り分けてやっていた。つまり、少なくともフレデリックの五感のうち、ひとつは維持されているということだ。ヴァイオレットは自分の器を見おろした。プディングが脂で光っている。ヴァイオレットはそれを薄く覆っているカスタードを食べた。夏の嵐のように頭痛がひどくなってきた。「これは素晴らしい」父が言った。「牛のスエット（腎臓のまわりについている脂肪）じゃないか！　ミセス・カークビーがとっておいてくれてたにちがいないよ」

戦争前、父がミセス・カークビーの料理に感想を言ったことは、ヴァイオレットの記憶のかぎりでは一度もない。父にとっての戦争（大西洋を渡る船が爆撃されているせいで、お気に入りのポートワインが不足していることに対する闘い）は、フレデリックにとっての戦争とはかなりちがうようだ。

ヴァイオレットは、グラス（初代子爵がエリザベス一世から賜ったグラスのセットのひとつだと父は言っている）を持つフレデリックの手に力がこもっているのを見て、彼も同じことを考えているのではないかと思った。

「美味しいです」フレデリックは、再びプディングを平らげにかかりながら言った。「一九三九年以来、缶詰以外のプディングを食べたのは初めてですよ。ミセス・カークビーに敬意を表します」

会話はまた戦争の話題に戻った。フレデリックは自分の連隊で使っている火器の種類について話し（「戦車に対しては榴弾砲《りゅうだんほう》、近距離ならコルトを使います」）、ヴァイオレットは、ミセス・カークビーが器を片づけるあいだ、またほかのことを考え始めた。外からはまだコオロギの声が聞こえている。どうやら一匹しかいないようだ――ヴァイオレットは気の毒な気持ちになった。つがった相手に何かあったのかもしれない。あるいは、伴侶が見つからないのかもしれない。

ずっとひとりきりで、愛する人も愛される人もなく生きていくというのは、どんな感じなんだろうとヴァイオレットは思う。ここにあるグラスの高名な贈り主であるヴァージン・クイーン、エリザベス女王のことを考える。そう、彼女は生涯結婚しなかった。ひょっとしたら私も、誰にも結婚してもらえないかもしれない。いちばん腹を立てるのは父だろう。ミス・プールもだ――完璧な嫁入り道具を無駄にしてと嘆く顔が見えるようだ。

ヴァイオレットは、結婚について考えるのはあまり好きではなかった。ひとりで夢を追うのでも充分幸せなはずだ、エリザベス一世のように。スペインとの戦いに勝利をおさめたり、国家を聖公会に改宗させたことに比べたら、自分の夢はいくらか平凡かもしれないが。

ヴァイオレットは、強い熱情とともに、かつて父の図解書で見た特大の蛾やサソリに思いを馳せる。サソリのぎらぎらした頭を撫でようと身を屈める自分を思い浮かべ、肌を圧する砂漠の熱さを感じようとする……ひょっとしたら自分が新種を見つけて、その細胞に秘められたものを解き明かすことができるかも……。

両方を手に入れることってできるんだろうか？　愛と、昆虫を。フレデリックは私に恋をしているのかもしれないし、結婚したら、私が世界を旅する学者になることを、彼は喜んでくれるかもしれない。そう考えると、体内が温かく軽くなってきたものの、黒い雲のような疑いも渦巻きだした。

フレデリックがキスしてきたとき、胸の中で心臓が激しく暴れた感触を思いだした。潮に足をとられるようなあの感じが再びやってくる。肺が縮こまる。愛というものが――もし自分が感じているこれが愛だとしても――そんなに恐怖と似たものだなんて、考えたこともなかった。

正直な話、これまで自分を愛してくれた人間がいたことがあるのか、ヴァイオレットにはわからなかった。たぶん、少々短気な態度はとるものの、グレアムだけは例外だ。母もきっと愛してくれていたはずだとは思っているが、ハンカチーフと羽根を見つけたときによみがえったかすかな記憶――いまとなってはフレデリックの話でやや色あせてしまった記憶――以外に、母の愛情がどんなものだったか想像する手がかりはない。

父がヴァイオレットを愛しているかどうかは、よくわからない。父にとって大事なのは、娘を美しく好ましい型にはめ、ほかの男に贈り物として与えられるようにすることだけなんだろうと思うことはしばしばある。

父の娘への感情にはそれ以上のものなどないのかもしれないと思う一方で、ときおり、自分を見る父の顔に、残念そうな陰りが見えることがある。もしかしたらそれは――フレデリックが言うとおり――ヴァイオレットがあまりに母親に似ているせいなのかもしれない。

父は、客間で飲むためのポートワインを、三つのグラスに注いだ。グレアムが恐れと誇りの混じったような顔で、三番目のグラスを見つめている。

ヴァイオレットは咳払いをした。父が顔を上げて娘に目をやり、眉をひそめた。

「ヴァイオレット」父は娘の顔をながめ、それから向かいの戸口にある大きな振り子時計を見た。「もう遅い。寝室に行きなさい」

まだ八時半だった。ヴァイオレットが寝室に戻っていくとき、淡い紅色の光の筋が、階段に模様を描いていた。三階の窓のそばを通るとき、あの孤独なコオロギの声がしなくなっていることに気づいた。あきらめてしまったのかもしれない。

21　ケイト

暖かくなってきたので、ケイトは窓とドアを開け、コテージを庭の香りで満たす。ときには何時間もヴァイオレット伯母さんのソファに座り、読書をしながら日光浴を楽しんだりする。まだつわりが完全には終わっていないので、新鮮な空気はありがたいし、離れたところから聞こえる小川のせせらぎも心を落ちつけてくれる。庭に生えた異世界のものみたいな植物たち、不揃いの茎がよじれながら空に向かって伸びるさま、そうしたものさえも美しく見える。ケイトはお腹《なか》に片手を置き、そこで元気に育っている娘のことを考える。

ヴァイオレットの本棚は、自然科学の書物であふれている――昆虫学、植物学、天文学の本もある。そのうちの一冊、この地域に生息する昆虫の生態のガイドブックである『谷の秘密』は、どうやらヴァイオレット自身が執筆したものらしい。本棚にはフィクションもあり、ケイトはなんだかほっとする――それに詩集も何冊かある。

小説の大半は女性作家の作品だ。ダフネ・デュ・モーリア、アンジェラ・カーター、ヴァージニア・ウルフ。ケイトは先月、『レベッカ』、『血染めの部屋』、『オーランドー』を読んだ。本を読み、自分以外の人々の夢で紡がれた物語から喜びを得られたのは、ずいぶんと久しぶりだ。サイモンのもとを離れる前、図書館ですごした最後の何日かは、こそこそするばかりの危険な時間だった。壁の時計の音にも、ページに落ちる影にも、いちいちたじろいだ。本が与えてくれる魔法も、別の時代や別の場所に入り込む力も、自分はもうずいぶん前に失ってしまったんだと思っていた。それはまるで、呼吸のしかたを忘れたような感覚だった。

だが、心配することはなかったのだ。いまは、世界も、登場人物も、文章さえも、頭から消えずに残っている——脳内に燃えるのろしのように。ひとりじゃないことを教えてくれるかのように。

ケイトは、シルヴィア・タウンゼンド・ウォーナーの短い小説、『ロリー・ウィロウズ』を読み終えたところだ。独身女性が田舎に移り住み、魔術を始めようとする物語だ。本の見返しの遊び紙に、〝カークビーズ・ブックス・アンド・ギフツ、クロウズベック〟というスタンプが押してある。教会の隣にある書店だ。スタンプのそばに手書きのメッセージがある。

あなたのことを思いだしちゃう本よ！　エミリー　×

ヴァイオレットの蔵書を見てみると、ほかにも同じスタンプが押してある本がある。魔女についての本はない——とはいえ、シルヴィア・プラスの詩集の中に、隅が折ってあるページがあり、そこに『魔女の火刑』という詩が載っている。詩の中の二行に、鉛筆で丸がつけてある。

甲虫の母よ、その手を放してほしい
私は焦げない蛾のように　キャンドルの口を通り抜けて飛ぶ

ケイトは、診療所の受付係のひそひそ話を思いだす。ウェイワードの女は魔女だというあの言葉を。

《カークビーズ・ブックス・アンド・ギフツ》は、村のセント・メアリー教会に隣接した赤レンガの建物だ。小さくずんぐりとした書店で、教会のすぐそばに身を落ちつけ、まるでその陰に隠れようとしているみたいに見える。ケイトがドアを開けるとチャイムが鳴り、ほこりや古い革表紙の心地よい匂いが迎えてくれる。もともとの床板は明るい色彩のトルコ絨毯にほぼ覆われ、猫の毛と思われるつやのある毛が、そのあちこちについている。

「いらっしゃいませ」本棚の迷宮の陰から、声だけが聞こえてくる。ケイトが〝セント・メアリー教会の歴史〟と銘打たれたすかすかの本棚を回り、その向こうをのぞくと、新刊が山と積まれたデスクの奥に、五十代とおぼしき女性がいる。甘い木の香りを身にまとっている——パチョリオイルだ。腕に抱いている巨大なオレンジ色の猫が、彼女が首にかけたチェーンつきのメガネを叩いている。

「ほら、おりて」女性がそう言うと、猫は床に飛びおりる。それから女性はケイトに向き直る。

「何かお探しですか？」

この女性、どこかで見た気がする。笑うとできる目のしわの感じ。白髪交じりの赤褐色の巻き毛。彼女が誰かに気づき、ケイトは顔を赤らめる。何週間も前、あの青果店で会った客の女性だ。

この人がエミリーだろうか？

「あの、どうかしました？」ケイトが黙っているので、女性が訊ねてくる。

「ああ、ごめんなさい」ケイトは汗ばんだ手のひらをズボンで拭う。「私、ケイトといいます……

ケイト・エアーズです。エミリーさんというかたはこちらに？」

「ああ！」女性はにっこりと笑う。その瞳に輝く感情の光を見て、ケイトは気恥ずかしくなる。

「ヴァイオレットの弟のお孫さんね。そういえばそうだわ――目がよく似てる。エミリーは私です。あなたの大伯母さんとは親しくさせていただきました。亡くなられてお気の毒に。素晴らしい女性だったのに」

「ああ。いいんです」ケイトは赤面する。「いえ、つまり――私はあまり大伯母のことを知らなくて。弁護士が連絡してくるまで、亡くなったことも知らなかったんです。私に家を遺してくれていて」

「そのうちぜひゆっくりお話ししたいわ」エミリーは明るく言う。「私とマイク――私の夫ね――私たちは、オークフィールド農場で暮らしているの。ぜひお招きしたいわ。そうしたらヴァイオレットのことを話してあげられるし」

「ああ」ケイトは口ごもる。「ご親切にありがとうございます。あとで都合をお知らせしてもいいですか？」

「もちろんよ」

沈黙が流れ、ケイトはエミリーが自分をじっと見ているのを感じる。急に、もっとほかのものを着てくればよかったと思い始める。Tシャツは襟ぐりが深すぎるし、ジーンズは腿にぴったりとくっつき、穿き心地が悪い。髪型さえおかしい気がしてくる。ケイトは自意識過剰になり、下品に脱色した髪に手を触れる。

「それはともかく、何かほかにお探し？」エミリーが言う。「お勧めの本とか？」

「実は」ケイトは口を切る。「このあたりの歴史についての本がないかと思ったんですが。それか、ひょっとして……」そこで言葉を切ると、みぞおちで神経がぴりぴりしてくる。「ウェイワード家について、何かご存じだったりしませんか？」

「ああ」エミリーはにんまりとする。「もう何か噂を聞いたのね？」

ケイトは、診療所の受付係のことを考える。何か腐ったものを吐きだすように、彼女が吐き捨てた言葉のことを。

魔女ね。

「まあ、そういうようなことです」

「村の人は噂話が好きなのよ。つまりね……ウェイワード家の女性が、一六〇〇年代に、魔女として裁かれたという話が伝わってるの」

ケイトの頭に、シカモアの木の下に立つ十字架が浮かんでくる。そこに刻まれた文字も。〝安らかに《RIP》〟。

「本当ですか？　何があったんですか？」

「私も詳しいことは知らないの。ただ、悲しいことに、その当時はたくさんそういうことがあったみたい。女性があちこちで告発されてたのよ」

「ヴァイオレット伯母さんはそういうことについて話してましたか？　ウェイワード家について？」

エミリーは言葉を切り、考えるように眉をひそめる。メガネのチェーンをまさぐると、レンズが明かりの下でちらりと光る。

「ヴァイオレットは、自分の家族のことを話すのがあまり好きじゃなかったわね。よほどつらいことがあったんじゃないかって、私は思ってた。オートン・ホールを出たのも、そのせいなのかも」

ケイトは、夜明けに車で通りすぎたとき、黄金色に輝いていたあの小塔のことを思い浮かべる。

「それはそうと」エミリーは目をまばたき、猫の顔の形をした時計を見上げる。ひげの一本――短針――が、5の数字に近づいている。「申し訳ないけど、そろそろ閉店の時間なの。またぜひ、顔を出してくれるとうれしいわ。それと、さっきの招待の話も忘れないでね」

さよならを言うとき、ケイトの頬が熱くなる。実はもうひとつ訊きたいことがあったが、それを訊く勇気は出てこない。ケイトの銀行口座残高はどんどん減っている――間もなく、バッグに隠してある、緊急時用の紙幣を使うことになるだろう。ヴァイオレット伯母さんの『ロリー・ウィロウズ』にあったメッセージを見たときに、ひょっとしたらこの書店で働かせてもらうことはできないかという愚かな妄想が浮かんだ。かつての職業の仮面なら、コートを羽織るようにたやすくかぶることができるはずだと、自分にも言い聞かせていたのだ。

しかしいま、ケイトはここに突っ立って、自己疑念に肌をぴりぴりさせている。もう何年も働いていない――ケイトが初めてサイモンのもとを離れようとしたときに、彼に仕事をやめさせられてからずっと。働いていたころの記憶は遠い昔のようで、まるでほかの誰かのことのようだ。その当時でさえ、この仕事を続けていくのは無理だと自分でも思っていた。自分はこの職務にふさわしくないと。

愚かな妄想だった。それで終わりだ。

まだコテージに戻る気になれず、ケイトは教会の正面入口に行ってみる。ドアは鍵がかかっている。が、小さな墓地の門はすんなりと開く。誰か見ていないか後ろを振り返り、それからケイトは門の中へ入っていく。

墓地は、苔と地衣で緑色に染まった、高い石塀に囲まれている。塀沿いに古い木が並び、伸びた枝が墓石にいまにも当たりそうだ。

前にも来たことがあると気づき、ケイトはぎょっとする。当然だ。祖父の葬儀のときだ。ほかの会葬者、カラスのように黒い彼らのレインコート、牧師の単調な話。そしてあのときのざわめき。

何かがかさかさと動く気配がする。ケイトは顔を上げる。一本の木の枝から別の枝へと黒い影が飛び、ケイトの心臓は飛び跳ねる。墓地を歩きながら、ポケットに入っているブローチに指を走らせ、心を落ちつけてくれるなじんだ形を感じようとする。

時代の異なる、雑多な墓石が並んでいる。光をおびた新しい御影石《みかげいし》のものもあり、明るい色の花を飾ったテラコッタの壺がまわりを囲んでいる。時間と風雨に晒され、ほとんど墓碑が読めないようなものもある。同じ名前を何度も見かける。カークビー、メトカーフ、ディンズデイル、ベインブリッジ。まるで、それぞれの時代の村人を演じるために、同じ役者が使われているかのようだ。

墓石の並ぶ小道を縫うように歩き、自分の親族の墓を探す。最初に、墓地の中央にある、陰鬱な雰囲気の霊廟《れいびょう》のそばに行く。大理石に壮麗な彫刻を施した墓で、てっぺんには十字架、そしてそこにとまる猛禽《もうきん》類の彫刻がある。だが、大理石は古びて緑色に汚れ、その半分ぐらいは、這うように生い茂る植物で隠れてしまっている。霊廟の中央に小さな扉がついていて、南京錠が掛かっている――何かを閉じ込めているのか、それとも何も入れまいとしているのかはわからない。入口の前に、枯れたラヴェンダーの花束が悲しげに置かれ、ぼろぼろのリボンで小さなカードが結びつけてある。ケイトはしゃがんでカードを見てみるが、文字はかすれて読めない。

ようやく墓地の奥の隅に、自分の縁者の墓を見つける。楡《にれ》の大木の重々しい大枝が、風雨から墓を守ってくれている。祖父のグレアム、そして、その姉のヴァイオレットの墓だ。あでやかなキルトのように野生の花々が咲き乱れるその下で、二人が並んで眠っている。ケイトは墓石のそばにしゃがみ、二人の墓碑を読む。グレアムの墓には、愛あふれる夫であり父、と刻まれている。誠実な弟、とも。そして旧約聖書の箴言《しんげん》十七章十七節の引用がある——〝友はいつも愛する、そして兄弟は苦難の時のために生まれる〟。

ヴァイオレットの墓石は大きな御影石で、いまだ自然の形を残していて、もっと簡素だ。ヴァイオレット・エリザベス・エアーズという名前と、生まれた日と亡くなった日が刻まれている。そしてもうひとつ——うっすらと繊細に彫ってあり、ケイトもすぐには気づけなかった文字がある。

〝W〟の文字だ。

ウェイワードの〝W〟？　その文字には見覚えがある。熱っぽいそよ風が墓地を通り抜けていき、木々の葉をさらさらと揺らす。

ケイトはしばらくのあいだそこにとどまり、ヴァイオレットの墓石を見つめる。弁護士によれば、大伯母はこの墓に関して、明確な指示を遺していたという。葬儀には誰が来たのだろう、とケイトは思う。サイモンの疑念をかきたてることなく、ケイトが葬儀に来るのは無理だっただろう。その場にいられなかった後悔がケイトを苛む。今度は花を持ってここに来よう、とケイトは決意する。きっとヴァイオレットは喜んでくれるはずだ。

ウェイワード家の墓を探してみようと考え、ケイトは立ち上がる。墓地を何度か行き来してみたものの、古くなって文字が読めなくなった墓石がいくつかあるぐらいで、それらしきものは見当たらない。魔女として告発された女性は、教会の墓地には埋葬されなかったのかもしれない。墓地は——なんて呼ばれるんだっけ？——そう、聖なる地《ハロウド・グラウンド》だ。でも、何世紀もさかのぼれる一家なら、クロウズベックで生まれて死んだウェイワードの人間は、ほかにもいたはずでは？　墓地じゃなければ、どこに埋葬されたんだろう？

　シカモアの木の下に立っている干からびた十字架のことを考え、漠然とした居心地の悪さが体に満ちてくる。あれは——まさかとは思うけど——人間を埋めた目印だということはありうるだろうか？

　家までの道のりは、風景の美しいルートを選び、気をまぎらわせることにする。午後の陽射しに照らされて焦がした砂糖のような色に染まる、小川沿いの小道を歩く。ケイトは、土手に生えている植物の茂みをながめる。シダ、イラクサ、それに小さな白いつぼみをつけた、名前のわからない植物。

　何かを感じ、ケイトは空を見上げる。黒い影がピンク色の雲をよぎっていく。カラスだ。

　その夜ケイトは、ヴァイオレット伯母さんのジュエリーボックスを開けてみる。

薄暗いライトの下、もつれたネックレスが目にとまる。指でそっと持ち上げる。ベッドに腰かけ、ベッドサイドランプのスイッチを入れ、ネックレスをじっくりと見る。どのぐらい古いものなんだろう。少なくとも一世紀はたっていそうだ。ゴールドが色あせ、汚れている。手のひらに載せるとひんやりして、なんだか安心する。

楕円形《だえん》のペンダントには、汚れとほこりで黒ずんではいるが、それでも見まちがいようのない文字が彫ってある。ヴァイオレットの墓石に刻まれたのと同じ、〝W〟の文字だ。

22　アルサ

人々がみなカークビーの息子の言葉を信じてしまうのを、私は恐れていた。傍聴席の男女ばかりでなく、判事や陪審員のような重要な人々までが。

みな、私がそこにいたことを信じ、私が巧みなあやつり人形師のように、牛をジョンに襲いかからせたと信じた。私があたかも神自身であるかのように。

被告席に座って蜘蛛をながめながらも、私はあの朝を、ジョンが死んだ朝を思い返した。あの日もいつものように、夜明けとともに目を覚ました。窓の外を見ると、空はまだ明けたばかりの紅色だった。まず最初に服を着て、ブーツを履いたことを覚えている。そして散歩に出た。新年の何週間か前から、私はその時刻にいつも散歩をしていた。それが習慣になっていた。

とても寒い日で、私は大雪が積もった土手を歩き、そのせいでブーツとスカートの裾が濡れてしまった。顔の前で息が結晶のように舞った。谷はいつでも、朝がいちばん美しい。谷はあえてそう見えるように作られているんじゃないか、と思ったのを覚えている。人間たちに、生きつづけることを思いださせるために。

牧草地の牛たちは、ほとんど堂々としているように見えた。金の夜明けの光が、牛の脇腹を琥珀色に染めていた。牛たちが彼に向かって走りだしたときの、その脇腹の力強さ。波打つ筋肉。まったく別の動物になったかのようだった。その栄光の瞬間まで、毎日反芻《はんすう》し、時間を潰してきたかのようだった。頭上で旋回するカラスの鋭い鳴き声が、人間たちの叫びともつれ合った。私が立っていた牧草地の隅の木の下からでも、牛たちの蹄で地面が揺れるのがわかった。

それはすぐに終わった。牛たちは本来の自分に戻り、たったいま起きたことをうかがわせるのは、白黒させている目と波打つ脇腹ぐらいだった。それと死体。ジョンの死体。

そこへ、グレイスが母屋から出てきた。私はスカートの裾を手でかき寄せながら走り、冬の冷気が肺に鋭く入ってきた。走っているあいだにマントのボタンをはずし、死体にかけてやれるようにした。グレイスには見せたくなかった。壊れた道具のような手足も、めちゃくちゃに潰れた顔も。そしてそのとき、自分は死ぬまであの顔を思い浮かべることになるのだろうと悟った。

カークビーの息子は証言台から解放された。新しい服でぎこちなく法廷の通路を歩いていくあいだも、ダニエルの喉仏はふるえていた。雇い主は彼を誇りに思っただろう。きっとダニエルは、家に帰るあいだも裁判の詳細を何度も思い返し、両親や村人たちに語り聞かせるため、その光景を生き生きと磨き上げるのだろう。検察官の質問。ランカスター城の古めかしい石壁。驚くほど高いところにある法廷の垂木。白い頭巾をかぶった美しいグレイス。そして被告席にいた、魔女のアルサ。

魔女。その言葉は、蛇のように身をくねらせて口から出てきて、タールのように黒く濃く、舌から滴り落ちる。自分たちが魔女だなんて、母さんも私も、一度も考えたことはなかった。それは男たちが生みだした言葉であり、口にした者たちに力をもたらす言葉であり、その言葉が描写する者のためにあるのではない。絞首台を築き、火刑の薪を積み、生きている女たちを亡骸《なきがら》にするための言葉だ。

そう。私たちは一度も使ったことのない言葉。

母さんが私たちの能力についてどう思っていたのか、私には長いことわからなかった。それでも、幼い子どもだったときから、自分が何をすべきなのかは知っていた。母さんは私をアルサと名づけた。高貴な女性を意味するアリスでも、神の子羊を意味するアグネスでもなく。アルサ。癒やし手のアルサ。

母さんは私に、癒やす方法を教えた。ほかにもいろいろなことを教えてくれた。

「最初の女は男から生まれたって言われてるんだよ、アルサ」私が子どものころ、母さんがそう言ったことがある。日曜の教会で、牧師がそう話すのを聞いたあとのことだ。「女は男のあばらから作られたって。でも、覚えておきなよ、アルサ。それは嘘なんだ」

ダニエル・カークビーの誕生に立ち会ってから、さほど日がすぎていないときだった。「真実はこうだ。男は女から生まれた。その逆はないんだよ」母さんは言った。私は、グッド牧師はなぜ嘘を言ったのかと訊ねた。

「聖書に書いてあるからさ」母さんは言った。「牧師だけが嘘を言ってるわけじゃない。理由があるのさ。人はね、何かを恐れているときに嘘をつくもんだっていうのが、母さんの信条でね」

私は混乱した。

「でも、グッド牧師は何を恐れてるの？」

母さんは微笑んだ。「私たちさ。女を恐れてるんだ」

でも、母さんはまちがっていた。恐れるべきは、私たちのほうだった。

母さんはその真実から私を守ろうとしていたものの、私は骨の髄でそれを感じ取っていた。母さんが亡くなる前の何年かは、妙なことがたくさんあった。母さんが、治療代をまだ払えていない一家に頼み込んで馬を借り、何昼夜ものあいだ家を留守にしたことがあった。母さんは、カラスを先に飛ばしておき、暗闇にまぎれて出かけ、月光の中で光るカラスの羽根を頼りに進んだ。私には行き先を言わず、誰かに聞かれたら、ランカシャーの親類のところへ行ったと答えるよう言われていた。

それが嘘なのはわかっていた。私たちには親類なんていなかった。血縁は私たち二人きりだった。

グレイスの母親が亡くなった秋のある夜、わが家にひと組の夫婦が訪ねてきた。冬が迫ってきた空気の冷たい夜で、女のほうが胸に赤ちゃんを抱いていたのを覚えている。赤ん坊は布でぐるぐる巻きにされていたが、小さな拳は青白かった。

母さんは険しい顔になり、二人をコテージに入れたがっていないようだった。それでもこの状況で、なおかつ赤ん坊がそんな様子では、閉めだすわけにもいかなかった。母さんは私にお湯を沸かすように言い、夫婦と小声で話をしていたが、それでもうちの小さなコテージの中では、会話は全部聞こえていた。

二人は南のクリザローという場所から、何日も何晩も歩いて旅をしてきた。ひどい姿をしているのも無理からぬことだった。夫婦の顔はやつれきって、巻いた布をほどかれた赤ん坊も、母親の母乳が出なくなったために飢えていた。彼らはスコットランドに向かう途中で、そこから海を渡り、誰も知る人のないアイルランドに行くつもりだと話した。

女性は治療師だった——ただし母さんとはちがう種類の治療師だった。ときどき湿布を作ったりするだけだ。それでも二人は、そんなことは関係ないと言って怯えていた。ペンドルヒルの近くで二組の家族が捕らえられ、魔術をおこなった罪で裁判にかけられたという。彼らの大半が絞首刑になった。

その家族の名前は？　と母さんが訊ねた。

ディヴァイス家だと彼らは言った。それとウィットル家。さらにほかにも。

私は知らない名前だったが、それを聞いた母さんは顔面蒼白《そうはく》になった。

そこからすべてが変わってしまった。


検察官は、その日二人目の証人を呼んだ。

グッド牧師だった。牧師は黒のキャソックの長い裾をなびかせ、証言台に歩いてきた。なんだかコウモリの翼のようで、私はつい微笑んだ。すると傍聴席がざわつき、私は自分が見られていることを思いだした。私は静かな顔を保った。蜘蛛を探したが、どこかに消えてしまっていた。蜘蛛の巣だけが残り、優美にきらめいている。これは予兆なのだろうか。蜘蛛は何が起きるかを感じ取ったのだろうか。

牧師が宣誓した。細身で、長年お説教を続けていたせいか、顔は青白くやつれている。

「牧師」検察官が言った。「どちらで伝道に努めておられるか、教えていただけますか？」

「もちろんです」グッド牧師は言った。「私はクロウズベックの、セント・メアリー教会で牧師をしております」

「そこの牧師になって何年ですか？」

「この八月で三十年になります」

「その間、ウェイワード一家とは知り合いでしたか？」

「はい――〝一家〟が適切な言葉かどうかはわかりませんが」

「どういうことでしょう、牧師？」

「私がクロウズベックで暮らしてきた期間中、ウェイワード家の人間と呼べる者は二人しかおりませんでした。被告人とその母親です。ジェネットが何年か前に亡くなっておりますので、いまはアルサひとりです」

「男性がいたことのない一家ということですね？」

「私が知るかぎりではそうです。あの娘は私生児らしいですな」

「ウェイワード一家は教会には通っていましたか？」

グッド牧師は間を置いた。

「はい」と彼は答えた。「毎週日曜、冬であっても来ていましたね」

「母親が亡くなっても、被告人は引きつづき通っていましたか？」

「はい」とグッド牧師。「少なくともそれについては、非難すべき点はありません」

私が同じ信徒席にいるとほかの村人たちがひるむことはわかっていながら、教会の後ろの席にこっそりと座るのは本当に嫌だった。それでも、教会裁判所に引きずっていかれるのを避けるためには、母さんが一緒のときもずっとそうしていたように、教会に通いつづけるしかなかった。

グッド牧師の最後の言葉を聞いた検察官は、クリームの皿を出された猫のような顔をした。

「〝少なくともそれについては〟ですか、牧師？　非難すべき点はほかにあるということですか？」

「小さな村ではいろいろな噂を聞きます」牧師は言った。「母親と同じように、アルサも病人の面倒を見ていました。ときにはうまくいくこともありました。これまでもたくさんの村人たちを回復させてきました」

「〝ときには〟うまくいったということですか？　それ以外のときは？」

「患者が死ぬこともありました」

ジョン以前で最後にこの目で見た死者が誰かは覚えている。ベン・ベインブリッジの父親、ジェレマイアだ。彼は九十歳の冬を越えたところで、クロウズベックではここ四十年にわたって最高齢の人物だった。もうずいぶん前から知的な思考はできなくなり、肉体だけが残されている状態だった。青い瞳は曇っていて、私が死の床に付き添ってその瞳をのぞいたとき、ジェレマイアはこの人生の向こうの世界で何を見るのだろうかと考えたことを覚えている。最期に妻の名前を口にすると、風に揺れる木の葉のように身体がふるえた。老衰だった。それだけだ。私にできたことは、生き長らえているあいだの痛みを軽くすることだけだった。

あの死は私の責任じゃない。あの死は。

ほかにも患者が死ぬことはあった。死が近づき、患者の肌が真っ白になってくると、私にできることはほとんどない。お産がもとで亡くなったメリーウェザー家の奥さんのときは、彼女の手首で血管がさざ波をたて、赤ん坊はただの動かない肉の塊のようだった。どちらも手の施しようがなかった。

きっと牧師は、こうした死についてくどくどしゃべる気なのだろうと思っていた。が、そうではなかった。結局のところ、牧師は彼らの墓の脇に立ち、その家族に、あなたがたの愛する人の死は、神の計画の一部なのだと言い聞かせる立場にある。宣誓している以上、彼らが魔女の手で殺されたのも神の計画なのだと言うことは、牧師にとっては都合がいいことではないのだ。

「ときには死ぬこともありました」牧師は続けた。「死、そして、天にましますわれらが父の御許に再び行くということは、よく生きた人間の誰にでも待っている運命です」

傍聴席がじりじりしだした。人々は説教を聞きに来たのではない。誰かが咳払いをし、誰かがくすくすと笑いだす。ひとりの判事がもうひとりの判事に顔を近づけ、何かささやく。

牧師は検察官を苦境に追い込んでしまった。とはいえ、検察官としては、魔術に関して教会を味方につけておく必要がある。

検察官はその場をゆっくりと歩きだした。

「ありがとうございます、牧師。それに、あなたがこの国と国王のために素晴らしい奉仕をし、この犯罪を報告してくださっていることにも感謝を申し上げます。私にお手紙をくださり、クロウズベックに魔女がいる疑いがあるとお知らせくださったのは、あなたですね？　その魔女が、ジョン・ミルバーンの死に関与している疑いがあると？」

「はい」牧師はゆっくりと言った。「私です」

「牧師」検察官は言った。「ジョン・ミルバーンの遺体はご覧になりましたか？」

「見ました。実にひどいありさまでした」

「あなたは被告人をジョンの亡骸と引き合わせ、被告人が触れることでさらに出血するかどうかを調べましたか？」

「いいえ、検察官」

「ですが牧師、それは殺害の決定的な証拠になるはずのことだったのでは？　なぜそうしなかったのですか？」

「被告人に疑いが向く前に、ミルバーン氏はすでに埋葬されていました。これは彼の妻が、夫を少しでも早く安らかに眠らせ、すぐにでも創造主と再会させてやりたいと望んだからです」

「ご説明ありがとうございます。さて、被告人に疑いがかかった経緯を教えていただけますか？あなたはなぜ報告をしようと思われたのでしょう？」

「教区の住人が私に不安を伝えてきたからです。彼らは、罪なき命が、悪魔との邪悪な接触により奪われたのだと確信していました。彼らは、われらが主である創造主に対し、務めを果たしたかったのです」

「誰が伝えてきたのですか？」

グッド牧師は、私への疑念を伝えてきた人物の名を口にするまでに、長い間を置いた。昼間は冷たく硬い被告席に座り、夜は死の夢を見る日々へと私を引きわたしたのは、いったい誰だったのか。

「被害者の義理の父親です」ようやく牧師は言った。「ウィリアム・メトカーフです」

法廷はざわめき、大量の虫たちがたてる羽音のようなささやきが傍聴席から聞こえてきた。

検察官はグッド牧師への質問を終えた。牧師はゆっくりと証人席をおり、そのよろよろとした動きには年齢が感じられた。私が幼いころの記憶に刻んでいた、威圧的な姿はいつしか消えていた。牧師ももうすぐ、この世から次の世への旅を始めることになるのだろう。彼はそこで何を見るのだろう、と私は思った。

私はまた地下牢に連れていかれた。夜の帳《とばり》はすでにおりてきていた。

23　ヴァイオレット

翌朝、フレデリックは朝食におりてこなかった。

ヴァイオレットはフレデリックのことが心配になりはじめていたが、彼は青ざめて血色の悪い顔ながら、昼食には現れた。食べ物にはほとんど手をつけず、残り物のミセス・カークビーのウサギのパイをほんのひと口食べただけで、ナイフとフォークを皿に交差させて置いた（この皿の料理はもう食べないという合図）。

「昨夜、あの二人、ポートワインをひと瓶空けたんだ」列になってダイニングルームを出てきたとき、グレアムがヴァイオレットに小声で言った。グレアムのきつい口調に、ヴァイオレットは弟の嫉妬を感じ取った。「父さんよりもあいつのほうが、きっとたくさん飲んだと思うね」

「決めつけるものじゃないわ」ヴァイオレットは小声で叱りつけた。「フレデリックは戦争に行っていたのよ。ものすごく疲れてるんだわ。ポートワインの一杯や二杯、飲んだっていいでしょう」

二人はのろのろ歩きながら、先を行く父とフレデリックを見ていた。父はフレデリックの肩に手を置き（「ああしてやったほうがいい、でないと倒れるかもね」とグレアムは言った）、まるで卸売商か何かのように、玄関広間のさまざまな家具を指さしてみせていた。

「あれは」父はいくぶん不格好なサイドテーブルを身ぶりで示した。「ジャコビアン様式の家具だ。千ポンドの価値はある。わが家の先祖の第三代子爵が、一六一九年に作らせたものだ。ジェイムズ一世の治世だよ――もちろん君ならそんなことは知ってるね、歴史に興味があるようだし」父はにっこりと笑い、グレアムは目をぐるっと回した。

「ジェイムズ一世は変わった人だったようですね」フレデリックは言った。「自分には魔女狩りの使命があると思ってた。それについての本まで書いてるんですよ、ご存じでしたか？」

父は顔を曇らせてフレデリックから離れたが、その後も何も聞こえなかったかのように家具めぐりを続けた。

「この時計は」父は、愛らしい子どもが彫刻された、凝った金の旅行携帯用置き時計を指さした。「私の母が、その伯母のケント公爵夫人から、二十一歳の誕生日にもらったもので……」

「そんな話、僕にはしなかったじゃないか」グレアムがつぶやいた。「まるであいつが息子で後継ぎみたいだよな」

そのあとみんなで外へ行き、芝生でローンボウルズをやっているあいだも、ヴァイオレットは、夕方の散歩の約束をフレデリックは忘れてしまったにちがいないと思っていた。彼はその日ずっと、ヴァイオレットにほとんど目も向けなかった。ひょっとしたらキスのことも忘れてしまったのかもしれない。あるいは、もしかして――もっと悪いことに――後悔しているのかもしれない。あまりいいキスではなかったのかもしれない。ヴァイオレットが何かまずいことをしてしまったのかもしれない。

ローンボウルズはまるでうまくできなかった。とても暖かい日で、ヴァイオレットの髪の生え際は汗でじっとり濡れていた。もちろん彼女ばかりではなかった――父のシャツにも染みが現れ、グレアムの顔も髪色と同じぐらい赤くなっている。セシルですらおとなしくなっていた。シャクナゲの下に身を丸め、ピンクの舌を口からだらりとさせている。ほとんど愛らしく見えた。

フレデリックだけが熱にわずらわされていないようで――きっとリビアで慣れたのだろうとヴァ

イオレットは思った――昼食時と比べるとすっかり元気になっていた。自分のボールを転がし、目標球《ジャック》にカチンと当ててにやりとすると、陽焼けした顔に白い歯がきらりと映えた。完全にくつろいで見えると思っていたが、やがてヴァイオレットは、フレデリックの片手がズボンのポケットのあたりをしきりにさまよい、そこに隠した何かをお守りのように叩いていることに気づいた。

「ミセス・カークビーにレモネードを持ってきてもらうよう、行って頼んでくるわ」ヴァイオレットが言った。

「そうだね、頼むよ」グレアムは自分のボールがジャックから逸《そ》れ、バラの茂みに入っていくのをながめていた。グレアムは使用人全員が苦手だったが、とりわけつい最近は、鶏の脚からローストした肉をはがしてつまみ食いしようとしたところを、ミセス・カークビーに見つかったばかりだ。ミセス・カークビーは、今度キッチンに足を踏み入れたらひっぱたいてやると、熱を込めてグレアムに言いわたした。

「一緒に行くよ」フレデリックが言った。「グラスを運ぶ手伝いがいるだろう」

ヴァイオレットの胃が口から飛びだしそうになる。

「ありがとう」ヴァイオレットはほとんどフレデリックを待とうとせずに、家に向かって歩きだした。相手の視線が自分に向いているのを意識し、正しく歩く方法を忘れてしまったかのように、動きがぎこちなくなった。

フレデリックは、涼しい屋内に入ったところで追いついてきた。玄関広間がひどく静かに思えた。ドアは夏の外気を入れるために開けっぱなしになっていたが、ヴァイオレットには外の蜜蜂の羽音も聞こえなかった。フレデリックがヴァイオレットに一歩近づく。耳に血流が押し寄せてくるのを感じる。

「あとで散歩するのを楽しみにしてるよ」フレデリックは小声で言った。

忘れていなかったのだ。フレデリックが近づくと、ヴァイオレットの脈が大きく波打つ。どうしてこんなふうに、血管の中で激しくつま弾くような感じがしてくるんだろう？　脇の下が汗でちくちくする。フレデリックから母さまの話をもっと聞けるから興奮してるんだわ、と、ヴァイオレットは自分に言い聞かせた。だからこんなに鼓動が激しくなっているのだと。不意にヴァイオレットは、フレデリックがまたキスしようとしているのではないかと不安になった。自分ではどうなの——キスしてほしいと思うべきなの？

ドアが開き、また閉じる音がして、フレデリックは飛びすさった。二人が顔を上げると、階段の上でミス・プールが、いずれヴァイオレットが楽しく学んでいくことになるはずの、フランス語の教科書の山を抱えて運んでいた。

「ご機嫌よう」ミス・プールは、雇い主の甥にというよりはジョージ国王にするみたいに、フレデリックにお辞儀をした。

「こんにちは」フレデリックが挨拶した。

「キッチンにレモネードを取りにいくところなの」ヴァイオレットがそう言うと、ミス・プールはうなずいたが、その目はフレデリックをじっと見ていた。

「ご滞在を楽しまれますよう」ミス・プールがフレデリックに言った。

「もちろんそのつもりです」フレデリックはヴァイオレットを見ながら言った。

砂糖不足のせいで、レモネードは水っぽく酸っぱかった（「戦争なんてやっていないと思ってるかたがいらっしゃるようですわね」フレデリックがそばを離れたとき、ミセス・カークビーが小声で言った）。

父が別の方向を見ているとき（グレアムのローンボウルズのテクニックには、父の指南による大幅な改善が必要だった）、フレデリックが金色のフラスクをポケットから取りだした。ふたをねじってはずすと、特に本人の許しを得ることもなく、ヴァイオレットのグラスにかなりの量の琥珀色の液体を注ぎ入れた。

「それって――？」

「ブランデーさ。飲んだことないのかい？　君は本当に無邪気な人だな」フレデリックは言った。その微笑は、前夜のダイニングルームで彼が家具を見ていたときの、あの飢えた目つきを思いださせた。

「飲み干して、早く」フレデリックは言った。「君のお父さんに気づかれる前に。僕が君に悪い影響を与えているなんて、思われたくないからね」

ブランデーが火のように熱く喉をおりていった。ヴァイオレットは咳き込み、フレデリックは大きな声で笑った。

父が二人のそばにやってきた。ディンズデイルの育てたバラにではなく、ジャックにボールを当てる方法を、グレアムに説明するのはあきらめたようだった。

「何がそんなにおかしいんだい、フレディ？」父が訊ねた。父が愛称で誰かを呼ぶのを聞き、ヴァイオレットの胸がちくりと痛んだ。父はヴァイオレットとグレアムのことを――ヴァイオレット、グレアム以外の名では決して呼ばない。

「あなたのお嬢さんは、とても楽しい女性ですね」フレデリックは言った。

しばらくすると、父はローンボウルズに飽き、ミセス・カークビーを呼んで――またしても夕食の支度から引き離されたミセス・カークビーは、ひどく不機嫌そうだった――芝生の上に折りたたみ椅子を出させた。

「厚かましいったらないよ」ミセス・カークビーが、戻っていきがてらぶつぶつ言っているのが聞こえた。「誰が食事を出してやってると思ってるんだい……妖精が魔法で出してるとでも思ってるのかね……」

「いま、人が足りてないものでね」父はフレデリックに申し訳なさそうに言った。「うちの執事は、戦艦バーラムに乗っていて戦死した」

「気の毒なレイナム」ヴァイオレットは言った。頬ひげを生やし、いつもカラフルなチョッキを着ていた執事のことが、ヴァイオレットはとても好きだった。一度、レイナムがネズミを運んでいるのを見たことがある――セシルにつかまったが、かろうじて逃げだしたネズミだ――執事はそのネズミを、ガラス製品を扱うかのように、そっと庭に逃がしてやった。レイナムが二度とオートン・ホールに戻ってこないなんて、すごく奇妙な感じがする。使用人用の出入口近くのフックには、いまも執事のチョッキが掛かっている。まるで、持ち主はちょっと広庭を見てまわっているだけだというように。

フレデリックは残りのレモネードを飲み干し、空になったグラスをのぞき込んでいた。その手がズボンのポケットに触れるのを見ながら、ヴァイオレットは、父がこれ以上戦争の話をしないでくれるといいのにと思った。

椅子に深く寄りかかると、キャンバス地の背もたれがきしんだ。本でも取ってこようかと思ったが、ブランデーのせいで頭が重くてどんよりしている。心地よい陽射しがヴァイオレットの顔に暖かく降り注ぎ、世界は緑と金が入り混じった愉快な場所だ。グレアムと父はうたた寝をしていて、ほぼ同時に寝息をたてていた。ヴァイオレットも少し眠りに落ちたようだった。フレデリックが椅子をヴァイオレットの椅子のそばに引く耳障りな音が聞こえた。ヴァイオレットが横向きに身をよじり、片目を開けると、あの飢えた目つきで自分を見ているフレデリックが見えた。ヴァイオレットは、腹部に熱いじっとりとした感覚を覚えた。

かすかな羽音が聞こえた――イトトンボだろうか、あるいはユスリカだろうか。

「痛っ」急に頬がズキンと痛み、ヴァイオレットは椅子の上に起き上がった。グレアムが寝ぼけて何かつぶやいたが、父はいびきをかいていて、まるで起きる様子はなかった。ヴァイオレットは自分の顔を指で押した。皮膚が熱い。本能的な警戒心がちらつきだす。

「大丈夫かい?」フレデリックが身体を近づけて訊ねてくる。

「ええ――ありがとう。何かに刺されたんだわ。ブユかしら」

「ああ。忌々しいやつめ。君はそういうのに慣れてるんじゃないの」

「実を言うと、いままで一度も刺されたことがないの」

フレデリックは少しのあいだヴァイオレットの顔をながめていた。口が開き、そしてまた閉じる。

「なんだか――赤くなってるね」フレデリックは言った。「冷やしたほうがいいと思う」

ヴァイオレットは、フレデリックがさらに近づいてくるのをながめていた。レモネードのグラスを手に取ったフレデリックは、それをヴァイオレットの頬に押しつけ、冷たさの衝撃で痛みが薄らいだ。

「どう？」フレデリックは優しく言った。その息が、グラスを持つ硬い指先が、ヴァイオレットの頬に触れている。

二人はそのまましばらく動かずにいた。ヴァイオレットの心臓の鼓動が、耳もとで激しく鳴った。

「ありがとう」ヴァイオレットはようやくそう言い、フレデリックはグラスを遠ざけた。

「これを飲むと落ちつくよ」フレデリックはポケットからフラスクを出し、ヴァイオレットに寄こした。ヴァイオレットはふるえる指でキャップをねじり、フラスクを口もとに持っていった。ブランデーはさっきと同じく燃えるようだったが、今回は咳き込まなかった。自分の喉を輝きながら転がり落ちていく、火の玉が思い浮かぶ。本の中ではこういうのを〝酔った勢い《ダッチ・カレッジ》〟って呼んでたっけ？　ヴァイオレットは、次に起きることがなんであろうと、必要なのは勇敢さだという、妙に尊大な気持ちを感じていた。

「気分はどう？」フレデリックが訊ねた。

「よくなったわ」

「こういうときは」とフレデリック。「散歩がいちばんの薬だよ。不快感を和らげてくれる。どう、行かない？　僕が君を、ブユから守ってあげる」

「いいわね」ヴァイオレットは答えた。「いちばんの薬ね」

ヴァイオレットは、傾いた船の甲板にいるみたいに、よろめきながら立ち上がった。フレデリックが腕を貸してくれた。ヴァイオレットが父とグレアムに目をやると、両者ともまだいびきをかいていた。眠っているときのグレアムが父にそっくりだと知ったら、本人はきっと嫌な顔をするだろう。

「二人には充分な睡眠をとらせてあげたほうがいい」フレデリックはそう言いながら、ヴァイオレットをその場から連れだした。

24 ケイト

ケイトの予感は正しかった。

やっぱり女の子だ。女性の総合診療医のドクター・コリンズが、今日、二十週の検査で確認した。ドクターは超音波検査の画像をプリントアウトし、ケイトにくれた。子宮の中で安全に膜に包まれ、真珠のようにきらめく拳を握るケイトの娘。

「なんだかこの子、闘争心旺盛ね」ドクター・コリンズが言った。

帰宅したケイトは、ヴァイオレット伯母さんのベッドに座り、写真を愛撫《あいぶ》する。窓は開けてあり、表ではヤマバトがクークーと鳴き、その優しい調べがそよ風に運ばれてくる。まだやらなければならないことがある。

ケイトの母親は二度目のベルで電話を取る。

「ケイト？」

母の声はくぐもっているが、眠りの名残りというよりは不安がまさっている。向こうは何時だろう？　早朝だ。きちんと調べるべきだった。このごろ、いろんなことを忘れてしまう――やかんを火にかけたままうたた寝して、やかんの苦悶《くもん》の訴えに驚いて目を覚ましたこともある。疲れが抜けず、骨の髄を吸い取られていく気がする。

「大丈夫なの？　何度も電話したのよ」

「わかってる」ケイトは言う。「ごめんね――少し混乱してて。落ちついてはきてるのよ」

母は電話口で深いため息をつく。

「あなたが心配なの。何が起きているのか話して」

ケイトの口の中が乾いてくる。

「私ね……」

「何？」

ケイトの耳の奥で鼓動のリズムが狂乱する。無理、言えない。

「訊きたいことがあるの。パパの家族のことなんだけど」

「パパの家族？」

「いまオートン・ホールに住んでるのは誰なのか知ってる？　村の人は子爵がどうこうって言ってたけど、その人は私たちの親類なの？」

「んー。パパが遠い親類だって言ってた気がする。スキャンダルがあって、相続人廃除だのなんだのはあったけどって――詳しいことはよく覚えてないけど」

「大伯母さんたちが相続から廃除された理由を知らない？　スキャンダルって、何があったの？」

「わからないわ。ごめんね。正直、パパが知ってたかどうかもよく知らないのよ」

「ううん、いいの。それと――もうひとつ……」ケイトは唇を舐める。「パパの先祖が魔女として告発されたことがあるって話、聞いたことない？」

「魔女？　ううん。誰がそんなことを？」

「ちょっと耳に挟んだだけ」ケイトは言う。「ヴァイオレット伯母さんについて、このあたりでは妙な噂がいろいろあるみたい」

「まあ、少し変わった人ではあったわね」母の声に微笑が混じるのをケイトは感じ取る。

ケイトは周囲にあるヴァイオレットの持ち物に目をやる。本棚、壁に掛けたぎらぎらしたムカデのガラスケース。衣装だんすのケープにあしらったビーズの暗い輝き。ヴァイオレットは何かを恐れたりしなかった、いまのケイトのようには。

ヴァイオレットなら真実を話せるだろう。

「あのね、ママ、話さなきゃいけないことがあるの」ケイトは息を吸い込む。次に口から出た言葉は、まるでほかの誰かがしゃべっているかのように響く。「私、妊娠してるの」

「えっ」しばし沈黙が流れる。「サイモンは知っているの？」

「ううん」

「そう、それならいいわ。それで……どうするか決めたの？」

ママはサイモンのことに気づいてる、ケイトはそう悟る。ママはいつだって、なんでも知ってる。

母の声に痛みを聞き取り、ケイトはかすかな吐き気を覚える。窓から射し込む陽射しの明るさに目が眩む。

ママは知ってる。

一瞬、気分が悪くなりそうになる。目がちくちくする。

それでもケイトは泣くのをこらえる。いまはだめ。超音波の写真を見おろし、それをぎゅっとつかむ。

「産むつもりよ。彼女を。女の子よ、今日わかったの」

「女の子！　ああケイト！」

電話口で母が泣きだすのがわかる。

「ママ？　大丈夫？」

「ごめんなさい」母は言う。「私——私たち、こっちに来るべきじゃなかったわ、ケイト。とどまるべきだった。そうすれば、あなたもあの人に出会わなかったのかも……イギリスにいるべきだったのよ」

「ママ。そんなことといいの。ママのせいじゃない」

だが、もう遅すぎる。二人のあいだの沈黙の何年かをやりなおそうとするように、言葉が母の口から次々と転がりだしてくる。「いいえ、何かがおかしいことはわかってたの。仕事をやめて、友だちとの連絡も絶って……まるでほかの誰かになろうとしてるみたいだった。でも、私たちが電話で話してるとき、あの人はいつも部屋にいたから……それに、あの人があなたのメッセージを、メールを読んでるかもしれなかったし……どうしたらいいかわからなかったの」

母の罪の意識が、ケイトには耐えがたい。肌を酸に焼かれるようだ。ケイトはサイモンに出会った夜のことを思いだす。彼に引き寄せられる自分は、まるで火に飛び込む蛾だ。

ママがそんなことまで予見できるわけがない。誰のせいでもない、私のせいだ。

「どうしようもないことだったのよ、ママ」

「私はあなたの母親よ」母は言う。「感じてたわ。手だてを探すべきだった」

二人とも少しのあいだ黙り込む。遠距離電話の回線がぷつぷつと音をたてる。

「でも、うれしいわ」母がようやく、優しい声で言う。「子どものこと。あなたが産みたいと思ってるのなら」

ケイトは超音波の写真に手を触れ、明るい電球のような娘の体形をなぞる。

「ええ、産みたいと思ってる」


電話を切ったあと、ケイトはバッグから財布を出す。超音波の写真を、財布に安全にしまっておきたい。

財布には、自分とサイモンが一緒に写った、ポラロイド写真が入っている。休暇でヴェネツィアに行ったときに撮ったものだ。リアルト橋で、二人でコーンのアイスクリームを持っている。暑い日だった。運河の強い悪臭、何時間も歩いたあとにできた足の水ぶくれ。写真の自分は幸せそうだ——どちらもそうだ。サイモンの唇に、アイスクリームの跡がついている。

翌日サイモンは、サンマルコ広場のまん中で、ケイトに罵声を浴びせた。理由は覚えていない。ケイトが言ったこと、あるいはサイモンを見る目つきの何かが気に入らなかったのだろう。そのあとホテルでのセックスのあいだ、サイモンは血豆ができるほど激しくケイトの腿を叩いていた。

ケイトはポラロイド写真を手で握り潰し、そのあと細かく破る。小さな紙片が雪のように床に舞い落ちる。

翌日、散歩の途中でケイトは顔をしかめ、レインコートのファスナーを閉める。その日は蒸し暑いが曇りで、雲が紫色にふくらんでくる。やがて雨が降りだす。すでに低木の生け垣が雨で光り、野草の花の上でも水滴がクリスタルのようにふるえている。白い泡のようなピグナットの花、金のつり鐘のようなカウホイートの花。ヴァイオレット伯母さんの分厚い植物学の本のおかげで、花の名前も覚えつつある。

丘を横切り、ケイトはオートン・ホールへ向かう。広い草地に続く、慣れた快適な生け垣の小道から離れると、地形が険しくなってくる。灰色の空が、急に途方もなく広く、同時にひどく間近にも見えてくる。

岩の多い小道でスニーカーが滑り、ふくらはぎが燃えるように痛む。目眩がしてくるぐらい心臓が早鐘を打ち、口が乾いてくる。高いところも、広大な空間も、もともとあまり好きではない。心を落ちつかせようと手探りした蜜蜂のブローチを、衝動的にジーンズのポケットから取りだし、お守りとして襟の折り返しにつける。

丘のてっぺんで立ち止まり、身体を折り曲げて息をあえがせる。前方の古い線路の隣に、暗い森が見える。モトローラのスマートフォンの曖昧な地図によれば、オートン・ホールはその木々の向こうにあるはずだ。

丘のふもとにたどりつくと、ケイトはほっとする。両脇にそびえる岩壁は、年月と苔の無情な緑色に染まっている。森の中へ足を踏み入れると、雨が本格的に降ってくる。木々は閉所恐怖症を誘うほどに密集して生えていて、空も頭上の枝にさえぎられ、ほとんど見えない。くねくねと続く小道はでこぼこで、雑草が生い茂っている。歩いているうちに、青葉がかさかさと音をたて、淡い色のウサギが一羽すごい速さで駆けだし、下草に飛び込んでいく。

雨が激しくなってきて、木の葉や木の幹がすぐさま濡れて輝きをおびる。ケイトはフードをかぶる。携帯電話の画面を見る。森の終わりは近づいているはずだ。少し足を速める。この森はなんとなく居心地が悪い――湿った土のうんざりするような匂い、小枝の折れる音。視界の端をちらつく何かの黒い影、木の葉の中でふるえる何かの羽音。

ケイトは後ろを振り返り、頭上で絡まり合う天蓋のような木の枝を見上げる。葉の上で身をふるわす茶色とオレンジ色の蝶がいるだけで、ほかには何もいない。ケイトはゆっくりと深呼吸をし、また歩きだす。

鬱蒼とした森の陰に隠れていたオートン・ホールが初めて見えたのは、ほとんど森を出る間際だ。建物が突然に現れ、ケイトは思わず息をのむ。予想していたのとはちがう。ここに人が住んでいるというエミリーの言葉はまちがいだったんじゃないか――そう思えるほど、長年打ち捨てられている場所のように見える。石の壁はくすんで色あせ、下塗りがはげた場所に大きな穴があいている。ツタの太い茎が小塔を這いのぼっている。屋根の上で何かがはためくのが見え、見上げると、鳥の巣が雨樋《あまどい》にいくつも並んでいる。そばに近づいていくあいだも、誰かに見られている気がしてしかたがない――暗く大きな窓が、目のように自分を見つめている気がするだけかもしれないが。

ケイトは雑草のはびこる庭を通り抜け、立派な玄関のドアにたどりつく。ドアベルはない。どっしりとした鉄のドアノッカーを鳴らし、そのまま待つ。

誰も出てこない。ケイトはその場で足を動かす。石の床には古い葉が積もって滑りやすく、手すりには亀裂が入っている。この場所のすべてが打ち捨てられた悲しさに満ちていて、もう帰ろうかとケイトが思ったそのとき、かんぬきを抜く物音が聞こえてくる。ドアがきしみながらゆっくりと開き、タータンチェックのドレッシングガウンをまとったやせ細った男が現れ、二人は驚きの表情で見つめ合う。子爵。彼がそうにちがいない。

「はい？」細く甲高い声で男が言う。「何か用かね？」曇った眼鏡の奥の目は細く、ケイトは何を言っていいかわからなくなる。

「こんにちは」ケイトはそう切りだす。「お邪魔でしたらすみません――ええと――私、ケイトと申します。近所に越してきたばかりの者です。自分の親族の歴史を調べてまして、私の親類が昔ここに住んでいたらしいのですが……」

ケイトの言葉がぎこちなく途切れる。男は目をまばたく。言っていることが聞こえているのだろうか、耳が聞こえないのだろうかとケイトは考える。男の瞳は緑色で、白目の部分は黄ばんでおり、まぶたはピンク色、頭は禿げている。

男はドアをもう少し開け、それから背を向けて、底知れない家の暗がりの中へと消えていく。中へ入れという意味だとケイトが気づくまでに、少し時間がかかる。

ケイトは、薄暗い玄関広間を進む男のあとをついていきながら、ドレッシングガウンのぼろぼろの裾が男の脚にまとわりつくのをながめる。唯一の光源は、大きなサイドテーブルの上にある、ほこりっぽいランプの明かりだけだ。黄色く投げかけられた光の輪の中に、うずたかく積まれた郵便物が見える。下のほうはかじられた跡のようなものが見える古い封筒、上のほうにはビニールの袋に入った冊子が載っている。二人が通りすぎていくとき、郵便物の山がカサコソと音をたて、ケイトは、波打った封筒の山が、ガラスの微小なかけらみたいな奇妙な輝きをおびた、薄い膜らしきものに覆われていることに気づいた。

玄関広間にあるもうひとつの家具も、洞穴みたいな暖炉の上に掛けてある大きな絵も、分厚いほこりに覆われていた。マントルピースの上で何かが光り、ケイトが目をやると、蜘蛛の巣に包まれた、古い旅行携帯用置き時計がある。時計の針は止まっている。永遠に六時で凍りついたかのように。

大きな弧を描く階段を、男のあとについてのぼっていきながら、この人には家の中がちゃんと見えているのだろうかとケイトは思う。階段の向こうの大きな窓は黒っぽく汚れ、そのあちこちの隙間からわずかな光が入ってくるだけだ。自分の前を行く小柄な男の身体が、段をのぼるごとに上下するのを、ケイトは目を細めて見ようとする。一瞬足を取られてつまずき、あわてて階段の欄干をつかむと、手にちりがくっつくのを感じる。自分の手をそっと見ると、さっきの郵便物を覆っていた輝く何かと同じものがついている。ほこりじゃないことに気づき、ケイトはぞっとする。手のひらにべったりとついているのは、クリスタルの薄片のような翅だ。虫の翅だ。

男の姿が消えたことに気づき、ケイトはぎょっとする。どこかでドアがぎいっと開く。ケイトは階段の上までのぼり、その音を頼りに、左の廊下を進む。

細いオレンジ色の光が見え、少しだけ開けたドアの外にあの老人が立ち、ケイトを待っている姿にようやく焦点が合う。あと二、三歩で追いつくというところで、男は部屋に入っていき、ケイトもあとに従う。戸口をまたいだとき、ケイトの血管の中で、恐怖がびくんと跳ね上がる。この家のほかのどこよりも、ケイトを動揺させるものがそこにある。

この部屋には翅はない、それは素晴らしいことと言うべきなのかもしれない。この空間を支配しているのは、美しいマホガニーの机だ。床から天井まで届く大きな窓が、机の奥の壁のかなりの領域を占めているが、ぼろぼろのカーテンでその大半は隠されている。残りの壁の部分には、怒った表情の、頭の禿げた男の暗い肖像画が掛かっている。

机の上には、こまごまとした奇妙な品が雑然と置かれている。鏡張りの箱、古いコンパス。半分ぐらいはぼろぼろになってしまった地球儀。何より驚くべきは、鈍い光の中で黄色に見える物体で、最初は人間の骨に見えたが、よく見ると巨大な象牙だ。

すえた生々しい悪臭を感じ、ケイトは部屋の隅から目をそらす。そこにはある種のねぐらがあり、毛布、敷物、そして服まで置いてある。さらに、別の臭いもする。極度に甘ったるい化学品の臭いが、ケイトの鼻孔をこすってくる。防虫剤だ。さらに、火のついたほやつきのランプ——ケイトが古い映画やアンティークショップでしか見たことのないような品——が床の上にあり、部屋をぼんやりと照らしている。その明かりの中で、空の缶詰の缶がいくつか、オレンジ色に輝いている。この人はここで暮らしているのだ、とケイトは気づく。この部屋だけで。

「あいつらは入ってこられない——入ってこられなかったのさ」小柄な男が、ケイトの考えを読んだかのように言う。「策を講じたからね」

男はドアを指さす。ケイトは振り返り、そのドアに留めつけてあるひと巻きの布と、もう一枚、蝶番《ちょうつがい》に沿って張られている布を見る。視線を戻したとき、ケイトは突然、なぜこの部屋がこんなに暗いのかに気づく。ぼろぼろの古びたカーテンの向こうの窓は、板張りされているのだ。

小柄な男は机の向こうに行き、カビの筋がついた高い背もたれの革張り椅子に、ゆっくりと身を沈める。

「どうぞ」男は、机の前にある小型の椅子を勧める。ケイトが腰をおろすと、ほこりが舞う。むせそうになるのをどうにかこらえる。

「お名前はなんといったかな？」男が訊ねる。上流階級のアクセントと、みすぼらしい姿との対照性に、ケイトは違和感を覚える――気味の悪ささえ感じる。男の手がふるえていて、視線がちらちらと部屋の隅をうかがっていることにも気づく。探しているんだ、とケイトは思う。虫がいないかと。ケイトのうなじの皮膚がぴりぴりしてくる。

「ケイトです」返事はしたものの、ケイトの不安が募る。帰りたい。この小柄な老人からも、うつろな視線と動物的な臭いからも逃げたい。「ケイト・エアーズといいます」そう言うと、男は身を乗りだし、紙のようなひたいの皮膚にしわが寄る。

「エアーズといいましたか？」

「はい、私の祖父はグレアム・エアーズです」ケイトは説明する。「祖父が昔、子どものころここに住んでいたと思うんです。祖父の姉のヴァイオレットと一緒に。あなたは――私たちは……親族になるのでしょうか？」

　思い込みかもしれないが、ケイトが大伯母の名を出したとたん、男の手のふるえが激しくなり、骨ばった拳が白くなったような気がする。

「ものすごくたくさん、やつらがいたんですよ」男は血の気のないひび割れた唇を舐める。あまりに静かな声で、なんと言ったかケイトが理解するまでに少し時間がかかる。男の視線はもはやケイトを通り越し、遠くを見るようにぼんやりとしている。「そのあと、群れになって……」

　この人、なんの話をしているんだろう？

「群れ？」

「オスがメスを連れてきていて……それからそこらじゅうに卵を……そこらじゅうを覆い尽くすように……」

疑いがケイトをせっついてくる。この人は――誰だかわからないけど――明らかにまともじゃない。しゃべりかたを見ても、生活のしかたを見ても、この人には助けがいる、質問攻めにしている場合じゃない。この人は……トラウマに苦しんでいる。

だが、ケイトがいとまごいをしようと立ち上がりかけたとき、男の視線がびっくりするほど明瞭になり、ケイトをじっと見つめる。

「私に質問があったのでは？」

思ったよりもしっかりしているのかもしれない。本当は帰るべきだとは思う――でも、ここまでずっと歩いてきて、目眩をもよおすような丘を越え、森を抜けてきた。もう少しだけ質問しても、きっと大丈夫だろう……。

ケイトは深呼吸をして、どんよりとした空気のことは考えないようにする。

「あの、実は――私の祖父やその姉のことを、何かご存じじゃないかと思いまして。二人とも他界していて、ほかに訊ける相手がいないんです。私の父も亡くなっています――それに、私……とにかく、二人のことを何かご存じじゃないでしょうか」

男は、まるでケイトの言葉を耳から振り払おうとするように、激しく首を振る。

「大変申し訳ない」男は言う。「物覚えが悪くなってしまっててね」

ケイトは部屋を見まわす。本棚に古い冊子が並んでいて、背表紙はひび割れてほこりをかぶっている。

「そうですか」自分の声に失望が響くのがわかる。「では、記録はないでしょうか？　私が拝見できるようなものはお持ちじゃありませんか？　家系図や出生証明書などはどうでしょう？　手紙とか？」

男は再び首を振る。

「あれはみんな、農場の記録と税金の帳簿なんです」男は本棚を見ているケイトに説明する。「残念だが助けにはならないと思います。ほかのものはすべて……処分されました。虫どもが……」男は身をふるわせる。

「ああ。でしたら結構です」ケイトは座ったまま、少し黙る。この老朽化した家で、死んだ虫と古い帳簿だけに囲まれたひとりぼっちの男に、ケイトはうずくような哀れみを感じる。「何があったんですか？　その、虫ってなんのことなんでしょう。きっと恐ろしかったでしょうね。私も虫はあまり好きじゃなくて。駆除業者は呼びましたか？」

男の目が暗いよどみに変わり、その視線はケイトの頭上の空間に向く。さっきまで冷たく堅苦しかったアクセントは、男が再び口を開くと、怯えた不安げな響きに変わっている。

「感謝しなければ」男は、ささやきよりも少し大きいぐらいの声で話す。「神が祈りを聞き届けてくださった。去年の八月、みんな死に始めた――甘美な響きでしたよ、あのちっぽけな体が床に落ちる音は。干上がった地面に降る雨のようだった。それでわかったんです……彼女がやっと私を解放してくれたとね」

「すみません――どういうことですか？　誰があなたを解放したと？」

相手の返事を待つあいだ、ケイトは深く息を吸い込む――口に入ってくる空気から腐臭がする。よく我慢できるものだ。息苦しさを少しでも軽くしようと、ケイトはレインコートのファスナーを開ける。

突然、男が椅子の上でびくっとする。彼がじっと自分を見ていることに、ケイトは気づく。

「あ、あの」ケイトはあわてて立ち上がる。「ええと――どうしました？　大丈夫ですか？」

男は片手をあげ、指さす。またその指先がふるえだしている。黄色い爪は湾曲し、内側に汚れがこびりついている。

「どこで」男は荒々しく息を吐きながら言う。「どこでそれを手に入れた？」

最初ケイトは、自分でもつけていることを忘れかけていた、ヴァイオレットの古いネックレスを指さしているのかと考える。それから気づく。ブローチのことだ、蜜蜂の形をした。

「これですか？」ケイトはブローチに触れる。「すみません――すごく本物っぽく見えますよね？　つまらないものなんですけど、私が小さいころから……」

男は椅子から立ち上がる。その小さな身体がぶるぶるとふるえている。

「出て、いけ」その目が大きくなり、唇がまくれ、白っぽく生気のない歯ぐきがあらわになる。

「わかりました」ケイトはレインコートの前を閉める。「お手をわずらわせて、本当にすみませんでした」

ケイトは、踏むとパリパリいう翅にひるみながら、どうにか廊下を抜け、階段をおりる。重い玄関のドアを後ろ手に閉めると、新鮮で雨の匂いがする空気を大きく吸い込む。雨は前が見えないほどの土砂降りで、ケイトは走りだし、できるだけまっすぐ前を見る。大雨の中で木の葉のささやきが聞こえ、ケイトは気味の悪い音をシャットアウトできるヘッドフォンを持ってくればよかったと思う。帰り道の丘はさらに険しくなったみたいに思える。風がケイトを翻弄し、頭からフードを剝ぎ取る。雨が目に入り、谷は緑と灰色が混じり合ったみたいに見える。

ようやくコテージにたどりつくと、恐怖はいらだちに変わる。結局、自分の親族については何もわからなかった。なぜヴァイオレットとグレアムが相続から廃除されたのか、そして、何が――あるいは誰が――ヴァイオレットの庭に埋められているのかも、わからないままだ。

玄関のドアを閉め、ケイトはため息をつく。まずはシャワーを浴びるために栓をひねる。粉々になったちっぽけな翅の毛布に覆われた、あの家の記憶と汚さをこすり落とさなければ。湿っぽい動物的な悪臭のするあの書斎。水が温まるのを待ちながら、ケイトはブローチをはずし、それを光にかざしてみる。単なる虫のレプリカにあんなに反応するなんて、あの子爵にはよほどのトラウマがあるにちがいない。

彼の目が左右に躍り、部屋の隅々まで探る様子を思いだす。防虫剤のつんとした臭いが、まだ舌に残っているような気がする。

目を閉じると、その光景が浮かんでくる。

無数の翅の羽ばたきで輝く空気、家の壁越しにも聞こえてくる羽音、書斎の中の臭いねぐらで怯える小柄な男……そして、ほんの一瞬の静けさが、沈黙が訪れ……それからちっぽけな体が雨のように降ってくる。

彼女がやっと私を解放してくれた。

バスルームが熱いシャワーの蒸気に満たされ、ケイトは服を脱ぎ始める。シャツのボタンをはずしていると、青白く輝く翅が指に触れ、思わずぞくっとする。

『魔女の火刑』の一節が頭によみがえる。

甲虫の母。

誰が子爵を解放したんだろう？　そもそも、何から？

25　アルサ

地下牢に羊皮紙とインクがあればいいのにと思った。すでに数々の言葉が私の頭の中で形をなしつつあり、記録できるうちに記録しておきたかった。そうすれば、私の身体を絞首台の縄からはずしたあとでも、私の何かが残る。そのほかに私が残せるのは、コテージと、そこに置いてある私の持ち物――母さんのものでもあり、それ以前は母さんの母さんのものでもあった物――しかないし、それはどうせ誰かがやってきて、きれいに掃除してしまうだろうから。

もちろん、ここには羊皮紙もインクもない――たとえもらえたとしても、明かりがなくて自分の書く文字も見えない。私に読み書きを教えてくれたのは母さんだ。読み書きは、どの薬草がどの病気を軽くしてくれるかを知るのと同じくらい重要な技能だと母さんは考えていた。ウスベニタチアオイやジギタリスの使いかたを教えるのと同じように、アルファベットを教えてくれた。ほかにもいろいろなことを教えてくれたが、その話はまだここではできない。

地下牢で書くことができないので、頭の中で物事を整理することにした。グッド牧師のいう来世が本当にあり、近々母さんと再会できるという場合に備え、そのときの練習までしていた。

私の母さん。母さんの死は、いまも私に重くのしかかる。母さんは、私の失敗例となった患者だからだ。

クリザローの夫婦が来てから間もなく、母さんは変わり始めた。ある夜、月がのぼってきたころ――満ち始めたばかりの、青白いひっかき傷みたいな月だったのを覚えている――母さんがマントを着るよう私に言った。それから自分のカラスを連れてきて、かごの中にそっと入れ、覆いをかけた。私は母さんに、何をするつもりなのか訊ねた。カラスは、その母ガラスと同じく孵化《ふか》したときから私たちが育てた、羽根にしるしのあるカラスだった。母さんは返事をせず、ただ私を連れて暗い夜に出ていった。母さんはずっと黙ったまま、ある農場――あとになってわかったが、そこはのちにグレイスが暮らすことになるミルバーン農場だった――のすぐ外に立っているオークの木の下までやってきた。その夜も私はグレイスのことを考え、一緒に木のぼりをしたときのことを考え、ふしくれだった木々の枝がゆりかごのように私たちをあやしてくれたことを考えていた。思い出は、私の心に重々しく居座っていた。

母さんはいちばん大きなオークの木の前にひざまずくと、カラスをなだめすかし、かごから出した。地面におろされるや否や、カラスは宙に飛び立ち、その羽毛が月明かりを映しだした。カラスは自分の定位置である母さんの肩に戻ってきたが、母さんはカラスのくちばしに頬を押しつけて目を閉じ、私には聞こえない声で何かささやいていた。カラスは苦悶の鳴き声をたて、仲間たちが群がってまっ黒になっている、オークの木の上のほうの枝へと飛んでいった。

私たちはコテージに戻っていった。暗闇の中では母さんの顔は見えなかったが、その呼吸の鋭くふるえるような響きで、母さんが泣いているのがわかった。

それ以降、母さんは私に家にとどまるよう命じ、外に出ていいのは教会に行くとき、そしてあたりが暗くなってから散歩に行くときだけになった。おかげで私は、果てしなく日の長い夏よりも冬のほうが好きになったが、このころはいつも空腹だった。ますます収入が減り、ベインブリッジ一家の厚意がなければ、肉を食べることができなくなった。それでも母さんは、新しい仕事をすることを拒んだ。信頼できる人々としか会わなくなった。

「安全じゃないからだよ」そう言う母さんの瞳は、ひどく大きく輝き、恐れに落ちくぼんで見えた。

何か月、何年と時はすぎ、母さんはますます以前の母さんのようではなくなっていった。身体はやせ細った。陽光を浴びない植物のように背中を丸めるようになった。頬は血色を失い、骨に皮がぴったり張りついているみたいに見えた。それでも私たちは、教会の礼拝以外はコテージを出なかった。母さんが私に身を寄せ、二人でよろよろと教会の身廊に入っていくと、村人は怪物でも見るような目で、じっと私たちをながめていた。

私たちは呪われていると言う村人もいた。私たちがアンナ・メトカーフにしたことのせいで。

「少しは外に出ないと」丸五日も母さんが藁布団から起きてこなかったとき、私は言った。「空気を感じて、枝を揺らす風の音を聞いたほうがいいよ。鳥の声も」

呼吸するための空気と同じぐらい、私たちにとっては自然が生命力の源なのだと、私は信じるようになりつつあった。それがなければ母さんが死んでしまうのではないかと、恐ろしくてならなかった。

私自身がいちばんつらいときにときどき思うことだが、母さんは、自分でもそれがわかっていたのではないだろうか——母さんは、陰に隠れてひっそり生きていくことよりも、大きく口を開けた未知と向き合うことを選んだのではないだろうか。

「だめだ」そのとき母さんはそう言った。母さんの瞳は、これまで以上に黒く見えた。母さんが私の腕をつかむと、爪が腕の肉に食い込んだ。「安全じゃないんだよ」

最終的に母さんは、粟粒熱《ぞくりゅうねつ》に似た病にかかった。私の初潮から三年後のことだ。母さんは自分の治療をみずから病床で指示し、藁布団からほとんど起きられないときでも、どの植物の根を潰せばいいか、どの薬草を塗ればいいかを私に伝えた。私は言われたことを全部やったが、間もなく母さんは、目覚めている時間よりも眠っている時間のほうが長くなり、うわごとで私の名を呼び、母さんの身体のまわりのシーツが汗でぐっしょりと濡れた。私は母さんが怖かった。ろうそくの明かりの中の、黄色い顔が怖かった。

「約束を忘れないでおくれ」母さんは身体の痛みに耐えながら言った。「絶対に破ってはいけないよ」

ある朝、夜が明けるころ、母さんはだんだん静かになっていった。やがて、母さんが逝ってしまったのが私にもわかった。私は、母さんがつけてくれた名前の意味について考えた。アルサ。癒やし手。私は母さんに応えられなかった。

母さんが亡くなったあとは、ずいぶんグレイスのことを考えた。グレイスは、母さん以外で私が愛した唯一の人間だった。なのに私は、二人とも失ってしまった。

グレイスはそのころすでに結婚していた。ウィリアム・メトカーフが、娘と、別の独立自営農民の若者の結婚を決めた――ウィリアムと同じように、酪農をやっている男だ。グレイスはすでに、亡くなった母のかわりに、農夫の妻の役割を演じていたはずだ。きっと自分でも、結婚の準備は整っていると思っていたことだろう。

ジョン・ミルバーンは、村でも評判のいい男だった。それにハンサムでもあった。結婚式の二人は実にお似合いだった。花嫁は色白で美しく、花婿の濃い髪色は光の加減で金色に見えた。

もちろん私は招待されなかった。とはいえ、暗い路地の陰にひそんだままで、教会の入口を見ることができる場所は見つけてあった。夏の朝だった。二人が教会の身廊を進むあいだ、村人たちが野草の花びらを二人に投げた。グレイスはサンザシの花を赤毛に編み込んでいた。幼いころ、二人で作った花輪のことを思いだし、私の喉を痛みが絞めつけた。あのころのグレイスは、結婚式ごっこが好きだった——未来の夫の顔をあれこれ言葉で形容し、それだけで顔を思い浮かべることができるようだった。私はそういうときおとなしくしていた。自分が誰かとの将来を望むなら、それはグレイスだった。

夫と手を取り合ったグレイスは、幸せそうだった。たぶんそのときは幸せだったのだと思う。あるいは、私が見ていた場所が遠すぎたのかもしれない。遠くから見ていると、いろいろなことがちがって見えるものだ。真実と醜さは似ている。近くでよく見る必要がある。

この人生を終えたあとで母さんに会えたら、こうしたすべてを母さんに話そう。私はその夜、地下牢でそう決意した。この醜さについて話そう。この真実を。

翌日、検察官は、ウィリアム・メトカーフを証言台に立たせた。証言台に続く通路を歩くこの男を、年月は優しく扱ってこなかったようだ。時間と悲しみが、その顔に岩のような険しさを刻んでいる。ひたいにたれている髪はひものようだ。宣誓しているあいだ、私をじっと見ている。視線にあふれる憎悪が、焼きごてのように私の肌を焦がそうとする。

検察官は長衣をならし、それから尋問を始めた。これが最後の証人だろうかと私は考える。検察官が私の有罪を証明する最後のチャンスだろうか。

「メトカーフさん」検察官は言った。「誰が被告人を魔術使いの罪で最初に告発したのか、教えていただけますか？」

「私です」

「理由は？」

「彼女が私の義理の息子を殺したからです」

「あなたは義理の息子さんが死ぬところを見ていたのでしょうか、メトカーフさん？」

「いいえ」

「それでは、被告人が殺したと、そこまで確信しているのはなぜですか？」

「前にも同じことがあったからです」

「前に何があったのですか？」

「被告人は私の妻を殺しました」

私は傍聴席にグレイスの姿を探した。あの白い頭巾が動いて、グレイスの顔が見えてほしいと願った。あれから何年もたったいままでも、すべてのことが起きたいままでも、グレイスが父親の言葉を本当は信じていないとわかるしるしが、その顔に見えないかと。

「メトカーフさん、あなたの奥さんの死について、そして被告人がどう関与したかについて、説明していただけますか？」

メトカーフが再び口を開いたとき、その声は変化していた。炎は消え、言葉が痛みにかすれていた。

「妻は――アンナは、猩紅熱になりました。八年前のことです。グレイスはまだ十三でした。スマイソン先生が来て、ヒルを貼ってくれました。しかしアンナはよくなりませんでした。もう一度先生を呼ぼうとしていたのですが、ある夜、グレイスがこっそり出かけていったのです。戻ってきたときは、被告人と、その母親を連れていました。グレイスは……その当時、被告人と親しかったのです」

メトカーフは言葉を切った。私は彼の顔を見たくなかった。ほかに神経を集中できるものを探して、私は法廷を見まわした。被告席には、もう蜘蛛の巣は残っていなかった。誰かがきれいに払ってしまったのだろうか。

傍聴席の上を、ハエが一匹飛んでいた。ウィリアム・メトカーフが話を続けるあいだ、私はハエをずっと目で追った。

「アルサの母親――ジェネットは、当時のクロウズベックでは治療の腕前で知られていました。それに、娘たちが親しかったので……ええ、グレイスがどうして二人を連れてこようと思ったのかも、おわかりでしょう。娘はただ、母親を助けようとしただけなんです。やってきたジェネットが最初にやったことは、アンナからヒルを剝がすことでした。それからジェネットは、きっとアンナを助けると約束しました。しかしジェネットは、何かを、害のある水薬か何かをアンナに飲ませ、それで私のアンナは……」

メトカーフは言葉を切り、身をふるわせた。彼が自分の喉に手をやるのを見て、私は、ウィリアムが妻を亡くしたあの夜、その手に糸を通したビーズをつかんでいたことを思い起こした。あとになって私は、あれがロザリオだったことに気がついた。つまりグレイスの家族は、カトリック教徒だったのだ。

お祈りに行って私たちと出くわすと、メトカーフの目に恐怖が浮かんだものだった。自分がカトリック教徒であることを、私たちに暴露されるのを恐れていたのかもしれない。あるいはただ単に、メトカーフが母さんと私を憎む理由はもっとほかにあるのだと、私が思いたかっただけなのかもしれない。でも、真実は単純だった。彼は私たちが人殺しだと信じていたのだ。

「私のアンナは全身をふるわせていました」メトカーフは続けた。「あのときのことは……言葉にできません。そしてアンナは亡くなりました。ジェネットがアンナを殺したんです」

「そのあいだ、被告人はどこにいたのですか？　あなたの奥さんが亡くなるとき、そばにいたのですか？」

「いいえ。彼女は娘のそばに立っていました。でも……彼女が母親を手伝っていたのはわかっています。それに、手伝っていなくても、ひと目見れば、彼女がジェネットと生き写しだということはわかるはずです」メトカーフが話しつづけるにつれ、その声に炎が戻ってきて、どんどん大声になってきた。「あの女に生き写しですよ。姿も、ふるまいも――ああいう堕落は伝わるんですよ、疫病みたいに、母から娘へと……あの二人はほかの女たちとはちがう。男なしで生きている――不自然でしょう。賭けてもいい、あの母親は悪魔を恋人にしてたんだ、それで子どもを作った……今度はその子どもが、悪魔の意志に従ってるんです。彼女を排除しなけりゃならん、肉から腐ったところを切り取るみたいに！　彼女を吊さなきゃならん！」

メトカーフの主張に、傍聴席は静まり返っていた。悪魔の子ども。私は自分の全身をこすりたくなった。肌からこれまでの時間をこすり落とし、母さんと私について、こんな言葉を聞かされることのなかった場所に戻りたかった。

メトカーフは叫ぶのをやめた。証人席でぐったりと前のめりになり、その肩が激しいすすり泣きで上下している。男のこんな泣き声を、私はいまだかつて聞いたことがなかった。

衛兵がやってきて、メトカーフを連れていった。出口にたどりついたとき、メトカーフは私を振り返った。

「地獄に落ちろ！　売女の母親みたいに、地獄で朽ち果てればいい！」

重い扉が閉まり、その姿は消えた。

裁判のあいだずっと、私はなんの感情も見せないようにしてきたが、こんなふうに母さんを罵られることには耐えきれなかった。私の目の中で塩っぽい涙が煮え立ち、頬を流れ落ちた。法廷のあちこちでささやきが交わされる。私を、私の涙を指さす人々が目の端に見える。

私は両手で顔を覆って泣いた。検察官がしゃべっているあいだも、ずっと顔を隠していた。グレイス・ミルバーン、ダニエル・カークビー、ウィリアム・メトカーフの証言からも、被告人が悪魔の娼婦であることは明白です、と検察官は言った。被告人は邪悪な力を使って無垢《むく》な動物を刺激し、主人を踏み潰して死にいたらせるように仕向けた。被告人は腫瘍のように社会から切り離されなければならない、木を腐らせる病のようにこの世から消されなければならない。被告人は自身の生活共同体から、正直な善人を奪った。被告人は、ひとりの女性から、愛情深い夫を奪った。彼女の保護者を。

その言葉に私は顔を上げた。私の目が燃えるほど熱くなるまで、検察官のことをじっと見つめた。もう両手で顔を隠したりもしなかった。

26 ヴァイオレット

「さて」フレデリックは言った。「どこへ連れていこうかな？　日陰があるところがいいな――本気で焦げそうだよ」

二人は広庭の端のほうにある草地を歩いていた。小高い丘のような場所で、いちばん高いところからは眼下の緑色の風景が見えた。ヴァイオレットは変にふわふわとして、骨を空気が満たしているような心地だった。首の後ろに当たる陽射しが熱い。帽子を持ってくるべきだった。陽焼けして帰ったら、ナニー・メトカーフに叱られそうだ。

「この下の古い線路の脇に、森があるのよ」ヴァイオレットは、木々が野原に描く、暗い縫い目のような部分を指さした。森自体は広庭の一部ではなく公有地なので、ヴァイオレットがそこへ行けば、父はよく思わないだろう。でも、付き添いがいるのなら、そこまで異議を唱えることはできないはずだ。付き添いがフレデリックならなおのことだ。〝フレディ〟なら。

レモネードを飲んだのが、急にすごく前のことに思えてくる。

「喉が渇いたわ」ヴァイオレットは目をつむった。フレデリックは半ばヴァイオレットを抱えるようにして森へおりていき、ヴァイオレットは腕を彼の肩にかけていた。身体がひどく重く感じるが、フレデリックはヴァイオレットの重さなどなんでもなさげに、しっかりと歩いていく。ひんやりとした金属のフラスクが、ヴァイオレットの唇に触れるのを感じる。本当は水が飲みたかったが、結局またブランデーを飲んだ。喉の渇きをのぞけば、とても愉快だった。これが酔っ払うってことかしら？

森の湿った豊かな匂いがする。ヴァイオレットは目を開ける。密集して生えている古い木々にさえぎられ、陽射しがまだら模様を描いている。フレデリックが手を伸ばしてプリムローズの花を摘み、ヴァイオレットの耳の後ろに挿す。花を摘むのは好きじゃないということを、彼にどう伝えたらいいかはわからなかった。翅に目のようなオレンジ色の円の模様がある蝶が、木の枝から飛び立った。

「スコッチアーガスだわ」ヴァイオレットが小声で言った。

「えっ？」

「あの蝶。そういう名前なの」

何もかもほの暗くなってきた。ヴァイオレットが再び目を開けると、そこはジギタリスとドッグズマーキュリーが分厚い絨毯のように生えた、森の空き地だった。木々のはざまに青いアイリスの花が見え、ヴァイオレットはミス・プールのことを考えた。ここはホールからどのぐらい離れているんだろう。ひょっとして誰か探しにくるんじゃないだろうか。

フレデリックはヴァイオレットを地面に寝かせた。私すごく酔ってる、とヴァイオレットは思った。私が重すぎて、フレデリックにも運べなくなってしまったのかもしれない。ホールに助けを求めに戻るつもりなんだわ。父さまが激怒するかも。私はこのままここに放っておかれるのかも。別にいいわ。ここはとてもきれい。鳥の歌声が聞こえる――シロビタイジョウビタキだ。

フレデリックはまだそこに立っている。なぜホールに向かわないんだろう。彼はヴァイオレットの隣の地面にひざまずいた――もしかして、彼も具合が悪いのかしら？　フレデリックの匂いがする――香り高いコロンが、動物的な汗の臭いと絡み合っている。強烈だった。頬の虫さされがちくちくと痛む。

フレデリックがヴァイオレットに覆いかぶさった。何をしようとしているのか訊きたかったが、ヴァイオレットの舌がうまく言葉を押しだせずにいるうちに、フレデリックの口がヴァイオレットの口をふさいだ。彼の身体がすごく重い。空気が吸えず、肺が焼けそうになる。ヴァイオレットはフレデリックを押しのけようと肩に手を伸ばすが、その手は両脇に押さえつけられてしまう。

フレデリックの手がヴァイオレットのスカートの下の腿を触り、それから強引にストッキングを引きおろした。ストッキングが裂ける音がする。ヴァイオレットが持っている、唯一の絹のストッキングだ。フレデリックがヴァイオレットの脚を広げたあと、一瞬その身体の重みが消え、彼はベルトをはずしてズボンを脱いだ。ヴァイオレットはあえぐように息を吸いながら何か言おうとしたが、フレデリックは再びヴァイオレットに馬乗りになり、ヴァイオレットの口を手でふさぎ、そして、ヴァイオレットの脚のあいだに目も眩むような焼けつく痛みが走る。フレデリックが動くたび、ヴァイオレットの背中は地面に何度も強くめり込む。痛みは続き、まるでヴァイオレットの内側の傷を、さらに押し広げられているみたいだ。

フレデリックの手の汗と土の味がする。目に涙がたまってくる。ヴァイオレットは上を見上げ、陽射しの漏れる緑の葉を数えようとするが、あまりに数が多くて追いきれない。しばらくたって――まるで、無情なまでに何年も続く、寿命のすべてにわたるかのような長い時間、しかしあとで考えたらせいぜい五分ほどの時間がすぎて——フレデリックは声をあげ、そして動かなくなっていった。この恐ろしい行為がなんであれ——それは終わった。

フレデリックはごろりと仰向けになり、息をあえがせた。

何か水っぽいものが、自分の身体から滴り落ちている。ヴァイオレットが脚のあいだに手をやり、その手を見ると、血と、何かほかのもの——カタツムリの粘液のような白っぽい液体で、べたべたになっていた。

シロビタイジョウビタキが、何事もなかったかのようにまた鳴きだした。

「戻ったほうがいいな」フレデリックが言った。「あれ、ちょっと怖かったみたいだね。お父さんには、君が転んだってことにしようか。従兄がそこにいて、助けられたからよかったってね」

ヴァイオレットは息もできず横たわったまま、木のあいだを通り抜けていくフレデリックの背中をながめていた。ゆっくりとストッキングを引き上げた——自分で自分の肌に触るのさえも耐えがたかった——それからよろよろと立ち上がった。草の上で何かが光っていた。見おろすと、二つに割れたペンダントが落ちていて、まるで錆びた翅のように見えた。それを見て初めて、ヴァイオレットの瞳が熱い涙でうずきだした。

母さまのネックレス。あの人が壊した。

さらに、ペンダントから取れてしまった小さな部品らしきものが、地面に落ちていた。拾ってみると、端にぎざぎざがついたちっぽけな鍵だった。母のネックレスは単なるペンダントではなく、ロケットだったことにヴァイオレットは気づいた。蝶番があまりに小さくて、いままでわからなかったのだ。鍵は古びたロケットよりも輝きをおび、何年も陽の目を見なかったもののように見えた。

ヴァイオレットは、自分自身の妙な呼吸音を聞きながら、鍵を手にぎゅっと握りしめ、森を進んでいった。この鍵に最後に触れたのは母さまだったんだろうか、そうぼんやりと考えた。そうだとしても、それもなぐさめにはならなかった。

二人がホールに戻ってきたとき、すでにデッキチェアは片づけられ、父とグレアムは中に入っていた。玄関広間には、ミセス・カークビーが作っている夕食の匂いが充満していた――肉の焼ける匂いだ。ヴァイオレットの胃がのたうった。

「夕食まで部屋で休むわ」ヴァイオレットは言った。脳が泳いでいるような気がして、自分の話し声も不明瞭でどんよりと聞こえる。

「そのほうがいい」フレデリックは言った。「僕もくたくたさ。君が疲れさせたんだよ。君も楽しんだと思うけどね？」

ヴァイオレットは、喉にこみ上げてくる憤激をのみ込み、階段に向かった。午後の陽射しを透かすステンドグラスの窓から、信じがたいほどに明るい色が入ってきて、血みたいにあざやかな光の寄せ木細工を描きだしている。頭がずきずきと痛み、手すりをつかんで身体を支える。階段はいつもより長く険しく、ホールそのものが悪夢のような転覆を起こしているみたいな気がする。

安全な寝室に引っ込むと、ヴァイオレットはすぐに古びたエナメルの洗面台に向かい、あのべたつく奇妙な液体を洗い流そうとした。それが済むとナイトドレスに着がえた。汚れた下着と破れたストッキングは、丸めてマットレスとベッドフレームのあいだに隠した。嫁入り道具として、結婚初夜のために自分で作った、絹のスリップのことを考えた――もうそれも無意味だ。

ベッドに入る前に、グリム兄弟の本のあいだに隠していた羽根――モーグのものだとヴァイオレットが信じる羽根――を取りだし、枕の上に、母のロケットや小さな鍵と一緒に置いた。それを見おろしているうちに、涙で視界が泳ぎだし、青黒い羽根が金色にぼやけていった。

夕食の合図の銅鑼が鳴り、ヴァイオレットはどうにか目を開けた。まるで定期市のメリーゴーランドのように、部屋が動いている気がした。どうやらそのまま再び眠りに落ちたようで、次に気づいたときは、ナニー・メトカーフがお茶とトーストの載ったトレーを持ち、ヴァイオレットの名前を呼んでいた。

「ごめんなさい」ヴァイオレットは起き上がり、自分の宝物をすばやくベッドカバーの下に滑り込ませた。「なんだか具合が悪くて」

「暑さのせいですよ」ナニー・メトカーフは言った。「自分から日射病になりにいったようなものです。帽子をかぶらないと。水分をとって、少しでも食べて、それからゆっくりと眠れば、朝にはすっかりよくなりますよ」

ヴァイオレットは弱々しくうなずいた。

「フレデリックさまが気にかけてましたよ」ナニー・メトカーフは言った。「夕食のあと、使用人の居間におりてらしたんです。私がお嬢さまの様子をちゃんと見ているか確かめに。とてもご親切なかたですね」

「ええ」ヴァイオレットは答えた。「とても親切ね」いまだに彼の汗のすえた刺激臭を感じる。

「髪に何をつけてらっしゃるんです？」ナニー・メトカーフが手を伸ばし、ヴァイオレットの耳の後ろから何かを取る。フレデリックがつけてくれたプリムローズの花だ。

「とてもきれいですね」ナニー・メトカーフは言った。「でも、こういうものでシーツを汚さないようにしてくださいね。花は染みになりますから」


夢も見ずに眠り、鳥の声で目覚めたときは、全身が強張って痛かった。

ヴァイオレットはゆっくりと服を着た。鏡の中の自分は青ざめて血色が悪く、本に出てくる病弱な人のようだった。いっそのことそういう人間になって（病弱になる方法なんてあるんだろうか？）、一日部屋に閉じこもっていたいぐらいだ。そうすれば、二度とフレデリックに会わずに済む。

ダイニングルームには朝食の匂いがあふれていた。父の姿は《タイムズ》紙（一面には大きく〝油槽船ケンタッキー、マルタ近くで沈没〟とあった）の陰に隠れていて、グレアムはディケンズの小説を読みながら、フォークにさした食べ物を口に入れていた。けばけばしい黄色のスクランブルエッグが、大皿の上で固まっている。ベーコンの薄切りは、剝いだ皮のように見える（ジェマイマの最後の残骸だ、とヴァイオレットは陰鬱に考えた）。

フレデリックはいなかった。激しく拍動していたヴァイオレットの心臓が、しだいに落ちついてきた。

ヴァイオレットはよろめきながら席についた。

「昨日のフレディとの散歩は楽しかったか？」父が新聞の向こうから訊ねた。ヴァイオレットはひるんだ。

「ええ、ありがとう」ほかに何が言えるだろう？　仮にヴァイオレットが、起きたことをきちんと言葉で説明できるとしても、父に教えることはできない。父からおまえの落ち度だと言われるにちがいないことはわかっている。ひょっとして、私の落ち度なのかしら？　君も楽しんだと思うけど、ね？　フレデリックは、ヴァイオレットがそうしてほしがっていると思ったのだ。気分が悪くなってきた。どんな顔をしてあの人と会えばいい？

「それはそうと、彼はロンドンに戻ったよ」父が言った。「早朝の列車でね。私が駅まで送った。おまえによろしくと言っていたよ、ヴァイオレット」

「そう」自分でもどう感じるべきなのかわからなかった――ほっとした？　悲しい？　プリムローズの潰れた花びらを思いだす。

「素晴らしい若者だ」父は言った。「あのぐらいの年の自分を思いだすね。なんとしても戦争から生きて戻ってほしいものだよ」

　グレアムがヴァイオレットに目をぐるっと回してみせる。笑い返そうとしたが、頬がゴムみたいに硬く強張る。

「どうしたの？」グレアムが訊ねた。一瞬、グレアムに――みんなに――見透かされているのかと思った。ヴァイオレットの内側でとぐろを巻いて居座る、腐った何かのような恥ずべき記憶を。

「なんでもないわ」ヴァイオレットはすばやく言った。

「いや、その顔どうしたのかなって。ずいぶん赤くなってるけど」

「ああ」虫さされのことはすっかり忘れていた。「刺されたの――ブユじゃないかしら」

　父は興味もなさそうに、新聞のページをめくった。

「へえ」とグレアム。「いつもはまったく刺されないのに！　僕なんて、いつもあのクソみたいな生き物にたかられっぱなしだよ。もしかしたら僕に飽きて、新しい味を試そうとしたのかもね」

「汚い言葉はやめなさい、グレアム」父が言った。
「どうかしらね」ヴァイオレットは言った。「ひょっとしてそうかもね」

27　ケイト

二百ポンド。

ケイトは確認のためにもう一度数える。銀行口座は空っぽだし、これがハンドバッグの裏地に隠していた最後の紙幣だ。仕事が見つかるまでは、これでなんとかやっていくしかない。もう何度も、村の《カークビーズ・ブックス・アンド・ギフツ》の前を通りすぎている。それでも中へ入っていく勇気が出ない。

とはいえ、何かしなければならない……食料を買い、光熱費の請求書を払わなければならない。ヴァイオレット伯母さんの郵便受けに、分厚い封筒が入ってくるようになり、最近ではその多くに、怒ったような赤い〝至急〟の文字がついている。

ふと、ヴァイオレット伯母さんの蔵書の一冊が、ケイトの目をとらえる。『英国の園芸愛好家』。キッチンの窓から庭をながめていると、疑念がちくちくと湧き上がってくる。庭には雑草がはびこり、風変わりな植物があふれている。巨大な緑色のトランペットみたいな草が空に向かって伸び、毛深い茎や、葉の上で揺れている紫のつぼみと空間を取り合っている。自分に取り組めるかどうかはわからない。でも、赤ちゃんには栄養やビタミンが必要だ。野菜からの栄養、ヴァイオレット伯母さんの庭でひしめき合っている緑の植物からの栄養が。

だったらやらなければ。

今日はほとんど真夏のように暑い。ジーンズとトップス――このところどちらもかなりきつい――をベッドルームで脱ぎ、衣装だんすで見つけたダンガリーのオーバーオールに着がえる。それから、ヴァイオレット伯母さんの帽子のひとつ、黄褐色の羽根がリボンに挿してある巨大な麦わら帽をかぶる。流しの下の戸棚には園芸作業用の手袋があり、家の裏には鋤《すき》が立てかけてある。

脇に『英国の園芸愛好家』を挟み、ケイトはひとつ深呼吸をし、外へ出ていく。

ポケットのブローチのなめらかな形に触れながら、いまから自分で決めた唯一のルールを破ろうとしていることについて考えてみる。でも、太陽に照らされる黄金色の植物や花、小川のさわやかな流れを恐れる理由はない。鳥の声を聞くのも楽しくなっている――子どものころそうだったように、鳴き声でそれぞれの種類がわかればいいのにと思う。

カァ、という人間みたいなだみ声が聞こえ、ケイトの背筋に針のような冷たさが走る。

ケイトは顔を上げる。カラスがシカモアのてっぺんの枝からケイトを観察しているのを見て、心臓の鼓動が少し速まる。カラスが突然に羽根を舞い散らしながら引っ搔きにきそうで、ケイトは少しのあいだじっとして警戒する。しかしカラスは枝の上で移動するだけで、油みたいになめらかな光沢のある翼を陽光に輝かせている。

ケイトはまばたきをして嫌な記憶を追い払い、ポケットのブローチに触りたい衝動をこらえる。

集中よ。手近の仕事に集中しなさい。

ヴァイオレット伯母さんのガーデニング本の写真を見ながら、緑のトランペットがルバーブで、毛深い茎が野良ニンジンだと学ぶ。地面から収穫してみると、ルバーブの繊細な茎も、白っぽいふしくれだったニンジンも見事なものだ。これでスープやサラダが作れる。痛いほどの空腹感を覚える。大地から生まれた食べ物への強い渇望を感じ、ほとんど目眩がしてくる。ケイトはつかんでいるニンジンを見おろす。心のどこかで、いま食べたいと思う自分がいる――土をしゃぶり、口の中で弾ける新鮮さを感じながら、がりがりとかじりたい。それが必要なんだとケイトは悟る。赤ちゃんが必要としているのだと。

ケイトは深く息を吸い込み、ニンジンをかごに入れる。

ハーブも生えている。セイジ、ローズマリー、ミント。それも採集する。シカモアの木の下に、長い茎に小さな星団のような黄色のつぼみをつけた植物の茂みがあるが、本に載っていない未知の植物なのでそのまま残す。

しばらくすると、手袋をはずして、じかに土に触りたいという気持ちが芽生えてくる。指を深く土の中に押し込み、そのやわらかさを楽しんでみる。酔いしれそうな香りだ。鉱物独特の刺激的な香りは、毎朝起きるたびに、いまだに舌を包んでくる味を思い起こさせる。

ケイトの前腕の火傷の痕に、何かが触れるのを感じる。見ると、イトトンボがとまっている。ここに来たばかりのとき、小川のそばで見た虫だ。少しのあいだそこで身をふるわせ、それからケイトの腹部に飛ぶ。

ケイトの体内に何かが押し寄せてくる――内臓に、血管に、泡立つような温かさがやってくる。喉までせり上がってくる。

最初は、つわりだ、吐いて気を失うかもしれない、と思う。手とひざを地面について身を屈め、血流を頭に追いやろうとする。

絹のような手ざわりの土とはちがう、むずむずとした感覚が手のひらにやってくる。下を見ると、輝くピンク色のミミズがいる――また一匹、そしてまた一匹。呪文にかけられたように見入っているうちに、ほかの昆虫も土から現れ、夏の太陽を浴びて宝石のように輝く。銅《あかがね》色にきらめく甲虫。節からなる青白い体の幼虫。耳もとには羽音が聞こえ、それが自分の鼓動の轟きなのか、それとも近くで蜜蜂が弧を描いて飛び始めているのかも区別がつかない。

虫たちがしだいに近づいてくる。あたかも、何かに――ケイトに――引き寄せられるかのように。甲虫がケイトの手首にのぼり、ミミズがむきだしのひざの肌をかすめ、蜜蜂が耳たぶに舞いおりる。ケイトは息をあえがせながら、胸の内で広がり、喉を襲ってくる熱に圧倒される。雪が降りだしたように視界がぼやけ、そして暗くなる。

目が覚めると、空気が涼しくなり、太陽が雲の向こうに隠れている。口に土の味がし、ケイトはいつの間にか地面に倒れていて、身体が重くて疲れきっている。かすんだ視界の中で、あのカラスがシカモアから飛び立ち、翼が太陽を黒く隠すのが見える。雑草が肌をちくちくと刺し、ケイトはびくっとして、昆虫たちのことを思いだす。あわてて立ち上がり、服から土を払い落として、首や髪に虫が這っていたりしないか指で探る。

何もいない。

下を見ても、地面は静かだ。自分で土を掘った場所に、ビロードのような土の小山があるだけだ。ミミズも、甲虫も、幼虫もいない。蜜蜂の羽音も聞こえない。

ただの想像？　幻覚？

そのとき、目の端を何かが通りすぎた――きらめく翅。意識を失う前に見たイトトンボだ。シカモアの木に向かってすいっと飛んでいき、ごつごつした幹のそばを、あの小さな木の十字架を舞うように通りすぎて、姿を消す。

そのときケイトは悟る。想像じゃない。本当に起きたことだ。

遠くから見ているもののように、ひとつの記憶が、かすんで不明瞭なまま浮かんでくる。幼いころの記憶だ。顔に当たる陽射し、手のひらをかすめた翅、胸の中のあの感覚……。ケイトは目をぎゅっとつむり、その記憶に近づこうとするが、焦点を合わせることができない。それでも、これは前にもあったことだという、奇妙な感じだけは残る。

村人たちの噂話が頭にこだまする。何よりも、ひとつの言葉が大きく鳴り響く。

魔女。

真実を知りたい。

ウェイワード家について。自分自身について。

翌日、ケイトはランカスターへ向かう。運転していると、ロンドンを出た夜を思いだす。道路は丘をくねくねと進み、目の前に果てしなく伸びていく。ほかの車と並んで疾走していると、おなじみの恐れが食道をのぼってくる。血管で血が激しく脈打つ。ケイトの血は赤ちゃんの血でもある――ウェイワードの血だ――そう思うと、心強さを感じ、覚悟を決めてハンドルをしっかり握ることができる。きっと大丈夫。

ランカスターに来るのは初めてだ。整然とした白い建物と石畳の、古風で美しい街だ。でも、この人々の群れ――ケイトはいま、観光客の群れの中にのみ込まれつつある――には、何か不穏な感じを受ける。不安発作の兆しのような、口の中のぴりっとした味、酸っぱい皮膜に覆われるようなあの感じ。遠くにルーン川の銀色のきらめきと、その向こうのおぼろげな山々が見えてくると、自分でも驚いたほどに救われた心地になる。

市庁舎はたやすく見つかる。威圧感のある大きな建物で、街のメインストリートにどっしりと構えている。

中はきびきびとした静かな雰囲気の場所で、ケイトは勇気を奮い起こし、受付デスクに続く長い行列に並ぶ。約束の時刻は午後二時だ。最初はカンブリア州立公文書館に何か情報がないか問い合わせたのだが、電話で話した女性からは、この地域の魔女裁判はランカスター城でおこなわれたので、裁判記録はランカシャー州の公文書館のほうにあるとぶっきらぼうに言われたのだ。

ケイトは最終的に別の待合室に案内され、そこのブースに呼ばれる。やせた中年の、肩にふけを積もらせた男性が、ケイトに向かいの椅子を勧める。

男性の前の机には、紙フォルダーが置いてある。いったい中に何が入っているんだろうと、神経がぴりぴりしてくる。ケイトは一瞬目をつむり、ここへ来るのにどのぐらいガソリンを使ったかを考える……お願い、それだけの価値があったと思わせて。何か見つかっていますように。

調べた結果を詳しく話す前に、男性がおざなりな挨拶をする。しゃべる前に彼の舌が唇を舐めるのを見ていると、ハエをつかまえるカエルを見るような思いがする。

「ウェイワードという人名については、四件の記録しか見つかりませんでした」男性は説明する。

「うち三件は、カンブリア州の文書記録でした。そちらから始めますね」

彼はフォルダーを開き、二枚の書類を出す。

「これはどちらも、エリザベス・エアーズさん、旧姓ウェイワードさんの記録です」

ケイトはうなずく。

「はい――私の曾祖母だと思います」

「一九二五年八月に、ルパート・エアーズさんとの結婚記録があります」

ケイトはまたうなずく。そこまではすでに知っている。

「こちらがエリザベスさんの死亡証明書です。一九二七年九月に亡くなっています」

ケイトは胸を高鳴らせ、身を乗りだす。

「なんと書いてありましたか？　亡くなった原因は？」

「死因はだいぶ曖昧です――〝ショックと失血〟とあります。お産かもしれませんね。もちろん当時はよく起きたことですが、はっきりそう書かれていないのはめずらしいです。死亡証明書はドクター・ラドクリフが作成していて、亡くなった場所はクロウズベック近くのオートン・ホールです」

「私の祖父はその年に生まれています。祖父を産んだときに亡くなったのかもしれません」

ふと、男性が言った別の言葉が、ケイトの頭に引っかかる。

ドクター・ラドクリフ。

最初の超音波検査をしてくれた村の医師のことを思いだし、ケイトはぎょっとする。染みのある手、ケイトの肌に冷たく触れた手。医院は父親から引き継いだと言っていたはずだ。

あの医師の父親がエリザベスの死に立ち会っていたとは、なんて奇妙な偶然だろう。そしてそれは祖父の誕生の場でもある。とはいえ、小さな村では、田舎の暮らしでは、そういうこともあるものだろう。墓地で見た、風雨に晒された墓石たちを思いだした。何度も何度も現れる同じ名前。なのにウェイワードはひとつもない。あのコテージがなければ、そもそも彼女たちは存在していなかった、単なる地域の伝説のひとつだったと考えることも、たやすくできたはずだ。

ケイトは向かいの男性に目を戻す。たった四件しか記録がないなんて、どういうことだろう？本当にそれで全部なんだろうか？

「次に、エリナー・ウェイワードの死亡証明書です。一九三八年に、六十三歳で亡くなっています。肝臓癌《がん》です。貧民葬儀がおこなわれています」

「貧民葬儀？　どういうことですか？」

男は眉をひそめる。「葬儀代を払える人間が誰もいない場合におこなわれる葬儀です。墓標のない場所に埋葬されます」

ケイトは胸の痛みを感じる。その女性――自分の親族――は、死の間際に誰にも顧みられなかったのだ。ほんの何キロかしか離れていないオートン・ホールに、親族が住んでいたはずなのに。

男性は最後の紙片をフォルダーから出す。ケイトは、彼の手の皮膚がしっとりと湿っていて、指のあいだに真珠のような光沢のある皮膜があることに気づく。どうしてもカエルを思いだしてしまう。

「最後の書類は、かなり古い記録でした」男性は説明する。「一六一九年の北部巡回区の巡回裁判記録に、ウェイワードという姓の人物の記録が残っていました。アルサ・ウェイワード、二十一歳、魔女として告発され、ランカスター城で裁かれました」

ケイトの心臓が飛び跳ねる。いつの間にか虫に刺されたみたいに、全身がちくちくしはじめる。

噂は本当だったのだ。

「その人は有罪になったのですか？」ケイトの口が乾いてくる。「処刑されたのですか？」

男はまた眉をひそめる。

「残念ですが、その情報はありませんでした」彼は言う。「起訴の記録しかなかったのです――裁判の結果はありませんでした。助けにならなくて申し訳ない」

「その人は」ケイトはシカモアの木の下の十字架を思い浮かべながら切りだす。「どこに埋葬された可能性があるか、わかりませんか？　もし……もし処刑されたのなら、ということですが」

「それも……こちらではわかりません。記録がないのです。というより、いまはもう残っていないのです」

「あの――本当にほかには何もないのでしょうか？　一六一九年から一九二五年のあいだ、ウェイワードに関する記録は全然ないのですか？　三百年もあいているのに？」

男性は首を振る。「私には見つけられませんでした。公式の出生登録、死亡登録、結婚登録が始まったのは、一八三七年なのですよ。それに、残らなかった教区の記録もたくさんあります。ですから、見すごされてしまうというのはよくあることなのです――特に、貧しい一家のこととなるとなおさらでしてね」

ケイトは男性に礼を言い、胸中の失望をやりすごそうと努める。実のところ、自分が何を期待していたのかはわからない。自分が土から昆虫を引き寄せたのと同じように、過去の暗い霧の中から、親族の歴史をたやすく引きだせると思っていたのだろうか。そうすることが、自分自身を理解するための助けになると思っていたのだろうか。

ただ、少なくとも、何も得られなかったわけではない。

建物を出ていきながら、ケイトは知ったことの断片を、頭の中で何度も何度も、貴重な家宝のようにひっくり返してみる。

アルサ・ウェイワード。二十一歳。一六一九年。魔術をおこなった罪で裁かれる。

アルサ。妙な名前だ。やわらかいのに力強い。呪文のようだ。


車で帰る途中、午後の太陽が淡い紅色になり、丘に沈んでいく。風景はとても古めかしい――広がる牧草地、ごつごつした岩場。緑がかった灰色の、山中の小さな湖。アルサ・ウェイワードも――彼女が何者であろうと――一度はこの同じ丘陵を見ているはずだ。

ケイトは、夜明けの中で青ざめた顔の若い女性が、火刑の薪、あるいは絞首台へと引かれていく姿を想像する……そして身ぶるいし、頭からそのイメージを追い払う。

二十一歳。いまの自分より十歳近く若い。自分がその年齢のころを思いだす――堅苦しくて用心深く、幼いころにはあったきらめきはとうに消えていた。それでもケイトは、自分より前に生まれた女性たちに比べれば自由だった。お産で亡くなった曾祖母のエリザベスのことを思うと、片手が自然に腹部に伸びる。二十一世紀という時代は、ある程度の保護は与えてくれている。とはいえ、サイモンからも守ってくれているわけではない。ケイトはサイモンの顔を思いだす。変わりやすい気まぐれな表情。まだケイトが二人の愛を信じていたころ、サイモンがどれほど優しい目で彼女を見ていたことか。その手が自分の手に触れるだけで、ケイトの胸は激しく高鳴った。だが、ケイトが何か気に入らないことをしたり言ったりすると、とたんにその顔は気むずかしくなり、嫌悪をあらわにする。ケイトの腕の火傷がうずく。

そんなふうに、何年もずっと。どうやってついていったらいいかもわからないステップを踏み、残酷なダンスを踊らされて。

結局のところ、何も変わってはいないのかもしれない。

見すごされてしまうというのはよくあることなのです、とあの公文書館の男性は言った。ただ、ケイトの先祖たち――ウェイワードの一族――は、アルサに起きたことを隠したかった可能性もあるのではないだろうか？　エリザベスの記録が残っているのは、結局のところ、ルパートと結婚したからだ。男との関係のおかげだ。

なんとしてもあなたを手に入れたい。

こういう男がどんなに危険になりうるか、ケイトは誰よりも知っている。

そう思ったとき、ケイトの体内で怒りに火がつく。これが新しい感情なのか、それとも恐怖によって消されていた火なのかはわからない。とにかくその怒りは、血をたぎらせて赤々と眩しく燃え上がる。憤激。自分のためのもの。そして自分より前にいた女性たちのためのもの。

娘のために、物事を変えていく。必ずそうしてみせる。

それならば、勇敢にならなければ。

午後三時。《カークビーズ・ブックス・アンド・ギフツ》が閉まるまで、あまり時間がない。ヴァイオレット伯母さんのひんやりしたバスルームに立ち、鏡に映る自分の身体を見る。コテージの壁を這うように覆う、ツタから透けてくる陽射しのせいで、全身が緑に染まっている。

自分の身体をきちんと見たのは、ずいぶん久しぶりだ。もう何年ものあいだ、自分の裸体を見ることに耐えられなかった。毎夜、サイモンがつけてほしがっているランジェリーに、自分の身体をはめ込んできた。横たわり、彼の好きなように、自分の手足を配置させた。ケイトは船になった。ただそれだけだった。

サイモンと暮らしていたころ、妊娠したくないと思っていたのはそのせいかもしれない。自分が目的達成の手段だということは、とうに勘づいていたのだ。

でも。妊娠がこういうものだということを、あのころの自分は知らなかった。

ケイトは鏡の中の自分を吟味する。強靭《きょうじん》な手脚のライン、幅の出た腰。ふくらんでいく腹部の曲線。目を惹くのは乳房だ――色の濃くなった乳首、皮膚の下で青くくっきりと光る血管。胸骨のあざも濃くなっている。ルビーのような赤から真紅へと。

肌も変化している。よりなめらかで、分厚くなっている。鎧《よろい》のように。

鎧をまとい、準備を整え、娘を守る。

その力――血管に押し寄せてくる愛の力に、ケイトは衝撃を覚える。そして、この子の安全を守るために必要ならなんだってやるという、焼けつくほど明瞭な意志にも。

あの事故の日のことが、不意に頭をかすめる。乱暴に、必死に、ケイトの肩をつかみ、やってくる車から娘を押しのけた父の手。パパもこんなふうに感じてたの？

ケイトはまばたきをして記憶を振り払い、もう一度鏡に映る女性の姿をじっと見つめる。自分自身とは思えないような女性の姿を。

力強く見える――力強さを感じる。

あと、変えたいことはひとつだけだ。

ヴァイオレット伯母さんのキッチンばさみが、流しの横にある。ケイトはそれを自分の頭の高さに持ち上げ、微笑みながら、ブリーチした安っぽい巻き毛を切り落とし始める。全部切り終わると、残った毛根だけが、暗い光輪のように頭皮に逆立つ。


ケイトは服を着て出かける。

これまでの、サイモンがケイトのために選んだ服ではない。それは家に置いていく。

かわりに、ヴァイオレットの亜麻布のズボンと、木の葉の模様が細かく刺繍してある、グリーンのシルクのゆるいチュニックを着る。仕上げは羽根のついた麦わら帽。村への散歩は平和で、ケイトはこれまで増やしてきた、近隣の植物生態の知識をテストしてみる――ほら、道の脇に、棘《とげ》のあるイラクサのよじれた葉がある。生け垣からのぞいているのは、クリーム色のメドウスイートの花。緑の中に閃く銀色は――オールドマンズビアード、〝老人のあごひげ〟の種についた、絹のような白い毛だ。ケイトは深く息をして、その香りを吸い込む。

オークの木の下を通るとき、自分の上に黒い影が落ちてきて、しわがれた鳴き声が聞こえる。でも、この前の冷たい針のような感覚は、今回はない。そのかわり、庭にいたとき、昆虫が肌に触れたときに感じたささやきが、またやってくる。胸の中で、翼が広がるように何かが動く。

行くわよ、ケイトはそう自分を鼓舞する。きっとやれる。

ケイトは歩きつづける。

両脇を本の山に囲まれたエミリーが、カウンターの前で前屈みになっている。帳簿に何か書き込むごとに、灰色が交じり始めた巻き毛が揺れる。シーリングファンがのんびりと回り、本のページがぱらぱらとめくれる。

「いらっしゃいませ」エミリーはドアチャイムの音に顔を上げる。「何かお探しで——」

一瞬、エミリーは少し青ざめ、それからわれに返って笑顔になる。

「ケイト！　ごめんなさい」エミリーは言う。「ちょっとびっくりして——この前は気づかなかったけど、あなたって本当に彼女に似てる。ヴァイオレットにね。お元気だった？」

「元気です、ありがとうございます。あの、私考えてたんです」ケイトは、自信に満ちた自分の口調に、自分でも驚く。「こちらで、助手を雇うおつもりはないですか？」

28　アルサ

そのあとの地下牢での夜は、私の人生でもいちばん長い夜だった。翌日、陪審員が私の運命を決めることは知っていた。きっと縛り首になるだろうと思っていた——その日の夜、あるいは翌日にでも。私は荒野《ムーア》に連れていかれる。衛兵のひとりがそう言っていた。私はそれを聞き、心をなぐさめられた。少なくとも、空を見て、鳥の声を聞ける。最後にもう一度だけ。人が見にくるのだろうか——群衆が絞首台の下に集まり、私の身体がロープの先端でねじくれるのを、熱心に見るのだろうか。悪魔の花嫁が地獄に送り返されるところを。

人々が私を縛り首にするのも、あるいは正しいことなのかもしれない。

母さんとの約束のことを考える。私が破った約束。私には、母さんがつけた名にふさわしい生きかたはできなかった。母さんを救えなかった。そのこと、そして破った約束については、罪の意識が錨《いかり》のように私の胸にのしかかる。

だけど、ジョン・ミルバーンが死んだせいで縛り首にされるのは……また別の話だ。

その夜、自分が眠ったかどうかはよく覚えていない。目の前に、独房の暗がりに、いろいろなものが浮かんできた。母さんの顔、死によってふくれたその顔だち。カラス、空を切って飛ぶ黒い翼。死の床で身をよじるアンナ・メトカーフ。そしてジョン・ミルバーン、あるいは彼の残骸と呼ぶべきもの。めちゃくちゃになり、傷んだ果物のように、黒ずんだ汁にまみれたその顔。

翌日、牢屋の扉が開けられたとき、ここからはもう、この世から次の世界へ向かう道の始まりだと思った。すべてが霞《かすみ》がかって見えた。

私の視界の端に影がまとわりついている。ベールが上がっている、と私は思った。この世とあの世を隔てるベールが。もうすぐ母さんのところに行ける。私がやったことを、その理由を、母さんが理解してくれますように。

傍聴席にはいつも以上に人がいるように見えた。私が被告席に連れていかれるあいだ、法廷には嘲りや罵声があふれた。私は、考えに耽《ふけ》り深いしわができている判事の顔を見た。陪審員たちは暗い色の服装で、無表情にしている。ひとり、あの角ばったあごの陪審員だけが、私と目を合わせた。このときばかりは私も堂々としてはいられず、彼の顔をながめ、私の行く末の手がかりを必死に探した。しかし男性は目をそらし、私の心臓は冷たくなった。有罪になった女の顔を、見たくなかったのかもしれないと思った。

私は傍聴席にグレイスの姿を探した。グレイスの白い頭巾は、穢れなく輝いていた。父親と一緒に座っているグレイスは、うつむいていた。頭を上げ、その顔を見せてほしかった——何度となく私の夢に出てきたその顔を、最後にもう一度だけ。だけど彼女はうつむいたままだった。

判事のひとりが口を開いた。

「被告人、アルサ・ウェイワードは、農場主ジョン・ミルバーンを魔術により殺害したかどで告発された。申し立てられた罪は、一六一九年一月一日に起きたものである。

魔術はわが国を悩ませる重大な犯罪であり、国王陛下ジェイムズ一世は、その狡猾《こうかつ》な悪行と闘うようお命じになられた。生活のあらゆる側面において、われわれは用心深くあらねばならない。悪魔は長い指と大きな声を持ち、耳当たりのよい懇願を、誰にでも持ちかけてくるものである。

知ってのとおり、特に女性たちは考えも精神も弱く、悪魔の誘惑による大きな危険に晒されている。われわれは、こうした邪悪な影響から女性を守り、すでに悪の影響が根を張った場所を見つけたら、根こそぎにしなければならない。

われわれは被告人に対する証言を聞いてきた。ミルバーン氏が、所有する牛たちに踏みつけられて死んだことは確かである。一方、ジョン・ミルバーンの死が、被告人がなんらかの呪文を口にし、牛たちにそうしたふるまいを仕向けた結果であることを、証言する者はいなかった。

むろん、ダニエル・カークビーが、カラスが牛たちを苦しめ、錯乱させたと説明してはいる。この地域にカラスがいるのは普通のことであり、ほかの動物や人間に対し、ときに乱暴な交流をおこなうことはよく知られている。

被告人は遺体に触れていないため、被告人が手を触れて出血させたかどうかを知ることはできない。当法廷は、善良な医師であるスマイソン氏の助けを借り、被告人の身体に魔女のしるしがあるかどうかを調べた。

しるしは見つからなかった。

こうした証言を聞いたうえで、陪審員諸君に、神と自分の良心に対する使命を念頭に置いて、評決をお願いしたい」

法廷は静まり返り、陪審長が立ち上がった。私の呼吸が胸で止まる。判事が何を言ったかは関係なかった。私の目には絞首台が見えていた。首にかかるざらざらした縄を感じていた。私以前に死刑となったほかの女性たち全員のことを考え、母さんが私から遠ざけようとした運命のことを思った。ノースベリックの魔女裁判にかけられた女たち。ペンドルヒルの女たち。私も間もなくそこに加わる。きっとそうだ。

「魔術による殺人という告発に関し」陪審長が言った。「われわれは被告人を……無罪とします」

そのとき、身体が宙に浮いた気がした。夢のようだった。傍聴席からの罵声は聞こえたが、遠くからしてくる声のように思えた。身体が軽くなり、水の中にいるみたいだ。私はグレイスの姿を探す。グレイスの隣で、ウィリアム・メトカーフが両手で顔を覆っている。だから彼は見ていなかった。グレイスが顔を上げ、私を見たのを。その顔に、どんな表情が浮かんでいたのかを。

29　ヴァイオレット

フレデリックがいなくなったあとも、ヴァイオレットは何週間も部屋にこもっていた。

「恋わずらいでしょう」ある朝、自分の生物学の教科書を見かけなかったか姉に訊きにきたグレアムに、ナニー・メトカーフがそう言うのがヴァイオレットにも聞こえた。

「誰への？」グレアムは小声になった。それからグレアムは、姉に聞こえるように急に声を張り上げた。「嘘だろ、ヴァイオレット、そっちもかよ？」

その日、あとになってグレアムは、ヴァイオレットの部屋のドア下に手紙を差し入れてきた。


あんなやつのことなんて忘れなよ。可愛い子犬に思い焦がれてる父さんみたいだぞ！


返事は書かなかった。

森で起きたことについて誰にも話せないのであれば、忘れたほうが楽だと思っていた。でも、忘れられなかった。夜になると、自分の中に無理矢理押し入ってくるフレデリックと、その向こうにぼんやりと見え、頭上でぐるぐると回りだす木々の夢を見た。フレデリックがヴァイオレットの脳に種子でも残していき、それが増殖し、神経を通じて広がっているような感じがする。何かに感染したかのようだ。彼が残し、ヴァイオレットの身体から滴り落ちていた、べとつく液体のことを思いだす。

何よりも忘れたいのはそのことだった。それを思うたび、何かがヴァイオレットの脳を刺激し、連想させようとする。あれは――あのべたべたしたものは、グレアムの生物学の教科書に載っていた言葉を思いださせる。〝精包《スパーマトフォア》〟。卵子が受精するよう、オスの昆虫が使う物質だ。それ以上のことは考えないようにした。詳細が書かれている項を見つける勇気は出なかった。ヴァイオレットはその教科書を、汚れた下着やストッキングと一緒に、マットレスの下に隠した。

　一日の大半は、横になり、毛布にくるまってすごした。真夏はすぎたとはいえ、寒くてしかたなかった。お世辞にも体調がいいとは言えなかった――悪夢を見ていないときでも、部屋がずっとぐるぐる回っている感じがして、手足が重く、骨に鉛でも入っているようだった。たえずお風呂に入りたいという衝動にかられ、穢れた皮膚を脱ぎ捨てて、その下の新しく清潔な身体になりたいとばかり考えていた。

　耳はきちんと聞こえていた。朝はムクドリの、夜はコオロギの鳴き声が聞こえた。ただ、そうした音には、いままで気づかなかった鋭い痛ましさが感じられるようになった。フクロウの子が母フクロウを探し、コウモリが折れた翼を嘆き、蜜蜂が死の苦しみを訴えるのがわかるのだ。ときにはすべてが耐えがたく思えて、空気の重みもつらく、皮膚が重力に押し潰されそうな気がした。リンゴがしなびて腐ってしまうように、人生からきらめきが消えてしまった。

　最初のうちは、母の形見からなぐさめを得ようとした。白い模様のあるなめらかなモーグの羽根、繊細な〝W〟の文字入りのロケット、何年もロケットの中にあった小さな鍵。それにしても、この鍵はなんの鍵なんだろう？　ホールに鍵のかかった部屋はない。母についてのフレデリックの話は、嘘だったのではないかとも思い始めた――白い顔で絶望し、監禁されなければならなかった女性。羽目板に刻まれたあの〝ウェイワード〟の文字がなければ、全部でまかせだと決めつけてしまったかもしれない。

　ホールが静まり返り、ネズミが壁の内側を走りまわる音以外は何も聞こえないある夜、ヴァイオレットはその文字のそばにしゃがみ、母はこの鍵で壁の塗料に文字を彫り込んだんじゃないかと考えていた。母のそんな姿を思うのは耐えがたかった。そのかわり、ヴァイオレットは必死になって、あのハンカチーフがよみがえらせてくれる記憶を思い浮かべようとした。ラヴェンダーの香り、流れ落ちるような黒髪、温かい腕……ときには、モーグのことまで思いだせる気がすることもあった。ヴァイオレットの様子をうかがう、ビーズのようなきらめく目……。

ヴァイオレットは母が埋葬された場所も知らない。何年か前、広庭にある使われていない古い礼拝堂の近くで、午後の時間を費やしてゆがんだ墓石の行列を調べてみたことがある。冷たい地面にひざまずき、地衣の緑色の筋を丁寧に墓石から払ったが、結局は無駄だった。墓は遠い昔に死んだエアーズ家の人間たちのものだった。いちばん最近の墓石でも、葬られた人物は一世紀以上前に亡くなっていた。

ひょっとして、村の墓地に埋葬されたのかもしれない。母さまは村の人間じゃなかったっけ？　家を抜けだしてクロウズベックに行き、母の墓を探そうかとも思った。でも、それがなんになる？　母さまが生き返るわけじゃない。

ヴァイオレットは依然としてひとりだ。ひとりぼっちで、あの日森で起きたことを抱えていくだけだ。

フレデリックがヴァイオレットの頭の中に、身体に、細胞そのものに残した穢れから、逃げる方法はひとつだけだ。

天国や地獄を自分が信じているかどうかは、よくわからなかった（フレデリックからひどく汚されてしまったいま、自分が天国に行けるかどうかもかなり疑わしかったが）。そもそもヴァイオレットは、学術の信奉者だった。自分が死ねば、自分の身体はミミズやその他の虫に解体され、そのあと周囲で生命を維持している植物に栄養を与えることになる。ヴァイオレットはブナの木のことを考えた。どうせならあの下に埋められ、あの木に栄養をあげたい。あの木が自分を糧にするあいだ、自分は……何も感じない。深い眠りの彼方《かなた》だ。ヴァイオレットは、無というものを、毛布、あるいは夜空のように、重くて暗いものだと想像していた。自分の精神と肉体は、フレデリックが残した種子もろとも、存在をやめる。自分は自由になれる。

ヴァイオレットは何日もかけて計画をたてた。夕暮れにしよう。一日の中で自分がいちばん好きな時間、紫色《ヴァイオレット》――自分の名前と同じ色に空が染まる時間、そしてコオロギの鳴く時間。光とともにいなくなろう。

かなり北のほうに住んでいるせいで、夏のあいだは真夜中近くまで日がのびるため、ヴァイオレットが決めた時刻には、みんなは眠っていた。お気に入りの緑色のワンピースを着て、姿見の前で最後にもう一度髪をとかした。頬の虫さされは薄くなり、銀色がかったピンクの半円となって、なんだか半月のようだ。

ヴァイオレットの寝室は、窓の向こうで沈みゆく夕陽に照らされ、琥珀や黄金に染まっている。ヴァイオレットは窓を開けて外を見わたし、最後に谷のながめを味わう。やわらかい緑の丘についた暗色の傷のようなあの森は、ここからも見える。ヴァイオレットは下を見た。いまいる場所はかなり高いところだ――十メートル近くあるはずだ。朝、誰が自分を見つけるだろう。自分の身体が、あのプリムローズの花のように、ねじくれて倒れているところを想像した。窓の下の腰掛けに、ブナの木の下に埋めてほしいと綴った遺書は残してある。

窓台にのぼり、涼しい夜の空気を顔に浴びる。最後にもう一度、その空気を深く吸い込む。何もない地平線に身を投げようと覚悟を決めたとき、何かが手に触れた。イトトンボだ。その透明な翅が、金色の夕陽に照らされている。何週間も前、グレアムがくれたあのイトトンボのように。

ノックの音が響き、そしてグレアムが――眠っているはずだと思っていたグレアムが、部屋に飛び込んできた。

「ほんとにさ、ヴァイオレット、断りもなく僕の物を持っていくのはやめ――おいおい、何やってるんだよ？　一歩まちがえば庭に落ちて、粉々になるだけだぞ」

「ごめんなさい」ヴァイオレットはあわてて窓台からおり、遺書を丸めてポケットに押し込んだ。

「ただ――風景を見てただけなの。ここから線路も見えるのよ、知ってた？」グレアムは列車が大好きだった。

「いや、ヴァイオレット、生まれたときからこの家に住んでるけど、三階の窓からカーライル＝ランカスター線が見えるなんて知らなかったよ。まったく、最近どうしたんだい？　またあの忌々しい虫の瓶を持っていかないとならないかなって思ってたよ」そう言って、グレアムは身ぶるいした。

ヴァイオレットは自分の手を見おろしたが、イトトンボはいなくなっていた。

「なんでもないわよ。ただ――ちょっと疲れてるだけ」

「頼むから、あのくそ忌々しい従兄のフレデリックのせいで寂しいんだなんて言わないでくれよ。それとも、ひょっとしてヴァイオレットにとっても、〝フレディ〟なんじゃないよね？　愛しのフレディ。一緒に散歩して、どんな話をしたのさ？　狩りの腕前の自慢話かい？　正直さ、ヴァイオレットがあんなつまんない男に夢中になるなんて、思ってもみなかったよ」

「フレデリックは関係ないわ」ヴァイオレットは弟をさえぎって答えた。

グレアムは瞬時ヴァイオレットを見つめ、薄赤色の眉を上げた。

「それならいいけど。愛しいフレディが帰ってくれて、僕はうれしいね。ハロウ校の一学年上にいたやつを思いだすよ。よく似た傲慢な雰囲気があってさ。去年の秋、女の子を妊娠させて放校処分になったんだ。教授の娘のひとりだよ。修道院で子どもを産んだらしいよ、可哀想にね」

「ふうん」ヴァイオレットは無関心を装った。〝精包〟のことが頭に浮かんだ。「ひどい話ね」

「ほんとさ」とグレアム。「とにかく、ああいう男には気をつけたほうがいい。何かされそうになったりしてないよね？　ローンボウルズをやった日――父さんと僕がうたた寝して、目が覚めたら二人でいなくなってたよね。ほんとの話、父さんはすごくうれしそうだったけどさ」

「何もないわ」ヴァイオレットは言った。「散歩しただけ。森を見せて歩いたの」

「ふーん。あいつに見せたのがそれだけならいいけどね。ところでさ――もう夜も遅い。僕はナニー・メトカーフが見張りをやめるのを待って、生物学の教科書を取り返しにきたんだよ。持ってるんだろ？　夏の終わりまでに接続動物亜門について勉強しないといけないんだよ。時間がないんだ」

「節足動物でしょう。外骨格のある生き物」

「ああ。そう、それだよ。まあ――とにかくさ、返してくれない？」

教科書は、マットレスの下に、血で汚れた下着と一緒に突っ込んだままだ。

「なくしたの。ごめんね」

「なくした？　どうやったら教科書をなくせるんだ？」

「小川に落としちゃったの」
「生物学の先生にそんな説明をしたら、どんな顔されると思う？　すみません、先生、教科書がないんです――僕の無責任な姉が小川に落としてしまって。まあいいや、そいつは素晴らしい、お礼を言うよ、ヴァイオレット。新しい教科書を注文しなけりゃいけないな。きっと、僕がくそ忌々しいハロウ校に戻ってから届くんだろうさ。本当にありがとう」グレアムは部屋を出ていき、バタンとドアを閉めた。

　グレアムの足音が廊下を遠ざかって消えると、ヴァイオレットは遺書をどうするか考えた。燃やすわけにはいかない。ナニー・メトカーフが、きっと煙の臭いに気づく――ブラッドハウンドみたいな嗅覚の持ち主なのだ――そして問いただされる。それに、どのみち遺書はまた必要になるかもしれない。ただ、さっきのイトトンボのことを思ったとき、みぞおちがグレアムへの罪悪感でうずいた。本当に、グレアムをひとりで、父さまのもとに残していく気？

　ヴァイオレットはベッドのそばにあったグリム童話を手に取り、遺書を挟んで隠した。眠りに落ちる前、また母のことを考えた。自分が死んだら、真実を知ることは永久にできない。枕に載せた頭の横に、モーグの羽根をそっと置き、母の夢が見られるよう祈る。しかし、夢に出てきたのはまたしてもフレデリックで、森であった出来事が再現されただけだった。夢の中でヴァイオレットが自分の青白い身体を見おろしていると、腹部の肉が黒くなっていき、指の下で崩れていく感じがした。カゲロウがヴァイオレットのまわりに群がり、翅をきらめかせながら上へ下へと飛び、果てしなく野蛮なダンスを踊っていた。

　翌朝目が覚めたとき、ナニー・メトカーフが持ってきたトレーから、燻製の魚の強い匂いがただよってきた。

「ちゃんと食べてくださいね」ナニー・メトカーフは言った。「乳母《ナニー》の命令ですよ」魚は黄色くて、しわが寄っている。ヴァイオレットが前に見たことのある、夏の暑さで干からびた、ヒメアシナシトカゲの骸《むくろ》のようだった。

ヴァイオレットはどうにか起き上がり、トレーを受け取った。胃がねじくれ、夢の記憶に身体がふるえた。

「大丈夫ですか、ヴァイオレットさま?」乳母が訊ねた。

「大丈夫、ありがとう」ヴァイオレットはフォークで刺した魚を口に持っていった。ゆっくりと嚙み、のみ込んだあとでさえ、舌や上あごの内側にゼラチン状の感触が残った。

なんとかもうひと口食べようとした。そのとき、胃の中がぐるぐる回る感覚が強くなり、部屋がまた動いているように見えた。体内に何かが集まってきて、胃から喉へこみ上げ、口の中が甘酸っぱくなる。

ヴァイオレットは吐いた。もう一回、そしてまたもう一回。

ナニー・メトカーフがヴァイオレットの口もとから吐瀉《としゃ》物を拭い、清潔なナイトドレスに着がえさせてくれたあとで、二人はしばらく黙って座っていた。外でカラスが叫んでいる。ヴァイオレットが窓を見ると、ガラスの向こうの青空に、黒いカンマのようなカラスの姿が見えた。

ようやくナニー・メトカーフが口を開いた。

「お医者さまを呼んだほうがよさそうですね」

30　ケイト

時間が速く流れるようになり、ケイトの日々はいま、書店でのシフト勤務に占められている。仕事は気持ちを静めてくれる——寄付された本の箱を整理し、値札をハンドラベラーで貼る。書店で売れるものの多くはミルズ＆ブーン社のロマンス小説だが（「物乞いをするとき選《よ》り好みはできないものよ」とエミリーは言っている）、ときどきオースティンやオルコットの初版本が見つかったりもする。こうした本はウィンドーに展示され、表紙の金の型押し文字が陽光で輝きを放つ。

ケイトもその上司も、日々のルーティーンに心地よく落ちつき、エミリーがしばしばお茶のカップとビスケットの皿を運んできて、彼女の夫のマイクや、クロウズベックで育った思い出について話してくれる。エミリーは、ショウガ色の雄猫タフィー——エミリーによれば全人類を見くだしている猫——が、ケイトになついたことに感銘を受けている（エミリーの手も、タフィーの熱心なお手伝いのせいで、よく傷だらけになっている）。

ケイトの出産予定は十二月だ。生まれるのは雪の日であってほしい、とケイトは思う。コテージにひとりでいるときに、よく赤ちゃんの名前をあれこれ口に出し、舌で味わってみている。ホリーがいいかもしれない——聖《ホリー》なる季節だし。それかロビン。それでもまだ、ぴんときた名前はない。

秋になるころ、初めて赤ん坊にお腹を蹴られる。ケイトは庭にいて、シカモアの木の下のヨモギギク——明るい黄色の花をつける植物だが、毒性が強い——をまとめて抜こうとしながら、風にそよぐ木々のささやきを聞いていた。子宮の中で何かが突然羽ばたくような動きを感じ、ケイトは息をのむ――水銀のような、あるいは、小川を突っ切って泳ぐ淡色のミノウのような感触。

　私の娘。

　十一月になると、腹部の皮膚が太鼓のようにぴんと張ってくる。以前の衣服はどれも着られなくなる――ケイトはヴァイオレット伯母さんの衣装だんすをあさり、ゆるいスモックやチュニックを着て、山羊の毛織物のショールとよれよれのレインコートを羽織る。お腹が大きくなるにつれ、今度は髪が手に負えなくなってくる――ここ何年も高いトリートメントを使っていたせいで、自分の髪の癖をすっかり忘れていた。マレットヘアのように後ろ髪が伸びているが、ケイトにはどうでもいい。このごろは髪をとかすこともしない――黒波のような髪がただ耳にかかっている状態だ。

　サイモンが見ても、誰だかわからないかもしれない。

「その人とは連絡を取っているの？」エミリーが訊ねる。「つまり、赤ちゃんの父親と」

　ケイトは、焚《た》き火の夜（十一月五日におこなわれるイギリスの祝祭）にエミリーをコテージに招いていた。庭のまん中に小さな薪の山を作り、その前にキャンプ用の椅子を並べて座って、ホットチョコレートを飲んでいたところだ。ケイトは深く息を吸い、焚き火の煙の香りを味わう。頭の上には満天の星が見える。

「いいえ」ケイトは言う。「もう何か月も話していないの。そのほうが……いいの。子どものためには。彼は……そういう人間なの」

　エミリーはうなずく。手を伸ばし、ケイトの手を握ってくれる。

「いつでも力になるわ」エミリーは手を離す。「話したいと思うことがあるなら、いつでも聞くわ」

「ありがとう」

　ケイトの喉が詰まる。焚き火を見つめ、闇を舞う金色の火花をながめる。しばらく二人とも黙っている。シュッ、パチッと炎がたてる音と、どこかで鳴いているフクロウの声だけが耳に届く。

エミリーはうすうす勘づいていたのだろうか。傍目《はため》には明らかだったかもしれない。携帯電話が鳴るとケイトがひるむ表情や、かつてのロンドンでの暮らしについても、ロンドンを出た理由も、話したがらない様子を見ていれば。

それでも、何か話そうという勇気は出ない。いまはまだ。二人の友情の繊細な糸を、危険に晒したくはない。ほかの女性と一緒にすごすのは、ずいぶん久しぶりなのだ。大学時代の友人とも、もう何年も会っていない。

最後に友人たちと会ったのは、サイモンと一緒にオックスフォードシャーでの結婚式に参列したときだ。五年前、仕事をやめて間もなくのころだ。友人のベッキーの結婚式だった。あのとき着ていたドレスも覚えている――サイモンが選んだドレスだ。裂けた肉のような、ケイトの腕の火傷痕みたいなピンク色。うまく歩けもしないゴールドのハイヒール。結婚披露パーティでは、ケイトはサイモンの向かいに座り、隣の男性のつまらないジョークに大きすぎる声で笑っていた。飲み放題のパーティで、サイモンは酔っていた。それでも彼は見ていた。彼はいつも監視していた。スピーチも終わらないうちに、サイモンが慣れた手つきでケイトの首の後ろをつかみ、ケイトをタクシーに押し込むのを、ケイトの友人のひとりが目撃していた。その後サイモンは、ケイトにいっさい電話を取らせなくなった。最終的に、友人たちは連絡をあきらめた。

「ヴァイオレットがまだここにいたらと思うわ」エミリーがふとそう口にする。「きっと出産に立ち会いたかったにちがいないわ。あなたを恋しがってるはずよ」

「ヴァイオレットはどんな人だったの？」

「ごめんなさい」エミリーは椅子を焚き火に少し近づける。「あなたがヴァイオレットをあまり知らないってことをつい忘れてしまうわ、あなたがあんまりヴァイオレットに似てるから。彼女は……風変わりな人だった。いい意味でね。私はよく、ヴァイオレットは恐れを知らない人だと思ってた――若いころに彼女がやっていたことを思うとね！　一度、エヴェレスト山のベースキャンプまで登っていったことがあるって言ってたわ。ヒマラヤハエトリグモの研究のためにね。すごい人だった」エミリーは首を振って笑う。「あなたは彼女の精神を受け継いでる」

「だといいわね」ケイトはニヤリとする。

「まちがいないわよ。あなたがやってきたこと――一からやりなおすってことにも、強さは必要よ。ヴァイオレットも同じだった」

二人は黙った。

「何があったのか、ヴァイオレットはあなたに話さなかったの、エミリー？　私の母が、ヴァイオレットは相続から廃除されたんだって言ってた。何かのスキャンダルのせいでって」

「聞いてないわ。前にも言ったとおりよ……つらくて話せなかったんだと思う。あなたのお母さんも何も知らないのね？　そのスキャンダルのことも？」

「ええ。父は知っていたかもしれないけど、私が小さいころに亡くなったの」

「それはお気の毒に」

「いいのよ、大丈夫」ケイトはこのところ、あの事故のことをよく考えるようになっている。自分自身の子を身ごもってから、事故についての感覚が変化してきている。自分も子どもを守るためなら、なんだってするだろう。父と同じように、自分自身を犠牲にしなければならないとしても。

最近は、もしかしたら――あくまでもしかしたらだが、あれは自分の落ち度じゃなかったのでは、と思うこともときどきある。自分は怪物なんかじゃなかったのかもしれない。でも、そこで思いだしてしまう――道路に広がり、光をおびていた血だまり。永遠に光を失った、手の中の蜜蜂のブローチ。

「私も妊娠したことがあるの、一度だけ」ケイトの考えが奇妙なこだまになったかのように、エミリーが静かな声で言う。ケイトがその顔に目をやると、エミリーの瞳が涙できらめいているのが見える。「死産だった。生きていたら、あなたぐらいの年だった」

「お気の毒に」

「いいのよ。みんなそれぞれ、背負う十字架があるものよ」

エミリーが帰ったあとも、ケイトはしばらくそこに座り、焚き火を見つめる。

跳ねるオレンジ色の炎をじっと見つめているうちに、決意が固まっていく。もう過去の失敗はくり返さない。今度は結果を変える。私も変わる。二度と彼のもとには戻らない。

ケイトはベッドルームから、少し苦労しつつ重いダッフルバッグを持ってくる。

庭でバッグを開き、服を引っぱりだす――かつてサイモンのために着た服だ。ぴったりしたジーンズ、身体に張りつくようなトップス。家を出たときに身につけていたランジェリーも出す。カップのあいだでハートの模造ダイヤが揺れる、赤いレースのブラ。ケイトは衣類の山を火に投げ入れ、炎が赤々と燃え上がるのをながめる。過去の人形《ひとがた》が消えていく。レースの切れ端が花びらのように空中を舞う。

しばらくそこに立って、それをながめる。自分の娘が安全に泳いでいる、お腹の上に片手を載せながら。

十二月。

雪で白くきらめく日々が始まる――屋根の上も、コマドリが住むシカモアの枝の上も白い。『秘密の花園』のコマドリを思いだす――長年にわたり、ケイトが唯一、自然の世界への安全な入口と考えていた本。いまになって、子どものころから暗記していたケイトのお気に入りの一節が、心から理解できる気がしてくる。

〝葉っぱも木も、花も鳥も、アナグマも狐もリスも人間も、すべては魔法でできている。だからきっと、魔法は私たちのまわりじゅうに存在するのだ〟

仕事に出る前、ケイトはよく表に立ち、白く霜がおりた植物を太陽が照らすのをながめ、コマドリの赤い胸の色を探してみる。何もない朝にぽつりと浮かぶ赤。コマドリが羽ばたくのを見ていると、ときどき子宮の内側が引っぱられる感じがして、娘がコマドリの歌に反応し、母親の身体と外の世界のあいだの膜を破りたがっているように思うこともある。

庭にいるのはコマドリだけではない。ムクドリも雪の上をスキップし、冬の太陽がその首をつややかに見せる。コテージの前では、なめし革色の羽毛が特徴的なノハラツグミが、生け垣の中でおしゃべりをしている。そしてもちろん、カラスもいる。たくさんのカラスが、シカモアの上に黒い天蓋を作り、薄目で様子をうかがっている。ケイトがコテージに来たときに暖炉の中にいて、ケイトをびっくりさせたカラスと同じ、羽根に白い模様があるカラスが一羽いる。ケイトもだいぶ勇敢になってきた――毎日少しずつ木に近づき、自分を試している。今朝は手のひらを、冷たい氷に覆われた樹皮に押し当てることができ、胸の中で温かさがふくらむ。

その後書店にいるときも、そのことを考えると微笑んでしまう。ケイトはエミリーのヒョウ柄のマグカップから、コーヒーをひと口飲む。いまは午前十時をすぎたところで、昼休みまでには五つの箱の中身を整理してしまいたい。

家を出て七か月がたつ。ときどき、自分はずっとウェイワード・コテージに住んでいたんじゃないかと思うこともある。夜明けとともに目覚め、そのあとは庭で時をすごすか、あるいはのんびりと歩きながら村にやってきて、書店で仕事を始めるという日常を、ずっと続けてきたのではないだろうか。地元の人々も、ケイトを受け入れつつあるように見える。エミリーに言わせれば、村人たちは、やや困惑しながらもヴァイオレットを受け入れていたのと同じように、ケイトを受け入れ始めているようだ。

それ以外のとき、自分の過去を忘れてすごすのは難しい。

昨夜、午前二時に電話が鳴り、ケイトの体内で青い炎が燃え立った。知らない番号だった。サイモンからの電話でないことはわかっている。それはありえない。サイモンはモトローラの電話のことは知らないし、番号も知らない。それでも、箱の本を選り分けているときと同じように、頭の中でこれまでの筋書きを振り返らずにいることは難しく、不安が胸の中でうずく。

子どものことも、知らないままでいてほしい。

「ああ、ケイト？」エミリーが書籍の保管室に入ってきて、嫌な考えをさえぎってくれる。エミリーは窓の下にある古い箱の山のそばまで来て、身を屈める。「昨日、これを置いていった人がいてね……あなたは興味があるんじゃないかと思って」そう言って、うなり声とともにいちばん上の箱を持ち上げ、ケイトの前にドンと置く。

「なんなの?」

「見てごらんなさい」エミリーはにっこりと笑う。「入っている本は、もちろん持っていってかまわないわ。あなたにはそうする権利があると思うし」

最初は、ペンで殴り書きした箱の上のラベルを、読みちがえたのかと思う。だが、もう一度見直しても、確かにそう書いてある。

〝オートン・ホール〟

31 アルサ

城の外に出ると、よく晴れた日だった。光が私の目を刺し、ランカスターの道や建物が真珠のように白く見えた。少しのあいだ、本当は私は縛り首になっていて、ここは天国なのじゃないかと思った。あるいは地獄か。

私は、万一知っている人間がいても気づかれないよう、頭を下げ、街を出るための道によろよろと向かった。どこへ行っても人混みに揉《も》まれ、温かい身体に押されて汗が噴きだし、恐怖を感じ始めた。

「聞いたかい?」ひとりの女が別の女に言った。「アン王妃が亡くなったんだってさ!」

男が叫んだ。別の女が王妃のための祈りをつぶやいた。おしゃべりの声が大きくなり、群衆が押し合いへし合いを始めた。私の考えも混乱した。その騒々しい瞬間、死ぬべきだったのは私だ、何か大きな手ちがいがあって王妃が死に、かわりに私の命が救われたんだという考えにとらわれた。

私の肩を誰かが乱暴につかみ、心臓が凍りついた。傍聴席にいた誰かが、陪審の誤りを正すため、私を死の道に押しもどしにきたのかと思った。ぞっとして振り返ると、そこにいたのは陪審員のひとりだった。私を哀れみの目で見ていた、あごの角ばったあの男だった。

そのとき初めて私は、その男が贅沢《ぜいたく》な服装をしていることに気づいた。ケープにも胴衣にも、銀の糸で刺繍がしてある。粗野な長衣で彼の前にいる自分の姿は、何から何まで貧民そのものだ。

どちらも少しのあいだ口もきかず、群衆が私たちのまわりを流れていった。

「私の妻は」ようやく男が、言葉を発することに痛みを感じているかのように、ゆっくりとしゃべりだした。「息子を産んだときに危うく死ぬところだった。わが村の賢明な女性が、二人の命を救ってくれたのだ。ビアトリスという名の女性だった。彼女が告発されたとき、私は何も言わなかった。彼女は絞首刑になった」

男はビロードの小袋を礼服のズボンから出し、私の手に押しつけ、それから群衆の中へと姿を消した。

私が小袋をのぞくと、金貨が何枚も入っていた。そのとき私は理解した。あの男――あるいは彼の家族を救ったその女性――に、生涯感謝しなければならないと。

道を歩いているうちに、ロバの引く荷車で旅をしている行商人を見つけた。金貨一枚くれるなら、村まで乗せてやってもいいという。暗い場所では見知らぬ男に用心すべきところだが、もしこの男に殺されるとしても手早くやってくれそうだし、食べ物も宿もなく長い道のりを行くよりはましだと思った。

行商人はエールを少しと果物の砂糖漬けをくれた。そのあと私は荷車に乗せられ、柔らかいショールや毛布などの商品のあいだに座った。そんな場所にいると、自分も異国の布で作られ、遠くの土地から運ばれてきた商品になった気分だった。起きていようと思ったが、毛布は暖かくて心地よかったし、荷車の揺れは優しくて、海はきっとこんなふうじゃないかと思った。

目が覚めると、クロウズベックまであと一キロもないところに来ていた。


門が開けっぱなしで揺れているのを見て、私はコテージに村人たちが来たことに気づいた。ジョン・ミルバーンを悼むウィリアム・メトカーフから、ご馳走《ちそう》でもふるまわれた連中が。

窓の雨戸は壊され、粉々になって小山を作っていた。

玄関の扉はへこみ、錠前も壊れている。中の床は、落ちてきた星のようにきらきらしたガラスの破片だらけで、踏まないよう気をつけて歩いた。薬草や果物の腐った臭いがただよい、大事な軟膏《なんこう》やチンキの壺が粉々になっていた。

私は、切り裂かれて藁が飛びだしている、藁布団に横になった。そして眠った。夜明けに目覚めたときも、そこは破壊された物の海のままだった。

コテージをきれいにするのに、二日近くかかった。ありがたいことに、私の大事な山羊は無事だったが、私がいなかったせいで、あばらがくっきりと皮膚に浮きでていて、私が手を伸ばすと怯えたようにメーと鳴いた。「大丈夫だよ」私はそうささやきながら山羊を中へ連れていったが、本当に大丈夫かはまるでわからなかった。

鶏は一羽死んでいたが、ほかは生きていた。朝食には卵と山羊の乳が使えた。庭に生えているイラクサを使ってスープを作り、タンポポのお茶を淹れた。野菜畑は無事だったので、ビーツとニンジンを地面から抜いて食べ、残りは酢漬けにした。小さくて形も悪く、霜で硬くなっていたが、旬の前に食べるしかなかった。

椅子のひとつを壊して薪に使った。雨戸のなくなったコテージはひどく寒く、母さんの古い長衣を二つに裂いて、入り込んでくる隙間風をふさいだ。

こうしたことをすべて済ませ、準備は整った。

発見されずに済んだ屋根裏の隠し場所から、羊皮紙、羽根ペン、インク入れを出してきた。

それからテーブルの前に座り、書き始めた。

そうして私は、火を起こすときと何か食べるとき、そして動物の世話をするとき以外は、三日三晩書きつづけている。終わるまでは眠りたくない。

連中はきっと戻ってくる。あの村人たち。私を村の広場に引きずりだして、評決に抗議し、自分たちで私を縛り首にするかもしれない。あるいは、私を告発する別の罪を見つけてくるかもしれない。

だから私は、まだ生きているうちに、何が起きたかを書かなければならない。これが終わったら、私はたぶんここを離れるだろう。まだわからない。何もない道を旅するのは恐ろしい。このコテージを出るのもつらい。自分がカタツムリで、コテージが私の殻だったら、どこへでも運んでいけるのに。そうしたら私は安全だ。

私の物語のこの続きを書くのは難しい。だから、それが先に起きたことではあるものの――私が捕らえられる前、裁かれる前、無罪放免になる前のことではあるものの、それを書くのは後回しにしてきた。それを書くことに、私の心はいまも尻込みしている。

それでも私は、起きたとおりのことを書くと誓ったし、だからそうする。自分になぐさめを与えるために。もし誰かがこれを読み、誰かが私の名を口にしてくれれば、私の身体が地中で朽ち果てたあとも、私はずっと生きられる。

いま私は、どこから始めようかを考えているところだ。物事がどこから始まり、どこで終わったかなんて、決められるものじゃない。時間が直線的に動いているのか、それとも円を描いているのか、私にはわからない。そう、時間がおのずから輪を描いて戻るものなら、長い年月も通過していくものじゃなくなる。冬は春になり夏になり秋になり、そしてまた冬になる。ときどき、すべての時間はいっぺんに起きているんじゃないかと思うこともある。この物語は、私が座って書いたときに始まったとも言えるし、最初のウェイワードの女が生まれたとき、幾多の月がすぎる前に始まっていたとも言える。

あるいは、十二か月前の今日に始まったとも。

去年の冬はひどく寒かったが、その指が春へと伸びてきたころだった。一六一八年の初め、その夜は嵐が来ていて、扉を叩く音も最初はただの風の音だと思っていた。でも、冬のあいだはそばに置くようにしていた山羊が、怯えた涙目で顔を上げた。

女性の高い声が私の名を呼んだ。

姉妹のように親しい誰かと一緒に育つと、自分自身の声以上にその声が聞き分けられるようになる。たとえ七年のあいだ、その声が自分の名を呼ぶことはなかったとしても。

だから私には、扉を開けて顔を見る前から、それが誰かわかった。落ちくぼんだ目でそこに立っていたのは、グレイスだった。

32　ヴァイオレット

ヴァイオレットの腹部に置かれた医者の手は冷たかった。

「ふむ」医者はつぶやいた。整髪用オイル《ブリリアンティン》をつけた髪に引っかかった、白いふけがヴァイオレットの目にとまった。医者は、心配性の蛾のようにヴァイオレットのそばをうろつくナニー・メトカーフを振り返った。乳母がもみしぼりすぎた手が、赤くなっている。


「お嬢さんの生理《メンス》は順調ですか?」医者が訊ねた。

メンス? メンスって何? ヴァイオレットは、医者が自分の〝メンス〟、つまりラテン語の〝精神〟の話をしているのだろうかと考えた。確かに順調とは言えない。順調どころではない。いまヴァイオレットに触れているのが、フレデリックではなく先生だとわかっていても、そして森の中ではなく、安全な自分のベッドに心地よく横たわっているとわかっていても、ヴァイオレットの心臓は喉もとでびくついている。ブランデーの匂いや潰れた花がよみがえってきて、吐きそうになる衝動と闘っている。どうにかして手をどけてくれないか、お腹をつついたり撫でたりするのはやめてくれないかと思ってしまう。意志の力を振り絞って、叫びたい気持ちを必死にこらえている。

「ああ、はい」ナニー・メトカーフは顔を赤らめた。「いつも十五日に始まります、時計仕掛けのように正確です」

ヴァイオレットは、毎月現れる血塊やまとまった出血と、それとともに起きる差し込むような痛みのことを考えた。先生が言ったのはそのことだ。そんな医療用語は聞いたことがなかった――ナニー・メトカーフはいつも〝災い〟と呼んでいた。ほかの女の子にもあることだなんて、思いもしなかった。先月は、ここ何年かで初めて、それなしですごせた月だった。それまで一度もそんなことはなかった。

ナニー・メトカーフはヴァイオレットを見て眉をひそめた。

「そういえば、先月は当て布を欲しがりませんでした」ナニー・メトカーフは医者に言った。まるで当人がそこにいないかのように、人の話をするのはやめてほしいとヴァイオレットは思った。まったくの他人にプライベートな話をされ、頬が熱くなってきた。

「ふむ」医者は再び言った。さらに診察が続き、そのあと医者は、ヴァイオレットが耳を疑うようなおかしな質問を発した。

「お嬢さんは〝インタクト〟ですか?」

〝無傷《インタクト》〟と聞き、ヴァイオレットは父が読んでいた新聞を思い浮かべた。戦争で負傷し、ひじから先の腕やひざから先の脚を失った兵士の写真を。

「私が知るかぎりはそうです、先生」ナニー・メトカーフが答える。その声は、何かを恐れているかのように、少しふるえていた。

そのとき医者は、なんの警告もなく、ヴァイオレットの脚のあいだに指を滑らせ、森での一件以来ヴァイオレットがずっと痛みを感じていた場所に触った。痛みと衝撃に、ヴァイオレットは顔をしかめた。

「〝処女《インタクト》〟ではありませんね」医者はかすかな嫌悪感を浮かべてヴァイオレットを見る。ナニー・メトカーフは息をのみ、両手を自分の口に押し当てる。ヴァイオレットの全身を、冷たい恥辱が広がっていく。この医者は、ヴァイオレットとフレデリックのあいだで何が起きたのかを、なんらかの方法で正確に見抜いた。まるで彼女の脳内をのぞいたかのように。

医者はヴァイオレットの尿を、屈辱的なほど透明な瓶に採取し、それを光に透かしてしばらくながめ、上着のポケットにしまった。ヴァイオレットは顔をそむけた。

「二、三日中に検査結果を電話でお知らせします」医者は言った。

ナニー・メトカーフはうなずき、医者が階段をおりていくときに、かろうじて「ご機嫌よう、先生」のひと言を口にした。二人は沈黙してそこに座ったまま、父の書斎のドアが開く音、ぼそぼそとした会話の低い声、そしてそのあとは、玄関のドアが重々しく閉まる音、遠ざかる医者の車のエンジン音を聞いた。

木の葉からいまにも落ちようとする雨粒のように、少しのあいだ空気が静かに止まった。それから激しい物音が響き、ガラスが割れる音がした。セシルが甲高い哀れな声をあげた。あとになってナニー・メトカーフから聞いた話では、怒り狂った父が、玄関広間にあるジャコビアン様式のサイドテーブルから、装飾品を一気になぎ倒したのだという。

「何をなさったのですか？」どういうことなのかをいまだヴァイオレットに説明することもなく、ナニー・メトカーフはそう言った。だが、実のところ説明の必要はなかった。何週間も意識の隅に引っかかっていたあの言葉、なんとしても考えまいとしていたあの言葉が、ヴァイオレットの頭に浮かんだ。〝精包〟。

ヴァイオレットはほとんど眠れずにいた。森でのことを、フレデリックのことを、夢に見るのが恐ろしかった。医者の往診があった日から、電話連絡があるまでの何日かは、眠りと目覚めのあいだの霧の中ですごした。下がってくるまぶたや手足の重さに屈するまいと必死になっていても、気づけば恐ろしい夢の万華鏡に入り込んでいることもしょっちゅうだった。血管のような木の枝が張りめぐらされた空の下、フレデリックにのしかかられる。腹が膨張し、内側から黒く腐った何かが出てくる。イトトンボがそこらじゅうを飛びまわっている。

モーグの羽根も、なんのなぐさめにもならなかった。

グレアムや使用人たちは、ヴァイオレットが再び、少し前に寝たきりになったときと同じ〝神経〟の病気になったと聞かされていた。真実を知っているのは、父とナニー・メトカーフだけだった。

医者の診察から五日後に電話が鳴ったとき、ヴァイオレットは横になってベッドカバーをかけ、ナニー・メトカーフが知らせにきてくれるのを待った。でも、階段を上がり、廊下を歩いてくる足音は、ナニー・メトカーフにしては重々しすぎた。

ドアを開けたのは父だった。ヴァイオレットはベッドの上に起き上がりながら、自分の様子が父を驚かせたりしないかと考えた。父は何週間も娘の顔を見ていなかったし、ヴァイオレットの体重は、たえず吐いているせいでかなり落ちていた。顔の骨が鋭く浮きだしている。眠れないせいで目は陰鬱になっている。具合はどうかと訊ねてくるかもしれない。

父は、嫌悪の表情で、少しのあいだ娘をながめた。皿に載っていた傷んだ食べ物を見るような目だ。

「ラドクリフ先生と話をした」父は冷たい怒りの口調で言った。「おまえの腹には子どもがいる、もう数週間たっているということだ」

ヴァイオレットの心拍がふるえる。気を失うんじゃないかと思った。

「何か言うことはあるか？」父は一歩近づいた。怒りのせいで、その顔がより大きく赤くなり、青い瞳がほとんど見えないほどだ。頬の血管が紫にふくらみ、太ったナメクジのようだ。爆発するのではないかとヴァイオレットは思った。

「ありません」ヴァイオレットは小声で言った。

「ない？　ないだと？　自分を何様だと思ってるんだ？　この忌々しい処女マリアが」

父がこんな物言いをするのは初めてだった。

「何もありません」ヴァイオレットは言った。

「父親は誰だ？」そう訊ねはしたものの、父にはとうにわかっているはずだった。ほかに誰がいる？　あの日、グレアムと父がうたた寝から目を覚まし、ヴァイオレットとフレデリックがいないことに気づいたときのことを、グレアムはこう言っていた。父さんはすごくうれしそうだったけどさ。

「従兄のフレデリックです」ヴァイオレットは言った。

父はきびすを返して寝室を出ていき、バタンとドアを閉め、ほこりが舞い上がった。窓からの光の中に浮遊するほこりを見ているうちに、ヴァイオレットは、フレデリックにキスされたあの日、一緒に見たユスリカの群れを思いだした。妖精の粉みたい、あのとき自分はそう思ったのだ。

なんて子どもだったんだろう。


その日ナニー・メトカーフが、ヴァイオレットも見たことのない、大型の使い古したスーツケースを持って寝室に入ってきた。どこに行ったこともないヴァイオレットには、いままでスーツケースなど不要だった。ナニー・メトカーフはヴァイオレットのほうを見ようとせず、荷造りを始めた。

「私、どこかへ行くの?」ヴァイオレットはそう訊ねたが、さほど興味もなかった。医者が診察に来た日以来、何もかもがぼやけて色あせて見える。自分が、冷酷な何か、恐ろしい何かに向かっていることはわかっていたし、抵抗する意味もない。自分が見た夢のことを、自分の指の下でやわらかくなる黒い腹の肉のことを考える。自分は腐っている。

「お父さまがご説明なさいます」ナニー・メトカーフが言った。「ほかの者たちには、ヴァイオレットさまは神経の病で、ウィンダミアに療養に行くと伝えてあります。話を合わせてください」

ヴァイオレットは、古いスカーフに包んだモーグの羽根以外、スーツケースの荷物に何も追加しなかった。ほかのもの――本、緑色のワンピース、スケッチブックなどは、すべて置いていくことにした。蜘蛛のゴールディも連れていかない――ナニー・メトカーフは、父が見ていないときにゴールディを庭に放すと約束してくれた。

グレアムやほかの使用人たちが、別れの挨拶のために玄関広間に並んでいた。ナニー・メトカーフは、ヴァイオレットに父の古いトレンチコートを着せ、つばの広い帽子をかぶせて、やせた身体や顔の陰影を隠した。かかしになったような気分だった。ヴァイオレットが階段に出ていくと、グレアムの青ざめた顔が見えた。

ミス・プールとミセス・カークビーが別れを告げ、早くよくなってくださいと言った。グレアムはショックを受けて黙り込んだまま、父にひじをつかまれて玄関を出ていくヴァイオレットを見守っていた。私設車道にはダイムラーが停めてあった。ヴァイオレットが父の自動車を見るのは初めてだ。クロムグリーンの車体は、つやつやしたさなぎを思わせる。きっと自分は、いずれそこから蝶として飛び立ち、何キロも何キロも遠くへ、安全で自由な場所へと飛んでいくのだ。夢見るだけなら自由だ。

コロンの残り香を感じた。自分が座る前、この助手席に最後に座った人間は、フレデリックにちがいない。そう思ったとき、思わずドアを開けて道路に身を投げ出したい衝動にかられた。それでもヴァイオレットはただ窓の外をながめ、後方に消えていくオートン・ホールを見ていた。

「どこへ行くの？」ヴァイオレットは訊ねた。父は答えない。車の屋根に、大粒の雨がボタボタと当たり始めた。父がダイヤルを回すと、腕のような機器が、フロントガラスの雨を拭うために動きだした。そのリズミカルな音以外、しばらく車内は静かだった。

車は、何かの予兆みたいに両脇にそびえ立つ、門のあいだを通っていった。生まれてこのかたずっとすごしてきた場所、オートン・ホールを出ていくとき、自分は何を感じるだろうと思っていたが、何も感じなかった。父が咳払いをする。

「フレデリックに手紙を書いた」父は目の前の道路を見つめながら言った。「おまえの状況を知らせ、おまえと結婚するように言った」

ヴァイオレットは、鳥が風に乗って上下するさまを見ていた。父の言葉は、ひどく遠い場所からやってきたもののように思えた。ヴァイオレットは、これは想像の世界の出来事じゃないのかと思った。みんなでローンボウルズをやった午後に起きたことは、全部頭の中だけの出来事じゃないのだろうか。ひょっとしたら私はまだ、キャンバスの椅子の上で暖かい陽射しを顔に浴び、ブランデーのぬくもりをお腹に感じながら眠っているのかもしれない。起きて、ヴァイオレットはそう自分に呼びかけた。

「結婚？」ヴァイオレットは言った。「どうして？」結婚となんの関係があるの、そうヴァイオレットは思った。結婚とは、愛し合った二人がするものだと思っていた。あの午後に森で起きたことは、愛とはなんの関係もない。

「それが分別ということだ」父は言った。「子どものためにも。それに家族のためにも」

子ども。お腹の中で育ち、寄生虫のようにヴァイオレットから栄養をもらっている種子。それを子どもなんて思ったこともない。

「あの人と結婚なんてしたくない」ヴァイオレットは静かに言った。父は娘を無視し、前方を見ていた。

「あの人と結婚なんてしないわ」ヴァイオレットは声を大きくした。それでも父は無視した。

車の外の空はしだいに暗くなり、雲が群がってきた。嵐が来そうなことは肌で感じた。突然、稲光が走る。雨は激しくなり、窓の外がぼやけ、ほとんど何も見えなくなる。そのとき車がスピードを落とし、ガタガタと揺れながら停まった。車はどのぐらい走っていただろうか。十分も走っていない気がする――ウィンダミアに行ける時間でないことは確かだ。

父が運転席側のドアを開け、ヴァイオレットは濡れた地面の心地よい匂いを吸い込んだ。父はトランクからスーツケースを出し、それから助手席側のドアを開けた。ヴァイオレットはコートの前を引き寄せ、雨を避けるために帽子のつばを引きおろした。前方に目をこらすと、低い、ずんぐりとしたコテージが見えた。まわりの草木は伸び放題で、石の壁はどんよりと濡れている。窓には蜘蛛が巣を張っていて、中は暗かった。

父はオーバーのポケットを探り、鍵を出した。二人で建物のそばまで来たとき、ヴァイオレットは、扉の上の石に彫られた文字に気づいた。〝ウェイワード〟。

ヴァイオレットは雨に濡れた目をこすり、それが現実かどうか確かめた。現実だ。ずいぶん昔に彫られた文字に見える。〝W〟の最初の斜線は薄くなっており、ほかの文字も緑の地衣に染まっている。

「父さま？　ここはどこなの？」

父は無視した。

不意にヴァイオレットは、コテージの中にフレデリックがいて、自分を待っているのではないかという恐怖にかられた……でも、父が重い緑色の扉の鍵を開けると、その向こうには暗い廊下があるだけで、誰もいないのは明らかだった。

父がマッチを擦ると、暗がりに穴が開くように火が灯った。

中の暗い部屋は、あたかも地中に消えようとしているかのように、沈み込んだ場所に見えた。天井は低く、それほど背が高くない父も身を屈めなければならなかった。

部屋は二つだけだった。コテージの奥にある大きいほうの部屋には、古めかしい料理用こんろと、洞穴のような暖炉があった。もうひとつの部屋には、二台のシングルベッドと、おんぼろの古い書き物机があった。屋根のほうでかさかさと音がしている。ネズミだ、とヴァイオレットは思った。少なくともひとりぼっちになることはなさそうだ。

「フレデリックが次の休暇を取って、結婚式を挙げに戻ってくるまで、おまえはここにいろ」父は言った。「二、三日に一度は、食料を持って様子を見にくる。いまのところは、缶詰と一ダースばかりの卵がキッチンにあるはずだ。孤独な時間が、自分の罪について考える助けになるだろうよ」

父は言葉を切り、侮蔑にゆがんだ表情で娘を見た。「フレデリックは、もともとおまえに結婚を申し込むつもりでいたが、式を挙げるまでは待ちたいと思っていた、と言っていた。だけどおまえが……だめだと言っても聞かなかったんだと」

森での記憶がよみがえり、ヴァイオレットの頬が燃えるように熱くなる。

父はしゃべりつづけた。

「私も考えなしだった」父は言った。「気づくべきだった。結局のところ、おまえはあの母親の娘だからな」父はこれ以上娘を見ることに耐えられないとばかりに、身をひるがえした。

「母親？　ねえ――ここはどこなの？　ここはいったいなんなの？」ヴァイオレットは、扉に向かう父に呼びかけた。父は戸口に立ち、ドアノブに手をかけ、そのまま返事もせずに帰ってしまいそうに見えた。

「ここは彼女の家だ」最後に父はそう言った。「おまえの母親のな」それから父は出ていき、扉をぴしゃりと閉め、その勢いで小さな家が揺れた。

第　三　部

33　ケイト

ケイトは箱の文字をじっと見つめる。

〝オートン・ホール〟

段ボール箱には白カビが生えていて、端がめくれている。箱の一方の側に、何かにかじられたような跡がある。オートン・ホールで見た、きらきらした虫たちの残骸を思い、ケイトはぞっとする。この段ボール箱に手を触れる度胸は出てこなかったが、そばではエミリーが目を輝かせてケイトを見守っている。

ケイトは深く息を吸う。そして箱を開ける。

ほこりがもうもうと舞い上がり、喉が詰まる。ケイトはむせながら中をのぞく。

本はどれもひどく古いが、状態がいいものもある。『園芸百科事典』を抜きだしてみる。緑色の表紙は色あせ、カビが渦を巻いている。ケイトが本を振ると、光の中で、真珠のようにきらめく虫の翅の破片が落ちる。

「うわ」エミリーがあとずさる。「マイクが言ってた虫の大量発生ってこれね。マイクはホールに行ったのよ、掃除を手伝いに。本は私が欲しがるかもしれないと思ったんですって。子爵はベックサイドにある介護施設に移ったの。ひどい状態だったみたい。気の毒にね。待ってて――ちりとりを持ってくるから」

エミリーは保管室を飛びだしていき、ケイトは箱から別の本を抜きだす。

こちらは『生物学入門』というタイトルの、少し難しそうな本だ。端が折ってあるページがあり、開くと昆虫の生殖に関する生々しい図が出てきて、ケイトはぞっとする。

フィクションの本も何冊かある。読み古した『シャーロック・ホームズの冒険』。『シェイクスピア全集』。誰の本なのだろうとケイトは思う。グレアムかヴァイオレットのものということもありうる。

最後にもう一冊あった。手に取ってみる。立派な本だ――ほかのどの本よりも価値が高そうだ。エミリーにそのことを伝えるべきなのはわかっている。どのぐらい価値があるか見てもらうべきだ。でも、なんとなく、ほかの人にはその本を見せたくないと感じる。自分で持っていたい。

表紙に指を走らせる。優しい赤の革張りの本で、型押しの金文字のタイトルがある。

〝『子どもと家庭の昔話』／グリム兄弟〟

グリム兄弟。ケイトも子どものころ本を持っていた――もっと新しい版の本で、タイトルも『グリムのおとぎ話』と変わっていたが。物語の中にはだいぶ恐ろしいものもあり、いかに無垢で純粋な登場人物であろうと、ぞっとするような末路が待ち受けていたりする。魔女に食べられそうになるヘンゼルとグレーテル。現実の世界に向けた準備を整えるには、いい本だったかもしれないとケイトは思う。これが初版本だということはあるだろうか？　最初のページの出版日付を探そうと、ケイトは本を開く。

しわの寄った、黄ばんだ紙がひざの上に落ちる。広げてみると手書きの手紙だったが、目を通す前に、ちりとりとほうきを手にしたエミリーが保管室に戻ってくる。

ケイトはとっさに、エミリーに気づかれないよう、手紙を上着のポケットに入れる。

タフィーが忍び足で入ってきて、ケイトの脚に爪を食い込ませながらひざに乗ってくる。ひざの上に落ちつくと、ゴロゴロと喉を鳴らす。応じるように赤ちゃんが腹を蹴る。

「この子はあなたが好きみたいよ」ケイトは猫に言う。

「タフィーもあなたたち二人に夢中みたいね」エミリーが笑う。翅を掃くためにエミリーが身を屈めると、羽根飾りのついたイヤリングが耳の下で揺れる。「タフィーが私に喉を鳴らしてくれるのは、私が部屋を出ていくときだけなのに。何かめぼしいものはあった？」

「童話があったわ」ケイトは静かに言う。

「ヴァイオレットの本なのかしら」エミリーは言う。「妙な気もするけど——〝ビッグ・ハウス〟を出るとき、自分の物は持っていかなかったのかしら」

「そうね」ケイトは相づちを打つ。自分の知るヴァイオレット——グリーンの服を好み、昆虫の絵を描き、ベッドの下に奇妙な品をコレクションするヴァイオレット伯母さんと、あの暗く恐ろしげなオートン・ホールの雰囲気とは、どうもしっくりこない。あそこに住むヴァイオレットが想像できないのだ。「急いで出ていく事情でもあったとか？」

エミリーがチョコレート・ダイジェスティヴ・ビスケットの皿を持ってきて、そのあとは客の対応に店のほうに戻っていく。本当はものすごく手紙を見たいが、それでもケイトはあえてポケットに入れたままにしておく。読んでいるところをエミリーに見つかるのは避けたい。とても私的なもののような感じがする。秘密の手紙。

三時半になって店を閉めると、エミリーが家まで車で送ろうと言ってくれる。

「重いものは持たないほうがいいわ」とエミリー。「その身体だし」

ケイトは、何層ものウールに包まれた腹部を見おろす。ヴァイオレットの古いコートを羽織り、グリーンのビロードのベレー帽をかぶる。

「大丈夫よ」ケイトは言う。「どのみち、雪も見たいし」クロウズベックに来たばかりのころ、村に歩いてきたときのことを思うと、いまは笑ってしまう。木の葉がかさつくたびに怖じ気づき、スズメにびくびくしていた。いまのケイトは、ぶらぶら帰途につくのを楽しみにし、それを味わっている。季節ごとの風景の小さな変化を見つけるのが好きなのだ――冬のいまは、葉を落とした木の枝が優雅に空に伸びるさまや、低木の生け垣にちりばめられたナナカマドの赤い実をながめたりしている。

ケイトは箱を抱えてドアを押し開け、カビ臭の混じった書店の暖かみをあとにする。外に出て冬の空気を吸い、そのすがすがしさを味わう。頬に冷たい刺激を感じながら、ケイトは村の風景を見てにっこりとする。建物は下半分を雪に隠され、窓はオレンジ色に輝いている。誰かがクリスマスのイルミネーションで街灯を飾り、ピンク色の太陽が傾いていくなか、ライトがちらちら息づき始める。

ここ何年かで初めて、ケイトはクリスマスを楽しみにしている――その二、三日前が出産予定日だ。もうあと何週間といういま、自分の身体が出産の準備を整えているのを感じる。胸がふくらみ、ブラの内側に黄金色の液体の筋がつきはじめている。ドクター・コリンズが教えてくれた、〝初乳〟というのはこれだろうか。

自分の感覚も研ぎ澄まされた気がする。ときどき、びっくりするような音が聞こえてくることがある。地面にいる甲虫が、カチカチと触角を動かす音。蛾の翅が空を切る音。鳥が幼虫をくちばしで挟む音。ずいぶん遠い場所で起きていることに、自分の聴覚が呼応するなんて不思議だが、それでいて、赤ん坊の心音も耳に響くのだ。

とはいえ、こうして家に向かっているいま、田舎の道は雪に包まれ、動きもなくしんとしている。あまりに静かで落ちつかなくなるほどだ。大地が、そこにいる生き物たちが、何かを待っている感じがする。ケイトが歩いているあいだに聞こえるのは、雪を踏む自分の足音と、ポケットの中の手紙がかさかさいう音だけだ。手紙。なんだか不穏な感じがする。虫の知らせが肌を這いのぼり、ケイトの毛を逆立てる。

家に着くころには、手紙を見るのが怖くなってくる。ケイトは時間をかけて暖炉の火を起こし、お茶の湯を沸かし、あとで作るシチューの具の野菜を切る。

やるべきことはやった。もう引き延ばせない。

ケイトはキッチンテーブルの前に座り、しわの寄った紙片を広げる。

手紙はかなり黄ばんでいて、ところどころがほとんど透明に見える。学校の練習帳から破ったような、罫線《けいせん》の入った紙だ。日付はない。

親愛なる父さま、グレアム、ナニー・メトカーフ、ミセス・カークビー、ミス・プール

こんなことをしてごめんなさい。特に、私を見つけた人には謝ります。

父さま。自分の命を絶つことは大罪だと、父さまが考えていることは知っていますし、きっと私のしたことにショックを受けると思います――恥ずかしいとも思うかもしれません。でも、あんなことが起きたあとでは、ほかに選べる方法がなかったということを、どうかわかってく

ださい。

みんなが、特に父さまが、従兄のフレデリック・エアーズのことを気に入っているのはわかっています。でも、どうか私の言うことを信じてください、あの人はみんなが思うような人じゃありません。彼は魅力的で、女性に優しく見えます——あの濃い色の髪と緑の瞳を見れば、おとぎ話に出てくる騎士のように見えると思います。でも、あることが起きたのです——とてもひどい、まちがったことが。言葉にはできないようなことです。昼も夜も、私はその記憶に悩まされています。ひょっとしたら私が悪いのかもしれません。どうすればよかったかはわからないけど、避ける手だてをとるべきだったのかもしれません。なんにしても、こんなふうに生きていくことはできません。

グレアム、いいお姉さんになれなくてごめんなさい。ナニー・メトカーフ、手のかかる子どもでごめんなさい。ミセス・カークビー、靴みたいな味がするローストビーフだなんて言ってごめんなさい。ミス・プール、いつもあなたの歌声をからかってごめんなさい。


みんなの幸せを祈ります。本当にごめんなさい。

ヴァイオレット

追伸　もし面倒でなければ、私を庭のブナの木の下に埋めてくれるとうれしいです。ディンズデイルにも、私のお墓の上にいろんな花を植えてくれるように頼んでください。明るい色とりどりの花があれば、蜜蜂やいろんな虫が寄ってくるでしょう。なんの花でもかまいません、プリムローズ以外なら。

ケイトは手紙をもう一度読み直す。

いいいいいいいい
私はその記憶に悩まされていいます。

ケイトは目をつむり、つるつるするピンク色になった腕の皮膚の部分に触れる。自分の首を這うサイモンの執拗《しつよう》な口、自分の中に入ってくるサイモンの感覚で、ときどき夜中に目を覚ますことがある。彼に出会ってから、自分自身の身体に対する権利を奪われてしまったかのように。

ヴァイオレット伯母さんに何があったのか、ケイトにはわかってしまう。

自殺がなしとげられなかったことは確かだ――ヴァイオレットは、あの家を出て、自分を待つ学問と冒険の人生に乗りだす強さを、どうにかして見いだしたのだ。過去を断ち切って。

ヴァイオレットはこのことを、誰かに話せただろうか。誰かに話したいという気持ちはケイトも知っている。疫病のように自分の細胞を毒する、ひどい秘密の記憶を、これ以上ひとりで抱えてはいられないという思い。誰かに話したいのに、恥辱のせいで、言葉は沈黙に押し潰されてしまう。

ヴァイオレットの手紙を読み直しているうちに、ある言葉がふとケイトの目にとまる。

いいい
緑の瞳。

ケイトは、オートン・ホールで老子爵と会ったときのことを思い返す。彼の瞳も緑だった。あの日のことを思うと嫌悪感が背筋を走る――子爵のあの臭い、動物的な悪臭、黄色く湾曲した爪。

ケイトはふるえる指でスマートフォンのロックを解除し、グーグルの検索窓に〝フレデリック・エアーズ〟と打ち込んでみる。

最初に出てきたのは、五年前の地元紙の記事だ。

子爵を悩ませるカゲロウの大量発生

地元の駆除業者は、ケンドル子爵の地所であるオートン・ホールで大量発生したカゲロウを駆除するのに、非常に苦労している。

クロウズベック近隣の住民によれば、この大量発生は何十年もオートン・ホールで続いており、近年悪化しているという。

「谷のあらゆる害虫駆除業者が駆除に当たってきました」と、ある関係者が述べている。「殺虫剤やLEDライトトラップなど、できることはすべてやりました。それでも消えてくれないんです」

カゲロウは夏に出没し、メスは三千もの卵を産むことがあるという。通常は水の多い環境で群れをなすが、住宅にはびこることはめったにない。

第十代ケンドル子爵のフレデリック・エアーズ卿《きょう》は、一九四〇年代に伯父からオートン・ホールを相続し、以来そこで暮らしている。第二次世界大戦中は第八陸軍の将校として従軍し、北アフリカで戦闘に参加した。

ケンドル子爵はここ何年も公に姿を見せておらず、コメントも出していない。

ケイトの胃がぎゅっとしぼむ。

記事に写真が添えてある。軍服の若い男性のハンサムな顔だちは、写真が古いせいでだいぶ不明瞭だ。それでも、ほんの少しではあるが、あの引き締まったあごのライン、落ちくぼんだ目が、その写真に見てとれる。ケイトがホールで会った、何かに取り憑《つ》かれたような猫背の男がそこにいる。

フレデリックがあの子爵。

自分の子どもたちから相続権を奪い、それを自分の娘をレイプした男に与えるなんて、いったいどういう父親なんだろう？　きっと父親も何も知らなかったのだろう。そう思ってから、ケイトは一瞬、もっとひどい可能性を思い浮かべる。ヴァイオレットは強姦《ごうかん》されたことを父親に話したのに、父親が……信じなかったのかもしれない。

外ではフクロウが物悲しく鳴いている。ケイトは大伯母を、自分がほとんど覚えていない女性を思い、ひどい悲しみに襲われる。二人のあいだには、思った以上に共通点があったのだ。

ケイトは流しでガラスのコップに水を入れ、自分の記憶を洗い流そうとするように一気に飲み干す。しばらくそこに立ち、燃えるような夕陽に染まる雪の庭をながめる。ヴァイオレットの庭を。

自分に起きたことを乗り越え、大伯母はみずから自立した人生を築いた。おそらくは結婚もせず、自分の家族を持つこともなかっただろうが、自分のコテージと庭は持った。自分の仕事も。

いま、ケイトも自分の人生を築いている。

そしてそれを、誰にも明けわたすつもりはない。

34　アルサ

グレイスと私はしばらくのあいだ、立ったままおたがいの顔を見つめていた。やがてグレイスが口を開いた。ここ七年でグレイスが私の顔をまともに見たのは、それが初めてだった。十三のとき以来、私は遠くからしかグレイスを見ていなかった。教会にいるところ、市場の日に買い物をしているところ。グレイスの視線は、まるでそこに誰もいないかのように、いつも私の上を通りすぎていった。

「中へ入れてもらってもかまわない?」グレイスが訊ねた。

「少し待ってくれるかしら」私はそう言い、一度扉を閉めた。あわてて山羊を庭に出しているあいだ、母さんの警告が耳に鳴り響いていた。

それが済むと扉を開け、脇にどいてグレイスを中へ通した。グレイスは、もっと年取った女性のようにゆっくり歩いた。テーブルの前に座るときも重々しかった。嵐のせいでマントがぐっしょり濡れているのに、脱ごうとしない。

「何か食べる?」私は訊ねた。

グレイスがうなずいたので、私はパンをスライスしてチーズと一緒に出し、向かいに座った。グレイスが食べているうちに、かぶっている頭巾がずれ、その頬の暗い影が目についた。テーブルのろうそくの光がちらついているせいかもしれないと思った。食べ終わるまで、グレイスは何も言わなかった。

「お母さんのこと、聞いたわ」グレイスは言った。「これで二人とも、孤児になっちゃったわね」

「あなたにはお父さんがいるじゃない」私は言った。

「父さんは」グレイスは言った。「私が十三のとき以来、私をまともに見ようとしないの。私があの家を出るまでは、私が家事をやって、弟や妹の面倒を見ていたのにね」

「まあ、あなたには旦那さんもいるし」

グレイスは笑った。炎が弾けるような、乾いた笑い声だった。子どものころはそんなふうに笑う子じゃなかったと、そのとき考えたことを覚えている。あのころのグレイスの笑い声は、教会で歌う賛美歌よりもきれいで、鳥のさえずりもあの声にはかなわなかった。

「いつか聞かせてよ」私は言った。「奥さんになるってどんなふうか」

「おしゃべりしに来たわけじゃないわ」グレイスはぴしゃりと言った。「仕事を頼みたいの。あなたから買いたいものがあるのよ」

グレイスが小さくて白い手をガウンのポケットに伸ばすと、コインの音が聞こえた。

「ああ」私は顔を赤らめ、胸の痛みが喉もとまで襲ってきた。何年もたって、グレイスがかつてのような関係を求めにきてくれたと思ったりして、なんて馬鹿なんだろうと思った。あんなにいろんなことがあったというのに。

「私、妊娠してるの」グレイスは顔をそむけながら言った。その声はとても静かだった。顔は頭巾に隠れて見えなかった。

「おめでたい話じゃないの」私は言った。私たちが子どもだったころ、グレイスが、大人になって赤ちゃんを産みたいと、何度も言っていたことを私は覚えていた。まだ幼いころ、私は怯えながらグレイスに、ダニエル・カークビーの誕生について話したことがある。ダニエルの母親が全身汗まみれでうめき、どろどろしたものや血と一緒に赤ん坊が出てきたことを。弟や妹が生まれるところを何度も見ていたグレイスは、私の無知を笑ったものだった。「そういうものなのよ」グレイスは言った。「いつかアルサもわかるようになるわ」

グレイスが結婚してからの何か月か、妊娠の噂が村を駆けめぐったことがあり、私も教会でグレイスを見かけたとき、服の下のお腹のふくらみや顔の丸みに気づいた。でも、子どもは生まれてこなかった。赤ん坊を失ったのか、それとも最初から妊娠していなかったのかはわからない。どちらにしても、それならいまは幸せを感じているはずだし、祝福すべきだと思った。

グレイスはしばらく何も言わなかった。再び彼女が口を開いたとき、私は自分の耳を疑った。

「欲しいものがあるの」グレイスは、言いたくないことを言おうとするように、ゆっくりと言った。

「終わりにしてくれるものが欲しいの」

「終わりにする？　つわりのこと？　そういうものならあるわよ。香油を使った強壮剤を作って、胃を落ちつかせて――」

「わかってないわね」グレイスは言った。「子どもよ。私……妊娠を終わりにしてくれるものが欲しいの」

言葉が重苦しく宙をただよった。私たちのどちらも、しばらく黙っていた。暖炉の炎が、パチッ、シュッと音をたてるのが、屋根を叩く雨の音が聞こえた。そうした音が私の耳の中でふくらみ、グレイスが言った言葉をなかったことにしようとしているみたいだった。

「早産させたいってこと？」私は訊ねた。

「そうよ」

「グレイス」私は言った。「本気で言ってる？　あなたが頼んでいることは……罪だよ。それに犯罪でもある。誰かがそのことを知ったら……」

「どうせ死ぬのよ」グレイスは、畑の収穫高か天候の変化の話でもするかのように、冷静に言いきった。「親切だと思ってやってちょうだい」

「グレイス」私は言った。「もし私がやりかたを知ってても……」

「知ってるはずよ」グレイスは言った。「あなたのお母さんだって知ってたはず。お母さんの残したものを探してみて。いままでにひとりか二人、軽率な真似でもして、助けを求めにきた村の女の子はきっといたはずよ。そうでなくても……」グレイスは言葉を切った。「お母さんは命を奪うのが得意だったわよね、ちがう？」

私の目の前で、あの恐ろしい夜の記憶が泳ぎだした。静かになり動かなくなったアンナ、すすり泣くグレイス。

「グレイス。あなたのお母さんは、私たちが行かなくても、結局は亡くなったと思う。もう手遅れだったんだよ……熱が高くなりすぎてた。それにあのヒル……」

グレイスの顔がまた、さっと私のほうを向いた。ろうそくの明かりの中で、その瞳が輝いていた――涙のせいか怒りのせいか、私にはわからなかった。

「いまのは言うべきじゃなかったわね」グレイスは言った。「とにかく、私を助ける気があるかどうかだけ教えて。もし友だちとして、かつて好意を持ってくれていたのなら……私のためだと思って助けてほしいの。これ以上何も訊かないで」

私の口から水分が全部ひいていった。部屋が一方に傾き、それに引きずられるように目眩を感じた。

「調べてみる」私は小声で言った。「ただ、確実に効くか約束はできない」

「それでいいわ。一週間後にまた来る。そのぐらいあれば間に合う？」

「そうだね」

グレイスは椅子から立ち上がった。「行かないと。ジョンが寝てるあいだに抜けだしてきたの。あれだけエールを飲んだら、いつもは夜明けまで目を覚まさないから。でも、目が覚めたら私がいない、なんてことにはしたくないわ」

グレイスが帰ったあと、眠れなくなったのは私のほうだった。長時間、自分はいったい何に同意してしまったのかと考えつづけていた。母親の死をいまだに私のせいだと思い、いまも私を憎んでいる人――それが現実だということは私にもわかっていた――その人への愛情のために、そんなことをするなんて。

グレイスの声で私への憎しみを聞かされることが、どれほど痛かったことか。私の頭はグレイスが言ったことであふれ、その冷たさを思い返すと、瞳が涙で熱くなった。幼いころの私たちは、しゃべれるようになる前から、おたがいのことを知っていた。かつて私は、グレイスの眉の上げかた、口の描く曲線の意味を、本に載っている言葉のように理解することができた。なのにいまの彼女は、私の見知らぬ他人だった。


翌朝はおだやかに晴れ、コマドリの歌声を聞いているうちに、昨夜のグレイスの訪問は夢だったんじゃないかという気がしてきた。そのあと、寝室を出てもうひとつの部屋に行き、残ったマグカップ二つと皿を目にして、現実だったことを理解した。グレイスは本当に来たのだ。あのひどい頼みを、本当に私にしていったのだ。グレイスは私にもうひとつのあやまちを犯させることで、過去のあやまちを償わせようとしている。

　グレイスに言われたとおり、母さんの残した書き物に目を通すことにした。グレイスの望みをかなえる方法が見つからなければ、やりかたがわからないからできないと言えばいい。

　私は祖母のものだった開閉式の書き物机を開けた――取っ手に〝W〟の文字が刻んであり、この家にあるどんなものよりも高級なものだ。初代ケンドル子爵の息子が生まれたときに、授乳熱を治療してやった祖母が、子爵から贈られたものだ。母さんと私が、病気や苦痛を和らげるための覚書や処方、治療法や救済策を、すべて保管してきた場所だ。母さんはつねにこの引き出しに鍵をかけ、その鍵を首に下げていた。そして、死ぬ前に私に鍵を渡し、同じようにすることを命じた。

「まちがった人間の手に渡らないようにするんだよ」そう母さんは言った。

　私は、膏薬やチンキなど、手書きのあらゆる処方をめくっていった。熱にはニワトコの花、痛風にはベラドンナ、背中の痛みや頭痛にはアグリモニー。そのとき私は、母さんのきれいな文字でこう書き残されたものを見つけた。

　　生理を起こすには
　三つかみのヨモギギクの花びらを潰し
　水に五日間浸して投与

　私の心は沈んだ。これでもう言い訳はできない。

　これが本当に早産させられる方法なのかはわからなかった。ヨモギギクの投与量を少し増やせばいいのかもしれない。安全な程度に、ほんのちょっとだけ。

　私は自分にぎょっとした。効果が出てほしいのか？　なぜグレイスは、罪もない赤ちゃんをこんな目に遭わせたいのか。まだ生きる機会を得てもいない子なのに。

私は、怒りと痛みに輝きと険しさをたたえたグレイスの瞳を思いだした。親切だと思ってやってちょうだい、彼女はそう言った。

決めつけるべきじゃないかもしれない。その子を出産で失うとわかっていながら、自分の子宮で子どもが育つのを感じた経験など、私にはない。私が世話をしたメリーウェザー家の奥さんのこと、彼女が何時間も苦しんだあげくに産んだ、死んだ小さな肉の塊のことを思った。彼女はそのために命を捧げたのだ。

もしグレイスがこのまま子どもを産むとして、それによってグレイスが死ぬとしたら？　生まれても一度も目を開けることなく、最初の呼吸もすることのない子どものために、グレイスが死ぬようなことがあるとしたら？

グレイスを失うことには耐えられない。彼女はいまも私を憎み、私を責めているのかもしれない。それでも、私がかつて友だちに感じていた愛情は、いまも変わっていないし、これからも変わらない。私はグレイスの安全を守らなければならない。

私は夜の帳がおりるのを待って、ぎゅっと締まったヨモギギクの黄色いつぼみを庭から集めた。昼間はひんぱんに村人がコテージに来て、病気やいろいろな不調の処置を求めてくる。自分がしていることを、誰にも知られたくなかった。

私は庭にいるのが好きだった。いちばん強く母さんの存在を感じられる場所は、庭だった。母さんが世話していた、毛深い葉の植物。母さんの愛した、強靭で背の高いシカモアの木。下草をさわさわと揺らす生き物たち。まだ母さんがそこにいて、私を見守ってくれている気がした。グレイスの訪問に、母さんならどう対処しただろう。

　アンナ・メトカーフの死に、母さんが大きな罪の意識を感じていたことは知っていた。あれから母さんは、その話をしたがらなかった。私とグレイスの友情が終わったことも、母さんにはつらいことだったと思う。母さんは、友人もいないひとりの私を、そのままこの世に残していくのが怖かったんじゃないだろうか。これを書いているいま、起きたすべてのことを考えても、母さんの恐れは正当なものだったと思う。

　充分な量のヨモギギクを集めると、私は中へ入り、古い乳鉢と乳棒で潰した。そこに水を注ぎ、混ぜたものを椀に入れて覆いをかけた。これから五日のあいだに誰か来る可能性を考え、椀は屋根裏に隠した。

　強い匂いだった——腐ったミントのようだった。藁布団に横になって眠るときも、その匂いがただよっていた。

35　ヴァイオレット

　母さま。この家は母さまの家なんだ。ヴァイオレットは自分のネックレスに触れ、ペンダントに彫ってある〝W〟の文字をなぞった。

　ウェイワード家。いまやヴァイオレットは、それが母の一族だということを確信していた。

　ヴァイオレットはみすぼらしい部屋を見まわし、家族の記録が何かないか探した。そこに誰かが住んでいた形跡さえ、ほとんど見つからなかった。分厚いほこりに覆われた、がたつくキッチンテーブルの前に座ってみる。指でほこりを拭い、思わずむせた。ほこりの下の木の表面には、ひっかき傷やえぐれた跡があり、誰かがナイフを使ったように見えた。屋根は雨漏りがして、キッチンの奥の壁が雨で光っている。寒くて暗かった。家のどこにも時計がなく、曇った窓から見える小さな真四角の紫色の空を見ても、いまが何時なのかまるでわからない。

父が置いていった食料品を見た。豆、コンビーフ・ハッシュ、サーディンなどの缶詰。卵のひとつには、まだやわらかい巻き毛のような羽毛がくっついている。卵を見ていると〝精包〟を思いだし、胃がむかむかしてきて、脇へどける。缶詰の豆を、冷たいまま少し食べた。父が置いていったマッチで、古めかしいろうそくに火をつけるにも苦労し、小さな青い炎にひるんだりした。ヴァイオレットはそのあともずっとそこに座り、蠟《ろう》が泡立ち、溶けていくのをながめていた。

母がここに住んでいたと想像するのは妙なものだった。まるであばら屋だ、とヴァイオレットは思った。ハッピーエンドではないおとぎ話に登場する小屋のようだ。裏庭に続く小さな扉のそばに行き、ろうそくの火を風から守りながら扉を開けてみる。庭と呼ぶべきかもわからない庭には、手に負えないほど野草が生い茂っていた。妙な見た目の植物が、雨の中でふるえている。大きなシカモアの木が家を見おろすようにそびえ、上のほうの枝に巣があり、黒い羽根が輝いているのが見える。カラスだ。カラスが自分をじっと見ている。値踏みしている。

ヴァイオレットは扉を閉め、部屋はまた暗くなった。ろうそくを隣の部屋に持っていき、ベッドの一台に腰をおろす。ベッドは抗議するように、ひどくきしんだ音をたてる。寝室の空気はほこりっぽくて重く、糖蜜のように肺に入ってくる。ベッドに横になり、ろうそくが壁に投げる影をながめる。目に涙があふれてくる。この家、母の家にいて、ここ何年かではいちばん母を近く感じているはずなのに、それでもこんなに孤独だと思ったことはなかった。目をつむり、眠りが訪れるのを待つ。やがて空白のような、夢も見ない眠りがやってきた。

翌朝は吐き気で目が覚めた。ベッドのそばにあった洗面器に吐いた。頭がずきずき痛み、口が乾いて酸っぱさが残っている。水が欲しい。ろうそくはとうに溶け落ちて、部屋はまっ暗だった。古くなってすり切れそうなカーテンを開けて外を見る。窓ガラスは長年の汚れに覆われ、外の世界も茶色い霧がかかって見える。窓を開けようとしたが、掛け金が錆びていて開かない。

ヴァイオレットは手探りしながら隣の部屋に行き、キッチンテーブルのマッチ箱を探し当てる。缶詰のひとつに手が当たり、床に落ちた缶は反対側まで転がっていった。ろうそくの明かりをつけ、それをテーブルにおいて、ヴァイオレットは外へ出ていった。

庭は夜明けの太陽に赤く染まり、ツグミやモリバトのさえずりが聞こえる。風がシカモアの葉のあいだでささやくなか、ヴァイオレットには別の音が聞こえてくる——小川のせせらぎだ。庭が小川に向かって傾斜しているので、ここからでも、小川が朝の太陽を浴びてきらめくのが見える。くねくねと曲がりながら谷を抜け、丘を回り、オートン・ホールまで流れていく小川だ。自分とこの場所、つまりは自分と母とをつないでいてくれた小川だということに、ヴァイオレットは初めて気づいた。

コテージには水道がないが、ホールのキッチンガーデンにあったような古いポンプが、外にあるのがわかった。ポンプは緑色に染まり、古くて固かったが、ディンズデイルがやっていたのを真似て、ハンドルを必死に動かそうとしてみた。最初に滴り落ちた水は茶色かったが、そのうちにきれいな水が出てくるようになり、ヴァイオレットは両手をお椀のように丸めて水をため、顔を洗った。中からバケツを持ってきて、いっぱいになるまで水を入れた。バケツはひどく重くなり、半ば引きずるようにして中へ運ぶあいだ、水がばしゃばしゃと跳ね上がった。

そこでヴァイオレットは立ち止まった。以前ペニーが、熱湯の入った重そうなバケツを持ち、蒸気に顔を紅潮させながら階段をのぼっていたのを思いだした。水を温めなければ。マッチでこんろに火をつけ、壁のフックに掛かっているほこりっぽい平鍋を取る。身体を洗い、そのあと窓もきれいにすれば、少しは光も入ってくるだろう。

父が石けんを置いていってくれなかったのはわかっていた。きっと父は、不潔なままここに座っているのが、この娘にはふさわしいと考えているのだろう。自分の罪についてよく考えろ、と父は言った。自分の罪についても、森についても、フレデリックや〝精包〟についても、考えたくなんかない。この家と自分の身体をこすり、どちらも真新しくぴかぴかなものにしたい。

どこかに石けんぐらいあるかもしれない。この広いほうの部屋には、何かを保管できる場所はほとんどなく、そもそも家具がまるでない。こんろとテーブルと椅子しかない。ヴァイオレットは、隣の部屋の書き物机を思いだした。

ろうそくをかかげながら書き物机を見てみると、いまは時間とほこりに侵食されてはいるが、かつては素晴らしい品だったことが見てとれた。表面の大半が汚れに覆われているが、木材の部分は温かみと豊かさが感じられ、汚れた取っ手はどっしりとした真鍮だ。キッチンの古いおんぼろテーブルよりずっといい品で、およそこの家には似つかわしくない。引き出しのひとつを開けようとしたが、鍵がかかっている。もうひとつの引き出しも同じだ。ヴァイオレットは眉をひそめた。この家のどこにも鍵などない。玄関の扉の鍵は父が持っていったはずだ。鍵を回す音を聞いた覚えがある。

ヴァイオレットはキッチンで服を脱いだ――自分の身体を見おろしたりせず、フレデリックとあの医者が触った部分も見ないようにした。それから、濡らしたハンカチで、できるだけ身体をこすった。服を着たあとは、テーブルと窓を拭いた。ハンカチはすぐに茶色くなり、汚れでごわごわしてきた――ミス・プールからの贈り物だったことを思いだし、ヴァイオレットは少し罪の意識を覚えた。

窓をきれいにすると、室内はいくらか明るくなった。寝室の窓はどうやっても開かなかったが、キッチンの窓を大きく開け放つと、庭の匂いや音が入ってきた。ヴァイオレットは豆の缶詰を開け、外で太陽の暖かさを顔に感じながらそれを食べた。庭では蜜蜂やツバメが騒がしく、シカモアの木の上にいるカラスもときどき鳴いた。カラスの声にはヴァイオレットを受け入れるような響きがあり、どうやら認めてもらえたようだった。孤独が少しだけ薄らいだ。

この庭で何かできそうだとヴァイオレットは考えた。かつてこの庭は、整然とした秩序のある場所だったのではないだろうか。スミレやミントが植えられていたとおぼしき区画がある。いまは胴までの高さのあるヘレボリンが生えていて、真紅の頭が風に揺れている。

ヴァイオレットの母親も、この庭に、もしかしたらいまヴァイオレットが座っている場所に座ったのかもしれない。母がひどく貧しかったことは明白だ――父と比べればなおさらだ。だから母さまのことを秘密にしたがったのだろうか？　恥じていたのだろうか？　ヴァイオレットはフレデリックが言ったことを思いだした。ヴァイオレットの母親が、父に魔法をかけたのだと。

魔法。魔女のことは本でしか知らないが、いいことは書かれていない。たとえば、ヘンゼルとグレーテルを食べようとした魔女。『マクベス』の三人の魔女は、風を起こし、海を荒らす。でも、『強盗のおむこさん』の魔女は？　あの魔女はヒロインが逃げるのを助ける。なんにしても、馬鹿馬鹿しいと思った。魔女なんているわけがない。母さまは邪悪な老婆ではないし、大釜で薬を煎じたり、ほうきの柄にまたがって空を飛びまわったりもしない。

ただ、この家にはきっと、母の物が何か残っているはずだ。ヴァイオレットは再び、寝室の古い書き物机を調べた。さっきは気づかなかったが、どの取っ手にも〝W〟の文字が刻まれている。ヴァイオレットは服の下からネックレスを引っぱりだし、書き物机に向かってかかげてみた。ううん、気のせいじゃない……このロケットに刻まれた文字も、まったく同じ〝W〟だ。息をのみながら、ヴァイオレットはロケットを開け、小さなゴールドの鍵を、引き出しの鍵穴に差し込んだ。最初は鍵が回らず、中で折れてしまうのではないかと心配になった。もう一度ゆっくりと鍵を回すと、小さなカチッという音とともに、鍵が開いた。片方の引き出しを開けると、中は空だった。もうひとつの引き出しには紙がぎっしり入っていた。紙は古くてほとんど透明と言えるぐらいぺらぺらで、文字も薄れていてよく読めない。新聞の切れ端の一枚に、あわてて書き殴ったとおぼしき買い物のメモのような文字があった。〝小麦粉、キドニー、マリアアザミ〟。

セント・メアリー教会の慈善バザーへの招待状があり、日付は一九二〇年九月になっていた。くしゃくしゃになった地方都市婦人会ベックサイド支部からの手紙は、〝海外にいる息子たち〟のために靴下や長靴下を編むボランティアを求めていた。ヴァイオレットは日付を見た。一九一六年だ。

紙束のいちばん上に、見覚えのあるものがあった。厚手のクリーム色の紙は、ほかの紙片やどうでもいい紙くずの中でひときわ目を惹いた。エアーズ家の紋章、金色の飛翔《ひしょう》するミサゴ。父の便箋だ。

父からエリザベス・ウェイワードという女性への、手紙の束だった。〝E．W．〟。リジー、父は彼女をそう呼んでいた。

母さまだ。そうにちがいない。ヴァイオレットの手がふるえる。

〝あなたのことを考えていて、今週は眠れませんでした〟と手紙の一通にはあった。そのあと、〝ひるまず勇敢になってください、僕らがひとつになるために〟と、リジーに嘆願している。紙は薄くてしわが寄り、何度もたたんでは広げ、くり返し読んだ形跡が残っている。

ほかにも何通かの手紙が束になっていたが、一通がヴァイオレットの目をとらえた。父のイートン校風の優雅な筆跡ではなかった。大急ぎで殴り書きするように書かれた、途中からほとんど紙を飛びだしそうな筆跡だった。

母さん
こんなに長いこと手紙を書けなくてごめんなさい、ずっと手紙を送ることができなかった。書く物が何もなかったんだけど、今日、ルパートは狩りに出かけてる――執事のレイナムが私を気の毒がって、紙とインクを持ってきてくれたの。レイナムは、ルパートの新しい服を買いにランカスターに行くから、その途中、母さんにこれを届けてくれるって言ってる。
すごく時間がかかったけど、母さんが正しかったって私にもわかった。家を出るべきじゃなかった。ルパートは、もうだいぶ長いあいだ、私を外にも出してくれないし、いまは部屋に閉じ込められてる。

こんな部屋、大嫌い。狭くて、檻みたいで、壁はヨモギギクのような黄色で塗ってある。村の女の人たちのために、私たちがよく淹れていたヨモギギクのお茶を思いだすし、私たちが何百年も使ってきたこの方法を、ヴァイオレットが知ることがないと思うとつらい気持ちになる。目をつむっても、見えるのはあの明るい黄色だけで、私が捨ててきたものを思いださせられる。私の過去、そして私の娘の未来。

あの子に会いたい、母さん。赤ちゃんのほうは、私がお乳をあげられるように、夜になると私のところに連れてこられるけど、ヴァイオレットには何日も会わせてもらえてないの。いまもこの黄色い壁の向こうから、あの子の泣き声が聞こえてる。

たったひとつのなぐさめはモーグだったけど、ここを去るように言ったのよ、母さん――ここは鳥の住むところじゃない。いま残っているのは彼女の羽根一本だけ。それを見るのはつらいけど。

これを見ると自分のしたことを思いだすから。ルパートにさせられたことを。

小川のそばで言い争ったあの日、私は母さんの言うことを聞くべきだった。「彼はあんたを犬として連れていくのよ、自分の手から餌を食べるよう訓練するために」、そう母さんは言ったわね。

あの人は私を愛してくれてると思ってた。でも、母さんが正しかった。あの人にとって私は、自分が狩って飾っておくための、ただの動物。

それと、もうひとつ母さんが言ったこと。私の能力が本物だと知った男は、それを自分のために使うだけだって。これはあの子のために、ヴァイオレットのためにすることなんだって、私はずっと自分に言い聞かせてた。母さんが言い当てたとおりよ、あのときヴァイオレットは、もう私のお腹の中にいたの。私はあの子の夢を見るようになった。黒髪の美しい子に育ち、それでも私たちのコテージで、ひとりぼっちで血を流しているあの子の夢を。病気か怪我かはわからない、でも、ひとつはっきりしてることがあった。娘は私が与えられるような、貧しい暮らしを生きのびることができないだろうってこと。私は怖くなって、ルパートに夢の話をして、私たちの子どもはどうなるのって訊いたの。両親は絶対に僕らの娘を受け入れないって彼は言った。次男で、この先不自由なく生きていくための爵位ももらえない自分が私と結婚したら、きっと破滅することになるって。それどころか――彼の両親はすでに知ってるって。あの森で、月だけが私の恐れを目にし、私の叫びを聞いたあの森で、私たちが作った子どものことを知ってるって。両親は私たちを――最後のウェイワード家の女たちを、クロウズベックから追いだす計画をたてているって言われたの。私たちの先祖が何世紀も暮らしてきたこの家から追いだしてやるって。

だけど、って彼は言った。君の力を使えば、僕らにも幸せになるチャンスが生まれるって。僕は爵位を手に入れ、娘は安全で豊かな生活を手に入れることができる。受け入れてもらえるって。

私はその考えに心惹かれてしまった。私は母さんみたいには強くなれなかった。村人たちに噂されること、人々が私たちを見る目つき――私にはどうしても耐えられなかった。視線も、陰口もない生活が欲しかった。

だから、あの人に言われたとおり、恐ろしいことをしてしまった。

丘に夕闇が広がるころ、私はハリエニシダとヘザーに隠れて待ってた。モーグは私の肩を爪でしっかりつかんでた。彼らの姿が見えるより先に、音が聞こえてきた――馬のいななき、蹄の音。丘の際、地面が突然に谷に続く急勾配になる地点まで、彼らが近づいてくるのを待ってた。モーグが飛び立ったとき、私は目をつむり、悲鳴がやんでから目を開けた。そこに見えたのは、丘の下の岩場で車輪のひとつがまだ回りつづけている、ひしゃげた馬車の残骸だけだった。私の足もとの地面で何かが光った――ルパートが羨ましげに話していた、先祖伝来の懐中時計だった。時計のガラス面が割れていて、私が拾い上げると、指先が切れて血がぽたぽたと落ちた。

私はしばらくそこに立って見ていた。胸にある恐怖を無視して。

恐れを知らない私たちの先祖、アルサのようだって自分で思った。私たちのおこないは、時間を超えてつながったんだって。私は善良で勇敢で、アルサの血が私を強くしてくれたんだって。

でも、私はまちがってた。

あの日私たちは、私とモーグは、三人の命を奪った。私は、当然の報いよって自分に言い聞かせてた――ルパートの両親も、お兄さんも。だってあの人たちは、私の愛する人に残酷な扱いをしたんだから。あの人たちは、母さんにも、私の子どもにも、良心の呵責《かしゃく》もなくひどいことをしようとしてたんだから。でもね、母さん、ほんとのことを言うと、私、あの人たちのことを何も知らなかった――彼らの意図も何も。ルパートはすごくたくさんの嘘をついてたの。ルパートの両親は、私たちの子どものことも何も知らず、私たちを追いだす計画もなかったのかもしれないって、いまは思ってる。

もっと早く気づけばよかった――あの人の言葉は、おとぎ話のように作りごとだらけだった。あの人は私のことなんて、まるで愛してなかった。

ときどき、あの人は最初から、すべて計画してたんじゃないかって思うことがある。あの人、五月祭で一緒に踊る前から、ずっと私のことを見てたって言ってた。私のことを特別な人間だと見抜いて、妻にしたいと思ってたって。あの人のまなざしを見て、私はその言葉を信じたの。あの人の瞳の炎を、愛だと感じたの。

でも、あのまなざしは特別なものじゃなかった。あの人は、猟犬とか、ライフルとか、自分の欲しいものを運んできてくれる道具を見るとき、いつもああいう目をするの。

許してほしいとは言わないし、その期待もしていません。この手紙を書いたのは、母さんに真実を知ってほしかったから。伝える時間も、もうあまりないと思ったから。これからあの医者が来る。ルパートは、私には新しい治療法が必要だって言ってる。生きのびられるのかどうか、自分でもわからない。この狭い部屋に閉じこもって、私を支えてくれるモーグもいなくて、私は日ごとに弱ってる。

ただ、奇妙なぐさめは感じてるの――それでいいのだとさえ思ってる。そうなれば、私は弾丸のないライフルのようになって、あの人の企みには使えなくなるから。私は二度と、あの人のために誰かを傷つけることはなくなるから。

母さん、お願い、赤ちゃんのためにそこにいて――そしてヴァイオレットのためにも。私たちの遺産を、ヴァイオレットのために守って。

あの子が母さんのように強くありますように。

愛を込めて
リジー

激しい鼓動を感じながら、ヴァイオレットは残りの束をくまなく見て、母の筆跡の手紙がほかにもないか探した。だが、残りの手紙はどれも父の筆跡で、知らない名前の女性に宛てたものだった。

一九二七年九月一日

親愛なるエリナー

リジーへのお手紙をありがとうございます。残念ですが、彼女はあまり体調がよくなくて、自分で受け取ることができません。ここ何週間か、かなり健康状態が悪化しています。

こちらを訪れたいというあなたのお申し出について、ラドクリフ先生と検討いたしました。リジーの心身の状態を考えても、現在のところ、面会するのはよくないとラドクリフ先生はお考えです。

エリナー、あなたの娘さんは――ほかに説明できる言葉がないのですが――ヒステリー状態にあります。あの恐ろしげなカラスを家の中に呼び込もうと企てて――彼女はモーグと呼んでいますが、馬鹿げた名前ですね――まるで人間のように話し相手にしようとしています。これはまさにあなたが、彼女に許してきたふるまいだと思います。ヴァイオレットもそうなってしまうかもしれません。あの子はすでに母親の真似を始めていて、あろうことかハエや蜘蛛と仲よくしたりしているのです。ですが、こんな愚かなことを息子にまでさせるわけにはいきません。私の後継ぎですから。

リジーにとってもよくないことだと思うのです、エリナー。あんな精神状態で家の中をめちゃくちゃにしたり、妄想に耽ったりすることは、リジーのためになりません。先週は私に、自分は天気を予想することができるのだと申しました――正確には、あの忌まわしいモーグが予想するのだと言ったのですが。こんなことを言うのは恥ずかしいのですが、私はたえず彼女を恐れながら生活しているのです。

私は恐ろしいのです――ラドクリフ先生も私の不安に同意してくれていますが、彼女が現実を把握できなくなったら、みずからを危険に晒すのではないかということが恐ろしい。それに子どもたちに対しても。

実を言いますと――このお話をあなたにするというだけで身体がふるえてしまうのですが――幸い家政婦に発見されたのですが、軽率なメイドが鍵をかけ忘れた窓から、リジーが飛びおりようとしたことがあるのです。何より恐ろしいことに、彼女は赤ん坊を抱いていました。私の息子――私の後継ぎです、エリナー――その子を危険に晒そうとしたのです。

ありがたいことに、ラドクリフ先生がすぐに来てくれました。最近の状況を見るかぎり、ある治療法が助けになるかもしれないと先生はおっしゃっています。子宮摘出術です。極端な手法に見えるかもしれませんが、生殖器官が精神を汚染し始めているというまれな状況では、こうしたことも正当化されるというのが先生の見解です。

ラドクリフ先生の治療が、リジーの正気を取り戻す助けになってくれればと、私は心から願っています。今後も状況をお知らせするようにいたします。
敬意を込めて
第九代ケンドルル子爵　ルパート・エアーズ

一九二七年九月十日
エリナー
昨日のあなたの突然の訪問は、非常に無作法だったと思います。
レイナムがあなたをホールの中にお通ししなかったことは申し訳なく思いますが、私は地所に関する緊急の手紙の執筆に忙殺されておりました。
レイナムがご説明したように、リジーは現在、治療の準備をしているところです。娘さんを心配される必要はありません。ラドクリフ先生と、充分に訓練された看護人のグループが、ホールで手術の準備に当たっています。
ラドクリフ先生は、この治療に絶対の自信を持っておられます。優れた医師に、心おだやかに仕事をまっとうしていただくべきです。
その間、これ以上手紙を送りつけてくることはご遠慮願います。何かあればこちらからお知らせします。
よろしくどうぞ
第九代ケンドル子爵　ルパート・エアーズ

一九二七年九月二十五日
親愛なるエリナー
実に残念なお知らせをしなければなりません。エリザベスが亡くなりました。彼女は本日早朝、この俗世から旅立ちました。ラドクリフ先生は、最近の彼女の幻覚による過労が、弱っていた心臓をさらに悪化させた結果だと考えておられます。

ラドクリフ先生は、彼女を救うために最大限の努力をされましたが、何かがおかしいとわかるころには、もう手遅れだったようです。

エリザベスは、セント・メアリー教会にあるエアーズ家の霊廟に、次の火曜日に埋葬することになっています。

申し分のない葬儀を執りおこなう所存です。

よろしくどうぞ
第九代ケンドル子爵　ルパート・エアーズ

一九二七年九月三十日
エリナー
火曜日のあなたのふるまいを考えるに、あなたは子どもたちと接触しないほうがいいと思います。この残念な出来事を、できるだけ早く子どもたちに忘れさせることが、いまの私の最優先事項です。従って、エリザベスの話は彼らに聞かせないことが最善だと思いますし、ラドクリフ先生も、子どもたちに彼女の話をするのは、百害あって一利なしだとお考えです。

それと、エリザベスをあなたのみすぼらしいコテージに連れ帰り、そこに埋葬したいという馬鹿げた頼みのことですが——私がそんなことに同意すると本気でお考えでしょうか。エリザベスは私の妻です、エアーズ家の墓地に埋葬されるのが当然だと思います。

とはいえ、あなたの頼みに従い、あなたが気にしておられたネックレスはヴァイオレットに与えます——来週には手はずを整え、レイナムに取りに行かせるようにします。あなたがまた私に連絡を取ろうとしてきた場合は、この件も考え直させていただくかもしれません。

よろしくどうぞ

第九代ケンドル子爵　ルパート・エアーズ

ヴァイオレットの頬は涙で濡れていた。

やっと真実がわかった。母は、ずっとヴァイオレットがそう信じさせられていたように、グレアムのお産で亡くなったわけではなかった。母は医者のせいで死んだ——ヴァイオレットの体内に冷たい指を滑り込ませたあの医者が、母を切り刻んだのだ。母を殺したのだ。

ヴァイオレットはリジーの手紙を読み返し、母の筆跡の輪や曲線の部分を指でなぞった。最初、馬車の話がよく理解できなかったが、そのうちに思いだした。自分の両親の結婚直前に、祖父母と伯父が亡くなったということを。

馬車の事故で亡くなったんだよ。突然にね。

そこに見えたのは、ひしゃげた馬車の残骸だけだった。

母さまがやったというの？　この手紙には、事故がどのようにして仕組まれたのかということは書いていない――ヴァイオレットは、ハリエニシダに隠された罠など、馬を驚かせる何かがあったのかと想像してみた。だが、リジーはモーグのことしか書いていない。

なんにしても、責められるべきは父だ。自分の家族の死を望むなんて信じられない――そのことを考えると胃がよじれそうだった。以前、父の机の引き出しに見つけた、壊れた懐中時計のことが思い浮かぶ。あれはエドワードのものだったんだろうか。そう、亡くなった伯父の名はエドワードだった。エアーズ家の三兄弟のいちばん上の兄。父が兄に消えてほしかった理由は、それにちがいない。両親と長男が亡くなれば、子爵の肩書きも、オートン・ホールも、自分のものになる。

父が得た最大の戦利品。

母は、父の罪を知っていた唯一の人間だったにちがいない。だから母を閉じ込めた――頭がおかしくなったと偽って――それで自分のしたことを隠そうとしたのだ。

母は、自分の母親、すなわちヴァイオレットの祖母に会うことも許されなかった。エリナーはどうなったんだろう？　おそらくは亡くなったのだろうし、だからこのコテージも父の所有になっているのだ。でも、二人の持ち物は――エリナーやリジーの持ち物はどこに？　書き物机の引き出しの中身がなければ、そもそも二人が存在していたこともわからなかっただろう。

母の手紙の最後の一文が、ヴァイオレットの頭によみがえった。

いいいいいいいいいいいい
私たちの遺産を、ヴァイオレットのために守って。

〝遺産〟ってなんのこと？

まばたきをして涙を押し戻し、ヴァイオレットは二番目の引き出しにあった残りの紙束をぱらぱらとめくった。ほこりが空中に弾け飛ぶ。引き出しの底のほうに、子牛革の表紙で不器用に綴《と》じた、経年の汚れがぽつぽつとついた分厚い冊子が見つかった。ヴァイオレットの心臓がびくんと鳴る。羊皮紙は古びて、文字もよく読めない。ヴァイオレットは目を細め、手書きの文字を読もうとした。文字は窮屈に並んで読みにくく、インクはあせている。ヴァイオレットはろうそくのそばに冊子を持ち上げ、光が当たるようにした。名前があった……アルサ。母が手紙に書いていた、先祖の名前だ。

ヴァイオレットの指が最初の一文をたどっていった。

〝彼らが私をそこに閉じ込めて十日がたった。十日間、私とともにあったのは、自分のひどい体臭だけ……〟

36 ケイト

ケイトがベッドルームの床に座っているとき、電話が鳴る。

自分がこのあたりを歩きまわって集めた宝物を使い、赤ちゃんのためにモビールを作っているところだった。透き通るような琥珀色のオークの葉。どこかで拾った、輝くカタツムリの殻。ケイトがここに着いた最初の日、キッチンの窓辺の空き瓶に挿してあるのを見つけた、白い斑点のついたカラスの羽根。こうしたものに釣り糸をつけ、グリーンのリボンで結び合わせた小枝のフレームからぶら下げる。

携帯電話はキッチンにあり、長時間座っていたせいで、ケイトの足は痺《しび》れている。よろけながら廊下を進む。キッチンにたどりつくころには電話はいったん切れるが、再び鳴りだし、バイブレーション機能が木のテーブルの上で耳障りな音をたてる。

「もしもし、ママ」ケイトは電話に呼びかける。

「ケイト。元気？」

「元気よ――いまモビールの仕上げをしているところ、この前ママにも話したやつよ」

「すてきね。調子はどう？　必要なものはちゃんと揃ってる？」

コテージは赤ちゃん用品であふれている。キッチンテーブルは、ちっぽけな肌着や、蜘蛛の糸のようにやわらかなモスリンスクエア（正方形の平織綿で英国では子育ての必需品とされる）の山に埋もれている。エミリーが姪からもらってきてくれた、取っ手つきの揺りかごとチャイルドシートもある。

「揃ってると思う。ベビーカーぐらいかな」

ケイトはため息をつく。ベビーカーを探してあらゆるオンラインサイトを見たが、いちばんベーシックなモデルでも何百ポンドもする。中古品でさえ近所では見つからない。エミリーの姪も何年も前に売ってしまっていて、こればかりは助けてもらえずにいる。

ベビースリングでも買って、赤ん坊を胸の前に結びつけるしかないかもしれない。自分で作ってもいい。少なくともそれがあれば、散歩に連れていくことはできる。いまはきらきらした氷の下で凍りついている、小川を見せてやることもできる。白い雪をまとった木を見せることも。

「ねえ、考えてたんだけど」母が言う。「私がベビーカーを買うっていうのはどう。早めのクリスマスプレゼントとして」

「ママ。そんな必要ないわ。ただでさえ飛行機代がかかるのに……」

二週間後には母がここへ来て、ケイトのお産に付き添ってくれる予定だ。二人が顔を合わせるのは何年ぶりだろう。

「私が買いたいのよ。ね、そうさせて」

「だっていろいろ手間もかけてしまうわ」

「じゃあ、お金を送るっていうのは？　それならあなたが好きなのを選べるじゃない」

「本当にいいの？」

「もちろんよ」

「ありがと、ママ」

「愛してるわ、ケイト」

目が涙でつんとして、ケイトはまばたきをする。おたがいに最後にそう言い合ったのはいつだろう？　ケイトがティーンエイジャーのころよりももっと前だ。悪いのは自分だ。愛してると言われても、言い返さなかった。その言葉の重みに耐えられなかった、自分がそんな愛にふさわしいと思えなかったから。でもいまは、その言葉がなじみの形をして、口の中にあるのがわかる。

「私も愛してる、ママ」


ケイトが選んだベビーカーはグリーンで、折りたたみ式フードの部分がなんだか芋虫の体節を思わせる。その中にちんまりとおさまる娘を想像し、ケイトは微笑む。心のどこかでは、もうしばらく温かいお腹に、安全にとどまっていてくれたらという思いもある。おたがいの血管で脈打つ血液も、何もかも共有していたい。それでいて、娘を腕に抱き、その匂いを吸い込み、ちっぽけな指を撫でる日が待ちきれない。

ケイトは腹部を片手でそっと支えながら、スマートフォンでベビーカーを注文する。住所を入力し、新しいデビットカードの番号を入れる。領収書送付のためのメールアドレスも。

買い物が済み、ケイトは微笑んだ。やかんがシューシューと音をたて、ケイトはお腹の重みに身体を屈めつつ、ゆっくりとそこに向かう。

お茶を飲みながら窓の外を見ると、シカモアの木にカラスたちが止まっている。その黒いなめらかな動きが、白い雪に映える。

不意にマグカップが手から滑り落ち、床で砕ける。

メール。

古いメールアドレスを使ったことに気づく。古いアイフォンに送られるはずのアドレスを。

サイモンはケイトのアイフォンを持っている。メールを見るかもしれない。

頭に血がのぼり、ケイトはあわててモトローラのスマートフォンをいじる。ふるえる指でブラウザを立ち上げ、Gメールを見る。

いい、いい、いい、

お願いい、見ないで。

新規メールは届いていない。ケイトはページを何度も何度も更新する。

ようやくメールが届く。注文確認のメールだ――住所、新しい電話番号、すべてがそこに書かれている。笑顔の赤ん坊の画像までついている。

ケイトはそれを削除する。しばらくそこに立ち尽くし、悪寒が全身の血管に広がっていく。

サイモンがこれを見ていたら……赤ちゃんのことも気づかれる。

そして、ケイトの居場所も知られてしまう。

ケイトはキッチンの流しに前屈みになり、水で顔を洗う。冷たいしぶきがケイトを落ちつかせる。いまのメールはどのぐらい受信トレイにあっただろう――三分ぐらい？　いまは――そうよ、火曜日の午後二時。平日の仕事中の時間よ。きっと見てないわ。きっと先に削除できたはず。大丈夫。私の居場所はわからない。

ケイトは下を見おろす。ケイトはお腹に話しかける。「あの人をあなたに近づけるようなこと、絶対しないから」

「心配ないわ」

外に出ると、前夜と変わらない、不穏な静けさがそこにある。雲も嫌な感じだ――低く空にたちこめている灰色の雲。なんだか不吉だ。

苦心して車に乗り込もうとしているうちに、服の下が汗ばんでくる。シートは可能なかぎり後ろに下げてあり、なんとかハンドルに手が届く距離だ。

ハンドルを切ってA66号線に入り、雪に覆われた野原を通りすぎていくあいだ、ケイトの動悸が激しくなる。遠くの山の頂上が、銀色の光を放っている。

ケイトは深呼吸し、自分を落ちつかせようとする。私は安全よ。赤ちゃんは安全よ。

いまは運転に集中しなければ。

ケイトは、ベックサイドの介護施設にいる、フレデリックに会うつもりだ。実のところ、何を期待しているのか、自分でもよくわからない。何か月も前、オートン・ホールで最後に会ったとき、彼はまるでまともではなかった。その記憶に、罪の意識でみぞおちがうずく。誰かに話すべきだった――そこらじゅうに散らばった虫の死骸のこと、彼が動物臭を発しながら住んでいた部屋のこと……そしてフレデリック自身のことを。あの目つきを思いだすと、身体がふるえる。あのうつろな目。しかしそれでも、ケイトは彼を哀れむ気にもなれずにいる。

ヴァイオレットの言葉がよみがえってくる。

私はその記憶に悩まされていいます。

いいいいいいいいいい

虫たちがうようよと群れをなし、一匹のぎらぎらした巨大な蛇のように、ホールの廊下をうねりながらやってくるあいだ、あのおぞましい書斎に立てこもる彼の姿が頭に浮かぶ。

ケイトが帰ろうとするとき、彼は妙なことを言っていた。

彼女がやっと私を解放してくれた。

いいいいいいいいいいいい

新聞記事によれば、あそこには何千、何万という虫がいた。〝通常は水の多い環境で群れをなすが、住宅にはびこることはめったにない〟とあった。自然現象とは思えない。

呪いには呪いを。

何が起きたのか、ケイトにはわかりつつある。でも、確認は必要だ。

《ツタの門《アイヴィー・ゲイト》》という名の介護施設は、その名にふさわしいとは言いがたい。堂々とした鉄の門には、緑の存在はかけらもない。遠くから見ただけでも、画一的な建物なのがわかる――青みがかった灰色の石壁、細長い窓。

「《アイヴィー・ゲイト》です」入口のインターフォンからそっけない声が聞こえる。

「こんにちは」ケイトは言う。「あの……親戚に会いに来たのですが。フレデリック・エアーズに」

「急いでください」いらだったようなため息が聞こえる。「面会時間はもうすぐ終わりますので」

ケイトは談話室――ドアの札によれば〝スコーフェル・ルーム〟――に通される。無味乾燥なピーチ色に彩られた部屋で、その名前の由来を示すのは、壁の山の風景画だけだ。料理用の油、漂白剤、そしてかすかな尿の臭いが入り混じった空気に、ケイトの胃がねじれる。フレデリックは部屋の隅の車椅子に縮こまっていて、ほかの入所者から距離を置いている。近づいていくうちに、彼が眠っていることがわかる。頭が片方に傾き、ほとんど透明といえるほど薄いまぶたの下で、眼球がひくひくと動いている。

一瞬、今日はこのまま帰り、出直そうかと思う。でも、次の機会はないかもしれない――もうすぐ赤ん坊が新たな世界へと生まれてくる一方で、フレデリックはその世界から消えていこうとしている。

これが答えを得られる唯一のチャンスかもしれない。

ケイトは車椅子の隣の椅子に座り、身を傾ける。

「こんにちは?」ケイトはそっと呼びかける。「フレデリック?」

彼の目がゆっくりと開く。最初のうちは焦点が合わなかった曇った目が、やがて恐怖に大きく見ひらかれる。ケイトは、以前フレデリックが蜜蜂のブローチに反応したことを思いだし、思わず上着の襟に手をやる――でも、今日はそこにはない。ポケットに入れたままだ。そのあとケイトは気づく。彼が見ているのはケイトのネックレスだ。ヴァイオレット伯母さんのネックレス。

フレデリックは椅子の上で反り返り――ケイトの心臓が止まりそうになる――彼は叫びだす。

「出ていけ!」フレデリックは甲高い声で叫び、唾がケイトに飛んでくる。「おまえは追いだされたはずだぞ！」

看護人が走ってくる——にきびのある頬を輝かせた若者で、ピーチ色の医療用の制服が、細身の身体にはぶかぶかだ。

「ほら、ほら、フレディ、おじいちゃん」彼が言う。「部屋に戻りましょうか」フレデリックの車椅子を廊下に向けながら、彼はケイトを睨みつける。「何をしたんです、こんなに動揺させるなんて」そう肩越しに吐き捨てる。

「いえ——何も」ケイトはフレデリックの逆上にまだ呆然としながら口ごもる。

「そうか、彼がいつも話している女性って、あなたのことですか？　ヴァレリーだかなんだかいう名前の？」

「ヴァイオレットですか？」

「それだ。いいですか、あなたがたのあいだに何があったかは知りませんが、彼はここへ来てからずっとあなたのことをしゃべっているんです。何者ですか、孫娘さんですか？」

「いえ、私は——」

「じゃあ家族ですらないんですね。率直に言いますが、もうお帰りになってください。今日は土曜日です。どっちにしても面会時間は四時で終わりです」

看護人がフレデリックを連れていくあいだ、なだめる声がケイトにも聞こえてくる。

「もう大丈夫ですよ。ちょっと怖かったですね」

「あの女なんだよ」ふるえる息を大きく吸い込みながら、フレデリックが言うのが聞こえる。「あの女があいつらを送り込んできたんだ。あの虫どもを送り込んできたんだよ」

ケイトが《アイヴィー・ゲイト》から車を走らせているうちに、新たな雪が積もり始める。ほかのことを考えるあまり、二度も車をエンストさせてしまう。幸い、谷ではほとんどほかの車は通らない。パニックが全身を駆けまわり、勢いを増しながら胃や心臓や喉を通り抜けたものの、二度ともなんとか再発進にこぎつける。

フレデリックは、ヴァイオレットが虫の大量発生に関わっていたと信じている。

ケイトは、前にオートン・ホールで会ったときに、フレデリックが言っていたことを思いだす。虫たちは去年の八月に死んだ、と。

ヴァイオレットが死んだのもそのころだ。

雪はどんどんひどくなり、空気が雪で濃密になってきて、ほとんど前が見えない。ラジオは雑音を吐きだし、ケイトは音量を上げて天気予報を聞こうとする。「激しい雪で……」男性の声が聞こえる。「交通の混乱が生じ……」それきり音声が途絶える。

体内でパニックが広がる。出かけるべきじゃなかった。赤ちゃんを危険に晒したらどうするの？

ケイトの車は、砂糖をまぶしたように凍っている森を通りすぎる。森。オートン・ホールを訪れたとき、ひどく不穏な気持ちにさせられた森だ。胸中で恐れが泡立ち、ハンドルをつかんでいる手が急に滑りそうになる。木々が極端に密集し、光がさえぎられたあの場所で感じた、閉所恐怖を思い起こす。

ケイトはまっすぐ前を見るよう自分に言い聞かせ、前方で森から逸れながら曲がっていく道の白線に集中する。森は白い霞の中へと消えていく。風がうなる。もっとよく見えるようにフォグランプをつけたいのに、恐怖にかられ、つける方法が思いだせない。ハンドルやダッシュボードの上で指が滑り、一瞬道路から目を離す。あった。このボタンだ。視線を道路に戻したとき、二本の光線が照らしだしたのは、動物の死骸だ――もつれた血だらけの毛皮、淡い色の四肢を道路に広げた動物。雪の上の血が、びっくりするほど明るく見える。

ケイトは悲鳴をあげる。ハンドルが持っていかれる。車が斜行し、ルーフが木にこすれる音がして、フロントガラスが割れる音が耳をつんざく。

すべてが真っ白になる。

ケイトの心臓は胸の内で鳴っている。車が森に突っ込んだことに気づくまでに、少し時間がかかる。フロントシートに、氷とフロントガラスの破片が散らばっている。

フロントガラスが割れたぎざぎざの穴から、風が吹き込んでくる。ケイトは身をふるわせる。とんでもなく寒い。

ああ、どうしよう。赤ちゃんは。

腹部に両手を置き、子どもが生きているしるしを感じ取ろうとする。

お願い。蹴って。大丈夫だって教えて。

何も伝わってこない。

助けを求めなければ。肩に走る痛みにたじろぎながら、ケイトは身をよじり、助手席のスマートフォンに手を伸ばす。どうかお願い、壊れていませんように。

電話の画面が無傷なのを見て、ケイトは安堵のため息をつく。が、ロックを解除し、電波受信状況のアンテナが一本しか立っていないのを見て、安堵は恐怖に変わる。アンテナは少しのあいだちらちらして、それから消えてしまう。

ああ。

コテージまでは八キロぐらいあるはずだ。道路が丘を回るゆるい環状道なので、余分の距離がある。丘を直接横断していくほうが距離は短い。三キロちょっとぐらいだろう。

この時間、空にはまだ薄暗い光があるが、森はかなり暗く濃密に見え、まるで車が獣にのみ込まれて肋骨《ろっこつ》で静止しているかのように見える。大地を横切って走る背骨のように、木々の続く暗がりを想像してみる。

道路の脇で、誰か通りかかからないか待つこともできる。だが、このあたりは本当に静かな場所だし、《アイヴィー・ゲイト》から戻る道でも、車はただの一台も見かけなかった。それに、こんな雪嵐の中、車で走りたいと思う人間はいないだろう。朝まで待つこともできなくはない。しかしすでに、フロントガラスの割れた車の中は冷えきっている。人が死ぬのはこういう状況下でだろう。

選択の余地はない。夜になる前に家に着きたければ、歩くしかない。

ケイトが車のドアを開けると、木の枝がドアをこする。息をのむような外の寒さだ。

雪片が顔に当たる中、ケイトは冷たい木の根やまとわりつく泥の上をよろよろと歩き、道路に引き返してみる。道路は白に染まっている。動物の死体はどうやら野ウサギで、四肢を広げてぺしゃんこになっている。道路を歩くことはできない、この野ウサギと運命をともにしたくないのなら。

ケイトは、木の葉が風で鳴る森へ引き返す。

家に帰れる道はそこにしかない。

37 アルサ

五日がたち、私は屋根裏から混合液を取ってきて、漉《こ》した。瓶に移すと、透明な琥珀色をしていて、まるであの小川の水みたいだった。

二日後の夜、予告どおり、グレイスがやってきた。雲ひとつない夜で、月が空に明るく浮かんでいたことを覚えている。このときのグレイスは、首のまわりと口もとにショールをきっちりと巻き、目だけを出していて、その目が頭巾の下で光を放った。

グレイスは中へ入ろうとしなかった。

「大丈夫？」盗賊のように顔半分を隠した奇妙な様子に、私はついそう訊ねた。

「ええ」声はショールの奥でくぐもった。「チンキはできたの？」

「痛い思いをすると思う」私はグレイスに瓶を渡した。「急激な腹痛と出血が起きるはず。出血と一緒に早産が始まる。ジョンには流産だって言うつもり？」

「遺体は焼くわ。ジョンには知らせない」グレイスは言った。「どのぐらいで効き目が出る？」

「何時間かのうちに効くとは思う」私は言った。「でも、確かじゃない」

「ありがとう。明日の夜に使うつもり、あの人が酒場にいるあいだに。今日はあの人、あんまりぐっすり眠れてないみたいだった——早く戻らないと」

グレイスは背を向けて帰ろうとした。

「あの――無事に済んだかどうか知らせてくれる？」私は言った。「チンキがちゃんと効いたかどうかを」

「もう一度ここに来られるよう、都合をつけてみるわ」

このあたりは何キロ四方も人がいない場所なのに、グレイスは門が音をたてないようそっと開閉し、足早に立ち去っていった。

その後何日か、私は気もそぞろにすごした。夜はほんの小さな物音にもびくっと起き上がり、それからまた落ちつかないまま藁布団に横になって、夜が明けて空が明るくなるまですごした。

水曜日、パン屋のおかみさんのメアリー・ディンズデイルが、手を切ったと言ってやってきた。

「村で噂になってる話、聞いた？」私が傷に蜂蜜を塗って包帯を巻いているあいだ、メアリーが言った。

私はぎくっとした。グレイスが死んだとでも言いだすにちがいないと思ったが、やめになっていたメリーウェザーが婚約したというだけの話だった。

その翌晩、ドアをノックする音がした。

グレイスだった。その夜は顔を隠していなかった――頭巾すらなかった。ろうそくを持ち上げた私は、その姿を見てぎょっとした。右目のまわりの皮膚が薄赤く腫れて光沢をおび、下唇がどす黒くなって切れている。あごに血の跡がついていて、襟にも同じ色のあざやかな斑点が散っている。首にかすかな黄色の痕もある。

私が家の中に連れていくと、グレイスはテーブルの前にゆっくりと座った。私は水を入れた深鍋を火にかけ、それから布きれを集めてきて、グレイスの唇の裂傷をきれいにし、目の腫れを冷やした。水が温まってきたので、粉にしたクローヴとセイジを入れて湿布剤を作った。準備が整うと、私はグレイスのそばにひざまずき、できるだけそっと傷の手当てをした。

「グレイス。何があったの？」私は小声で訊ねた。

「昨晩、あの薬を飲んだの」グレイスは床を見つめたまま言った。「あの人が酒場に向かってからすぐに。あの人が飲みに行っても、早めに戻ってきて、キッチンの暖炉のそばで寝てしまうこともあるし、遅くまで飲んでから戻ってくることもある……べろべろに酔って。

あの人が早めに戻って朝まで寝てくれたら、もっと簡単だったと思う。私は寝室で眠らないでおいて、全部済んだらシュミーズを燃やせばよかった。ほかに二枚あるし、あの人は気づかなかったと思う。シーツを血で汚さないようにすればいいだけだった。

でも、あの人は帰ってこなかったの。何時間も。痛みは思っていたよりもずっとひどくて、ずっと早く始まった。警告しておいてほしかったわ。まるで赤ん坊が私の中にしがみついて、薬と闘ってるみたいだった……小さいのにあんな痛みを起こせるのね。出てきたときは、まるで赤ん坊には見えなくて、あんな生き物は見たことがなかった。ただの肉の塊、肉屋から買ったもののような……」グレイスは泣きだしていた。

「それを火に投げ入れようとしたときに、あの人が帰ってきたの。すごく酔っ払ってたから、ひょっとして、自分の見ているものが何かわからないんじゃないかって思った。でも、そんなことなかった。私は流産したって言ったわ――チンキの瓶は先に隠してあったから――そうしたらあの人が怒りだして。そうなるのはわかってた。あの人に殴られたの、見てのとおりよ。でも、前のときと比べたら、ほとんど情け深いぐらいの仕打ちよ」

グレイスは、またあの乾いてかさついた笑い声をたてたが、その瞳は涙で光っていた。

「グレイス」私は言った。「つまり彼は——旦那さんは、これ以上にひどいことをしたってこと？」

「ええ、そうよ」グレイスは言った。「私から生まれたのが——二回とも——愛らしくて元気のいい息子じゃなく、青白い死体だったからよ」

私は黙り込んだ。グレイスは顔を上げ、私の顔に浮かんだ衝撃をながめた。

「二度目に妊娠したときは、誰にも気づかれないようにしたわ」グレイスは言った。「お腹を縄で締めるようにしてたし、ふくらみが目立ってきたら、できるだけ人に会わないようにしてた。同じことが起きたときに備えてね。そのあと——死産したあと——スマイソン先生には、このことは秘密にすると約束させた。ジョンは、自分の女房が穢れた子宮の持ち主だってことを、人に知られたくないのよ」

「可哀想に、グレイス。私のところに来てくれればよかった。手助けできたかもしれないのに」

グレイスはまた笑った。

「助けになる方法なんてないわ」グレイスは言った。「スマイソン先生は、理由がわからないって言ってた。でも私は筋が通ってると思う——神は、あんな醜いおこないでできた赤ん坊を、生きたまま世界に送りだすつもりはないとお考えなのよ」

グレイスは目をそらし、暖炉の火を見つめた。

「だからここへ来たの」とグレイス。「もう一度あんなことが起きたら——この子もほかの子と同じように死んで生まれたら——あの人は私を殺すかもしれないって」

何を言っていいかわからなかった。私は、火を見つめるグレイスに視線を向けた。頭巾がないと髪がよく見え、幼いころはケシのように明るい赤毛だった髪が、いまは深い赤褐色になっているのがわかる。

「赤ちゃんは可哀想だったと思ってる」グレイスはそっと言った。「子どもに罪はないわ。妊娠しないように努力はしてたの。毎晩、あの人が――あの人と行為をしたあとは、彼が眠りに落ちるのを待って、種を洗い流してた。でも、それだけじゃだめだった」

「あなたのせいじゃない」私は言った。むなしく響くことはわかっていた。本当のところ、どうしたらグレイスをなぐさめられるのかもわからなかった。私は男と寝たことがない。教会で牧師が、夫と妻の肉体的な和合は、神聖で気高いものだと話していた。グレイスがいま話したようなことには、神聖さのかけらもない。

「これ以上は話したくない」グレイスは言った。「疲れたわ。泊めてもらっていい？」

「もちろんよ」私は手を伸ばし、グレイスの手を取ろうとした。手が触れると、グレイスはたじろいだが、あきらめたように弱々しく、私の手を握り返した。

私たちは藁布団で、子猫のように身を寄せ合って横になった。枕の上で、私の黒髪がグレイスの赤毛に入り交じる。グレイスの呼吸のリズムで、彼女が眠りに落ちようとしているのがわかった。私は、グレイスの匂い――ミルクと獣脂の匂いを吸い込み、それをいつも自分の中にとどめておきたいと願った。

子どものころの、陽射しの暖かい日の記憶がよみがえってきた。私たちはとても小さくて、まだ自分たちだけで遠くへ行くことを許されていなかった。母さんが私たちを見ていたが、私たちは母さんが目を離した隙に庭を抜けだし、小川をずっとたどって、野生の花にあふれた、明るくやわらかな緑の草地にやってきた。遊び疲れた私たちは、草の上に寝転んで身を寄せ合った。蜜蜂がおだやかに羽音を聞かせ、空気から花粉の甘い匂いがする中で、私たちはおたがいの腕の中で眠り込んだ。

私は友の肌に残るあざや傷を思い、涙で頬を濡らした。

「グレイス」私はささやいた。「もうひとつ方法がある」

私がそのとき言ったことが、グレイスに聞こえたかどうかはわからなかったが、暗がりの中で、グレイスの手が私の手に触れる気配は感じた。

翌朝目が覚めたとき、グレイスはいなくなっていた。

38 ヴァイオレット

ヴァイオレットは足音を聞いて目を覚ました。夜明け近くまで、アルサ・ウェイワードの手稿を夢中になって読んでいた。ろうそくは燃え尽き、床に月のような蠟の跡を残していた。自分の中で何かが変化したことを感じた。自分でもわかっていた自分の中の何かを、はっきり知らされた気がした。記憶がひとつずつ、あるべき場所におさまり、真実の姿を現していく。蜜蜂の事件。耳に響いたカチ、カチ、カチというゴールディのあごの音。初めてモーグの羽根に触れたときに感じたもの。遺産。

食料を運んできた父が、厳しい表情でキッチンにいた。ヴァイオレットは、生まれて初めて、父のことが明確に見えた気がした。

こっそり想像していた両親の結婚式の情景――愛に輝く二人の顔、花びらがきらめく空気――が、霧散していった。

父は母を愛してなどいなかった。少なくともまともな愛ではなかった。

ヴァイオレットも、心の奥ではずっと気づいていた。母が亡くなって以来、父が母の持ち物――羽根とハンカチーフ――を持っていたことを口実に、自分を騙《だま》そうとしていただけだった。

全部まちがいだった。愛する妻を悼むための、大切な形見の品ではなかった。戦利品だ。象牙やアイベックスの頭と同じだ……クジャクのパーシーと同じだ。

母は狐と同じようなものだった。狩られ、解体され、血を抜かれ、捨てられた。

蜜蜂の事件があった日、娘の手のひらをステッキで打って傷つけた父の顔を、ヴァイオレットはよく覚えている。あのときは怒りだと思った。でも、いまはわかる。あれは恐怖だったのだ。父は初めから、ヴァイオレットがあの母の娘であり、娘に何ができるかを知っていた。だからヴァイオレットを世間から隠し、エリザベスやエリナーのことも教えなかった。本当はヴァイオレットが何者なのかも。

そして、父自身の正体も。

父は人殺しだ。

ヴァイオレットは、テーブルに追加の缶詰を並べる父をながめていた。その日は暖かく、父のひたいには汗の粒がついていた。頬の血管が、赤い蜘蛛の巣のように広がっている。父が口を開いたとき、そのあごがふるえるのが見えた。

「フレデリックが電報を寄こした。おまえと結婚することに同意したよ。九月に一週間の休暇をもらったそうだ。ホールで結婚披露宴をやる。そのあとはおまえも、しばらくホールにとどまってい い。来週の《タイムズ》紙で婚約を発表する」

ヴァイオレットは黙っていた。父を見ていると気分が悪くなりそうだ。いまではたったひとりの自分の親だが、死ぬまで二度と会わずに済むほうがよほど幸せだと思った。

幸い父は、知らせを伝えたあとは長居しなかった。なんの挨拶もなく出ていった。扉の鍵が回る音を聞き、ヴァイオレットはほっとして目を閉じた。

これで考えることができる。

フレデリックとの人生を思い浮かべてみる。森での記憶――潰れたプリムローズの花、焼けるような痛み――すべてがよみがえってくる。

君も楽しんだと思うけどね?

あの男と結婚なんてしない――できるわけがない。ひょっとしたらする必要もないかもしれない、そう必死に考えた。彼は戦争で死ぬかもしれない。だが、岩の下にしがみついたゴキブリのように、彼が生きのびたらと思うと恐ろしかった。そのあいだにも、あの男の種子はヴァイオレットの体内で育ちつづける。あの男の肉体から生じたものが、ヴァイオレットの肉体で生じたものと混ざっていくのだと考えるだけで、吐きそうになってくる。そしてそれが――そんな言葉で考えたくはなかったが、その〝子ども〟が、自分の中から這いだして世界に生まれてくれば、フレデリックは二人を自分のものだと主張するだろう。

そうなれば自分はどうなる? ヴァイオレットは母のことを思った。その黒い瞳や血のように赤い唇に夢中になった男と、結婚した母。ひとりで部屋に閉じ込められ、壁に名前を刻んで自分が存在した証を残し、苦しく身の毛もよだつような痛ましい死を迎えた母。

　自分までそうなるわけにはいかない。

　フレデリックがヴァイオレットと結婚する理由が、子どもであることは確かだ。それが彼の義務であり権利であり、フレデリックとヴァイオレットを結びつける縄だ。ヴァイオレットを内から拘束する、首にかかった輪縄だ。

　すべてが鮮明に見えてきた。その縄を切らなければ。

　あの手稿。生理を起こすには。生理。ラドクリフ先生も、毎月の出血のことを、その未知の言葉で呼んでいた。

　外に出ると、庭には熱がこもっていた。ヘレボリンをかき分けて進むと、ヴァイオレットの服に、花の赤い染みがついた。虫たちの羽音が満ちる空気、イトトンボの翅をとらえる陽射し。ヴァイオレットは母の手紙にあった言葉を思いだし、微笑んだ。

　壁はヨモギギクのような黄色で塗ってある。

　まるで、墓穴の奥から母が手をさしのべ、娘を導こうとしているかのようだ。

　シカモアの木の下で、その植物は見つかった。甲虫の卵のように、ちっぽけなつぼみが群れをなして集まり、それがひとつひとつの黄色い花となって、頭を揺らしている。

　これがグレイスに効いたのだ。自分にもきっと効くはずだ。

39　ケイト

ケイトはフードを深くかぶり、森に足を踏み入れる。ここのほうが風は静かだ。密生している木々がアーチのようになり、ケイトを天候から守ってくれている。

それでもケイトは寒さにふるえ、恐怖にあえぐ——息が顔の前で白い雲になる。静かで気味が悪い。吹きすさぶ雪嵐のほかは何も聞こえない。急にフクロウやコマドリの姿が恋しくなる——蛾の羽ばたきでもいい。この、白い無音の世界以外ならなんでもいい。

雪片がケイトの周囲で渦を巻き、氷の硝煙のようにむきだしの肌に舞いおりる。手袋を持ってくればよかった。かわりにセーターの袖を引っぱって手を隠し、マフラーを鼻と口に巻きつける。冷気で涙が出てくる。

ブーツの片方には裂け目がある——ヴァイオレット伯母さんの古いブーツで、底革を張り替えようと思っていたところだった。そこから雪が染み込んで、足がぐしょ濡れだ。

木々の狭間《はざま》を通り抜けるあいだ、赤ちゃんのことも、動きのない子宮のことも、あえて考えないようにする。まず村にたどりつかないと。助けを求めないと。

しばらくすると、同じように雪をかぶってふるえている枝が、どれもみんな同じに見えてくる。どっちが正しい方向か、確信が持てなくなる。木の幹に段々を作って生えているピンク色のキノコが、怖いほどなじみ深く見え、さっきもここを通ったのではという恐れにとらわれる。

ぐるぐる同じところを歩いているのだろうか？　頭の中に恐ろしいイメージがあふれる。森の地面に身を丸めて横たわり、雪に覆われてほとんど見えない自分の姿。ケイトの内側で凍る子ども、子宮の中で石灰化していくちっぽけな骨。イメージにとらわれているうちに、ケイトは木の根につまずいて声をあげ、その声が風にさらわれる。

返事をする声。

きっと夢でも見てるのだろう、と最初は思う。砂漠で迷った旅人が、蜃気楼《しんきろう》を見るように。

そこでまた聞こえる。鳥の呼び声が。

夢じゃない。

ケイトは顔を上げ、肩で息をしながら木の天蓋をくまなくながめる。何かがちらちらと光る。濡れた目。白をまぶした青黒い羽毛。

カラスだ。

恐怖心がちらつき、やがて静まる。

そこに何かがいる。これまでよりもずっと近くに、恐怖の反対側に。ヴァイオレット伯母さんの庭で、地中から虫たちが現れたときに感じたような、あの奇妙な温かみを感じる。ケイトはパニックをこじ開け、その壁を破って、光を、自分の内なる火花を探そうとする。

火花は血管に届き、血をうならせる。ケイトの神経が——外耳道の中、指の腹、舌の表面までが脈動し、火照ってくる。

自分の奥深くから、ケイトがずっと埋めて隠していた場所から、知恵がやってくる。

生きたいのなら、カラスについていきなさい。

少しすると、前方に灰色が見え、顔に風がやってくる。この森はトンネルのようだとケイトは思う。木々のトンネルだ。出口は近い。

前方に、木の幹と幹のあいだの隙間がある。その先に、毛皮が雪で白くなった巨大な動物の腰みたいな、丘の急坂が見える。獣が屈んで待っているかのような。

出られた。森を通り抜けたのだ。

丘の上はあまりに視界が開《ひら》けすぎて、森の中の閉所恐怖のほうがましだと思ったほどだ。風が顔に吹きつけ、耳から音を奪っていく。唇と鼻が冷気でちくちくする。

カラスはまだいる。青黒い輪を描き、ケイトの頭上を飛んでいる。しゃがれた呼び声が、突風の中で、かろうじて聞こえてくる。

丘のてっぺんに来ると、眼下の村にオレンジ色の小さな光が見える。おりるのは楽だ。くだりは風も避けられる。手も顔もひりひりして、片足のかかとの水ぶくれがずきずきと痛む。それでも、顔に当たる雪は優しい。もうすぐコテージに戻れる。もうすぐ家だ。

ケイトは顔を上げる。雲が切れ、夕暮れの空にぽつぽつと星が見える。ケイトはカラスをながめ、もう怖くないと感じる――そればかりか、カラスが滑空しながら去っていく姿、羽根の明るい灰色の美しさに心打たれる。

父が亡くなった日から、ずっとカラスを恐れてきた。不意に目にしたビロードのような翼を、夏の空に浮かぶ黒を見たときから。

ケイトが怪物になった日から。

でも、自分は怪物ではないし、これまでもずっとそうだった。ただの子どもだった――たった九歳で、心には愛と驚き以外の何もない子どもだった。空を矢のように飛ぶ鳥たち、地中で渦を巻くピンク色のミミズ、夏じゅう羽音を聞かせてくる蜜蜂。ケイトがポケットに手を伸ばし、蜜蜂のブローチを握ると、喉が詰まる。その手を夜空にかかげると、ブローチは星に負けない光を放つ。まったく無傷であるかのように。

　ケイトは、自分を安全な場所に押しやった、父の両手の力強さを思いだす。父がケイトに触れた最後のとき。父はケイトのために死んだ、ケイトも自分の子どものためにならおなじことをするだろう。熱い涙が頬を流れ落ちる。誰のための涙かは自分でもよくわからない――父が死ぬのを見ていた小さな少女のため、それとも、父の死は自分のせいだと二十年も信じつづけた女性のための涙だろうか。

「私のせいじゃない」ケイトは口に出してそう言い、初めて真実として認める。「あれは事故だった」

　カラスが右へと方向転換し、最後の鳴き声をひとつ響かせ、遠くへと消えていく。


「お子さんは大丈夫ですよ」ドクター・コリンズは、屈託のない顔にくしゃっと笑みを浮かべる。ドクターはケイトの腹部の脇にしゃがみ、熱心に聴診器を当てている。

「本当に？」ケイトは訊ねる。車の事故以来、寒さにふるえながら診療所にたどりついたあとも、娘の動きをずっと感じていない。恐ろしいイメージがまた浮かび上がってくる――子宮内で凍りついている子ども、握ったままのちっぽけな指。

「ほら、聞いてみて」ドクターが聴診器を寄こす。

　確かに、子どもの単調な心音が聞こえてくる。全身に安堵があふれてくる。涙がにじむ。

「前にも言ったでしょう」とドクター・コリンズ。「この子は闘争心旺盛なのよ」

「お母さんがここへ来るまで、本当にひとりで大丈夫？」エミリーはコテージの戸口でぐずぐずしている。車の中で待っているエミリーの夫のマイクが、クラクションを鳴らしてくる。

今日はよく晴れて明るい。雪を載せた生け垣が陽射しを反射する。ナナカマドの実をつつきまわす、レンジャクの羽冠が揺れているのが見える。やがてその連れ合いが加わり、さえずりが聞こえる。ムクドリが群れをなして頭上を飛んでいく。

「大丈夫。いろいろありがとう」エミリーは、ケイトが必要としそうな食べ物を、何もかも冷蔵庫にストックしてくれた――電子レンジで温められる料理、パン、ミルク。おむつや、ケイトの母親が寝るための、空気を入れて使うマットレスまで持ってきてくれた。エミリーとその夫は、ベックサイドの自動車修理工場がケイトの車を取りにきてくれるよう、手配もしてくれた。二人には、どれだけ感謝を伝えても伝えきれない。

「わかったわ、じゃ、何かあったらすぐに知らせてね！　陣痛の気配があれば、それもすぐ教えてちょうだい！」エミリーは車に乗り込み、手を振って去っていく。ケイトは、エミリーが焚き火の夜に言っていたことを思いだす。友人の気持ちを思い、悲しみで心が痛む。

私も妊娠したことがあるの、一度だけ。

自分が――自分たちが、あの事故を無事に切り抜けられたことが、いまだに信じられない。あれからケイトは日々危険に身がまえ、腹部の痛みがないか、下着に血がついたりしていないか気をつけている。でも、万事順調だ。赤ちゃんはまた動きだし、胎内で身をよじり、手足をばたつかせている。夜になると、ケイトはよくお腹の表面が波打つのを見守り、小さな手足があちこちをつついてくる様子に驚かされている。

もうすぐ自分の子を両腕に抱くのかと思うと、何もかも奇跡に思える。新生児特有の青い瞳から、娘の瞳は何色に変わるのだろう。どんな匂いがするのだろう。

ケイトの母親は、明日向こうを発《た》つ。イギリスに到着したら、ロンドンから列車に乗り、そのあとはレンタカーを借りてきてもらって、子どもが生まれるときに病院に一緒に行けるようにする。

ひとりでいるのもあと一日だけだ。ケイトはコテージをあちこち回り、漫然といろいろな物に触れたり、物を手に取っては置き直したりして、母がここをどう思うだろうと考える。フレームに入った昆虫のスケッチ、ガラスケースに保存された節足動物。ベッドルームの隅は赤ん坊のために準備を整えてある。中古の子ども用ベッドには、毛布代わりのヴァイオレットの古いショールがかけてある。木の葉や羽根がくるくる回る手作りモビールの中心では、あの蜜蜂のブローチがきらめいている。

それに母は、ケイト自身のことをどう思うだろう——短く切った髪、大伯母の衣装だんすから引っぱりだした奇妙な服。今日のケイトは、ビーズのついたケープを肩にかけている——きらめくビーズを見ていると、ヴァイオレット伯母さんと会ったときのことを思いだす。ヴァイオレットのことを考えていると、娘をこの世に送りだす準備はできているという気持ちになれる。何があっても娘を守る準備はできている。ヴァイオレットのように、自分も強くなるのだ。

あなたがあんまりヴァイオレットに似てるから、とエミリーは言った。あなたは彼女の精神を受け継いでる、と。

ケイトは首から下げている〝W〟のペンダントに触れる。ヴァイオレット伯母さんの庭の土から出てきた、虫たちのことを考える。ケイトがここへ来て以来、挨拶でもするようにコテージに群がっている、鳥たちのことを考える。いまもシカモアの木から、カラスたちのしゃがれた鳴き声が聞こえていて、雪をかぶった枝に群れるカラスたちの漆黒の羽毛が映える。ケイトは森での体験を思い返す。血液がうなる感覚。家まで導いてくれたカラス。

ヴァイオレットについて聞いたさまざまな話を思いだしてみる。恐れ知らずの女性。昆虫やたくさんの生き物を愛した女性。オートン・ホールの虫の大量発生のこと。

甲虫の母。

そして、魔女として裁かれたアルサ・ウェイワードのことも考える。アルサがどうなったのかはいまだにわからない——処刑されたのか、結局どこに埋葬されたのか。それでもケイトは、シカモアの木の下の十字架のそばに、クリスマスのヤドリギとツタの小枝を置いている。彼女がそこにいることを考えて。

その夕刻、ケイトがエミリーの料理——お手製のトマトスープ——を温めていると、電話が鳴る。あわてて電話を取ろうとする。母親、あるいはエミリーかもしれない。あるいは診療所の誰かが、状況確認の電話をかけてきたのかもしれない。

「もしもし？」

少しのあいだ何も聞こえない——自分の血液が耳の中で脈動する音以外は。それから、あの声が聞こえる。ケイトが忘れられたらと願いつづける、あの声が。

「見つけたぞ」

サイモン。

40　アルサ

グレイスは二度とコテージに来なかった。私は、教会でグレイスが夫と一緒に座っているところや、そのあと夫が、くびきでつないでいるかのようにグレイスの腕をしっかりとつかんで連れていくところを、ただ遠くからながめていただけだった。頭巾の下のグレイスの顔はうつろで、仮に私の視線を感じていたとしても、顔を上げることはなかった。少なくともグレイスが生きていることはわかった。

冬はやわらいで春に変わっていき、五月祭前夜まであと何日という時期になった。もしかしたら、五月祭のときにグレイスと話せるチャンスがあるかもしれないと思った。

母さんが生きていたときは、村の焚き火を見にいくよりも、自分たちで五月祭前夜をすごすのを習慣にしていた。四月の最後の日に小川の岸辺で苔を集め、妖精たちに踊ってもらうための場所として、戸口の上がり段にやわらかい緑を敷き詰めた。それから自分たちで小さな焚き火をし、パンやチーズの捧げ物を焼き、畑の豊かな実りを願った。

子どものころ、なぜ村の祝祭に行ったらだめなのかと、母さんに訊ねたことがある。村の祝祭では、緑の草地でそびえ立つような大きな焚き火を焚き、音楽や踊りやご馳走がそれを取り囲む。

「五月祭前夜は、異教徒のお祭りなんだよ」母さんは言った。「キリスト教徒の祭りじゃない」

「でも、みんな村のお祭りに行くよ」私は言った。「みんなキリスト教徒だよね、ちがう?」

「あの人たちは、私らのように気をつける必要がないんだよ」母さんは言った。

「どうして私らは気をつけないとならないの?」私は問い詰めた。

「ほかの連中とはちがうからさ」

母さんが死んでからも、私はその伝統を続けていた。でも、五月祭は冬が終わって最初の村の大きな祭りなので、グレイスもそこにいるんじゃないかと思った。彼女が無事で元気でいるかどうか知りたかった。

私がコテージを出ると、焚き火の匂いがしてきた。オレンジ色の光も、遠くからでも見えた。草地までやってくると、村人たちは炎のまわりで輪になって踊り、捧げ物が燃え、火花が空中に高く舞い上がっていた。歌と薪の燃える音で騒々しい夜となっている。

嗅ぐだけで酔いそうなエールの匂いが空気をただよい、かなりの村人が酔っているようで、私が近づいていくと、彼らの視線が私を舐めていく。私はグレイスを探したが、本人も、その夫も見つからない。肉屋の息子のアダム・ベインブリッジが私の両手をつかみ、踊りの輪に引っ張り込んだ。私たちが踊るあいだ、すべてがオレンジと黒にかすんでいった。私もだんだんその中に溶け込み、自分のまわりにいる他人と熱い身体をぶつけ合い、自分より大きな何かの一部になっているという感覚を楽しみ始めた。

そのとき、彼女を目にした。草地の上にひとりで立っている女性の身体を、踊る人々のいくつもの影がよぎる。彼女はシュミーズだけしか着ておらず、腿が血で黒ずんでいる。顔も髪の色もよく見えなかったが、グレイスだった――私はそう確信した。

私は人の輪をかき分け、グレイスのところへ行こうとした。

「グレイス?」私は呼びかけた。

遅すぎた。彼女は姿を消していた。私は村人の踊りの輪に戻った。誰もグレイスのことは目にしていないみたいだった。目がうるんできたが、煙のせいか涙なのかは自分でもわからなかった。家に帰りたくなった。コテージに戻ろうと歩きだしたとき、後ろから足音が聞こえた。振り返ると、さっきまで焚き火のまわりで私と踊っていた、アダム・ベインブリッジだった。

「どこ行くんだ？」アダムが訊いた。

「帰るの」私は言った。「お祭りって、あんまり好きじゃないみたい。お休み」

「みんながみんな、そう思ってるわけじゃないんだぜ、アルサ」アダムが小声で言った。「そんなにこそこそする必要ないよ」

「そう思ってるって、何が？」私は訊いた。

「おまえとおまえの母さんについて、みんなが言ってることさ」

喉もとに恥ずかしさがこみ上げ、私は急いでそこを離れた。焚き火の光を背にし、暗闇が村人の目から自分を隠してくれると、なんだかほっとした。歩いていくうちに、夜の音が聞こえてきた――フクロウの鳴き声、家ネズミや野ネズミが何かを引っ掻く音。自分の呼吸が静まるのがわかる。周囲の様子は充分見えた――その夜は、グレイスがコテージに泊まっていった夜と同じ満月だった。

グレイス。彼女があの場にいなかったこと、本当は焚き火のそばになどいなかったことは、私にもわかっていた。

「目というのは面白いものなんだよ」と、母さんはよく言っていた。「自分の前で起きていることを見せてくれることもある。だけど、すでに起きたことや、これから起きようとしていることを見せてくれることもあるんだよ」

その夜はほとんど眠れず、空が明るくなってくるとすぐ起きて、服を着た。それからミルバーン農場に向かった。そこに着くころには夜明けの光が谷を照らし、丘をやわらかい紅色に染めた。

私は農場から距離を保ち、農場の境界線にあるオークの木の下で、姿を見られないようにたたずんでいた——そこは何年も前に、母さんがカラスを放したのと同じ場所だった。農場の建物は見えるが、よく見えるとは言えない。地面にわずかな傾斜があり、建物の一部が死角になってしまう。もっと高いところから見る必要がある。

私はスカートを胴まわりに束ね、いちばん背の高いオークの木に登り始めた。ねじれた巨大な木は、空高く枝を伸ばし、あたかも神を探しているかのようだ。子どものころにグレイスと一緒に登って以来、木に登るのは初めてだったが、私の手足は、枝の曲線やこぶをどうつかんでいったらいいかを覚えていた。枝に止まっているカラスたちのなめらかな羽毛が見える高さまで来ると、そこで登るのをやめた。このカラスたちの中に、母さんが放したカラスもいるのだろうかと思った。黒い羽毛にしるしのあるカラスはいないか探してみたが、わからなかった。

そこからは、農場の母屋、そして隣の牛小屋がよく見えた。ジョンが母屋を出て、牛たちを牧草地に連れだすため、牛小屋の扉を開けていた。牛は二十頭ばかりいて、私が知るかぎり、このあたりの農場の中では図抜けて数が多い。グレイスの結婚持参金として、メトカーフの牛も何頭か加わったはずだ。ジョンは、自分の妻を殴るように牛たちを殴ることはあるのだろうか、と私は思った。

しばらくすると、グレイスが水の入ったバケツと洗濯物を手に、母屋から出てきた。安堵が私の身体を駆け抜ける。グレイスは生きていた。地面にしゃがみ、洗濯物をこすり洗いし、そのあと母屋と牛小屋のあいだに張ってある縄にそれを干した。白い下着類が、早朝の陽射しを浴びて金色に輝く。もしや血の跡を洗っていたのだろうか。

ジョンが牧草地を横切り、グレイスのそばに行った。グレイスは夫に顔を向け、そしてそらした。その身体からは、主人に蹴られることがわかっている犬のような空気がにじみでていた。ジョンはグレイスに何か言い、それから二人は一緒に中へ入ったが、グレイスはじっと下を向いていた。

私はしばらく木の上にいて母屋を見張っていたが、二人ともその後は出てこなかった。だんだん暖かく、明るくなってきた。通りかかった村人に木の上にいるところを見られないよう、私は木をおりた。

家に戻るあいだ、焚き火のそばで見えたものにはなんの意味があったんだろう、と私は考えた。グレイスの脚のあいだは血だらけで、黒々とした口が開いていた。グレイスはまた妊娠して流産したんだろうか？　それとも、いま妊娠中なんだろうか？　グレイスが私に言ったことを思いだした――この子もほかの子と同じように死んで生まれたら、あの人は私を殺すかもしれない。

五月が終わって六月になり、日が延びた。太陽は長時間にわたって空を輝かせ、私は明るい中で寝起きしていた。日常の仕事をしているあいだも、夜の時刻に横になるときも、私はグレイスのことを考えていた。グレイスとジョンはいまも教会に来て説教を聞き、そのあとジョンがほかの村人たちと談笑しているあいだ、グレイスはじっと地面を見ていた。グレイスが元気だとしても、何を考えているのかはわからなかった。

グレイスは読み書きができないので、私がメッセージを送っても読むことができない。またミルバーン農場まで行くことも考えた――それでどうしたいのかは自分でもわからなかったが。とはいえ、夜が短くなっているいまは、人に姿を見られそうで怖かった。枯草熱《こそうねつ》や虫さされの治療にやってくる村人たちにも、ジョン・ミルバーンの妻がどうしているか、あえて訊ねたりはしなかった。私たちの仲たがいのことは、クロウズベックのみんなが知っている。いまになってグレイスのことを訊いたりすれば、変に思う人もたくさんいるはずだ。グレイスが私に何か助けを求めたと思われるかもしれない。グレイスの夫に妻を殴る口実を与えかねない。

グレイスの夫。自分がそこまで誰かを憎むことができるなんて、自分でも思ってもみなかった。どんな人間も愛される権利がある、と母さんには教えられたものの、グレイスが未亡人になったらうれしいという気持ちは、すでに否定できないものになっていた。

グレイスとジョンの結婚式の日、二人がお似合いだと思ったことを、私は恥ずかしい気持ちで思い返した。あのころの自分は、何ひとつわかっていなかった。

人々の傷を包帯で巻いたり、熱を冷ましたりする方法を知っているというだけで、私は人間のことも知った気になっていた。でも、夫と妻のあいだに起きることも、男が女を身ごもらせる行為についても、私は何も知らなかった。男についても、母さんが教えてくれた以上のことは何も知らなかった。少女時代の私は、母さんのもとに治療を求めてやってきた男性を見ると、いつもぎょっとしたものだ。その体格の大きさ、野太い声、肉づきのいい手。ただよう男の臭い。汗、そして力。

木の葉が色づき、枝から落ち始めた。空気がひんやりしてきた。ある日、肉とパンを買うために市場へ行くと、身を屈めて豚の心臓を見ている女性が目に入った。頭巾の端から赤い巻き毛が少しこぼれている。グレイスだ。

村の市場で、人々がいる前でグレイスに近づくことはできなかった。グレイスが、アダム・ベインブリッジに豚の心臓二つを布に包んでもらい、それを肩から掛けている編んだ買い物袋に入れるあいだ、私は背後に控えていた。自分でもパンを買いながら、目の端でグレイスのことを追った。そのあと、グレイスがミルバーン農場に向かう道を歩きだしたので、二、三歩おいてあとをつけた。道の両脇の木々は葉を落として丸裸で、その下では、ここ何週間かの雨に濡れた落ち葉が赤く光っていた。グレイスは、肩に掛けたウールのショールをぎゅっと引き寄せた。

グレイスがまったく振り向かないので、私の足音は聞こえていないのだろうかと思った。でも、ミルバーン農場の母屋が前方の木々の向こうに見えてくると、急にグレイスが振り返った。

「なぜつけてくるの？」グレイスは言った。頭巾からさらに赤毛がこぼれ、その下に見える顔はミルクのように白かった。

「月が六回も満ち欠けするあいだ、遠くでしか見かけなかったから」私は言った。「いま、村の市場にいるところを見て、それで……元気でいるかどうか確かめたくて。まわりには誰もいない、しゃべって大丈夫よ」

「元気よ」グレイスは言った。

私の最後の言葉に、グレイスは鼻で笑ったが、目は無表情だった。

「いまは――つまり、その後は……」

「その後はまだ妊娠してないわ、あなたが訊きたいのがそのことなら。ジョンは努力をやめたわけではないけどね」

グレイスの瞳が暗くなった。私は一歩近づき、以前のようなあざが顔にないか確かめようとした。

「あざも何もないわよ」グレイスは私の考えを読んだようにそう言った。「あれ以来……この前の教会の帰りに、メアリー・ディンズデイルが、私の唇にある傷はどうしたのかって訊いてきたの。それ以来、あの人、顔は傷つけなくなった」

「私があの夜に言ったこと、考えてくれた？」私は訊ねた。グレイスはしばらく黙っていた。やがて口を開いたときは、私ではなく、空を見上げていた。

「ジョンぐらいの年齢の健康な男は、急に倒れて死んだりしないわよ、アルサ」グレイスは言った。「スマイソン先生が調べれば、毒を盛られたのはわかるわ。毒ニンジン、ミズタマソウ――あなたが裏にいるってことも気づくわよ。村であなた以上に植物を知ってる人間はいないもの。あなた、縛り首になるわ。私たちは二人で吊される。自分の生死なんてどうだっていい、でも、ほかの誰かを死なせるのは私の良心が許さないの。それがあなたであろうと」

そう言い捨て、グレイスは背を向けて歩きだした。

「待って」私は言った。「お願い。あなたが苦しんでるのを見るのは耐えられない……何か考えるから、私たちの仕業だとばれない方法を……」

「もうその話はしたくない」グレイスが肩越しに言う。「帰って、アルサ。もう私に近づかないで」

私はグレイスに言われたとおりに、すぐ帰ったりはしなかった。その小さな身体が木のあいだを抜けて消えるのを見守った。それから少しして、ミルバーン農場の母屋の煙突から、煙が上がった。

私は身をふるわせた。空気が冷え込んできて、氷のように冷たい雨が、私の顔や首にぽつぽつと落ちてきた。私は、農場の母屋を見張るために登った、あのオークの木のところまで歩いた。今日は登らなかった。カラスたちが何羽も、見張り番のように上のほうの枝に止まっていて、その鋭い鳴き声は、私の痛みの叫びのように聞こえた。

41　ヴァイオレット

五日間。ヴァイオレットは、陽が沈み、また空に昇ってくる回数を、ちゃんと自分が追えているかどうか不安だった。このコテージの時間は、まるでちがうルールに従っている。夕食の銅鑼も鳴らないし、ミス・プールがフランス語の動詞活用を何分もかけて言わせたりもしない。日々の大半は庭ですごし、鳥や虫の気配を聞いている。やがて太陽が植物の葉を赤く染める時刻になるまで。

ヴァイオレットは、すでに自由になった自分を、ほぼ想像しかけていた。

ほぼ。

夜になると、モーグの羽根を握りしめて眠り、母の夢を見た。

母。エリザベス・ウェイワード。ヴァイオレットのミドルネームは、母からもらったものだったのだ。母の遺産。ヴァイオレットはその名前を、呪文のように声に出してつぶやいた。そうすれば強くなれる、自分が次にやるべきことへの覚悟を固めることができると思えた。

五日目は、風がコテージを吸い込みそうなほどにうなりをあげ、シカモアの枝が曲がり、木の葉が踊るように見える日だった。

ヴァイオレットはキッチンで液体を漉した。空の缶を二個使い、金色の液体と、腐ったような臭いのするふやけた花びらとを分けた。まずベッドに入り、それから液体を飲んだ。強く苦い味がして、喉の奥を刺すようだった。目がうるんできた。横たわったまま、コテージの壁を揺らす風の音を聞き、痛みがやってくるのを待った。

しだいに、体内で何かに引っぱられる感じがしてきた。月のものが来るときの下腹部痛に似た、鈍くずきずきとする痛みが始まり、すぐにどんどん強くなっていった。内側にいる何かが、ヴァイオレットの内臓を引っぱり、ねじ曲げ、変形させようとしているかのようだった。ヴァイオレットはリズムを見いだそうとし、渦巻く海の中でボートを漕《こ》ぐように、そのリズムに合わせて呼吸しようと思ったが、まったく無理だった。圧倒的な痛みが襲ってくる。窓がガタガタと鳴り、木の枝が屋根にぶつかって折れる音が聞こえる。体内で何かが奔流となり、解放され、そして激しくあふれ返る。

自分自身の身体からこんなにも明るい色がほとばしりでてくることに、ヴァイオレットは驚嘆する。魔術みたい、と思う。血はまだ止まらない。脚が血でぬるぬるする。ヴァイオレットは目をつむり、波の頂点に達した。そしてそのまま落ちていった。

42　ケイト

ケイトの胸の中で心臓が跳ね上がり、とらわれた蛾のように暴れる。

見つけられたはずがない。絶対に。でも――

あのメール。

ケイトの電話の画面が明るくなり、メッセージが次々と届く。

〝もうすぐ会えるよ〟

〝すぐにね〟

少しのあいだ、身動きもできない。ケイトの内で黒い穴が口を開け、動く力も、考える力ものみ込んでしまう……そのとき、赤ちゃんが蹴るのを感じる。

すべてが急速に現実に戻る。外の雪に太陽が沈んでいき、庭に赤みが広がり、シカモアの木のカラスたちが叫ぶ。血液が血管に流れ込んでくる。感覚のすべてがかみ合い、研ぎ澄まされる。

すぐにカーテンを閉め、ドアにかんぬきを掛け、次に何をすべきか半狂乱になって考える。カーテンや錠があまり役に立たないことはわかっている。サイモンはあっさり窓を破るだろう。車さえあったら。車がなければ動けない――蜘蛛の巣にとらわれ、無防備にふるえる昆虫と同じだ。

警察に電話しようか。それともエミリーに。エミリーに助けにきてほしいと頼もうか。でも、間に合わなかったら……今日は日曜だ、エミリーは家にいる、車で一時間ほどのファームハウスにいる……。

屋根裏。隠れなければ。ひたいに手を当て、何を持っていくべきか考えようとする。水の入った瓶と果物をバッグに突っ込む。電話もだ、そうすれば警察を呼べる。キャンドルとマッチもだ、電話のライトだけではバッテリーが無駄になる。

ケイトは裏口のドアを開け、家の裏に立てかけてある、雪をかぶった梯子を取りにいく。梯子を持ち上げようとすると、こめかみから汗が噴きだし、その重みによろけそうになる。

梯子を横向きにして引きずり、なんとか家の中に入れる。重くて蜘蛛の巣がかかっている。錆びた横木の一本の上で、蜘蛛が一匹怯えている。ケイトはうなり声をあげて廊下の跳ね上げ戸の下に梯子を置き、できるだけすばやく昇ると、横木をつかむ手が汗で滑る。

梯子の上まで来て、屋根裏の暗闇を見つめる。跳ね上げ戸は小さい――もう何か月もここには上がっていない。妊婦のお腹で、ここを通れるだろうか？

疑いがみぞおちをつついてくる。やらなければ。ほかに隠れられる場所はない。

まず、前と同じやりかたで屋根裏に入ろうとしてみるが、ふくらんだ腹の自分をその中に押し上げるには、腕の力が足りない。ケイトは身体をずらし、尻から昇ろうとしてみる。梯子がケイトの下でがたつき、床に倒れてしまうんじゃないかと恐怖を覚える。ケイトは強引に中へ入り、手のひらに鋭い痛みを感じて息をのむ。

手が切れている。それでもケイトはどうにか、屋根裏の中に入り込む。

鼓動が落ちつき始める。しかしそのとき、車のタイヤが外の砂利道をこする音が聞こえてくる。ケイトは凍りつき、心臓が疾走を始める。手が血と汗でぬるぬるしてくる。玄関からノックの音がする。

ああ、エミリーに先に電話すべきだった。そもそも、エミリーのところに泊めてもらえばよかったのに。そこまではサイモンも来られなかったはずだ。

「ケイト？」声が聞こえ、心臓が胃まで落ちてくる心地がする。「そこにいることはわかってる。話がしたいだけだ。なあ、入れてくれよ」玄関のドアノブががちゃがちゃと鳴り、そのうちにサイモンがドアに体当たりを始め、古い木のドアがきしむ。

ドア。梯子を取りにいったとき、裏口のドアの鍵をかけ忘れた。

隠れているしかない。でも――どうしよう、梯子。サイモンが入ってきて、廊下に駆けてくれば、ケイトの隠れ場所を矢印で示すかのような梯子を目にするはずだ。なんでそんなことも考えなかったの？　馬鹿じゃないの。ケイトの胸にパニックが噴きだし、その気持ちに圧倒されそうになる。ケイトは目をつむり、ゆっくり息をしようと自分を戒める……。

考えるの。考えて。ケイトは目を開ける。サイモンが再び、さらに激しくドアをノックし、またドアに体当たりする。梯子を屋根裏に持ち上げよう。ほかに選択の余地はない。ケイトはスマートフォンのライトをつける。背後に古い書き物机がある。ケイトは片足をそこに巻きつけるようにして自分を固定し、サイモンに聞こえないことを祈りながら横向きに寝そべり、跳ね上げ戸の戸口の中に上半身を傾ける。

頭に血がのぼり、海の波のように鼓動が響く。ケイトは梯子をつかみ、手の痛みに顔をしかめながら引っぱる。頑張って、いいいい、ケイト。頑張って、いいいい。梯子の半分ほどが屋根裏に入ってくる。ありがたいことに、屋根裏そのものは広い空間だ。ケイトはできるかぎり屋根裏の奥へと身体を引き、必死に梯子を引っぱり込む。サイモンが外をうろつき、ときどき立ち止まる気配が聞こえる。窓から中をのぞき、ケイトを探している様子が目に浮かぶ。

サイモンが家の裏に行き、裏口のドアを開けようとするまで何秒かかるだろう。五秒。運がよければ十秒。ケイトの腕が燃えるように痛み、梯子が屋根裏の床板にこすれる音がして、残りの部分が引き込まれる。跳ね上げ戸を引っぱって閉めると同時に、裏口のドアが開く音がする。

43　ヴァイオレット

ヴァイオレットはあのブナの木のそばにいて、谷を見おろしていた。はるか下では、小川が金の糸のようにきらきら流れている。大地の傷痕のようなあの森も見える。そのとき、風が急に吹きつけてきた。ヴァイオレットは飛んでいく――遠くへ、ずっと遠くへ。

夢が薄れ、ヴァイオレットの意識がゆらゆらと戻ってくる。外の風は、低い口笛ぐらいに静まっている。毛布が血で濡れそぼっている。

〝私はあの子の夢を見るようになった。黒髪の美しい子に育ち、それでも私たちのコテージで、ひとりぼっちで血を流しているあの子の夢を〟

母が予知した運命はこれだったのだ。母が、なんとしても――自分の命を捨ててでも――変えようとした運命。すべては無駄だった。

ろうそくはまだ燃えていて、青い炎がふるえている。ヴァイオレットは寒さを感じた。ひどく寒かった。

ろうそくを持ち上げながら、ベッドカバーをめくる。

薬は効いていた。

もう自分の中に、フレデリックが残したものはいない。これで自由だ。

立てるようになるまでには、長い時間がかかった。脚に力が入らず、部屋をながめても、焦点が合ったりかすんだりする。ヴァイオレットは疲れ果てていた。横になって眠るべきなのかもしれない。目を閉じ、ブナの木のそばに戻り、顔に太陽や風を感じればいい。だけど、あれを、フレデリックが残したものを――そこから追い払わなければならない。

ヴァイオレットは手探りで冷たい石の壁を伝いながら、隣の部屋へ行った。水と食べ物が欲しかった。両手の指先をふるわせながら、バケツから水をすくって飲む。ランチョンミートの缶詰を開けるのにも長い時間がかかる。手が滑り、缶のふたで手のひらを切り、明るい色の血がふくれ上がってぽたぽたと落ちる。頭がじんじんとうずき、ヴァイオレットはテーブルの前にのろのろと座る。ナイトドレスについた血が固まり始めていて、黒ずんだ茶色が、まるで地図のように山の峰や渦巻きを描いている。

ランチョンミートが缶の中で白っぽくしっとりと光る。ついあの〝種子〟を思いだす。ヴァイオレットは缶を押しやる。風は再び強さを増し、ヴァイオレットはそこにしばらく座って、その音を聞いていた。奇怪な甲高い風の音が、人間の声のように聞こえる。ヴァイオレット、そう呼んでいる。

ヴァイオレット。

44　ケイト

ケイトが口に手を当てると、血の味がする。

自分の下で、サイモンがコテージをくまなく歩いて、床板がぎしぎしいうのが聞こえる。

「ケイト？」サイモンの声。「いるんだろ。出てこい、ケイト、隠れても無駄だ」

サイモンが戸棚を開けてはぴしゃりと閉める音がする。キッチンから、磁器が床板に叩きつけられる音が響いてくる。サイモンは大声で悪態をつく。

やがて、裏口のドアを開ける気配がする。もう一度庭を探す気らしい。ケイトはその隙に、ふるえる指でキャンドルに火をつける。屋根裏部屋の形が、なびくオレンジ色の炎に照らされて浮かび上がる。書き物机。昆虫のガラス瓶が並んだ棚。ヴァイオレット伯母さんの持ち物に囲まれ、少し心強く感じる。

警察を呼ばなければ。ケイトは電話をポケットから取りだし、サイモンが家の中に戻ってこないかうかがいながら、９９９番にかける。屋根裏の受信状態は不安定で、最初の呼び出し音が鳴ったあとで接続が途切れる。

ひそかに罵り言葉をつぶやき、ケイトは再び電話をかける。

「９９９番です、どうされましたか？」

ケイトは口を開けてしゃべろうとする。再び裏口のドアが開く音が聞こえてくる。

「もしもし？　どうされましたか？」

足音が廊下を進んでくる。そして止まる。ケイトは電話を切る。耳の中で聞こえる自分の鼓動以外、何の物音もしない。サイモンは真下にいるにちがいない。ケイトは必死に息を吸い、呼吸が速く激しくなってくる。彼に聞こえたらどうしよう？

サイモンは跳ね上げ戸を見ているはずだ。どこに続くのかを考えている。あの先にケイトがいるのか考えている。これまでずっとサイモンが自分を痛めつけてきた記憶がよみがえり、ケイトの瞳が涙でちくちくしてくる。火傷の痕に触れてみる。失われた何年もの時間。彼に怯え、おまえは馬鹿だ、無能だと言われた六年間。無意味だった時間。恐怖が、熱く噴きだしてくる怒りに変わる。

二度と痛めつけられるものか。やらせてたまるか。二度と手を出させるものか。

この子にも、絶対に近づかせるものか。

再び足音が聞こえる。リビングに入っていく。かすかなきしみ音で、サイモンがソファに座ったのがわかる。窓を見つめ、ケイトが家に戻ってくるのを待つサイモンが思い浮かぶ。

ケイトはそっと用心深く身体をずらす。スマートフォンを見る。受信状態のアンテナはちらちらしている。助けがいる——あのメッセージが来たときに、999番に通報すべきだったのに、パニックで考えが鈍り、隠れることばかり考えてしまった。もう電話するには遅すぎる。声がサイモンにも届いて、どこに隠れているかばれてしまう。

ケイトは血だらけの手をズボンで拭い、エミリーに宛ててすばやくメールを打ち、送信する。

〝警察に通報して。私を虐待していた元ボーイフレンドが、コテージに来てる。私は屋根裏に隠れてる〟

ケイトは息をのむ。

〝メールの送信に失敗しました〟

再送しようとしても、その冷たく非情な文字が何度も出てくる。

ひとりで闘うしかない。

身を守るために使えるものが、きっと屋根裏にあるはずだ。武器として使える何か。リビングにある火かき棒を持ってくるべきだった。

ケイトはキャンドルを持ち上げ、周囲を見まわす。バール、ホッケーのスティック……なんでもいい。

キャンドルの明かりが、書き物机の金色の取っ手をとらえる。

いままで気づかなかったものが目にとまる。

ケイトは息を殺し、できるだけゆっくり、音をたてずに机まで這っていく。

鍵のかかった引き出しの取っ手に〝W〟の文字が刻まれている。

ケイトはシャツの下からネックレスを引き、首からはずす。刻まれた文字は同じ形だ。

ペンダントを指でなぞる。ペンダントの下のほうに、ほとんど見えないほどちっぽけな突起がある。ケイトは息を詰めてそれを押す。何も起きない。

もう一度押してみる。

今度は小さな音がして、ペンダントのふたが開く。ペンダントじゃない。ロケットだ。中に、巻いた紙片が入っている。丁寧に取りだすと、紙片の中に小さな金色の鍵が入っている。

紙片は白くて真新しく、最近入れたもののようだ。ケイトは、胸を高鳴らせながら紙片を広げる。

筆跡は変化していた。もっと洗練され、優雅になっているが、それでもケイトがグリム兄弟の本の中に見つけたあの手紙の文字と同じ、蜘蛛の脚のように繊細な曲線を描いている。

ヴァイオレット伯母さんの字だ。

〝彼女が私を助けてくれたように、あなたのことも助けてくれますように〟。紙片に書かれた言葉はそれだけだ。〝彼女〟が誰かという説明もない。でも、引き出しの鍵穴に鍵を入れて慎重に回すあいだに、ケイトにはすでにその答えが思い浮かんでいる。

物音をたててサイモンに気づかれたりしないよう、少しずつ引き出しを引く。中にあるものが見えるまで、息を止めたまま。

冊子だ。

年月とカビの臭いを吸い込みながら、引き出しからそれを取りだそうとする。両手で冊子をつかんだとき、雨の音が屋根を打ち始める。

革の表紙はくたびれてやわらかくなっている。古いもののようだ。何世紀もたっていそうな。

ケイトは冊子を広げる。脆《もろ》そうな紙のページ――いや、紙ではない、羊皮紙だ。虫の翅のように、向こうが透けて見えそうだ。

薄くなった文字がぎっしりと並び、最初は読めそうもなく思える。ケイトはキャンドルを近づけ、文字の形を見つめる。最初の一行を読むと、ケイトの心臓の鼓動が速くなる。

〝彼らが私をそこに閉じ込めて十日がたった……〟

45 アルサ

あの最後の日について、まだ書けずにいる。昨日も羊皮紙とインクに向かったが、言葉は出てこなかった。

昨夜、母さんの夢を見た。死の床で母さんが言った言葉を夢の中で聞いた。そのあと場面はランカスターの地下牢になり、死の影が私に覆いかぶさってきた。朝の鳥のさえずりとともに安全な寝床で目を覚ましたとき、私は安心のあまり泣きそうになった。それからショールに身を包み、これを書くためにテーブルの前に座った。

この話を、起きたことをありのままに書くためには、たぶん母さんが私に書いてほしがらないこと、も、書いておかなければならない。母さんから、このことは誰にも話してはいけない、さもなければ私たちの立場が危うくなると教えられた。私がした約束について、そしてその約束をどんなふうに破ったかについて、話さなければいけない。

私はこの書き物を鍵のかかる場所にしまい、私がこの世を去って来世で母さんと再会するときまで、ほかの誰にも読まれないようにしておくと決めている。たぶん、私の娘に残すことになるだろう。ウェイワードの女たちの血筋が、私のあとに綿々と連なっていくのだと考えるのは楽しい。ウェイワードの女が最初に産むのは、必ず女の子なのだと母さんが言っていた。母さんが私しか産まなかったのもそのせいだし、母さんの母親がそうしたのも同じ理由だ。もうこの世には男がたくさんいるからね、母さんはよくそう言っていた。

十四歳のとき、初潮のあと弱っていた私に、それがウェイワードの娘にとってどんな意味を持つのかを、母さんが話してくれた。真夜中に夫婦がやってきて、母さんがカラスを放したあのときから、十二か月がすぎた秋のことだ。グレイスと最後にすごした大切な夏からは、さらにもっと時間がたっていたときだ。

母さんと私は、夕暮れに森でキノコを集めていて、罠にかかったウサギを見つけた。身体は哀れにもぼろぼろで血だらけだったが、それでもウサギはまだ生きていて、痛みに目をぴくつかせていた。私は、母さんが前日に洗ったばかりの服の裾を泥で汚しながらも、ひざまずいて指でウサギの脇腹を撫でてやった。毛皮は濡れていて、皮膚の下の鼓動は弱々しく鈍かった。ウサギは死を恐れていたが、それを待っているようでもあった。苦しみの終わり。万物の自然ななりゆき。

母さんは周囲を見まわし、木の暗い影をながめ、誰もいないことを確かめた。それから私の隣にしゃがみ、私の手の上に自分の手を重ねた。

「安らかに」母さんは言った。私たちの指の下で鼓動が弱まっていき、ウサギの目の光がふるえた。ウサギは死に、この世から解放された。もう罠も猟師も恐れる必要はない。

私たちは沈黙したまま家に向かった。そのころすでに、母さんの身体は弱っていた。いつもまっすぐだった背中が丸くなり、長いお下げ髪は草のようにぱさぱさだった。私は母さんの腕を自分の肩に回させ、その体重を支えて歩いた。

家に戻り、庭に夜の帳がおりてくると、母さんはシチューを温めているあいだ、私をテーブルの前に座らせた。あのとき母さんが言ったことを、私は思いだせるかぎり書きとめてきた。年がすぎるごとに、記憶はだんだん曖昧になっていくけれど。

母さんは、私の身体が女性として成熟したいま、学んでもらいたいことがあると私に言った。ただし、そのことは誰にも話してはいけないと。

私はうなずき、母さんと秘密を分かち合えることがうれしくてたまらなかった。私の体内で私を呼んでいる何かについて、ようやく知ることができるのだと思った。コテージの壁を登る蜘蛛、庭で羽ばたく蛾やイトトンボと、私とをつないでいる金の糸の秘密。私が生まれたころから母さんが育ててきたカラスたち、幼い私が見る悪い夢を追い払ってくれた暗闇できらめく瞳の秘密。

おまえは心の中に自然を持ってる、と母さんは言った。母さんも、母さんの母さんもそうだったように。私たちは――ウェイワードの女たちは、自然の世界と私たちとを固く結びつける何かを持っている。私たちはそれを感じることができるのだと母さんは言った。怒りや悲しみ、喜びを感じるのと同じように。動物、鳥、植物――彼らは私たちを招き入れ、私たちを仲間と認めてくれる。私たちが扱えば、根っこや木の葉がたやすく薬になり、人を元気づけたり癒やしたりできるのもそのせいだ。動物たちが私たちの抱擁を歓迎するのもそのせいだ。カラスが――あの白いしるしをつけたカラスたちが、私たちを見守り、私たちの命じることをやってくれるのも、彼らとの接触が私たちの力を最大限に解き放ってくれるのもそのせいなのだ。私たちの先祖――自分が何者かを表す言葉が生まれる前から、私たちよりも前にこの道を歩んできた女たち――は、腐っていく木の箱に入れられ、教会の庭の不毛な土に埋葬されることはなかった。そのかわり、ウェイリードの骨は森や丘で眠りにつき、その身体は植物や花に栄養を与え、骸骨は木々の根に包まれる。自分が存在した証として、墓石に名を刻ませる必要もない。

私たちはただ野性に戻ればいいいだけだ。

こうした内なる野性が、私たちに名を与える。大地からねじくれて芽吹いた植物のように言葉が生まれると、私たちに名前をつけたのは男たちだ。〝運命を司る魔女《ウェイワード》〟。私たちが従おうとしないとき、男の意志に合わせて自分を曲げようとしないとき、男たちは私たちをそう呼んだ。それでも私たちは、誇りを持ってその名を身にまとうことを学んだ。

それが天から与えられた力だったからだよ、と母さんは言った。いままではね。

この国のほかの女たち――クリザローから来た夫婦が言っていたような、ディヴァイスやウィットルといった家の者たち――は、こうした力を持ったがゆえに殺された。あるいは、その力があると疑われただけで殺された。ウェイワードの女たちは、何百年ものあいだ、クロウズ・ベックで安全に暮らし、そのあいだこの村の人々を癒やしてきた。人々がこの世に生まれでるときに手を貸し、この世を去るときにはその手を握って見送った。私たちは、大きな疑いを呼び起こさずに、人を癒やす力を使った。人々はその力に感謝してくれた。

でも、私たちの別の力――あらゆる生き物と絆を結ぶ力は、もっと危険なものだと母さんは言った。女が動物を親しい仲間にすると、それを羨んだ男たちはそうした動物を〝使い魔〟と呼び、女たちを焼いたり縛り首にしたりして破滅に追い込んだ。母さんが、長年わが家で暮らしたカラスを追い払うしかなかったのも、そのせいだった。その話をする母さんの声は、涙でかすれていた。

そして母さんは、私に約束させた。この力を、内なる野性を使わないことを。生計を立てるために癒やしの力を使うのはいいが、蛾や蜘蛛やカラスといった生き物とは距離を置かなければいけない。でないと命を危険に晒すことになる。

もしかしたらいつか、もっと安全な時代が来るかもしれない、と母さんは言った。輝かしい力を持った女が、生きて大地を歩くことができる日が来るかもしれない。でも、それまではその力をひた隠しにして、世界のいちばん暗い片隅だけを通るようにしなければならない。甲虫が土の中を進んでいくように。

そうしていれば、きっと生き残れる。ずっと綱渡りを続け、男からは種をもらい、それ以上のものを求めなければ。名前も愛も求めてはいけない、そのぶん見つけられる危険が大きくなる。

母さんが言った〝種〟の意味を、それまで私は知らなかった。種は地面に蒔《ま》くもので、女性の内部に蒔くものだとは思っていなかった。私は、次のウェイワードの娘が私の中で育ち、命として花開くところを想像した。

三年後、家にある数少ないろうそくでは、部屋に忍び込む闇にたちうちできなかったあの恐ろしい夜、母さんは亡くなる間際にもう一度、私にその約束を守るよう念を押した。

私は長らくその言葉を心に留めていた。でも、あの日市場で見かけたグレイスと話したのち、私は初めて、その約束に従いたくないという気持ちを感じた。初めて約束を破りたいという欲望にかられた。

46　ヴァイオレット

「ヴァイオレット！」また声が聞こえた。本当に人間の声みたいに聞こえる。ヴァイオレットは幻聴を聞いているのだろうかと思い始めた。これだけ出血すれば、危険なのは確かだ。何かを叩く音がする。ヴァイオレットは顔を上げた。すると見えた――少なくとも見えたと思った――窓の向こうの人の顔が。青ざめた月のような顔、赤褐色の髪。

ヴァイオレットが裏口の扉を開けると、庭を背に立っていたのは、グレアムのシルエットだった。その背後でヘレボリンが風に揺れ、暗赤色の海のようだ。

「うわ」グレアムが口走る。その目が姉のナイトドレスを見おろし、脚のあいだに広がる黒ずんだ染みを見つめている。まるで死の苦痛にあえぐ動物のように、ヴァイオレットはすぐにでも逃げて隠れたかった。グレアムが何かしゃべっているが、意味がよくわからない。弟の口が動くのは見えるし、そこから声が出ているのもわかるが、ヴァイオレットがそれを聞き取る前に、タンポポの綿毛のようにただよって消えてしまう。

グレアムはコテージの中に入ってきた。

「頼むから、ヴァイオレット」グレアムが言った。「座ってくれよ」

テーブルからろうそくを手に取ったグレアムは、揺れる明かりの中に陰鬱な顔を浮かべ、寝室へと歩いていった。

「やめて」ヴァイオレットは弱々しい声で言ったが、遅すぎた。

「なんてこった」再びグレアムの声が聞こえる。

衣ずれのような音がしたのち、再び現れたグレアムは、自分から遠ざけるようにして、血だらけのシーツの包みを持っていた。グレアムの青白い顔には、死体でも運んでいるかのような罪の意識が浮かんでいた。グレアムが運んでいるのは死体だということを、やっとヴァイオレットは思いだした。

「私に見せないで」ヴァイオレットは言った。

「埋めなきゃだめだよ」グレアムは立ち止まり、ヴァイオレットを見つめる。「手紙を見つけた」とグレアム。「生物学の教科書を探そうと思って、ヴァイオレットの部屋に行ったんだよ。姉さんが好きだったおとぎ話の本から、手紙がはみだしてた」

「グリム兄弟ね」ヴァイオレットは小声で言った。

グレアムはうなずいた。「そのあと父さんから、ヴァイオレットとフレデリックが婚約したって聞かされた。あれを読んで……あの手紙を読んだあとでは、ヴァイオレットがあいつと結婚したがってるとは思えなかったんだ。それで、ウィンダミアに、療養所に会いにいって、ヴァイオレットがすべて納得してるのか確かめようと思ったんだよ。でも、昨日の夜、父さんが書斎で電話しているのを聞いてしまったんだ……ラドクリフ先生と、ヴァイオレットのことを話してた。それで……父さんがここの住所を先生に伝えてたのを聞いて、父さんには今日の午後散歩に出るって嘘をついて……ここに来たんだよ」

グレアムはそう話しながら、薄暗く天井の低い部屋を見まわした。「ここ、なんの場所なのかな」

ヴァイオレットは黙っていたが、胃の中でねじれるような恐怖が募った。父さまがラドクリフ先生と話していた……ここの住所を伝えた……いいことだとは思えなかったが、なにがどう悪いのかもよくわからなかった。頭がナメクジのようにのろのろとして、ブランデーを飲まされて森の中へ行ったあの午後のような感じだった。そう、フレデリックに――

「赤ん坊に何があったんだ、ヴァイオレット？」グレアムは低い声で訊ねた。「何か飲んだの？子どもが流れてしまうようなものを？」

「生理を起こしたの」ヴァイオレットは言った。

「ヴァイオレット、僕の言ってることがわかる？　何か飲んだんなら、それが何か教えてほしいんだ。ラドクリフ先生が今日ここに来る。父さんも一緒にだ。いますぐ来たっておかしくない。もし何か飲んだんなら……僕に言ってくれないと。証拠を残したらまずいことになる。これは犯罪なんだよ、ヴァイオレット。一生刑務所暮らしになるかもしれないんだ」

ヴァイオレットの胃の中に再び恐怖が湧いてきた。

「ヨモギギクの花びら」ヴァイオレットは言った。「五日間水に浸して、それを飲んだの……」

「わかった」グレアムはシーツの包みを床におろし、寝室に戻っていった。風で急に扉が勢いよく開き、突風が吹き込んで包みがほどけ、青白い光沢をおびた肉体がさらけだされる。ヴァイオレットは、あの種子がまた動きだして自分の中に入り込んでくるんじゃないかと、ひどい恐怖にとらわれた。耐えられず、背を向け、壁に向き合った。

グレアムは、ヴァイオレットがヨモギギクの液を入れた缶を持って戻ってきた。湿った甘ったるい匂いがまだしている。グレアムはその缶とシーツの包みを外に持っていった。最初の雨粒が屋根を打つ音が聞こえ、ヴァイオレットはそれが天井に開いている穴から雨漏りしてくるのをながめた。

立ち上がって庭に行き、雨にきれいに洗い流されたかったが、疲労がひどくて動けない。ヴァイオレットの頭が傾き、胸の前までだらりとたれる。闇がひたひたと近づいてくる。

中に戻ってきたグレアム。グレアムの髪は濡れ、服全体が泥はねで汚れていた。

「埋めたよ」とグレアム。「子どもを」そう言いながら、ヴァイオレットのほうを見ずに手の土を払う。

「ありがとう」あれを〝子ども〟と言ってほしくはなかったが、ヴァイオレットはお礼を言った。

グレアムはうなずいた。

グレアムは水を入れた深鍋と布きれ、それに寝室のスーツケースに入っていた清潔なナイトドレスをヴァイオレットに持ってきた。

「身体をきれいにしたほうがいい」グレアムは部屋を出ていきながら言った。「着がえが済んだら、呼んで」

子どもを埋めたよ。いいいいい

自分がもう一度きれいな身になれることなどあるのだろうか、とヴァイオレットは思った。

ふらつく足で立ち上がり、汚れたナイトドレスを脱ぐ。脚にこびりついた血を剝がすのは、脱皮でもするみたいな感じだった。視界が滑るように移ろい、思わず椅子の背をつかむ。濡れた布きれを腿に押し当てると、血が細い筋になって脚を流れ落ち、床を汚す。木のあいだを切り裂いていくような外の風の音に混じって、カラスの鳴き声が聞こえた気がした。そのあと、エンジン音が近づいてきた。車だ。

「ヴァイオレット」グレアムが呼びかけてきた。「急いで。服を着て。あの二人が来た」

47　ケイト

ケイトはもう何時間も屋根裏にいる。

何度か静寂があり、サイモンが待つのをあきらめて帰ったのではと思いたくなることもあった。だけどそのうちに、威嚇するようなゆっくりとしたペースで、廊下を行き来する足音が聞こえてくる。もちろんあきらめてなどいない。絶対にケイトを逃がす気などない。ケイトたちを逃がす気などない。

恐れが遠のいてくれたかと思うと、またその冷たい拳が心臓をつかみにくる、そんな最悪の瞬間は何度もあった。それでも、アルサの手稿の脆いページをめくり、何世紀も昔の物語でありながら、自分の人生にもとても近しく感じる話を読んでいるうちに、ケイトの中に怒りが広がっていく。

雨はまだ降っていて、戦闘開始の合図のように、屋根を騒々しく叩いている。ケイトは手稿を読み終える。真実を理解する。アルサ・ウェイワードについても。そして、ヴァイオレット伯母さんについても。自分自身、そして自分の子どもについても。

真実。ケイトは、真実が融解しながら全身に広がっていき、自分を芯から強化してくれるのを感じる。

こうした内なる野性が、私たちに名を与える。

長いあいだずっと、自分は人とちがうと感じていた。別種の人間のようだと。これがその理由だ。

雨が激しくなってくる。どこか奇妙な音のような気がする――水がリズミカルにぱらぱらと降ってくる音というよりも、一貫性のない重たい音だ。トン。トン。トン。何百もの固い何かが、屋根に降り立つような音。こするような音もする。最初は、風のせいで木の枝が石張りの屋根をこすっているんだろうと思っていた。ケイトは耳をそばだてる。こすっているんじゃない、引っ搔いているのだ。かぎ爪。翼の羽ばたき。逆上し、数を増やし、大群となってそこにいる彼らをケイトは感じる。鳥たちだ。

そう。あのカラスは、ケイトがここに来たときからずっとそこにいた。暖炉の中にもいた。生け垣の中からも、シカモアの木からも見張っていた。あのカラスが、事故のあとケイトを森で導いてくれた。あのしるしのついたカラスが。

ケイトの恐れが消える。鳥たちへの恐れも、サイモンへの恐れも。

サイモンが自分を傷つけてきた時間、ケイトの意志を無視して快楽のためにケイトの身体を利用してきた時間のことを考える。自分がちっぽけで価値のない存在だと、サイモンがケイトに思い込ませてきた時間のことを。

でも、私は無価値じゃない。

ケイトの血が熱くなる。神経の末端がぴりぴりしてくる。暗がりの中で、ケイトの視界が鮮明に研ぎ澄まされる。音が自分の頭の中から聞こえてくるもののように感じる。

屋根の上の鳥たちが鳴き、わめき散らし始める。鳥たちの体がひとまとまりになって、波打つ羽根の塊のように家を覆うさまが目に浮かぶ。

ケイトは鳥たちに感謝し、歓迎する。それから自分の腹部に手を当てる。

準備はできてる。私たちの準備はできてる。

下でサイモンの叫びが聞こえる。鳥たちを目にしたのだろう。

いまだ、とケイトは決断する。いましかない。

ケイトは跳ね上げ戸を開ける。

48 アルサ

一六一八年の最後の何か月か、私は忙しかった。木の葉が色づいたころ、大きな彗星《すいせい》が現れて空も色づいた。彗星は、血の流れのように星々をさらった。母さんがよく星占いをしていたので、この赤い空を母さんが見たらなんと言うだろう、これは何が起きるお告げなのだろうと考えていた。

秋が終わり冬に入ると、村で熱病が流行《はや》りだした。村人の半分が医者を呼び、もう半分——ヒルに血を吸わせるための金がない連中——は私を呼んだ。痛みで目をどんよりさせ、頬に熱い斑点が浮いた患者の火照った顔を見るたび、アンナ・メトカーフの顔が浮かんだ。母さんの顔が浮かんだ。

失敗すれば命を失いかねなかった。

だから私は、夜の半分ぐらいは寝ずに働き、患者のベッドのそばでひたいを冷やしてやるか、コテージで翌日使うための強壮剤やチンキを作るかしていた。毎日解熱に使うナツシロギクを切ったり潰したりしていたので、いつも指からその匂いがして、皮膚の繊維にナツシロギクが染み込んでしまったみたいだった。私は毎晩疲れきって、藁布団に横たわるや否や眠りに落ちた。夢も見なかった。

私が知るかぎり、グレイスもその夫も熱病にはかからなかったが、かかったとしてもスマイソン先生を呼んでいただろう。二人とも毎週日曜は教会に来ていた。その冬の信徒席は熱病のせいで空っぽに近かったが、私は距離を保ってできるだけ後ろに座っていた。説教のあいだ、私はグッド牧師の声を低い雑音か何かのように聞き流しながら、グレイスが頭を下げて祈るとき、その赤い巻き毛が揺れるのを見守っていた。

グレイスはいまも父親と同じように、カトリックの習わしに従っているのだろうか、とも考えた。マリアさまに救済を祈っているのだろうか。私には、聖母が——男の肉体を自分の上に感じずに済んだ聖母が、グレイスを夫から救ってやれるとは思えなかったが。

グレイスはいつもと変わらなく見えた。顔は青ざめ、冷ややかで、ずっとうつむいている。見たかぎりではあざらしきものもないが、夫は顔を傷つけないようにしているというグレイスの言葉を、私は忘れていなかった。シュミーズの下がどうなっているのか、考えるのも嫌だった。五月祭前夜の焚き火のそばで見た幻が思い浮かんでくる。あの血が。

村に蔓延《まんえん》していた熱病は、降臨節のころまでには燃え尽きるようにおさまり、クリスマスの朝は、雪がクリームのようにたっぷりと地面を覆ったものの、教会は人であふれた。村人たちは、帽子に氷粒を載せたまま信徒席に座り、まるで小麦粉を振ったパンの塊のようだった。私はいつものように後方に座り、首を伸ばしてグレイスを探した。が、ジョンの隣にその姿はなかった。私は信徒席をくまなく見た。どこにもいない。

グッド牧師の説教のあいだも、なぜグレイスが来ていないのかをずっと考えていた。熱病にかかったんだろうか？　礼拝のあと、ジョンはディンズデイル一家の輪に加わり、スティーヴン・ディンズデイルの冗談に顔をのけぞらせて笑っていた。妻が病気だとしても、心配そうなそぶりは見えなかった。でも、そんなものなのかもしれない。結局のところ、ジョンにとってのグレイスの価値は、自分の子どもを産んでくれるということなのだろうし、それもここまでは失敗が続いている。グレイスが弱って死んでも、ミルバーンの名を継いでくれる息子を産める別の女と結婚する口実ができるなら、ジョンは喜ぶのかもしれない。

私はジョンがグレイスのことを何か口にするかもしれないと思い、あえて教会の庭に残り、できるだけジョンの近くに立っていた。でも、何も言わなかった。村人たちは、間近に迫る祝祭の空気で陽気になっていて、教会の庭はおしゃべりの声で騒がしかった。そのうち村人たちは、マントと帽子でしっかり身を包み直し、楽しいクリスマスをと言い交わして、それぞれの家路についた。私がひとりでコテージに座っているあいだ、みんなは家族と一緒にご馳走やおしゃべりを楽しむのだと思うと、悲しい気持ちになった。ジョンが帰ろうとしているのをながめていると、メアリー・ディンズデイルが、奥さんにもよろしく伝えてとジョンに言うのが聞こえた。

「ありがとう」とジョン。「明日には起きられるはずだよ。まあ、そうしてもらわないと困るんだ、牛の乳を誰かが搾らなきゃならないからな」ジョンはそう言って、鋤の音みたいな耳障りな騒々しい声で笑い、ディンズデイル家の人々にメリー・クリスマスと告げた。

私は白くなった草地を通り、骨みたいに枝をむきだしにした木々の下を歩いて家に向かった。ジョンの言葉に思いをめぐらせ、冬の風で顔が麻痺し、私の心は冷えきっていた。

翌朝目が覚めたときは、耳が聞こえなくなったのかと思うほど静かだった。窓の外を見ると、夜のあいだにどっさりと降った雪が、世界をすっぽり包んでいた。その朝は鳥の声も聞こえず、太陽も、弱々しい灰色の光を発しながら、すでに空高く昇っていた。

村人たちが暖かい家にこもり、前夜のお祭り騒ぎの二日酔いで眠っていてくれることを祈った。こんな静かな白い世界に出かけていく私のことを、誰にも見られたくなかった。

雪道を歩くうちに、ブーツの中の足が冷たくなり、両手は手袋の中でひりひりして、胃は恐怖感でねじくれた。ジョンがグレイスに何をしたか知らないが、クリスマス当日も人前に出てこられないとしたら、よほど深刻な事態にちがいないと思った。

ミルバーン農場まで来てみたものの、最初は道をまちがったのか、さもなければ農場が消えてしまったのかと思った。そこへ、寒さに不平を漏らす牛の鳴き声が牛小屋から聞こえ、農家の屋根が雪に覆い隠されているだけだということがわかった。私はオークの木に登って農場を見ようと思ったが、幹が凍りついてつるつるし、手がかりや足がかりが見つからない。そのとき、白い小山のようになった母屋から、黒い人影が出てくるのが見えた。なびく長衣の裾と手に持っている革のかばんで、その人物が誰なのかは遠くからでも見分けがついた。

スマイソン先生だった。


十二月の最後の何日かは、夜明け前、まだ谷に闇と静寂がたちこめている時刻に起きた。空の端が灰色に変わっていく中、私はミルバーン農場へと向かい、オークの木に登り、高いところの枝に腰かけていた。カラスの一羽みたいなそぶりでそこにいる私を、ほかのカラスたちは、きらめく瞳で静かに歓迎してくれた。そのうちの一羽が私の隣にたたずみ、羽根と私のマントが触れ合った。

私たちは一緒に農場を見張った。

雨戸の向こうで、オレンジ色のろうそくの光がちらつく。やがて裏口の扉が開き、ジョンが母屋を出て、乳搾りをしに牛小屋へ歩いていく。ジョンに乱暴に乳房をつかまれでもしたのか、牛たちの低い抗議の声が流れてくると、私の恐れは大きくなった。乳搾りは本来、グレイスの仕事だ。そのあとジョンは、溶けつつある黒ずんだ雪ででこぼこした牧草地へ、牛たちを連れていく。日によってはカークビーの若い息子が来るが、グレイスは現れなかった。冬の空がしだいに明るくなり、ピンク色が冷たい水色に変わる。それでもグレイスは母屋から出てこない。洗濯もしないし、井戸の水を汲むことも、市場に買い物に行くこともなかった。

そんなふうにして三日がすぎた。そして四日目の夜明けに裏口の扉が開いたとき、そこに現れたのはジョンではなくグレイスだった。牛小屋へ乳搾りに向かうグレイスは、のろのろとした動きで、痛みで身体が曲がっているように見えた。グレイスはよろめき、ひざを突き、そして吐いた。扉がまた開くのが見え、私は思わず自分の口を押さえた。ジョンが出てきて、凍った泥の上にひざまずいている妻のもとに足早に向かった。

あの男の本性を知ってはいても、それでもまだ私の中の無邪気な部分は、ジョンが妻に手を貸し、優しく立ち上がらせてやることを願っていた。だが、ジョンはグレイスの頭巾を剝ぎ取り、グレイスの髪をつかんだ。鈍い光の中で、グレイスの赤毛は古い血の色みたいに見えた。ジョンはグレイスの髪を引っぱって立ち上がらせ、グレイスの鋭い悲鳴が朝の空気を振動させた。私のそばで、カラスたちが居心地悪そうに、枝の上で体を動かした。

ゴミでも運ぶように、ジョンがグレイスを牛小屋に引っぱっていくのを見つめながら、私の頰で涙が凍りついた。ジョンの暴力のことは、グレイスの口から聞いて、わかっていたつもりだった。

だが、実際にそれを見るのはまるで別物だ。私の血管を、怒りが火のように駆けめぐった。

翌日、ニュー・イヤーズ・イヴの朝、アダム・ベインブリッジが新年の贈り物を届けてくれた。布に包まれたハムの小さな塊だった。

「実は、まだあるんだ」私がお礼を言うと、アダムが言った。「今朝は先に、ミルバーン農場にも寄って、贈り物を届けてきた。うちは長年、ジョン・ミルバーンから子牛肉を卸してもらってるから、新年に向けて感謝の挨拶をちゃんとしてこいって親父《おやじ》に言われてさ」アダムはそこで言葉を切った。いかにも、挨拶なんてしたくなかったみたいな物言いだった。アダムは知ってる、と私は思った。ジョンが妻にどんな扱いをしているのかを知ってる。

「ジョンが牧草地に出てたから、ミルバーンのかみさん、つまりグレイスが応対に出てきた。今日はほかのところにも贈り物を届けるのかって、グレイスに訊かれたんだ。このあとアルサのところに行くって俺は答えた。今年死んだうちの爺《じい》さんのこと、アルサがよく面倒見てくれたからって。そしたら、これを渡してくれって頼まれたんだ」

アダムは私の手に布の包みを押しやった。私はアダムの前でそれを開けたりはせず、ただその贈り物に驚いたような顔を装った――グレイスが私に優しい言葉をかけたりするのを、村人たちはこの七年、ずっと見ていない。

アダムは少しのあいだ、何か訊きたそうに私を見ていたが、それでも何も言わなかった。

「じゃ、よいお年を、アルサ」アダムは言った。「幸運が訪れますように」

アダムは縁なし帽に手をやり、それから帰っていった。

アダムが小道から姿を消すのを見送って、私は家の中に入った。扉を閉めるや否や、包みを開いた。中には、香りのいい、黄金色の球体が入っていた――オレンジだ。話にぐらいは聞いたことがあったが、貴重で高級な果物だ。高価な贈り物だ。その匂いが私の鼻孔を鋭く刺激したが、それと絡み合うように、別の木のような香りもした。クローヴの香り。一緒に包まれていたクローヴの枝を引きだすと、あかぎれの私の指がちくりとした。それはただの小枝ではなく、小枝を組み合わせてこしらえた人形《ひとがた》だった。急いで作った粗雑なものだったが、グレイスの伝えたかったことが私にはわかった。それは女の人形で、胴あたりの小枝に丸みを持たせている。赤ん坊。

グレイスはまた妊娠したのだ。そして私に助けを求めている。

その夜、また、死の床にいる母さんの夢を見た。母さんの顔は蠟のように青白く、その血色の悪い唇は、しゃべっているあいだもほとんど動かなかった。

「アルサ」母さんは呼びかけてきた。「約束を忘れないでおくれ……絶対に破ったらいけないよ……安全じゃなくなる。その力を隠しつづけなきゃだめ……」

私はびくっとして目を覚まし、夢は消えた。私は頭から母さんの顔を追いだした。私を起こしたのが何かの声だったことに、私は気づいた。その声がまた聞こえた。静けさをふるわせるような鳴き声。カラスだ。私は外を見た。夜が谷から薄らぎ始めている。その時が来た。

私はすばやく着がえた。姿見をのぞくと、私の髪は羽根のように輝いていた。肩に黒いマントをかけて前をしっかり締めると、まるでカラスそのものになったように、自分が暗く力強く見えた。

49　ヴァイオレット

鍵穴の中で鍵が回った。ヴァイオレットは急いでナイトドレスを着たが、そうしているあいだにも目眩がしてきた。また椅子に座り込む。視界の端がまだ暗い。闇に屈するのがいちばん楽かもしれない、と思う。父とラドクリフ先生よりも先に、闇に連れ去られてしまいたい。

玄関の扉が開くきしんだ音がして、コテージに激しい風が吹き込んでくる。嵐の中でも父の声はヴァイオレットにも聞こえた。

「グレアム？　なぜおまえがここにいる？」

「父さん——説明させてほし——」

「お嬢さんはどこに？」ラドクリフ先生の、冷たい、皮肉っぽい声だ。

部屋に入ってきた父と医者の外套《がいとう》は、雨で光っていた。ヴァイオレットは、自分の血で薄紅に染まった床を見おろした。

「流産したんだ」グレアムが静かに言った。

父は、グレアムが子どものことを知っている理由を訊かなかった。ヴァイオレットは父の視線を感じて顔を上げた。その目には、気遣いも、優しさもなかった。口が嫌悪でねじ曲がっていた。

「調べないとなりませんな」ラドクリフ先生が言った。「寝室に連れていって、横にさせてください」

グレアムはヴァイオレットの腕を自分の肩に回し、椅子から立たせた。父もラドクリフ先生も、手を貸そうともしなかった。ヴァイオレットは目をつむり、自分がブナの木に寄り添って、夏のそよ風を顔に感じているところを想像した。寝室に入ると、小さな窓が眩しく光り、空中を稲妻が駆け抜けた。雷鳴。雷が鳴るときは、神がご自分の家具を並べ替えているときだと、ナニー・メトカーフがよく言っていた。ナニー・メトカーフ。彼女も恥ずべきことだと思っているだろう、それはヴァイオレットにもわかっていた。神もそうなのかもしれない。ヴァイオレットが犯した罪に恥じ入っているのかもしれない。

ヴァイオレットが横になると、ラドクリフ先生はグレアムと父に後ろを向くように言い、それからヴァイオレットのナイトドレスの裾をまくった。血の臭いに医者の鼻孔がふくらむ。甘く金属的な血の臭いがまだ空中をただよっている。ヴァイオレットが自分の身体に目をやると、腿のあいだが赤い円形に染まり、木の幹のうろのようだった。急に自分が年をとり、十六年ではなく百年も生きてきたような気がした。

「何が起きたのか説明してもらえますか？」ラドクリフ先生が訊ねた。医者と父のどちらかが、ヴァイオレットに直接口をきいたのは初めてだった。

「今朝、痙攣を感じたんです」ヴァイオレットは言った。「月のものが来るときに似てたけど、もっと強くて……」

「僕がここに来たとき、それが始まったところでした」グレアムが壁のほうを向いたまま口を挟んだ。「僕が着いて間もなく、出血が始まって。それから、血と一緒に……その……」

「赤ん坊ですかな」ラドクリフ先生が訊ねる。

「そうです、赤ん坊……赤ん坊が出てきて……ものすごく血が出て……」グレアムが吐き気をもよおし、ヴァイオレットにもグレアムが何を思い浮かべたかわかった。ねじれたまだらの肉の塊。種子、腐った何か。

ヴァイオレットの目を涙がちくちくと刺し、視界がぼやけ、ラドクリフ先生の顔がゆがんだ。

「それで全部かな？」先生が訊ねる。「わざと流産を起こすようなことはしていないですか？　何か飲んだとか？」

「いいえ、飲んでいません」ヴァイオレットは静かにそう言い、涙が頬を濡らした。また暗がりが迫ってきて、ヴァイオレットは転がるようにそこへ引き寄せられていった。ヴァイオレットが意識を失っていくあいだにも、会話の断片が流れてきて、空気が押し寄せてくる。

「大量に出血していますね」ラドクリフ先生の声が聞こえる。「最低でも一週間はベッドで安静にすることです。体液も失われていますし」

「それで終わりですか、先生？」父が訊いた。「この娘が自分で何かしたわけではないと言いきれますか？」

「いいえ」ラドクリフ先生は言った。「本人の言葉以外には何もわかりません。それと、息子さんの言葉と」

ヴァイオレットは浮遊しはじめ、風が肌の上で歌いだした。眠りがやってきた。


目が覚めると、グレアムがベッドの向かい側に座り、姉を見守っていた。何もかも静かになり、動きを止めていた。ろうそくの灯心が燃え尽きている。窓の外を、ハエの羽音が通りすぎていくのだけが聞こえた。

「あの二人は帰った」ヴァイオレットが目覚めたのを見て、グレアムが言った。「昨夜帰った。姉さんは昨日からずっと眠ってたんだ。父さんから、僕がそばについててやれって言われた。ラドクリフ先生の前だから、体裁を取り繕ったんだろうけどね」

ヴァイオレットは起き上がった。自分の身体が、空っぽで軽くなった感じがした。

「一週間たったら、二人で回復具合を見にくるってさ。父さんはフレデリックに手紙を書くって言ってた。結婚式は取りやめじゃないかな」

さらに気持ちが軽くなった。シロビタイジョウビタキのさえずりが聞こえ、思わず微笑んだ。美しい響きだ。

「父さんは僕らの言うことを信じてないと思う」グレアムが言った。

ヴァイオレットはうなずいた。「どうだっていい。ラドクリフ先生が信じてくれさえすれば」

「そうだね」とグレアム。「父さんが自分から警察に届けるとも思えない。スキャンダルになるし」

二人はしばらく黙っていた。ヴァイオレットは、壁に躍る細い陽射しを見つめていた。

「ここはいったいなんなんだ、ヴァイオレット？」

「私たちの母さまの家よ」ヴァイオレットは言った。「エリザベスが母さまの名前。エリザベス・ウェイワード」

グレアムは静かになった。グレアムが泣きだしたことにヴァイオレットが気づくまで、少し時間がかかった。グレアムは身を屈め、肩をふるわせ、両手で顔を覆った。何年か前にグレアムが寄宿学校へ行ってのち、弟が泣くのを見るのは初めてだった。

「グレアム？」

「僕……」グレアムは深く息をして、呼吸を落ちつかせようとした。「姉さんまで死んじゃうのかと思った。同じように。僕らの――僕らの母さんと同じように」

二人のあいだで母親の話をするのは、これが初めてだった。

「だから僕が嫌いだったんだろ？」グレアムは両手から顔を上げて言った。色白の顔が涙で汚れている。「僕が――僕が母さんを殺したから」

「どういうこと？」

「母さんは僕を産んだから死んだんだ」

「ちがうわ」

「やめてくれよ、ヴァイオレット。知ってるんだよ。父さんが何年か前に教えてくれたよ」

「それは嘘よ」ヴァイオレットは言った。そして、弟に真実を話した――父とラドクリフが母に何をしたかを。祖母が、自分たちが一度も会うことのなかった祖母が、孫たちに接触しようとしたことも。

「だから、自分のせいだなんて考えないで」ヴァイオレットは話のあとで言った。「それに、私があなたを嫌っているなんて考えないで。あなたは私の弟よ。私たちは家族なの」

そう言いながら、ヴァイオレットはネックレスに手を触れた。指に触れているロケットは温かかった。そこに鍵がちゃんと入っていると思うと、心強く思えた。ヴァイオレットは、弟にもすべて話そうか考えた――引き出しに鍵をかけてしまってある、アルサの書き残した冊子の内容を。ウェイワードの一族は、グレアムの家族でもある。

でも、グレアムは男だ――いや、間もなく男になる、というべきだろうか。善良な男ではあるが、男性にはちがいない。伝えないほうがいい、とヴァイオレットは思った。

「あの方法をどうやって知ったんだい――あれはなんだったんだ？」

「ヨモギギクよ」ヴァイオレットはそこで言葉を切った。「何かの本に書いてあったのよ」

グレアムは一週間、ヴァイオレットのそばにとどまった。グレアムが寝室の窓の掛け金の修理を手伝ってくれたおかげで、ヴァイオレットは毎晩新鮮な空気を吸えるようになった。二人でキッチンの床から血の染みをこすり落とし、床板が深い茶色に輝くまで磨いた。コテージは生まれ変わったようにきれいになった。

庭では、ヘレボリンと葉を絡ませ合いながら、ニンジンが育っていた――ヴァイオレットが知るニンジンとはまるでちがう、白っぽい妙な形のニンジンだったが。ルバーブもあった。近くの土の中に住む虫たちをおどかさないよう、茎をそっと抜いて使うことにした。

二人はニンジンと、父が置いていった卵を食べた。〝種子〟がなくなったいま、ヴァイオレットが卵を食べても、もう胃が拒否反応を示すことはなくなった。

グレアムが屋根裏から錆びた斧《おの》を見つけてきた。嵐のときに折れた枝をその斧で叩き割り、薪に使うことにした。

「冬もこれで暖かくすごせるよ」グレアムは言った。あんなことが起きてしまったあとでは、ヴァイオレットが二度とオートン・ホールに戻れないことは、二人ともわかっていた。

グレアムは木材を使って小さな十字架をこしらえ、あの〝種子〟を埋めたシカモアの木の下、小川の脇の地面に打ち込んだ。ヴァイオレットは、そんなものは撤去してほしいと頼もうかと思ったが、思いとどまった。

父がラドクリフ先生を連れ、再びやってきた。

「お嬢さんはすっかり回復したようだ」ラドクリフ先生は父に言った。「もしお望みなら、いつでもお宅へ連れ帰れると思いますよ」

ラドクリフ先生は帰っていき、コテージには父とグレアム、そしてヴァイオレットだけになった。ラドクリフ先生の車のエンジンが聞こえなくなるまで、三人とも黙っていた。

「もうわかっていると思うが」話を切りだした父の視線は、ヴァイオレットではなく、その背後の壁に向いていた。「あんなことをしたおまえを、私の家に戻らせるわけにはいかない。スコットランドの教養学校の入学手続きをしておいた。そこで二年学んだあと、その先どうするかはまた私が決める」

ヴァイオレットの耳に、グレアムの咳払いが聞こえた。

「嫌です」弟が口を開くよりも先に、ヴァイオレットが言った。「残念ですが受け入れることはできません、父さま」

驚いた父の口が半開きになった。まるで娘にひっぱたかれたような顔だった。

「いまなんと言った？」

「私はスコットランドには行きません。どこにも行きません。私はここに残ります」しゃべっているうちに、ヴァイオレットの体内に、奇妙な感覚が沸き立ってくるのを感じた。皮膚の下で電気がうなっているかのようだ。さまざまな光景が頭をよぎる——空を切り裂くように飛ぶカラス、雪に映えるその翼、くるくると回る車輪。ヴァイオレットは少しのあいだ目をつむり、自分の中の感覚がはっきりと見え、金色に輝きだすまで意識を集中した。

「決めるのはおまえじゃない」父が言った。開いている窓から、蜜蜂が銀色の翅をうならせながら入ってきた。蜂が父の頬の近くをかすめると、父はぎょっとしてあとずさった。

「もう決めました」ヴァイオレットは背筋を伸ばして立ち、その黒い瞳で、父のうるんだ瞳を刺すように見つめた。父は目をまばたいた。蜜蜂は父の顔のあたりを飛びまわり、父の手を逃れて身を躍らせた。父の鼻に汗が浮かんでくるのが見えた。間もなく別の蜜蜂がやってきて、さらにまた一匹、もう一匹と加わり、やがて父は——叫び、悪態をつきながら——黄褐色の雲、きらめく小さな体の群れに包み込まれた。

「帰るならいまのうちじゃないかしら、父さま」ヴァイオレットは静かに言った。「結局のところ、あなたの言ったとおり、私は母さまの娘なんです」

「グレアム？」パニックに陥った父の声を聞き、ヴァイオレットはつい微笑んだ。

「僕もここに残ります」グレアムは胸の前で両腕を組みながら言った。

父の呼吸が浅くなり、声がしゃがれてきた。何匹かの蜜蜂が、危険なほど父の口もとに接近している。

「玄関の鍵をください、父さま」ヴァイオレットは言った。床板に鍵が放りだされ、鈍い音をたてて転がった。

「ありがとう」ヴァイオレットは、蜜蜂に追われて逃げていく父にそう呼びかけた。父は出ていき、扉がバタンと閉まった。

ヴァイオレットが手を伸ばすと、一匹残っていた蜜蜂がその手のひらにとまった。

「怖がってないようね？」ヴァイオレットはグレアムに向き直った。「今回はあなたを刺したりしないわよ」

「わかってる」グレアムが言った。

グレアムはヴァイオレットの肩に腕を回した。二人は少しのあいだ静かに立ち、車が走り去っていく音を聞いていた。

50　ケイト

廊下に降り立つと、雹《ひょう》が窓を叩くような音が聞こえてくる。でも、ベッドルームの戸口から窓を見れば、それが雹の音じゃないことはわかる。くちばしの音だ。外で月に照らされているのは、何百羽という鳥たちだ。カラスの羽根は暗灰色の光沢を、フクロウは黄色の輝きをおびている。コマドリの赤い胸も見える。鳥たちが身を寄せ合い、ガラスに平たく張りついている。周囲では雪が降り、地面にひらひら舞っている。鳥たちの鳴き声がケイトの耳にこだまする。彼らはケイトのために集まってくれている。

リビングのドアがわずかに開いている。サイモンは半狂乱になって叫んでいる。ケイトが部屋に近づく気配も聞こえないぐらい、鳥たちの声に包み込まれている。

ケイトはドアを押し開ける。サイモンはリビングの中央に立ち、窓に向き合っている。火かき棒を握る拳は、真っ白になってふるえている。ケイトは少しのあいだ静かに立ち止まり、サイモンの背中の筋肉が、高級なウールのセーターの下で張り詰めているのをながめる。うなじの皮膚には鳥肌が立っている。

鳥たちは窓辺で騒いでいる。ガラスにはひびが入り始め、蜘蛛の巣の糸のように銀色に光るのが見える。煙突からは引っ掻くような音がしている。

「サイモン」ケイトは呼びかける。相手には聞こえていない。

「サイモン」もう一度呼びかける。今度はもっと大きな声で、できるだけ声に恐れが出ないようにしながら。

金髪がさっとひるがえり、サイモンがこちらを向く。

ケイトの心臓が胸の中でびくんと跳ねる。そのハンサムな顔だちが怒りで鋭さをおび、唇から歯がむきだしになっている。ケイトの顔を見たサイモンの顔に衝撃が浮かぶ。大きなお腹に短髪、肩からかけているヴァイオレット伯母さんのビーズつきのケープのせいで、サイモンにはケイトがひどく変わったように見えるにちがいない。やがてサイモンの目が細くなり、怒りの光を放つ。

「いたな」サイモンは低い声で言う。

サイモンが向かってくるのを見て、ケイトは息をのむ。相手をかわそうと戸口に戻りかけるが、サイモンの動きは俊敏だ。

サイモンはケイトを壁に勢いよく押しつける。漆喰の粉が、外の雪のように宙を舞う。「逃げられると思ったか?」サイモンは怒鳴り、唾がケイトの顔に飛ぶ。「俺の子どもと一緒に逃げられるとでも思ったか?」

サイモンは火かき棒を床に放りだし、ケイトの首をつかむと、万力のように力いっぱい絞め上げる。

ケイトのみぞおちに、冷たく固い恐怖が居座ろうとする。

脳内でさまざまな考えが弾けては消える。部屋の色が明るさを増し、視界の縁がかすんでくる。サイモンの瞳のブルーの虹彩に、黄金色の斑点が浮かんでくる。白目には赤い血管が浮いている。

サイモンの息が熱く酸っぱく、ケイトの顔にかかる。

酸素が吸えず、肺が焼けそうに熱くなる中で、これがそうなのか、とケイトは思う。これが終わりなのか。たとえサイモンがケイトを生かしてくれるとして――子どものためにそうする可能性はある――それでも、もうそれは人生ではない、独房だ。ケイトは不意に、村の牢屋のことを思いだす。冷たい灰色の石、迫ってくる暗闇。

サイモンが何か怒鳴っているが、窓を叩く音、屋根を引っ掻く音のせいで、ケイトにはほとんど聞こえない。

さらにサイモンの顔が近づき、大声で言葉を浴びせ、ケイトの喉にかかった手に力がこもる。ヴァイオレット伯母さんのネックレスが首に食い込んでくる。

「何様のつもりだ」サイモンの言葉がケイトの頭蓋の中で響く。「俺がいなきゃ、おまえなんて無も同然だ」

パニックが湧き上がる。いや、パニックではない。ケイトはそれを悟る。最初からパニックなんかじゃなかった。これは、何かを吐きだそうとする感覚だ。ケイトの胸中で熱く輝く怒り。パニックじゃない。力だ。

ちがう。私は無じゃない。

私はウェイワードの女だ。そして、自分の中にも新しいウェイワードの女がいる。ケイトは勇気を奮い起こし、全身の細胞を燃え立たせ、そして念じる。いまだ。

窓が割れ、鋭い音が滝のように流れ込んでくる。割れた窓や暖炉の中から突入してきた翼を持つ生き物たちが、部屋をまっ黒に埋め尽くす。

くちばし、かぎ爪、そして目が閃光を放つ。羽毛がケイトの肌をかすめる。サイモンが叫びをあげ、ケイトの喉にかかった手がゆるむ。

ケイトは空気を吸い込み、ひざを突き、お腹を片手で抱え込む。足に何かが触れ、ケイトが目をやると、床全体に蜘蛛の黒い波が広がっている。鳥はどんどん窓から入ってくる。そして昆虫も。ちらちらと空中を飛び交う水色のイトトンボ、翅にオレンジ色の目玉模様がある蛾。宙を浮遊するちっぽけなカゲロウ。恐ろしげな金色の群れをなす蜜蜂。

ケイトの肩に何かが降り立ち、鋭いかぎ爪が食い込んでくる。ケイトはその青黒い羽根と白い筋を見る。カラスだ。ここへ来たときからケイトを見守っていた、あのカラスだ。ケイトの目に涙があふれ、その瞬間、自分はコテージでひとりぼっちじゃないということを理解する。アルサもそこにいる、床全体で踊りまわる蜘蛛たちの中にいる。ヴァイオレットもそこにいる、銀の蛇のようにきらめきながら波打つカゲロウの群れの中にいる。最初のひとりの血筋に連なる、すべてのウェイワードの女たちがそこにいる。

彼らはずっとケイトとともにあり、これからもありつづけるだろう。

サイモンは床の上で身を丸め、悲鳴をあげている。群れをなしてサイモンをついばみ、翼をはためかせる鳥たちのおかげで、その姿はほとんど見えない。虫たちもサイモンの肌の上で模様を作っている。サイモンの顔はハイタカの黄褐色の翼に覆われ、胸にはムクドリが何羽も降り立ち、その頭頂部が紫に光っている。茶色のノハラツグミはサイモンの耳をつつき、蜘蛛はサイモンの喉を取り囲んでいる。

羽根が空中で渦を巻く——小さな羽根、白い羽根、金色の羽根、先が細い羽根。オパールのような光沢の黒い羽根。

ケイトが腕を上げる——ピンク色の火傷の痕が光を集める——すると生き物たちが引き下がる。床には彼らの黒い落とし物が点々とついている。

サイモンは、傷だらけで真っ赤になった手で目を覆っている。彼がゆっくりとその手をおろすと、左目があるはずの場所にピンク色の肉がむきだしになり、血がにじんでいる。ケイトが肩にカラスを止まらせたまま、見おろすように立つと、サイモンは身をすくめる。

「出ていって」ケイトは言う。


サイモンがいなくなると、生き物たちも去り始める。

生き物たちの翅や翼で生じる風が、ケイトの髪をなびかせる。まず虫たちが出ていき、それから鳥が続く。順番の合意でもあるかのように。

ケイトは床を見る。ガラス、羽根、雪が散らばり、宝石みたいに輝いている。こんなにも美しい光景を見るのは初めてだ。

残っているのはあのカラスだけだ。カラスは窓台をうろつき、頭を横に傾ける。ケイトを残していっても大丈夫か考えるように。

外からエンジンのうなる音と、車のドアが閉まる音が聞こえてくる。

ドアベルが鳴り、それから狂ったようなノックでドアが振動する。

「警察だ、開けろ!」

「ケイト?　そこにいるの?」恐怖に満ちたエミリーの声。エミリー。ケイトは微笑む。私の友だち。

「ドアを破るしかなさそうだな」警官が言う。「下がって！」

カラスは最後にもう一度ケイトを振り返る。ケイトは、カラスが飛び立つのを見守る。カラスは夜空に浮かぶ月を通りすぎ、さらに上昇していく。自由に。

51　アルサ

今朝目覚めたとき、自分がどこにいるのかをしばらく思いだせなかった。身体をつねって自分が安全なことを確かめ、あの地下牢と法廷の日々も、木々の上で氷が輝いていたあの寒い冬の朝も、本当に過去のことになったのだということを確かめた。

とはいえ、太陽は明るく黄金色に輝き、コテージの窓から光が射していた。空気の中に春の香りがする。庭はラッパズイセンやブルーベルの花であふれている。これを書いているあいだにも、産まれたばかりの当惑した子羊が、母羊に鼻をすりつけ、暗く温かい、何も自分を傷つけることのない場所に戻りたがっている。

ときおり、あの日のことを鮮明に思いだすあまり、まるでいま目の前で起きているかのように思えることがある。私の人生のすべてが一度に起き、そこから逃げるにはベッドにもぐり込んですすり泣くしかないという気持ちになることがある。私も子羊と同じように、誰も私を傷つけない温かい場所に戻りたい。母さんに会いたい。

母さん。母さんはわかってくれると思いたい。母さんが私に罪はないと思ってくれるのなら、人々に罪人と見なされ、縄の先にぶら下げられることになってもかまわない。

何が起きたのかを書きたくはないが、書かなければならない。

凍えそうに寒いその朝、私はすばやく動いた。木々の隙間に見える空は、すでに薄紅色に変わっていて、急がなければならなかった。私の内で何かが脈動するのを感じていたが、それは恐れではなかったと思う。顔の前に白い息が見え、頭上の枝から髪に霜が落ちてくるのは感じたが、寒さは感じなかった。ジョンのグレイスへの仕打ちを思うと、血がたぎり、私の身体を温めてくれた。

オークの木にたどり着くと、枝からつららが下がり、木の幹は霜でかちかちに凍っていた。滑りそうだし、登るのは大変だろうと私は身がまえた。でも、まるで私が登るのを木が助けてくれているみたいに、足がかりはたやすく見つかり、気づけば私は高枝の上にいて、水晶のような霜が翼を覆っているカラスたちに仲間入りしていた。そのとき、私は見た。母さんのカラスを。魔法の指がなぞった跡のように、羽根に白い筋のあるカラスだ。前に母さんが教えてくれた。言葉というものが生まれるよりも前、私たちの血筋の最初の先祖がその羽根に触れたことで、しるしを持った最初のカラスが存在するようになったのだと。

瞳が涙でちくちくとしてきて、そのとき私は、自分がやろうと決めたことは正しいことだと確信した。しるしのあるカラスがやってきて私の肩にとまり、鱗状の指先の爪が私のマントを鋭くつかんだ。

私たちは一緒に農場を見張った。カラスのくちばしが私の耳にひんやりと触れていて、このカラスは私に何を命じられるかを、すでに理解しているようだった。

牧草地は、草の緑と雪の白が入り混じっていた。黒いらせん状の煙が、煙突から空に上がった。扉が開いてジョンが出てくるのを、私はじっと見た。小屋に向かうジョンの陰に、もうひとつの小柄な人影が見え、それがダニエル・カークビーであることに気づいた。彼がこの農場でときどき働いているのをすっかり忘れていた。彼が目撃者になるかもしれない。それでも、この先何が待っているかわからなくても、そのときの私にはどうでもよかった。これから私がやることを全世界が見ていようと、まるでかまわなかった。

ジョンは小屋の扉を開け、牛を出した。牛たちはすでにいらだっていた。狭い小屋にこもった空気も、脇腹に鋭く感じられる冬の冷気も、どちらも気に入らないようだ。牛たちが振る尻尾、波打つ肩の筋肉、朝の陽射しに微光を浮かべる皮膚を、私はじっと見つめていた。いまだ。

肩からカラスが飛び立ち、翼が空気を切り裂く。私は、自分が座っているオークの枝の冷たい木肌を感じると同時に、カラスが牧草地を急降下していくときの、風を切る翼の歌声をも感じていた。牛たちが白目をむき、恐怖で鼻から泡を吹くのが見えた。鋭いくちばしとかぎ爪をしたカラスがそばを飛び、何度も何度も輪を描いて牛たちを焚きつけると、牛の蹄が凍った地面を踏み鳴らし始めた。

私には手に取るように間近に見えた。牛の脇腹で凍りつく新たな汗、ぐるぐると回る白目、死が押し寄せてくるときのジョンの顔。そして同時に、遠くからの光景も見えた。黄金色に輝く牛たちの暴走、その下で潰れていく人間の身体。牧草地は、緑、白、そして赤に染まった。

そして終わった。静かな朝が戻り、ショックを受けているダニエル・カークビーが息をあえがせ、ジョンの血がじわじわと雪に染み込んでいく気配が聞こえてきた。カラスはほとんど私のほうを見ることもなく、枝にいる仲間のもとに戻った。私がすばやく木からおりると、間もなく母屋の扉がぎいっと開く音がして、それからグレイスの悲鳴が聞こえてきた。

私がその悲鳴を目指し、霜がおりてブーツが滑る草地の上を走っていくうちに、死体の臭いがただよってきた。血や内臓など、体内にあるもの、表に晒されるべきではないものが、甘ったるい肉のような臭いを発している。顔は半分ぐらいが潰れ、真っ赤な穴になっていた。私はマントをかけ、グレイスが見なくて済むようにした。私が母屋に近づいていくと、グレイスがひざを突き、何度も何度も悲鳴をあげている姿があった。カークビーの息子は脇に立ち、自分の見たものをこすり落とそうとでもするように、拳を自分の目に押しつけていた。

私はカークビーの息子に医者を呼ぶよう言い、彼は村に駆けていった。私はグレイスのそばに行った。グレイスの息から酸っぱい臭いがして、服の前に嘔吐《おうと》の跡が残っていた。私はグレイスの頬からその茶色の汚れを拭い、その身を引き寄せた。

「終わりよ」私はグレイスを母屋に連れていった。「あの人はいなくなった」

グレイスはふるえながらキッチンテーブルの前に座り、その肌は灰色をおびていた。私はグレイスを落ちつかせるため、お茶を淹れた。暖炉の火は消えていて、深鍋に入れた水が温まるまでには長い時間がかかった。ようやく水面に泡が上がってくると、私は蒸気の上に顔を差しだし、そうすれば罪を浄化できるとでもいうように、蒸気を吸い込んだ。

お茶を淹れ、グレイスの向かいに座った。グレイスはカップに触ろうとしなかった。その瞳は、あたかもまだ自分が牧草地であの死体を見ているかのように、じっと前を見つめていた。私はテーブルの向かいのグレイスに手を伸ばした。しばらくしてグレイスは、テーブルに置いた私の手に、自分の手を重ねた。グレイスの服の袖がまくれ、その手首に、夏の果物のような紫色のあざが見えていた。

私たちはそうやって、しばらく座っていた。ダニエル・カークビーがスマイソン先生を連れて戻ってくるまで、私の冷たい手に、グレイスの湿った手を重ねて。


約束したとおりのことは書きとめた。真実を。私が死んだあとでこれを読む人々に、私が無罪か有罪かの判断は任せようと思う。私がしたことは人殺しなのか、それとも正義なのか。そのときまでは、これを書き物机にしまって鍵をかけ、鍵は自分の首からさげておくつもりだ。まちがった人間の手に渡らないように。

昨日、アダム・ベインブリッジがコテージに来て、モスリンに包んだ羊の脚をくれた。私はアダムを中に入れ、もうひとつ欲しいものがあると彼に伝えた。彼の名前でもない、愛でもない。その点では、少なくとも私は母さんの教えを忘れてはいなかった。

アダムは優しかったが、私は怖かった。私は身体を開いてアダムの種を受け入れながら、目をつむり、グレイスのことを考えていた。あの最後の無邪気な夏、二人で丘を駆けていくとき、私の手を握っていた熱い手のことを。私の藁布団に広がったグレイスの赤毛、ミルクと獣脂の匂いのことを。私が無罪判決を受けたとき、グレイスの顔を輝かせた安堵の光を。

終わったあと、私は横向きに身を丸めて横たわり、種は受け入れられたのか、子どもはすでに私の中で花開いているのだろうかと考えていた。子どもには友の名をつけよう、そう私は心に決めた。私の愛を込めて。

裁判のあとは、一度もグレイスを見かけていない。グレイスがどうしているのか、もう一度会う日があるのかもわからない。もしかしたらいつか、グレイスが私のもとを訪ねても大丈夫な日が来るかもしれない。私がグレイスを抱きしめ、あの美しい髪を撫で、尊い香りを吸い込んでも、安全な時が来るのかもしれない。

それまで私にできることは、グレイスを思い浮かべることだけだ。グレイスが見ているのと同じ青空を窓の外に見る。グレイスの首に触れるそよ風を感じ、甘い空気を味わう。自由に。自由に。シカモアの木に巣を作り、私の帰りを待つカラスたちのように。あのしるしのあるカラスは、母さんのためにそうしたように、私の言いつけを聞いてくれる存在となった。

母さん。母さんなら、私のしたことをきっと理解してくれると思う。私がそうしなければならなかったことを。ひょっとしたら誇らしく思ってくれるかもしれない。私が自分の娘であることを、誇りにしてくれるかもしれない。

私も自分を誇りに思う。控えめにしておこうとは思いつつも、自分がしたことは誇りに思っている、それが私の心にある確かな真実だ。

だから私は逃げないと決めた。村人たちが正義を求めてやってこようとも。彼らには、私を自分の家から追いだすことはできない。

彼らのことなど怖くはない。

結局のところ、私はウェイワードの女、内なる野性の女なのだ。

グレアムは九月までコテージにとどまり、それからハロウへ戻っていった。父が手紙を寄こし、グレアムの卒業までの学費は出してやるが、そこからはひとりでやっていくよう告げてきた。手紙にヴァイオレットのことは書かれていなかった。父の中では、最初から存在しなかったものと決められたようだった。

「ひとりでここに残していってもいいのか心配だな」バス停までの長い道のりに出かけていく前に、グレアムがそう言った。その朝は霜がおり、シカモアの木はきらめいていた。冬の到来の最初の兆しだ。「ひとりきりで本当に大丈夫？」

「ちゃんとやっていけるわ」ヴァイオレットは言った。昼間は庭ですごし、村の青果店からもらった種を蒔くつもりでいた。本当はグレアムに頼み、ヘレボリンを刈り取ってもらおうかと思ったが、結局そのままにした。そうすれば蜜蜂がそこから花粉を集められる。庭にはこれまで以上に虫が増えた気がする。毎晩ヴァイオレットが眠るとき、虫たちがたえずたてる単調な音が、心をなだめてくれる。節足動物の子守唄だ。

「またクリスマスにね」グレアムは小道を歩いていきながら手を振った。「また新しい本を持ってくるよ！」

玄関の扉を閉めながら、ふとヴァイオレットは、オートン・ホールのベッドの下に隠した生物学の教科書は、誰かが見つけたりしたのだろうかと思った。森で血だらけになった衣類と一緒に。

ヴァイオレットは、いまでもフレデリックのことを夢に見ることがあった。自分にのしかかるぼんやりとした重み、ヴァイオレットの体内から押しだされる空気。ヴァイオレットからにじみだしてくるあの血。

目を覚まし、天井を見つめていると、アルサの冊子にあった一行が頭の中にこだまする。

〝ウェイワードの女が最初に産むのは、必ず女の子なのだ〟

自分は娘を殺してしまった。次のウェイワードの女を。あのときヴァイオレットは、決して自分の子を持つことはないだろうと感じた。自分の娘に、虫、鳥、花のことを教える日は来ない。それがウェイワードの女にとって、どんな意味を持つのかも。

「あなたはまだ生まれてはいけなかったのよ」ヴァイオレットは暗がりの中でささやき、シカモアの木の下に埋められているちっぽけな曲がった骨たちのことを思った。「もっとあとに生まれるべきだったの、私の準備が整ったときに」

みんなフレデリックのせいだし、彼がヴァイオレットにしたことのせいだ。フレデリックがそうさせたのだ。太陽がさんさんと輝く午後の森、頭上を取り囲む木々。ヴァイオレットの腿を赤く染めた血。

フレデリックがヴァイオレットの選択権を奪った。ヴァイオレットの未来を。

絶対に許すものか。

問題は、ヴァイオレットがどうしたら自分のことを許せるかということだった。


十一月になって、手紙が一通届いた。今回の宛名はヴァイオレットになっていた。封筒を見るかぎり、オートン・ホールから来た手紙なのは確かだ。筆跡には見覚えがない。

開封して便箋を広げ、末尾にある名前を見たとき、ヴァイオレットの心臓が大きく脈を打った。

フレデリックからの手紙だった。

いま忌引休暇を取っている、と彼は書いていた。ヴァイオレットの父が亡くなったとあった。ハンティングの最中、心臓発作を起こしたのだった。亡くなる前、父はグレアムとヴァイオレットを、自分の生物学的な子どもではないと宣言していた。書類――まぎれもない偽造書類――を揃え、妻がグレアムを身ごもったときは自分は南ローデシアにいたことを立証した。ヴァイオレットに関しては、結婚前にできた子なので、自分の娘だとは証明できないという主張だった。

ヴァイオレットは手紙を握りしめながら、これが真実ならどんなにいいかと思った――父の血が自分の身体に流れていなければ、自分の細胞が父の残影でなければどんなにうれしいか。涙で視界がぼやけ、残りの文面が見えなくなった。

父はすべてをフレデリックに遺し、フレデリックは第十代ケンドル子爵となった。同封されていた手紙は、ウェイワード・コテージをヴァイオレットの名義に変更した証書だった。これを見て、ヴァイオレットの涙は怒りに変わった。一瞬、手紙を暖炉の火に投げ込みたい衝動にかられたほどだった。

この紙切れ一枚で、自分のやったことを埋め合わせた気にでもなってるんだろうか？

どのみち、ウェイワード・コテージを与えるかどうかは、フレデリックが決めることじゃない。コテージはヴァイオレットのものであり、これまでもずっとそうだった――コテージが存在することを知る前からずっと。父と同様にフレデリックも、この土地の所有権を主張する立場ではない。

手紙が届いてから何日か、コテージは忍び込んだ影のような悲しみに占有された。父を悼んでいたわけではない――自分がされたことを思えば、悼む理由など何もない。ヴァイオレットが思い焦がれたのは、自分の母であり祖母だった。一人のことをよく知らないのに、まるで手足を失ったように二人の不在を痛切に感じた。実はヴァイオレットは、気になっていたことをようやく確認できたのだった。エリナーは亡くなっていた。村人の話では癌だったという。わずか四年前のことだった。彼女が一度も会うことのなかった孫たちは、ほんの数キロしか離れていない場所にいたというのに、エリナーはひとりで死の床に横たわっていたのだった。

グレアムがクリスマスにコテージを訪れ、二人は一緒に、やっと自分たちの母と祖母に別れを告げにいくことができた。ヴァイオレットは夏のうちにラヴェンダーのドライフラワーのブーケを作っていて、それを二人でエアーズ家の霊廟に置くと、雪の中に明るい色が映えた。ヴァイオレットは、自分たちの母がこの冷たい石の中に閉じ込められていると考えたくはなかった。祖母が墓碑銘もない貧民墓地に葬られていることは、さらに耐えがたかった。

そのかわり、リジーとエリナーは自分たちの愛した庭にいる、と考えたかった。丘にも、小川にもいるのだと。

父のことはいっさい考えないようにしていた。

「フレデリックが、僕が大学を卒業するまで小遣いをやるって言ってきたんだ」あとになってグレアムが言った。「でも、受け取るつもりはないよ。年級担任が、きっと奨学金を受けられるはずだって言ってくれてる。オックスフォードかケンブリッジの法学部。それかダラム大学かな。北イングランドにいられるのはいいよね。そうでなくても、あいつの金なんか欲しくないし」

「本当はフレデリックのお金なんかじゃないでしょ？」ヴァイオレットは言った。「それって――」

そう言いかけたが、父の名は出したくなかった。「あなたのものだったはずのお金じゃない」

「同じことさ」グレアムが暖炉に新しい薪を突っ込むと、弾けるような音がした。外は雪に覆われている。月明かりの中で、雪片が流れ星のように舞う。庭はしんとして、音ひとつしない。虫たちも静かだ。昆虫の中には、冬のあいだ引きこもる種類もいる――いわゆる〝休眠〟状態だ。

先週、ヴァイオレットは木の十字架のそばにしゃがみ、薄い氷が張って光っている小川を見ていた。水面の下では、きらめくちっぽけな玉が、小枝や小石にくっついているはずだ。カゲロウの卵。いまは凍っているが、暖かい季節が来ると成長を続け、細胞分裂して幼虫へと変化し、準備が整うと水から上がり、脈動しながら繁殖する群れを形成する。

ヴァイオレットの頭にアイデアが浮かんだ。

次の夜は満月だった。庭のシカモアの木に登り、銀の月明かりに照らされた枝から枝へと、何キロも見わたせるところまで上がっていった。少し離れた先、星が輝く空の下でうずくまる丘が、かろうじて見えた。その向こうにオートン・ホールがある。フレデリックがいる。ヴァイオレットは目を閉じ、父の寝室で眠るフレデリックを思い浮かべる。そして、できるかぎり神経を集中させ、自分の全身にエネルギーがみなぎるまで待った。やがてあの黄金色の光がやってきた。いつも肌の下でちらちらとゆらめき、全身の細胞を照らしだす光があることは、ヴァイオレットにももうわかっている。これまでは使いかたを知らなかっただけだ。

夏になれば、それは始まるだろう。ヴァイオレットは、ホールにある父の持ち物を思い浮かべる――貴重な家具は傷つき、黒く朽ちていき、机の上の地球儀は崩壊していく。空気は虫たちできらめき、群れは年々大きくなり、やがて逃げ場もなくなる。

そしてフレデリックは、ひとりぼっちでそこにとらわれる。

彼は、自分がしたことを決して忘れないだろう。

「ああ！　忘れるところだったよ。プレゼントだ」グレアムは学校のリュックサックの留め金をはずした。「ハロウ校の図書館から持ってきたんだ」

「盗んだの？」グレアムから二冊の分厚い本を渡され、ヴァイオレットは声をあげる。一冊は昆虫の本、もう一冊は植物学の本だ。

「戦争前から誰も借りてない本さ」グレアムは言った。「誰も困らないよ。心配いらない」

「ありがとう」ヴァイオレットは礼を言った。二人は座ったまましばらく黙り、火の中で薪が火花を散らす音を聞いていた。

「これからどうするか、考えついたことはあるかい？」グレアムが訊ねた。ヴァイオレットが家畜の世話を手伝うことで、給金をくれる村人が二人ばかりいる。ひとりは蜜蜂を飼っていて、ヴァイオレットが養蜂用の防護服を着ずに巣箱を扱えることがわかると仰天していた。いまのところ、パンとミルクを買うぐらいのお金は稼げている。ただ、冬はなかなか厳しい。青果店が店員を探しているようなので、問い合わせてみようかと思っている。昆虫学者になりたいという夢は、まだまだだいぶ遠い世界の話だ。

「少しはね」ヴァイオレットは昆虫の本の表紙に指を触れた。『節足動物から蛛形類《ちゆけいるい》へ』という題名が刻まれている。

「心配いらないよ」グレアムは言った。「僕が金持ちの弁護士になったら、ヴァイオレットがあの忌々しい虫どもの勉強をする金ぐらいは払ってやるよ。約束だ」

ヴァイオレットは笑った。

「さあ、お茶でも淹れましょ」ヴァイオレットは言った。やかんを置いたこんろのそばに行って火をつけ、そこに立って小さな窓の外に目をやる。カラスがシカモアの木からヴァイオレットを見ていて、その羽根の白い筋が月明かりを浴びている。モーグのことを思いだした。

ヴァイオレットは微笑んだ。

きっと大丈夫、すべてはうまくいく、と思った。

53　ケイト

母の到着を待つあいだ、ケイトは庭をながめる。

冬の太陽が、シカモアの木の枝を金色に染めている。この木はそれ自体が村のようなものだと、ケイトも学んでいるところだ。コマドリ、フィンチ、ブラックバード、ワキアカツグミの家になっている。

そしてもちろん、カラスたちも住んでいる——おなじみの黒いケープをまとった、心強い存在。白い模様のついたあのカラスは、よく窓のそばにやってきては、キッチンから食べ物をもらう。そういうとき、つやのあるくちばしがケイトの手のひらをつつくのを感じると、自分はまさにいるべき場所にいるのだという感情が押し寄せてくる。

シカモアは虫たちのこともてなしているが、その多くは、いまは寒さのために身をひそめ、シカモアの隆起した幹の隙間や、根っこの下の温かい土の中に隠れている。

ケイトはしばらく身動きせず、耳をすます。懸命に自然から離れようとしてきた過去の自分を思うと、変な感じがする。本当の自分から離れるだなんて。ずっと隠れていたようなものだ――虫たちのように、眠りにつき、従順になって。ウェイワード・コテージに来るまでは。

ケイトのように、目覚めるべき人間は、ほかにもいるのかもしれない。

〝この国のほかの女たち〟のことを、アルサは書いていた。〝ディヴァイスやウィットルといった家の者たち〟のことを。

いつか、赤ちゃんが生まれたあとにでも、彼らを探してみようとケイトは思う。南のペンドルヒルへ、大地がせり上がり空と出会うその場所へ、行ってみようと思う。何世紀も前、そこでは女性たちが家を奪われた。もしかしたら、男たちがあえて目を向けようとしない暗い秘密の場所に、何か残されたものがあるかもしれない。でも、いまはただ感謝を捧げていたい――母に、そしてエミリーに。

それにヴァイオレットにも。

シカモアの下に見える小さな木の十字架に、雪のかけらが落ちてくる。そこに何が埋まっているのかはいまもわからないが、最初に思ったより、ずっと新しい墓のような気もしている。

ケイトは、アルサの友人のグレイスのことを考える。それに、ヴァイオレットの残した紙片についても。彼女が私を助けてくれたように、あなたのことも助けてくれますように。でも、そのままにしておいたっていい、とケイトは思う――秘密は秘密のままで。

シャツの下を手探りし、体温で温まっているロケットに触れる。鍵は安全に中にしまってあり、それと一緒に、あの夜割れたガラスに混じって床で光っていた羽毛も入れてある。

警察はロンドンでサイモンを逮捕し、暴行罪で起訴した。来年にはランカスターの法廷で審問がある。警察は、もしサイモンが有罪になっても、二年もすれば出所するだろうとケイトに警告した。行儀よくしていればさらに早まる。ケイトは裁判のために、被害者意見陳述書を準備しているところだが、正直この呼び名は好きじゃない。自分は被害者ではなく、被害から生きのびたのだから。

「彼がまたここへ来るかもとは思わないの？　彼が出所したときに？」エミリーにもそう訊かれた。

ケイトは、あの夜のサイモンがどんな様子だったかを考えた。空中で羽根が渦巻く中で、めちゃくちゃになった顔を押さえていたサイモン。彼の唯一の武器はケイトの恐れであり、それをサイモンから奪ってしまえば、彼はただ無力になるだけだった。

「ううん」ケイトはエミリーに言った。「あの人がこれ以上私を傷つけるのは無理よ」

タイヤが雪をざくざくとこする音。そして、やわらかいドアベルの音。

母はケイトの記憶よりも小さく見える。目のまわりにしわが増え、髪には白髪が交じっている。何年も前、まだケイトがティーンエイジャーだったころにクリスマスプレゼントにあげた、ストライプのビーニー帽をかぶっている。荷物と一緒に母が持っているピンクのバラの花束は、空港で買ったのか、凛《りん》として見える。

どちらも少しのあいだ黙っていた。母の目は、ケイトの首をぐるりと取り巻くあざ、そしてお腹の丸みに向かう。

二人とも一緒に泣きだしてしまう。

二日後。最初にやってきたのは、焼けつくような、子宮をつかまれるような感覚だ。「こんなの無理」ケイトはあえぎ、脇腹を下にして身を丸める。「無理よ」「大丈夫」救急車を呼びながら、母が言う。「あなたなら大丈夫」

そこからケイトは大仕事にかかる。筋肉が張り詰め、血液が押し寄せてくる。破水の温かい氾濫が起き、子宮が収縮する――眩しい痛みの大波。ケイトは、ヴァイオレット伯母さんのキッチンで両手とひざを突きながら、自分の脳の動物的な部分が支配権を握るのを感じる。

ケイトの娘はすばやくケイトの身体を通り抜け、子宮の暗い海をあとにしようとしている。陽射しを感じ、鳥の歌を聴こうとしている。明瞭な意識が行ったり来たりをくり返し、ケイトの身体は痛みと力でうなりをあげる。こうした物事も、そのほかのたくさんのことも、すべて自分が娘に伝えていこうとケイトは思う。シカモアの木の上から呼んでいるカラス。小川の水面すれすれを飛ぶ虫たち。すべてが野性にあふれる世界。

次のウェイワードの娘は、ヴァイオレット伯母さんのキッチンの床に生まれ落ちる。雪と羽根と割れたガラスで輝いたあの床で、血と粘液の放出とともに。

ケイトは、大地の匂いを、湿った木の葉と豊かな土くれの匂いを、雨の匂いを、小川の鉄のような匂いを吸い込む。

ちっぽけな指、絹のような髪に触れながら、ケイトは声をあげる。輝く頰の丸み。カラスのように黒い瞳。コテージに、赤ん坊の大きな泣き声が響く。生命の泣き声。

ケイトは娘にヴァイオレットと名づける。

ヴァイオレット・アルサと。

エピローグ　二〇一八年八月

ヴァイオレットはベッドルームのテレビを消した。観ていたのはＢＢＣの、デイヴィッド・アッテンボローの番組だった。再放送だ。タイトルは『昆虫の世界』。昆虫の交尾のしきたりに関するエピソードだ。あまり好みの題材とは言えない。昆虫の世界であっても、そうした行為はどうしても粗暴なものに見えてしまう。やめて読書でもしようと思った。ベッドサイドテーブルの上には、《ニュー・サイエンティスト》誌がまだまだ山積みでほこりをかぶっている。

先に窓を開けて空気を入れなければ。暑い日は、コテージの中もうだるように暑くなる――それでもグレアムは、窓を二重ガラスにしろとうるさく言ってきたものだ。ありえない。もう耳も遠いから、窓が閉まっていれば、騒音などほとんど聞こえない。

可哀想なグレアム。弟が亡くなって、もう二十年以上たつ。父親と同じ、心臓発作だった。風通しの悪い高層ビルのオフィスで、毎日何時間も宣誓供述書を書いていたことも、グレアムの身体にはよくなかったのだろう。もっと生活の中に自然が必要だと、いつも弟には言い聞かせていたのに。

ヴァイオレットは蜜蜂のブローチのことを思いだした――翅がクリスタルでできたゴールドのブローチだ。ヴァイオレットが生物学の最初の学位を取るために大学に入ったとき、グレアムが贈ってくれたものだ。二十六歳という年齢でほかの学生とやっていくには、自分はあまりにちがう人種なのじゃないかと、ヴァイオレットがナーバスになっていたときだ。

でも、グレアムが緑色の美しい箱に入ったこのブローチをくれたときに言ったとおり、ちがうということは悪いことではなかったのかもしれない。むしろそれは、誇るべきことだったのかもしれない。

最初のうちは、ウェイワード・コテージを離れるのが恐ろしかった。ヴァイオレットが部屋を借りた女性向けの下宿屋は、バセットという名の手強い女主人（「あのバセットハウンド、吠《ほ》えるどころか嚙みつくのよ」と住人たちがよく冗談を言っていた）が経営していて、締まりの悪い水栓のついた湿っぽい部屋の賃料は週三十シリングだった。ヴァイオレットは、ぐらつくシングルベッドに眠れないまま横たわり、壁の向こうで配管がうなるのを聞きながら、ブローチをぎゅっと握りしめ、自分はいま庭にいて、蜜蜂がヘレボリンのまわりで踊るのをながめているのだと想像しようとした。

その後はブローチをどこにでも持ち歩くようになった。そうしていれば、自分がどこにいようと——ボツワナでサウスアフリカン・ファットテイル・スコーピオンを追っているときも、タイのカオソックの雨林でアトラス・モスの研究をしているときも——コテージにいるような気持ちになれた。

ヴァイオレットは窓を開けたが、尋常でなく長い時間がかかったように思えた。開け終わっても両腕がふるえていた。ずいぶんと老いぼれてきたものだ。いまでも鏡の中の自分を見てショックを受けることがある。やせ細った手脚や前屈みの背中を見ていると、まるでカマキリのようだと思う。

ヴァイオレットはベッドに戻った。読書用のメガネを探したが、いつもならベッドサイドテーブルに積んだ本や雑誌の上にあるはずのメガネが、今日は見当たらない。ああもう。自治体が寄こしたあの女の子が、どこかへ移してしまったにちがいない。本当に馬鹿げている——自分の家に他人がやってきて、お茶のカップを持ってきてもらったり、掃除をしてもらったりするなんて。あの娘、先週は、〝ミセス・エアーズ〟の屋根裏掃除を手伝いたいなどと言いだした。

「絶対にやめて」ヴァイオレットは、シャツの下のネックレスをまさぐりながら、そう叱りつけた。

それなら今日は、読書はなしだ。まあ、それでもかまわない。ただ窓の外をながめていればいい。もう夜の九時半だが、太陽はようやく沈み始めたところで、雲がバラ色になっている。シカモアのてっぺんで歌う鳥の声が聞こえる。虫もいる。コオロギ、マルハナバチ。そう思ったとき、グレアムの孫娘のケイトのことを思いだした。グレアムの息子の娘だ。

初めてケイトに会ったのは、グレアムの葬儀でのことだった。ヴァイオレットは悲しみに打ちひしがれていて、グレアムの息子と妻、そしてその幼い娘のこともあまり気にしていなかった。当時のケイトは六歳ぐらいだった。小さな女の子で、ふさふさの黒髪の下の瞳は用心深かった。ケイトにはどこか、なじみ深く感じられるものがあった。子馬のように元気な脚、顔の形の鋭さ。きれいな白いソックスに泥の筋がつき、髪についた木の葉が揺れていた。

それでもそのときは気づかなかった。

ウェイワードの血筋は自分が死んだら終わるのだということを、ヴァイオレットはとうに受け入れていた。自分の唯一の娘——いや、娘になろうとしていたかよわい命——は、シカモアの木の下に埋められている。フレデリックは自分のしたことの代償を払わされた——オートン・ホールでカゲロウに包囲されるフレデリックのことを思うと、ヴァイオレットはいつも暗い喜びを感じる——が、本当に大事なものを取り戻すことはできなかった。何世紀も続いた血筋、黄金色に輝くあの小川の水のように確かに流れてきたものが、終わりを迎えるのだ。そのことは、ヴァイオレットにもどうにもできない。

葬儀のあと、グレアムの息子のヘンリーが、家族でヴァイオレットのもとへお茶を飲みにきた。ヘンリーはグレアムにそっくりだった。ヴァイオレットの話を聞くときに身を乗りだすそぶりも、熱心に聞いているときにできる顔のしわも。ヴァイオレットが一九六〇年代、オオスズメバチの現地調査をするために旅したインドの話を、ヘンリーは面白がって聞いた（いまでもヴァイオレットは、刺されることなくスズメバチを手の中につかまえた唯一の人間として記録されている）。

ヴァイオレットは、外で遊んでいた娘のことをほとんど忘れていた。その娘が窓の向こうで、ひとり言を言っているのを聞くまでは。

「ほらね」そんな言葉が聞こえた。「どう、言ったでしょ、いじめたりしないって」

いったい誰に話しかけてるの？　ヴァイオレットは窓を開け、顔を出した。ケイトは庭であぐらをかき、手に持った何かを見おろしていた。マルハナバチだ。

ヴァイオレットの目に涙があふれてきて、胸が軽くなった。長年の思い込みはまちがいだったのだ。あとになって、ヘンリーもその妻も見ていないとき、ヴァイオレットはカフタン風の服から蜜蜂のブローチをはずし、少女の手の中に押し込んだ。

「私たちの小さな秘密よ」ヴァイオレットは、自分と同じ大きな黒い瞳をじっと見つめて言った。

ヴァイオレットは、いつかこのブローチが、ケイトをこのコテージに導いてくれると信じようと思った。ケイトが本当の自分になれる場所に。

一家が帰り、再びコテージが静かになると、ヴァイオレットは窓辺に座り、自分の庭をながめた。

喜びはしだいに痛みに変わった。初めてここへ来たとき、自分はまだ若い娘だった。母もなく、怯えて、腿を血まみれにしてここにいた。シカモアの木の下にある十字架は、年月を経てゆがんでしまった。

もうよそうと思った。罪の意識が、まるで雑草のように、ヴァイオレットの心に生い茂っていた。

グレアムの死から三年後、ヴァイオレットは恐ろしい悪夢を見て目を覚ました。胸の中で心臓が激しく暴れ、肌は汗まみれになっていた。ヴァイオレットは必死になって夢を思いだそうとしたが、断片的にしか記憶に残っていなかった。ヴァイオレットの甥とその娘に、赤く流れるような筋を描いて接近する車、そして空気を切り裂く叫び。背の高い、ライオンのような髪の男の目が、怒りに細くなる。

男はケイトを傷つけたがっている。

何度となく指でなぞった古い言葉が、ヴァイオレットの血液をふるわせる。

目というのは面白いものなんだよ。自分の前で起きていることを見せてくれることもある。だけど、すでに起きたことや、これから起きようとしていることを見せてくれることもあるんだよ。

何世紀も隔てた過去から、アルサが呼びかけてきたかのようだった。ケイトに危険が迫っていることを教えるために。

午前二時だった――地平が銀色に見える以外、まだ夜明けの兆しはない――それでもヴァイオレットは飛び起き、すぐに服を着た。しるしのついたカラスを道標の星のように飛ばせて、そのあとを追いながら車でロンドンに向かった。

甥とその家族が住むイーストフィンチリーに着いたのは、午前八時少し前だった。ドアベルを鳴らしても、誰も出てこなかった。

ヴァイオレットは車に戻り、そのときになって初めて、こんなふうに国を縦断してまで来るなんて、さすがにどうかしているんじゃないかと思い始めた。でも、そのとき頭に浮かんだのは、シカモアの木の下の十字架だった。自分はすでに娘を失っている。ケイトは自分に与えられたセカンドチャンスなのだ――ケイトに何かあってはならない。

あの一家はどこにいるんだろう？　今日は木曜だ。もちろん――学校のある日だ。

ヴァイオレットは家のそばに車を停め、空からの目と耳になってもらうべく、カラスを放した。カラスが二、三ブロック先の道で、横断歩道に向かう甥と幼い娘を見つけたとき、ヴァイオレットの心臓は安堵のあまり高鳴った。が、そのとき道を曲がってきた一台の車を見て、ヴァイオレットの背筋に冷たいものが走り抜けた。

夢で見たのと同じ赤い車だ。

ヘンリーとケイトは道路を渡り始めていた。車が近づいてくる。

どうにかしなければ。

ヴァイオレットは目をつむり、遠い昔に自分の内に見いだした、黄金の光に神経を集中した。カラスがケイトを呼ぶ鳴き声は、ヴァイオレットの鼓動に、全細胞に共鳴した。ケイトにもそれを感じてほしかった。ケイトを車から引き離し、その車に乗っているはずの残忍な顔の男からも引き離したかった。

最初はうまくいきそうに見えた。ケイトは立ち止まって振り返り、道路の上に枝を伸ばしている木を見つめた。だが、車のスピードは落ちなかった。

道路から離れて。早く！

カラスは飛び立ち、ヴァイオレットはヘンリーが娘に駆け寄るのを見た。ヘンリーの叫ぶ声、ケイトを道から押しだす手を見た。運転手がブレーキをかけ、タイヤのゴムが甲高い歌声を響かせる。

遅かった。

太陽が一瞬ヘンリーの顔を照らし、そのあとその身体が車の下にのみ込まれた。木々と道路がぼやけ、緑と白と赤に混ざり合った。

サイレンの響きが消えていったあと、ヴァイオレットは車のエンジンをかけ、カンブリアへ戻った。その帰路のあいだ、事故の様子が何度も何度も、ヴァイオレットの目の前をよぎった。ヘンリーは、娘の安全を守るために、自分の命を引き替えにしたのだ。

彼は善良な男だった。ヴァイオレットの父親とはちがって。

ヴァイオレットがそこにいなかったとしても、ヘンリーは娘を守るために、きっと何かしたはずだ。残忍な顔の男から、娘を遠ざけようとしたはずだ。だけどヴァイオレットには、その可能性が想像できなかった。父親がそこまでの愛情を持てるものだなんて、考えたこともなかった。

だから自分は介入した。ケイトを守ろうとしたせいで、ヘンリーを危険に晒してしまった。

そしてヘンリーは死んだ。

聞いたこともない獣の叫び声がヴァイオレットの耳を満たした。それが自分の泣き声だと気づくまでに、少し時間がかかった。

ヴァイオレットはヘンリーの葬儀には参列しなかった。あんなことをしてしまって、彼の妻と娘に顔向けなどできるはずもなかった。

年月が流れるうちに、手紙を書くことも、かかってきた電話を取ることも、しないで済ませるほうが楽になってきた。ヴァイオレットは、甥の娘が育っていく姿を思い浮かべることで、自分をなぐさめていた。先祖から引き継いだ黒い髪と輝く瞳を持つやせっぽちの子どもが、若い女性へと成熟していく姿を想像した。喪失感にも負けず、強い女性になってくれるはずだと、自分に言い聞かせた——太陽を求めて伸びる植物のように、人生を求めて生きていくはずだと。

あの子が十一歳になるころだ、これから中学校だ。

十八歳か。大学に入ったんだろう。ひょっとしたら私のように、科学を学ぶのかも。それか英文学。読書が好きなら。

車を運転していた残忍な顔の男の夢を見ることは、その後もときどきあった。ひょっとしたら、父親を失う以上にひどい運命から、あの子を救ったのかもしれないとも思った。ひょっとしたら、介入したのは正解だったのかもしれないと。

ヘンリーは娘を愛していた。ヴァイオレットがしたことを、もしかしてヘンリーなら、理解してくれているかもしれない。

やがてヴァイオレットは、自分が年老いたという不穏な認識を持つようになった。両親が比較的若くして亡くなったこともあり、自分が直接知っている最年長の人間は、ヴァイオレット自身になっていた（もちろん、フレデリックをのぞいてだ。あの男は岩の下にしがみつくゴキブリのようだ）。肌や筋肉が骨からゆるんできて、いよいよ船を捨てようとしているみたいに思える。ヴァイオレットは毎晩、眠りに落ちる前、目覚めた状態と夢見ている状態のあいだの薄ぼんやりした妙な世界で、翌朝も自分はちゃんと目覚めることができるのだろうかと考えるようになった。

かつては明るく燃えていた火が燃えさしになっていくように、ヴァイオレットの人生も終わりに近づいている。

甥の娘に会える時間がなくなりつつある。

ヴァイオレットは探偵を雇い、ケイトのことを調べさせた。住所が判明すると大喜びをして、勇敢にも翌日ロンドンへと車を走らせた。その日は雨で、田舎の風景がぼやけた緑となって通りすぎていき、何年も前に似たような旅をしたことを思いだすと、少し心が痛んだ。

だけど今回はちがう。楽しい再会の旅だ。

ヴァイオレットは、甥の娘を抱きしめ、彼女が作り上げてきた人生を賞賛する自分を想像した（素晴らしい経歴、美しい家――植物と動物に満ちあふれ、ひょっとしたら子どももいて、寝床を共有する優しい男性がいる家。まるでハーモニーを奏でる二匹のコオロギのようだ）。やがて雲間から陽が射し、フロントガラスの雨粒をきらめかせた。シャツの下のロケットに手を触れると、胸がふくらんだ。

だが、ケイトの住む場所の外に車を停めたとき、興奮は弱まった。そこはアパートメントの区画だった。

あとになってヴァイオレットは、なぜその瞬間、何かがおかしいと感じたのかに思いいたった。こんな煤に汚れた場所で、ゴミや排気ガスで温まった空気の中で、ケイトが幸せであるはずがないからだ。鳥の歌声などこれっぽっちも聞こえず、草の一本も見当たらない。

それでもヴァイオレットは、用心深くよろよろと車を降り、無理に笑顔を作った。楽しい再会。

「こんにちは――ケイトはいるかしら?」戸口に現れた男には、なんだか見覚えがあった。男が着ている高価なバスローブを見て、ヴァイオレットは甥の娘の日曜をじゃましたことに気づき、顔を赤らめた。この男性はあの子の夫なの、それともボーイフレンド? ヴァイオレットは男をじっと見つめた。髪は黄褐色に近いブロンドで、ライオンの毛皮のようだ。男が細めている目はかすかに赤く、前の夜に飲みすぎたようだ。

「いいえ。ケイトなんて人間は、ここには住んでいませんよ」男はそう言ったが、その口の動きから、ヴァイオレットは嘘だと察した。その声には冷たいところがあった。フレデリックを彷彿《ほうふつ》とさせた。

ヴァイオレットは面くらい、謝ろうとした――しかし男は、ヴァイオレットが何か言う前にドアを閉めてしまった。

その後車の中で、ヴァイオレットは、あの男が何者かを思いだした。

ずっと前に見た夢に出てきた、残忍な顔の男だ。金色の髪と、赤みがかった目をした。

そう気づいたとき、世界は壊れ落ちた。

ヴァイオレットは、ケイトの未来に起きる出来事を、二つ同時に夢に見ていたのだ――ケイトの父親を死なせた自動車事故、そして、その何年かあとのあの男との出会い。ケイトを傷つけたがっている男は彼だ――あるいはもう、傷つけているのかもしれない。

かつてヴァイオレットの母がそうだったように、ヴァイオレットもまた、本のページを破るようにして、未来の筋道を変えられると思っていた。自分が甥の娘を救えると思っていた。まちがいだった。

ケイトを救うことなど、自分にはできなかった。

それでもヴァイオレットは、まだ生きているあいだに、物事を正そうと決意した。

ロンドンから戻った翌日、弁護士にアポイントを取った。過去に一度、遺言は作成していた。弁護士のオフィスにいるとき、自分が幼いケイトに与えた、蜜蜂のブローチのことを思いだした。もうケイトはなくしてしまったかもしれない。ヴァイオレットのことさえ覚えていないかもしれない――たった一度会っただけの、風変わりな老女のことなど。その後何年にもわたり、自分の人生には存在していなかった女のことなど。

それでもヴァイオレットは、遺言を修正した。ケイトに自分の遺産を与えることにした。ケイトに新しい人生を与えよう。あの男から離れた場所に。

「しかるべき時が来たら」と、ヴァイオレットは弁護士に指示した。「私の甥の娘に、必ず直接話をするようにしてくださいね」

外の光が薄らいできていた。ヴァイオレットは横目で腕時計を見る。もう十時半だ。いつの間に一時間すぎたんだろう。時間は面白いものだ、とヴァイオレットは思った。いちばん不可解なタイミングで、スピードを上げて進んだり、ゆっくり流れたりする。ときどき、自分の人生は全部いっぺんに起きたことなのではという、奇妙な感覚に襲われることがある。

ヴァイオレットはネックレスをはずし、ベッドサイドテーブルに置いた。寝返りを打って脇腹を下にし、窓に向き合った。太陽はシカモアの木の向こうに消えつつあり、庭は赤と金に染まっている。ヴァイオレットは目を閉じ、カラスのおしゃべりを聞く。とても疲れた。闇がゆっくりと、優しい恋人のように、ヴァイオレットを引き寄せる。

何かが手を撫でた気がして、目を開けた。イトトンボだ。夕陽に照らされた翅が、火のように輝いている。なんて美しいんだろう。

ヴァイオレットのまぶたが重くなる。それでも、何かがヴァイオレットを引き止め、眠らせてくれない。

ヴァイオレットはため息をつき、ベッドに起き上がった。ベッドサイドテーブルに手を伸ばし、ノートから紙片を破り取った。少しのあいだためらい、何を書くべきか考えた。シンプルなのがいちばんだ。要点だけにしよう。

ヴァイオレットはすばやく文章を綴り、それからその紙を小さく丸めると、ネックレスのロケットの中に入れた。

ヴァイオレットはそのネックレスを、ジュエリーボックスの中にしっかりとしまった。万が一に備えて。

女性たちのあいだの、女性たちの中のつながりは、最も恐れられるものであり、
最も厄介なものであり、最も世界を変革する可能性を持った力である。
——アドリエンヌ・リッチ

謝辞

私がハイスクールの最終年を終えようとしていた十七歳のとき、英文学の先生に呼ばれたことがありました。「あなたがこれから何をするにしても」と、情熱的な輝く目で先生は言ってくれました。「きっと書くことはやめないでね」。ミセス・ハリデイ、私は約束を守りました。私の物語愛を育んでくれて、本当にありがとうございます。勝手ながら、先生に敬意を表し、お名前を登場人物のひとりにつけさせていただきました。ご迷惑でないといいのですが。

私の有能なエージェントのフェリシティ・ブラント、あなたのメールが私の人生を変えました。この作品をよりよい小説にしてくれたこと、私をよりよい物書きにしてくれたことに感謝しています。エージェント会社カーティス・ブラウンのほかの皆さんにもたくさんの感謝を伝えたい――特に海外版権の達人の二人、ジェイク・スミス＝ボーザンケトとタンヤ・ホーセンスに。サラ・ハーヴェイ、クィーヴェ・ホワイトにもお礼を言います。それに、ロージー・ピアースの限りない援助と忍耐にも感謝します。私の米国のエージェント、アレクサンドラ・マシニスト――二〇二一年三月にあなたがかけてきた驚くべき電話のことは、決して忘れません。あなたの手助けに心から感謝します。カーラ・ジョーゼフソンとサラ・キャンティンは、これ以上望むべくもない素晴らしい編集者でした。私たちの仕事上の関係や、あなたがたがこの小説にかけた魔法は、私の宝物です。まったく楽しい時間でした。

出版社のバラ・プレスとセント・マーティンズの皆さんにもお礼を言います。大西洋の向こうとこちらにこんな素晴らしいチームがいてくれたことは、本当にありがたいことでした。『ウェイワードの魔女たち』のために、才能あふれるたくさんの人々が働いてくれました。バラ・プレスのキュートな広報担当者のアンバー・イヴァット、そして、販売マーケティング部門のリラ・シェイ、マディ・マーシャル、イジー・コバーン、サラ・マンロー、アリス・ゴーマーにも多大な感謝を伝えます。英国版の見事な表紙デザインを作り上げたクレア・ウォードもありがとう。それと、素晴らしい新刊見本のデザインと書籍の予告映像を作ってくれたアンドリュー・デイヴィスにも感謝を伝えます。セント・マーティンズのジェニファー・エンダーリン、リサ・センズ、アン・マリー・トールバーグ、ドルー・ヴァンデューカー、サリー・ロッツにも感謝を捧《ささ》げます。優れたマーケティング広報チームのケイティー・バッセル、マリッサ・サンジアコモ、ケジャナ・アイアラにもありがとうと伝えたい。トム・トンプソンとキム・ラドラムの、美しい新刊見本デザインとグラフィックスにも感謝しています。制作のリズ・ブレイズ、キフィン・シュトイラー、リーナ・シェフター、ジェン・エドワーズにもお礼を言います。華やかな米国版の表紙をデザインしてくれた、マイケル・ストーリングズにも心から感謝しています。優秀なコピー・エディターのアンバー・バーリンソンとラニ・マイヤーにも、本当に深く感謝しています。創作ライティング・スクールのカーティス・ブラウン・クリエイティヴのみんなには、それぞれに大きな感謝の念がありますが、特に私の師となってくれたスザンナ・ダン、それにアンナ・デイヴィス、ジェニファー・カースレイク、ジャック・ハドリー、ケイティー・スマートにお礼を言わせてください。それからもちろん、私のすてきな生徒仲間たちにも——素晴らしいフィードバックや支援を本当にありがとう。クリシャン・クープランドにもお礼を言います。この小説の初期の原稿にあなたがくれた励ましのコメントは、これを書きつづけるインスピレーションになりました。

幼いころから私を信じてくれる人々に囲まれてきたことは、とても幸運なことでした。私の両親と義両親へ――私の読書と執筆への愛に、果てしない時間を与えてくれてどうもありがとう。

私のママ、ジョー。あなたの強靭《きょうじん》さや立ち直りの早さは、毎日私を勇気づけてくれました。私がフェミニストになったのはママのおかげです。私が踏みだす一歩ごとに、ママは必ず私を支えてくれました。この小説を何回も読んで（そして議論もして）くれたことにも、もちろんお礼を言います。ママがいなければやりとげられなかったかもしれません。ブライアン、あなたほど頼りになるステップファーザーはこの世にいません。長年にわたるあなたの手助けと励ましに感謝します。

私のパパ、ナイジェル――あなたの強い正義感と決断力を、私に教え込んでくれてありがとう。それにもちろん、この本を読んでくれてありがとう！　私のステップマザー（そしてもうひとりの初期の読者！）のオティリー。あなたの援助のすべてに感謝します。この小説のインスピレーションになった何冊かの小説、特に、マーガレット・アトウッドの『昏《くら》き目の暗殺者』と『またの名をグレイス』を紹介してくれて、本当にありがとう。いつも私の防壁でいてくれる姉のケイティー。うまくいかないときも、乗り越える助けとなってくれてありがとう。次作はケイティーに捧げます。

私の兄弟たち。オリヴァー――この小説を読んでくれてありがとう。オリヴァー自身の書くことへの情熱が、どうなっていくのか見るのが待ちきれない。エイドリアン――私を信頼してくれて、そしていつも笑わせてくれてありがとう。祖父母のバリーとカーメル。本だらけの二人の家は、私の神聖な場所でした。グランパ、あなたの鋭いウィット（と赤ペンチェック）に感謝します。あなたの足跡をたどっていくことにわくわくしています。グランマ、あなたのすてきなお話と、絶え間ない励ましをありがとう。祖父母のジョンとバーバラ――二人にこの本を読んでもらえたらどんなによかったか。義祖母のエムーケ。あなたは絶えず私をすごく鼓舞してくれます。ありがとう。

マイクとメアリー――私がこの小説の初稿を書いた場所、カンブリアの二人の美しい家に私を招き入れてくれた感謝は、とても言葉には尽くせません。コロナ禍のあいだ私を避難させ、オーストラリアの家族と遠く離れていた私をなぐさめてくれてありがとう。この小説の最初の読み手――エド。あなたの愛情と支えなしには、私はひと文字も書けなかったと思います。クレア、マイケル、アレックス――一緒に走ってくれて、それにワインと、笑いをありがとう。私の素晴らしき友人たち。みんなと出会えて本当に幸運だったと思っています。特に、優れた作家であるジェマ・ドズウェルとアリー・ウィルクスにはひとこと言わせてください。あなたたちの素晴らしいフィードバック――そして、何度かのパニック発作に対するあなたたちの忍耐力に感謝しています。

私の人生において、この小説――あるいはほかのどの小説でも――を書くことに、強い疑いを抱く時間がありました。二〇一七年の卒中のあと、私を診てくれた医療関係者の皆さんには多大な恩義を感じています。ムーアフィールズ眼科病院、王立ロンドン病院、ユニバーシティ・カレッジ・ロンドン病院、聖バーソロミュー病院に、私の限りない称賛と感謝を捧げます。

訳者あとがき

暴力的なボーイフレンドの束縛を逃れ、ロンドンをあとにしたケイトがたどりついたのは、亡き大伯母がカンブリア州の小さな村に遺《のこ》してくれた、寂れた古くさいコテージだった。大伯母ヴァイオレットとは遠い昔にただ一度会ったきりで、当時幼かったケイトの記憶もいまとなってはおぼろにしか残っていない。なぜヴァイオレットは、自分にこのちっぽけなコテージを与えようと思ったのだろう？　ヴァイオレットはどんな人生を送っていたのだろう、なぜこんな場所で生活していたのだろう？　ケイトにはわからないことだらけだった。

ヴァイオレットの半生を追っていくうちに、やがてケイトは、何百年も昔にこのコテージで暮らしていたもうひとりの女性、アルサの存在に行き当たる。アルサは十七世紀のこの村で、魔女として告発され、裁判にかけられたという――。

『ウェイワードの魔女たち』は、エミリア・ハートの長編デビュー作である。ウェイワード・コテージというささやかな場所を通じて不思議な絆《きずな》でつながれた、時代の異なる三人の〝ウェイワードの女〟たちの物語だ。物語の舞台となるカンブリア州は、州境をスコットランドと接するイングランド北部の州で、自然豊かな土地として知られる。ピーター・ラビットを世に生みだした著名な絵本作家、ビアトリクス・ポターが実際に暮らし、何度か物語の舞台に選んだ場所としても有名な、風光明媚《ふうこうめいび》な湖水地方もこのカンブリア州にある。

そしてカンブリアのすぐ南、ランカシャー州の中心都市がランカスターだ。本作にも登場する魔女裁判の法廷、ランカスター城はこの街にある。


魔女狩り、そして魔女裁判は、十五世紀ごろから大陸ヨーロッパで盛んになった歴史上の忌まわしい出来事という印象が強いが、実のところイギリスもその例外ではなかった。一五九〇年、スコットランド王ジェイムズ六世（のちのイングランド王ジェイムズ一世）の乗った船が荒天で難破しかけた際、魔法によって嵐を巻き起こそうとした黒魔術師がいたとして、大量の逮捕者が出るという事件も起きている（ノースベリック魔女裁判）。ジェイムズ六世はこれ以降も魔女狩りに執着し、みずから『悪魔学《デモノロジー》』と題する著書も執筆している。イギリスの魔女狩りは、いわば国家君主主導のムーブメントでもあったのだ。

もうひとつ、イギリスの魔女裁判のなかでもよく知られ、この小説とも関係が深い事件として、十七世紀初頭のペンドルヒル魔女裁判がある。一六一二年、ランカシャーに住む貧しい娘アリゾン・ディヴァイスが、行商人の男を呪い殺したかどで告発され、それを皮切りに、ディヴァイス家、そして同家と確執のあったウィットル家からも、おおぜいの女たちが裁判にかけられた。最終的には十人が有罪となって絞首台に送られたとされている（イギリスでの魔女の処刑は火刑より絞首刑が主流だった）。

当時、魔女狩りがヨーロッパで野火のように広がった理由についてはさまざまな説があり、罪に問われた人々の中には男性も含まれていたのだが、それでも社会のなかで弱い立場にあった人間たちがターゲットにされやすかったことは確かだろう。そうした人々のなかには、病気や怪我《けが》の治療、薬草などをつかった薬の処方を学んで、人々を癒やすことで細々と生計をたてていた、女性治療師たちも数多く含まれていた。本作に登場するアルサもまさにこうした立場の女性だった。

ケイトがヴァイオレットの人生を知り、さらにそれを通じてアルサの存在に出会うことで、ケイトの人生にも、その心にも、不思議なさざ波が立ち始める。あたかも運命《ウェイワード》を司る魔女の〝魔法〟のように、その波がケイトの人生を包み、巻き込んでいく。かつてアルサを、そしてヴァイオレットを、さらにいまはケイトをすっぽりとくるみ込んでいる、カンブリアの森の匂い、小川のきらめき、鳥や虫たちの羽ばたきの気配。そのどこかから、しだいに大きくなりながらやってくる魔法のうねり――その魅惑的な情景を、ぜひ読者の皆さんにも感じ取ってもらえればと願っている。

著者エミリア・ハートについても簡単に触れておきたい。オーストラリアのシドニー生まれで、ニュー・サウス・ウェールズ大学で英文学と法律を学んだあと、シドニーとロンドンで弁護士として働くようになった。文学エージェンシーのカーティス・ブラウンが運営するライティング・スクールで学び、作家としてのチャンスをつかみ、その後はオーストラリアや英国で短編を発表。満を持して書かれた長編が本作である。次回作『The Sirens』は二〇二五年一月に発売される予定だが、この作品も複数の時代を行き来する構成で、姉妹を描いた小説とのこと。本作でその力量を証明した著者が、次にどんな物語を紡ぎだしてくるのか非常に楽しみだ。

最後に、個人的な謝辞ではありますが、この小説の訳了に当たり、訳者の師のひとりであった故・小川隆先生にお礼を述べさせてください。小川先生もまた、この作品との縁を取り持ってくださった人々のひとりだったと思っています。改めまして心よりご冥福をお祈りいたします。

二〇二四年四月

府川由美恵

エミリア・ハート
Emilia Hart

オーストラリア・シドニー生まれ。ニュー・サウス・ウェールズ大学で英文学と法律を学んだのち、シドニーとイギリス・ロンドンで弁護士として働く。2023年に本作『ウェイワードの魔女たち』でデビュー。ニューヨーク・タイムズのベストセラーに入り、同年 Goodreads Choice Awards の最優秀デビュー小説賞と最優秀歴史小説賞をダブル受賞。2024年現在、ロンドン在住。

府川由美恵
Yumie Fukawa

神奈川県出身。主な訳書にR.A. サルバトーレ『アイスウィンド・サーガ』シリーズ（アスキー・メディアワークス）、C・ボグラー『作家の旅 ライターズ・ジャーニー 神話の法則で読み解く物語の構造』（フィルムアート社）、C・マッキャリー『上海ファクター』、B・ハーパー『探偵コナン・ドイル』（共に早川書房）など。

装画 青井 秋

装丁 岡本歌織（next door design）

ウェイワードの魔《ま》女《じょ》たち

2024年6月30日　第1刷発行

著　者　エミリア・ハート
訳　者　府《ふ》川《かわ》由《ゆ》美《み》恵《え》

編集　株式会社 集英社クリエイティブ
〒101-0051 東京都千代田区神田神保町 2-23-1
電話　03-3239-3811

発行者　樋口尚也

発行所　株式会社 集英社
〒101-8050 東京都千代田区一ツ橋 2-5-10
電話　03-3230-6100（編集部）
03-3230-6080（読者係）
03-3230-6393（販売部）書店専用

印刷所　TOPPAN 株式会社

製本所　ナショナル製本協同組合

ISBN978-4-08-773527-7　C0097